Herman

Melville

Taipi

Roman

PARKLAND VERLAG

Originaltitel: Typee
Aus dem Amerikanischen übertragen
und mit einem Nachwort
von Ilse Hecht
Die Nachbemerkung wurde von
Klaus-Jürgen Fritsch übertragen

1997 Lizenzausgabe für Parkland Verlag, Köln

Herstellung: Meco Buchproduktion, Dreieich
Einband: Horst Adler
Druck und Bindung: Druckerei Ernst Uhl, Radolfzell
am Bodensee

ISBN 3-88059-921-1

Printed in Germany

Der Verfasser widmet dieses kleine Werk
in Zuneigung
dem Obersten Richter des Staates Massachusetts
Lemuel Shaw

Vorwort

Über drei Jahre sind seit den Ereignissen vergangen, die in diesem Band berichtet werden. Mit Ausnahme der paar letzten Monate hat der Verfasser diese Zeit hauptsächlich damit verbracht, daß er sich auf dem weiten Ozean hin- und herwerfen ließ. Seeleute sind heutzutage die einzige Menschenklasse, die noch aufregende Abenteuer erlebt; und vieles, was Stubenhockern seltsam und romantisch erscheint, ist für sie so alltäglich wie eine Jacke, aus der die Ellbogen gukken. Aber wenn auch Matrosen mit allerlei merkwürdigen Abenteuern vertraut sind, haben die Begebenheiten, die auf den folgenden Seiten erzählt werden, als ›Garn gesponnen‹, nicht nur die Langeweile mancher Nachtwache auf See vertrieben, sondern auch die wärmste Teilnahme der Schiffskameraden des Verfassers erregt. Er folgert daraus, daß seine Geschichte auch diejenigen fesseln wird, die das Abenteuerleben nicht so gut kennen wie der Seemann.

In seinem Bericht über das merkwürdige, interessante Volk, unter das er geriet, behandelt er hauptsächlich die augenfälligeren Eigenarten, und bei der Schilderung seines Brauchtums verzichtet er meist auf Erklärungen über dessen Ursprung und Sinn. Da sich in den Reisebüchern über barbarische Länder oft sehr weitläufige Erörterungen über diese Dinge finden, hält er es für richtig, ausdrücklich auf eine Unterlassung hinzuweisen, an der man vielleicht Anstoß nimmt. Niemand kann sich seiner Unzulänglichkeiten in dieser und anderer Hinsicht mehr bewußt sein als der Verfasser; aber wenn man erfahren hat, in welch sonderbarer Lage er sich befand, wird man all diese Lücken sicherlich entschuldigen.

In vielen Veröffentlichungen legt man großen Wert auf Daten; aber als sich die Ereignisse zutrugen, die hier erzählt werden, hatte der Verfasser den Kalender völlig vergessen, und er hofft, daß der Leser diesen Mangel freundlich übersieht.

Bei den polynesischen Wörtern, die in diesem Band vorkommen, ist die Orthographie gewählt worden, die dem Fremden vielleicht am ehesten ihren Klang vermittelt, abgesehen von den Fällen, wo die Schreibweise schon früher von anderen festgelegt wurde. In manchen Werken über die Inseln des Pazifischen Ozeans entgeht dem Leser der Klang vieler besonders schöner Vokalverbindungen, weil man die üblichen Rechtschreibungsregeln zu peinlich beachtet.

Ein paar Stellen in den nachfolgenden Kapiteln könnte man vielleicht für ziemlich unbillige Äußerungen über eine ehrwürdige Gruppe von Männern halten, deren Tätigkeit in verschiedenen Teilen der Welt auf Grund ihrer eigenen Berichte im allgemeinen hohe und oft auch verdiente Anerkennung findet. Diese Stellen aber gründen sich auf unwiderlegbare Tatsachen, deren Zeuge der Verfasser war. Die Schlußfolgerungen, die er daraus zieht, sind unvermeidlich, und wenn er sie aufzeigt, läßt er sich nicht von feindseligen Gefühlen leiten – weder gegen die einzelnen Personen noch gegen die ruhmreiche Sache, der durch die Taten einiger ihrer Vertreter nicht immer gedient worden ist.

Die wichtigen Ereignisse, die sich kürzlich auf den Sandwich-, Marquesas- und Gesellschaftsinseln zugetragen haben, sind in Amerika, England und der ganzen Welt so stark beachtet worden, daß man mir bestimmt einige sonst unverzeihliche Abschweifungen erlaubt.

Es kommen Dinge in dieser Erzählung vor, die der Leser sicherlich ebenso merkwürdig oder auch ganz unbegreiflich findet, wie seinerzeit der Verfasser. Er hat sie genauso berichtet, wie sie sich abspielten, und überläßt es jedem einzelnen, sich selbst eine Meinung zu bilden, in der Hoffnung, daß sein eifriges Bestreben, die ungeschminkte Wahrheit zu sagen, ihm das Vertrauen des Lesers gewinnt.

I

Das Meer · Sehnsucht nach dem Land · Ein seemüdes Schiff · Ziel der Reisenden · Die Marquesas-Inseln · Abenteuer einer Missionarsfrau unter den Wilden · Charakteristische Anekdote über die Königin von Nukuhiwa

Sechs Monate auf See! Ja, Leser, so wahr ich lebe, sechs Monate kein Land gesichtet; auf Jagd nach dem Pottwal unter der sengenden Sonne des Äquators, auf den Wogen des weithin rollenden Stillen Ozeans umhergeworfen – den Himmel über uns, die See um uns, und weiter nichts! Schon vor vielen Wochen war unser ganzer frischer Proviant aufgezehrt. Nicht eine Batate ist übriggeblieben, nicht eine einzige Yamswurzel. Die prächtigen Bananentrauben, die einst unser Heck und Achterdeck schmückten, sind – leider! – verschwunden, und die köstlichen Apfelsinen, die an unseren Topps und Stagen hingen – die sind auch weg! Ja, alles ist hin, und für uns ist nichts weiter da als Pökelfleisch und Schiffszwieback. Oh! Ihr Luxuskabinenpassagiere! Wieviel Aufhebens macht ihr doch von einer vierzehntägigen Reise über den Atlantischen Ozean! Wie ergreifend schildert ihr die Entbehrungen und Nöte des Lebens auf See, wenn es nach einem Tag mit Frühstück, Mittag- und Abendessen von fünf Gängen, gemütlicher Unterhaltung,

Whist und Champagnerpunsch euer hartes Los ist, in kleinen Mahagoni- und Ahornkammern eingesperrt zu sein und zehn Stunden lang zu schlafen, wobei euch nichts weiter stört als ›diese Taugenichtse, die Teerjacken, die über euch herumbrüllen und -trampeln‹ – was würdet ihr wohl zu unseren sechs Monaten auf hoher See sagen?

Oh! Wie erquickend wäre der Anblick eines einzigen Grashalms – der Geruch einer Handvoll lehmiger Erde! Ist gar nichts Frisches um uns herum? Ist nichts Grünes zu sehen? Ja, unser Schanzkleid ist innen grün angestrichen, aber was für eine widerliche, Übelkeit erregende Farbe das ist! Als ob nichts, was auch nur dem frischen Grün gliche, in dieser lästigen Entfernung vom Land gedeihen könnte. Sogar die Rinde, die früher an unserem Brennholz war, hat das Schwein des Kapitäns abgenagt und verschlungen, und noch dazu vor so langer Zeit, daß auch das Schwein an die Reihe gekommen und verschlungen worden ist.

Der Hühnerstall hat nur noch einen vereinsamten Bewohner, früher ein munterer, schmucker junger Hahn, der sich so tapfer unter den spröden Hennen hielt. Aber schaut ihn euch jetzt an; da steht er ewig auf einem Bein und bläst den lieben langen Tag Trübsal. Voller Widerwillen kehrt er sich von den muffigen Körnern weg und von dem fauligen Wasser in seinem kleinen Trog. Er beklagt gewiß seine verlorenen Gefährtinnen, die ihm buchstäblich eine nach der anderen entrissen wurden und niemals wiederkehrten. Aber seine Tage der Trauer sind gezählt; denn Mungo, unser schwarzer Koch, hat mir gestern gesagt, daß zu guter Letzt der Bescheid gekommen und das Schicksal des armen Pedro besiegelt wäre.

Nächsten Sonntag wird der dürre Leichnam auf dem Tisch des Kapitäns aufgebahrt und noch vor dem Abend mit all den üblichen Feierlichkeiten unter der Weste dieses würdigen Mannes bestattet. Wer hätte geglaubt, daß jemand so grausam sein könnte, die Enthauptung des armen Pedro herbeizusehnen; und doch beten die Matrosen, diese egoistischen Burschen, jede Minute, daß es mit dem Unglücksvogel zu Ende geht. Sie sagen, der Kapitän werde nie Kurs nach dem Land nehmen, solange er wisse, daß noch eine Mahlzeit frisches Fleisch für ihn da ist. Nur dieser Pechvogel kann sie noch liefern; und ist er erst einmal verzehrt, wird der Kapitän Verstand annehmen. Ich wünsche dir nichts Böses, Pedro; aber wenn es dir nun einmal beschieden ist, früher oder später das Schicksal deiner Rasse zu erleiden, und wenn dein Todesurteil das Signal für unsere Erlösung ist, nun ja, um die Wahrheit zu sagen – dann wünsche ich, daß man dir jetzt gleich den Hals abschneidet; denn ach! wie gern möchte ich die lebendige Erde wiedersehen! Selbst das alte Schiff sehnt sich danach, von seinen Klüsen wieder einen Blick auf das Land zu werfen, und Jack Lewis hatte neulich ganz recht, als der Kapitän seine Steuerführung bemängelte.

»Ja, sehen Sie, Kapitän«, sagte der kecke Jack, »ich bin ein so guter Steuermann, als je einer Hand an die Spake legte, aber niemand kann die alte Dame jetzt lenken. Wir können sie nicht mehr dicht beim Wind halten, Sir; sie fällt ab, auch wenn wir noch so genau auf sie Obacht geben; und wenn ich das Ruder ganz sanft umlege, Sir, und ihr zu ihrer Arbeit gut zurede, so nimmt sie es sehr ungnädig auf und fällt gleich wieder ab; und das alles nur, weil sie weiß, das Land ist in Lee, und sie will nun einmal nicht mehr gegen den Wind gehen, Sir.« – Ja, und warum sollte sie auch, Jack? Ist nicht jede einzelne ihrer festen Spanten an Land gewachsen, und ist sie nicht genauso feinfühlig und empfindlich wie wir?

Armes altes Schiff! Man sieht ihm seine Wünsche an: es macht wirklich einen kläglichen Eindruck! Die Farbe an den Bordwänden, von der sengenden Sonne verbrannt, ist rissig geworden und wirft Blasen. Was für Seetang sie mitschleppt! Und diese scheußlichen Entenmuscheln, die sich in häßlichen Büscheln am Heck festgesetzt haben! Und jedesmal, wenn es sich aus den Wellen hebt, zeigt es den Kupferbeschlag, der in ausgezackten Streifen herunterhängt und stellenweise ganz abgerissen ist.

Armes altes Schiff! Ich sage es noch einmal: Sechs Monate lang bist du nun auf dem Meere herumgeschlingert und -gestampft, ohne einen Augenblick auszuruhen. Aber nur Mut, altes Mädchen! Ich hoffe, daß ich dich bald, nicht weiter als einen Zwiebackswurf vom fröhlichen Land entfernt, bequem in einer grünen Bucht vor Anker liegen sehe, vor den stürmischen Winden geschützt.

»Hurra, Jungens! Jetzt steht's fest; nächste Woche nehmen wir Kurs auf die Marquesas!« Die Marquesas! Welch einzigartige Visionen exotischer Dinge gaukelt uns schon der bloße Name vor! Begehrenswerte Huris – Kannibalengelage – Kokospalmenhaine – Korallenriffe – tätowierte Häuptlinge – und Bambustempel; sonnige Täler mit Brotfruchtbäumen – geschnitzte Kanus, die auf dem leuchtend blauen Wasser tanzen – finstere Wälder, von schrecklichen Götzenbildern bewacht – *heidnische Bräuche und Menschenopfer.*

Das waren die seltsam verworrenen Erwartungen, die mich auf der Fahrt von unseren Fanggründen verfolgten. Mich ergriff ein unbezähmbarer Drang, jene Inseln zu sehen, die von den Weltreisenden der Vergangenheit in so glühenden Farben geschildert worden waren.

Die Gruppe, auf die wir jetzt zusteuerten – eine der ersten europäischen Entdeckungen in der Südsee, die man schon 1595 anlief –, wird immer noch von Menschen bewohnt, die so seltsam und barbarisch wie vordem sind. Die Missionare mit ihrer himmlischen Sendung segelten an ihren lieblichen Gestaden vorbei und überließen sie ihren Götzenbildern aus Holz und Stein. Wie interessant sind die Umstände, unter denen sie entdeckt wurden! Als Mendaña auf der Suche nach einem Goldland kreuzte, tauchten diese Inseln wie ein Zauberbild auf seinem Wasserweg auf, und der Spanier glaubte schon, sein leuchtender Traum sei erfüllt. Zu Ehren des Marques de Mendoza, des damaligen Vizekönigs von Peru, unter dessen Schutz der Weltumsegler stand, nannte er sie nach dem Rang seines Gönners und gab der Welt bei seiner Rückkehr einen herrlichen, schillernden Bericht von ihrer Schönheit. Jahrelang wurden dann die Inseln von niemand gestört und versanken wieder im Dunkel der Vergessenheit. Erst in jüngster Zeit ist einiges über sie bekannt geworden. Einmal aller halben Jahrhunderte brach zwar dieser oder jener Abenteurer in ihre friedliche Ruhe ein, betrachtete staunend das fremdartige Bild und fühlte sich fast versucht, das Verdienst einer Neuentdeckung für sich in Anspruch zu nehmen.

Von dieser interessanten Gruppe ist niemals viel berichtet worden, wenn man von den kurzen Hinweisen absieht, die sich in den flüchtigen Notizen der Südseefahrer finden. Cook hat sie bei seinen wiederholten Weltumseglungen nur eben berührt, und alles, was wir über sie wissen, stammt aus ein paar allgemein gehaltenen Berichten. Zwei davon verdienen besondere Beachtung. Porters ›Tagebuch der US-Fregatte ‚Essex' während ihrer Südseefahrt im letzten Krieg‹ soll einige interessante Einzelheiten über die Insulaner enthalten. Doch ist mir dieses Werk nie zu Gesicht gekommen. Auch Stewart, der Geistliche der amerikanischen Korvette ›Vincennes‹, hat einen Teil seines Buches ›Aufenthalt in der Südsee‹ diesem Thema gewidmet.

In den letzten paar Jahren haben amerikanische und englische Schiffe auf ihren großen Walfangfahrten gelegentlich, wenn ihnen der Proviant ausging, den geräumigen Hafen angelaufen, den eine der Inseln besitzt. Allein die Furcht vor den Eingeborenen hielt die Mannschaften davon ab, mit der Bevölkerung so zusammenzukommen, daß sie einen Einblick in ihre eigenartigen Bräuche und Sitten hätten gewinnen können; denn die Erinnerung an das furchtbare Schicksal, das Weiße dort ereilt hatte, war noch wach.

Die protestantischen Missionare gaben es anscheinend auf, diese Inseln dem Heidentum zu entreißen. Die Eingeborenen behandelten jeden, der hinkam, so, daß es auch den Kühnsten abschreckte. Ellis macht in seinen ›Polynesischen Forschungen‹ ein paar interessante Mitteilungen über die mißglückten Versuche der Mission von Tahiti, eine Tochtermission auf einzelnen Inseln der Gruppe zu gründen. Kurze Zeit vor meinem Aufenthalt in den Marquesas ereignete sich bei diesen Bemühungen ein ziemlich komischer Vorfall, und ich kann mir nicht versagen, ihn zu erzählen.

Ein furchtloser Missionar, der sich von den früheren Mißerfolgen der Bekehrungsversuche bei den Wilden nicht abschrecken ließ und viel von der Wirkung des weiblichen Einflusses hielt, nahm seine schöne junge Frau mit. Sie war die erste weiße Frau, die jemals die Insel betreten hatte, und die Bewohner staunten zunächst das Wunderwesen nur stumm an und schienen es als eine neue Gottheit zu betrachten. Aber bald gewöhnten sie sich an den reizenden Anblick, und da ihnen die Falten verdächtig waren, die an der Gestalt herabflossen, versuchten sie, den heiligen Kattunschleier, der sie umhüllte, zu lüften, und überschritten bei der Befriedigung ihrer Neugier die Grenzen des Anstands so weit, daß sie das Schicklichkeitsgefühl der Dame tief verletzten. Als sie erst einmal ihr Geschlecht festgestellt hatten, trat an die Stelle der Vergötterung die Verachtung, und die Wilden überhäuften sie mit nicht enden wollendem Hohn; denn sie waren aufgebracht, weil sie sich für betrogen hielten. Zum Entsetzen ihres lieben Mannes zog man sie aus und gab ihr zu verstehen, daß sie nicht länger ungestraft Ränke schmieden könne. Die vornehme Dame war in ihrem christlichen Glauben noch nicht stark genug, um das zu ertragen, und da sie weitere Ungehörigkeiten fürchtete, zwang sie ihren Mann, sein Vorhaben aufzugeben, und sie kehrten zusammen nach Tahiti zurück.

Die Inselkönigin selbst, die schöne Gattin Mowannas, des Königs von Nukuhiwa, trug weniger Bedenken, ihre Reize zu zeigen. Über zwei Jahre waren seit den Abenteuern vergangen, die in diesem Band erzählt werden, als ich zufällig an Bord eines Kriegsschiffes diese Inseln berührte. Die Franzosen hatten damals die Marquesas schon einige Zeit in Besitz und brüsteten sich bereits mit den segensreichen Auswirkungen ihrer Oberhoheit, die man im Benehmen der Eingeborenen deutlich wahrnehmen könne. Zwar hatten sie bei einem ihrer Reformversuche etwa hundertundfünfzig Insulaner bei Whitihu hingeschlachtet – aber das will ich übergehen. Zur besagten Zeit hatte sich das ganze französische Geschwader in der Bucht von Nukuhiwa versammelt, und bei einer Unterredung zwischen einem ihrer Kapitäne und unserem würdigen Commodore machte der erstere den Vorschlag, daß wir, als Flaggschiff des amerikanischen Geschwaders, einen Staatsbesuch des königlichen Paares empfangen sollten. Der französische Offizier schilderte mit offensichtlicher Genugtuung, wie das Königspaar in ihrer Schule die gebührenden Begriffe seiner erhabenen Stellung gewonnen hätte und sich bei allen offiziellen Angelegenheiten mit geziemender Würde benähme. Man traf daher Vorbereitungen, Ihre Majestäten an Bord in einem Stil zu empfangen, der ihrem Rang entsprach.

Eines schönen Nachmittags sah man eine mit bunten Wimpeln geschmückte Gig von einer der französischen Fregatten abfahren und gerade auf uns zurudern. Auf den Achtersitzen saßen Mowanna und seine Gemahlin. Bei ihrem Nahen erwiesen wir ihnen alle Ehren, die königlichen Hoheiten zustehen – besetzten unsere Rahen, feuerten Salutschüsse ab und machten einen fabelhaften Radau.

Sie stiegen das Fallreep hinan, wurden vom Commodore respektvoll begrüßt, und als sie das Achterdeck entlangschritten, präsentierte die Marinegarde die Gewehre, und die Kapelle spielte: ›Der König der

Kannibaleninseln‹. Soweit ging alles gut. Die französischen Offiziere machten affektierte Mienen, lächelten und waren vorzüglicher Laune und sehr befriedigt über das taktvolle Benehmen der Hoheiten.

Ihr Äußeres war jedenfalls geeignet, Eindruck zu erwecken. Seine Majestät trug eine prachtvolle Militäruniform, die ganz steif war von all den Goldlitzen und Stickereien. Sein geschorener Schädel steckte in einem riesigen *chapeau bras* mit wehenden Straußenfedern. Ein kleiner Makel war allerdings an seiner Erscheinung. Ein breiter tätowierter Streifen ging in Augenhöhe quer über das ganze Gesicht, so daß er aussah, als trüge er große Scheuklappen, und ein König mit Scheuklappen bringt einen auf lächerliche Gedanken. Um die schöne Gestalt seiner dunkelhäutigen Gemahlin zu schmücken, hatten die Schneider der Flotte die ganze Heiterkeit ihres nationalen Geschmacks bewiesen. Ihr Gewand war aus grellem Scharlachstoff, mit gelber Seide abgesetzt, und da es ihr nur wenig über die Knie reichte, ließ es die bloßen Beine sehen, die mit spiralförmigen Tätowierungen verziert waren und an zwei Trajanssäulen in Miniatur erinnerten. Auf dem Kopf saß ein phantastischer Turban aus purpurnem Samt, der mit silbernen Blattranken und einem hohen bunten Federbusch garniert war.

Die Mannschaft, die sich in den Gängen drängte, um den Anblick zu genießen, erregte bald die Aufmerksamkeit Ihrer Majestät, besonders aber ein alter Seebär, dessen bloße Arme und Füße und offene Brust mit so vielen Inschriften in chinesischer Tusche bedeckt waren wie der Deckel eines ägyptischen Sarkophags. Trotz allen heimlichen Winken und Einwendungen der französischen Offiziere schritt sie schnurstracks auf den Mann zu, knöpfte die Leinenjacke weiter auf, krempelte die weiten Hosenbeine höher und betrachtete voller Bewunderung die hellblauen und zinnoberfarbenen Muster, die dabei zum Vorschein kamen. Sie beugte sich über den Burschen, liebkoste ihn und drückte ihr Entzücken in allerlei wilden Ausrufen und Gebärden aus. Man kann sich leicht denken, wie verlegen die höflichen Gallier über diesen unerwarteten Zwischenfall waren; aber man stelle sich ihr Entsetzen vor, als sich die königliche Frau, die gern die Hieroglyphen auf ihrer eigenen lieblichen Gestalt zeigen wollte, plötzlich einen Augenblick vorbeugte, scharf kehrtmachte, den Saum ihres losen Gewandes hochwarf und ein Bild enthüllte, bei dem sich die entgeisterten Franzosen überstürzt zurückzogen, in ihre Boote sprangen und den Schauplatz einer so fürchterlichen Katastrophe fluchtartig verließen.

2

Fahrt von den Fanggründen nach den Marquesas · Träge Zeiten an Bord · Südseelandschaft · Land ahoi! · Das französische Geschwader in der Bucht von Nukuhiwa · Ein seltsamer Lotse · Kanugeleit · Eine Kokosnuß-Flottille · Schwimmende Besucher · Die ›Dolly‹ wird von ihnen geentert · Lage der Dinge, die sich daraus ergab

Nie werde ich die achtzehn oder zwanzig Tage vergessen, an denen uns die leichten Passatwinde ruhig den Inseln zutrieben. Auf der Jagd nach Pottwalen hatten wir am Äquator einige zwanzig Grad westlich der Galapagos gekreuzt; und als unser Kurs einmal feststand, hatten wir nichts weiter zu tun, als die Rahen vierkant zu brassen und das Schiff vorm Wind zu halten. Das übrige besorgten das gute Schiff und die stetige Brise gemeinsam. Der Mann am Ruder ärgerte die alte Dame nicht durch überflüssiges Herumsteuern, sondern lehnte bequem an der Pinne und träumte stundenlang vor sich hin. Die ›Dolly‹ verrichtete treu ihre Arbeit, lief ihren Kurs, und wie die Naturen, die das Beste schaffen, wenn man sie in Ruhe läßt, trottete sie ihren Weg weiter gleich einem alten Seeveteranen – und das war sie ja schließlich auch.

Was für eine wundervolle, faule, geruhsame Zeit war das für uns, als wir so dahinglitten! Es gab nichts zu tun, und das paßte ausgezeichnet zu unserer Abneigung gegen jede Tätigkeit. Wir räumten alle miteinander die Vorpiek, spannten ein Sonnensegel über der Back auf und schliefen, aßen und faulenzten darunter den lieben langen Tag. Jeder schien unter dem Einfluß eines Einschläferungsmittels zu stehen. Selbst die Offiziere achtern, die nach der Dienstvorschrift während der Deckwache nicht sitzen durften, versuchten umsonst, sich auf den Beinen zu halten; sie mußten regelmäßig einen Kompromiß schließen, indem sie sich ans Schanzkleid lehnten und geistesabwesend auf die See blickten. Lesen kam nicht in Frage; wenn man ein Buch auch nur in die Hand nahm, war man im Nu eingeschlafen.

Auch mir ging es nicht anders, und ich erlag häufig der allgemeinen Trägheit, aber bisweilen gelang es mir doch, den Zauber abzuschütteln und die Schönheit der Landschaft bewußt zu genießen. Der Himmel dehnte sich weit im reinsten, zartesten Blau; nur der Horizont war von einem Schleier blasser Wolken verhangen, deren Form und Farbe nie wechselten.

Die lange, gemessene, trauerliedartige Dünung des Pazifischen Ozeans rollte mit winzig kleinen, im Sonnenschein funkelnden Wellen heran. Ab und zu schnellte ein Schwarm fliegender Fische, vom Bugwasser aufgestört, in die Luft und fiel im nächsten Augenblick wie ein Silberregen ins Meer zurück. Dann sah man den herrlichen Albacore mit seinem schimmernden Leib, wie er nach oben segelte und im Niedergleiten oft einen Bogen beschrieb, ehe er auf der Wasseroberfläche verschwand. In weiter Ferne war der hohe Wasserstrahl des Wals erkennbar; näher heran schlich sich der gierige Hai, dieser abscheuliche Wegelagerer der Meere, und betrachtete uns aus sicherer Entfernung mit seinen bösen Augen. Bisweilen trieb ein ungestalter Koloß der Tiefe an der Oberfläche dahin, sank bei unserem Nahen langsam in das blaue Wasser und entschwand den Blicken. Aber am eindrucksvollsten war das fast ungebrochene Schweigen, das über Himmel und Meer herrschte. Kaum ein Laut war zu hören, nur manchmal das Schnaufen eines Schwertwals und das Plätschern des Bugwassers.

Als wir dem Lande näherkamen, begrüßte ich die unzähligen Seevögel mit Entzücken. Sie begleiteten das Schiff kreischend in spiralförmigen Bahnen und ließen sich manchmal auf unseren Rahen und Stagen nieder. Der Kerl, der wie ein Seeräuber aussieht mit seinem blutroten Schnabel und rabenschwarzen Gefieder und den passenden Namen ›Kriegsschiffhabicht‹ trägt, glitt in immer engeren Kreisen um uns herum, bis wir das seltsame Funkeln seiner Augen deutlich sehen konnten, und als ob ihm seine Beobachtungen genügten, segelte er dann hoch in die Luft und entschwand dem Auge. Bald gab es weitere Anzeichen, daß wir uns dem Lande näherten, und nun dauerte es nicht mehr lange, bis die frohe Botschaft, daß es in Sicht sei, von oben erklang – mit jenem eigentümlichen, lang gedehnten Laut, den der Seemann liebt: »Land ahoi!«

Der Kapitän stürzte aus seiner Kabine an Deck und brüllte aus voller Kehle nach seinem Fernglas; der Steuermann schrie noch lauter ein dröhnendes »Wohinaus?« zum Masttopp hinauf. Der schwarze Koch steckte seinen Wuschelkopf aus der Kombüse, und ›Bootsmann‹, der Hund, sprang zwischen den Ohrhölzern hoch und bellte ganz wütend. Land ahoi! Jawohl, da war es. Eine kaum erkennbare, blaue, unregelmäßige Linie deutete die kühnen Umrisse der gewaltigen Höhen von Nukuhiwa an.

Die Insel, die gewöhnlich mit zu den Marquesas gezählt wird, rechnen einige Seefahrer zu einer besonderen Gruppe, zu der die Inseln Uahuka, Uapu und Nukuhiwa gehören. Diese drei hat man die Washington-Gruppe genannt. Sie bilden ein Dreieck und liegen zwischen 8° 38′ und 9° 32′ südlicher Breite und 139° 20′ und 140° 10′ westlicher Länge von Greenwich. Doch geht es kaum an, sie als eigene Gruppe zu betrachten, wie sich überzeugend daraus ergibt, daß sie in unmittelbarer Nachbarschaft der anderen Inseln liegen, weniger als einen Grad nordwestlich von ihnen, daß ihre Bewohner den Dialekt der Marquesas sprechen und Gesetze, Religion und Bräuche die gleichen sind. Der einzige Grund, weswegen sie so willkürlich von den anderen unterschieden werden, ist wohl in der eigenartigen Tatsache zu suchen, daß sie bis zum Jahre 1791 der Welt völlig unbekannt waren; erst dann entdeckte sie Kapitän Ingraham aus Boston, Massachusetts, fast zwei Jahrhunderte nach der Entdeckung der Nachbarinseln durch den unter dem Schutz des spanischen Vizekönigs segelnden Beamten. Trotzdem werde ich dem Beispiel der meisten Reisenden folgen und sie als Teil der Marquesas ansehen.

Nukuhiwa ist die bedeutendste dieser Inseln, die einzige, wo öfter Schiffe anlegen, und berühmt, weil hier der kühne Kapitän Porter im letzten Krieg zwischen England und den Vereinigten Staaten seine Schiffe wieder instand setzte. Von Nukuhiwa aus griff er die große Walfangflotte an, die damals unter der Flagge des Feindes in den benachbarten Meeren segelte. Diese Insel ist ungefähr zwanzig Meilen lang und fast ebenso breit. Sie hat drei gute Häfen; der größte und beste heißt bei den Menschen, die dort wohnen, Taiohae und wurde von Kapitän Porter Massachusetts-Bay genannt. Die untereinander verfeindeten Stämme der benachbarten Buchten und alle Reisenden geben ihm im allgemeinen den Namen, den auch die Insel selbst trägt – Nukuhiwa. In jüngster Zeit sind die Einwohner durch ihren Verkehr mit den Europäern etwas verdorben worden, aber in ihren eigentümlichen Sitten und ihrer allgemeinen Lebensweise haben sie sich den ursprünglichen primitiven Charakter bewahrt und sind ziemlich in demselben Naturzustand verblieben, wie sie zuerst von den Weißen gesehen wurden. Die feindlichen Stämme, die in den abgelegeneren Teilen der Insel leben und sehr selten mit Fremden in Berührung kommen, haben sich seit ihrem ersten Bekanntwerden überhaupt nicht verändert.

In der Bucht von Nukuhiwa lag der Ankergrund, zu dem unsere Fahrt ging. Wir hatten bei Sonnenaufgang die Berge auftauchen sehen; die ganze Nacht segelten wir vor einer sehr leichten Brise, so daß wir uns am nächsten Morgen ganz in der Nähe der Insel befanden. Da aber die Bucht, die wir suchten, auf der anderen Seite lag, mußten wir eine Strecke die Küste entlangfahren. Blühende Täler, tiefe Schluchten, Wasserfälle und rauschende Wälder zogen an uns vorüber und verbargen sich hier und da hinter felsigen Vorgebirgen, die uns jeden Augenblick neue, überraschend schöne Landschaften erschlossen.

Wer zum erstenmal in der Südsee ist, staunt meist über das Bild, das die Inseln, vom Meere aus gesehen, bieten. Nach den verschwommenen Schilderungen ihrer Schönheit, die man uns manchmal gibt, stellen sich viele farbenprächtige, sanft ansteigende Ebenen vor, von erquickenden Hainen beschattet, von murmelnden Bächen bewässert, und das ganze Land nur wenig über dem Ozean gelegen, der es umgibt. Die Wirklichkeit sieht ganz anders aus. Steile Felsenküsten, deren mächtige Klippen die Brandung umtost, ab und zu tiefe Buchten, durch die man einen Blick auf dichtbewaldete Täler erhält, dazwischen die Ausläufer des Gebirges mit ihren üppigen Grasdecken, die sich von dem hohen, zerklüfteten Inneren nach dem Meere zu senken – das sind die charakteristischen Züge dieser Inseln.

Gegen Mittag befanden wir uns an der Einfahrt des Hafens, glitten schließlich langsam um die vorspringende Landzunge und liefen in die Bucht von Nukuhiwa ein. Keine Schilderung kann einen Begriff ihrer Schönheit vermitteln. Mir aber blieb sie damals verschlossen. Ich sah nichts als die wehende französische Trikolore am Heck von sechs Schiffen, deren schwarze Rümpfe und stachelige Breitseiten ihren kriegerischen Charakter anzeigten. Da schwammen sie in der lieblichen Bucht, und die grünen Höhen der Küste sahen so ruhig auf sie herab, als ob sie ihr strenges Aussehen tadelten. In meinen Augen konnte es nichts geben, was schlechter zu der Umgebung paßte als die Anwesenheit dieser Schiffe. Doch erfuhren wir bald, was sie hierhergeführt hatte. Die ganze Inselgruppe war gerade von Konteradmiral Dupetit-Thouars im Namen der unbesiegbaren französischen Nation in Besitz genommen worden.

Diese Nachricht überbrachte uns eine höchst ungewöhnliche Persönlichkeit, ein echter Südseevagabund, der, sobald wir in die Bucht einliefen, in einem Walfischboot längsseits kam und mit Hilfe einiger barmherziger Männer am Fallreep an Bord genommen wurde; denn unser Besucher befand sich in jenem interessanten Stadium der Trunkenheit, in dem der Mensch liebenswürdig und hilflos ist. Wenn er auch völlig außerstande war, gerade zu stehen oder seinen Körper über das Deck zu steuern, bot er uns dennoch großmütig seine Dienste an, um das Schiff nach einem guten, sicheren Ankerplatz zu lotsen. Aber unser Kapitän bezweifelte seine Navigationsfähigkeiten und weigerte sich, ihm den Posten einzuräumen, auf den er Anspruch erhob. Doch unser Herr war entschlossen, seine Rolle zu spielen, und nach vieler Kletterei gelang es ihm, in das Achterboot an der Wetterseite zu steigen, wo er wieder ins Gleichgewicht kam, indem er sich an einer der Wanten festhielt; und nun fing er an, mit erstaunlicher Zungenfertigkeit und höchst eigenartigen Gebärden seine Kommandos zu geben. Natürlich gehorchte niemand seinen Weisungen; doch war es unmöglich, ihn zum Schweigen zu bringen, und so fuhren wir mit diesem seltsamen Kauz, der seine Faxen machte, an den Schiffen des Geschwaders vor den Augen der französischen Offiziere vorbei.

Später hörten wir, daß unser exzentrischer Freund Lieutenant in der englischen Marine gewesen war; da er aber seine Flagge durch ein kriminelles Vergehen in einem der bedeutendsten Welthäfen entehrt hatte, desertierte er von dem Schiff. Jahrelang trieb er sich auf den pazifischen Inseln herum, bis er in Nukuhiwa, wo er sich zufällig aufhielt, als die Franzosen davon Besitz ergriffen, von den neuen Machthabern zum Hafenlotsen ernannt wurde.

Als wir langsam tiefer in die Bucht einfuhren, stießen zahlreiche Kanus von der Küste ab, und wir befanden uns bald mitten in einer ganzen Flottille. Die wilden Paddler gaben sich alle Mühe, zu uns an Bord zu kommen, und bei ihren erfolglosen Versuchen rammte einer den anderen. Bei einem solchen Zusammenstoß verfingen sich manchmal die vorstehenden Ausleger ihrer leichten Boote, und die Kanus drohten zu kentern. Dann gab es eine derartig verworrene Szene, daß es jeder Beschreibung spottet. So seltsame Ausrufe und leidenschaftliche Gebärden hatte ich in meinem Leben noch nicht gehört und gesehen. Man mußte annehmen, die Insulaner würden einander gleich bei der Gurgel packen, und dabei waren sie nur in aller Freundlichkeit damit beschäftigt, ihre Boote wieder auseinanderzubringen.

Zwischen den Kanus sah man hier und da eine Anzahl Kokosnüsse, die alle dicht beieinander in kreisförmigen Gruppen schwammen und mit jeder Welle auf- und niedertauchten. Durch irgendeine unerklärliche Vorrichtung näherten sich diese Kokosnüsse alle stetig dem Schiff. Als ich mich neugierig über die Reling beugte und versuchte, ihre geheimnisvollen

Bewegungen zu ergründen, zog eine Masse, die den anderen weit voraus war, meine Aufmerksamkeit auf sich. Im Mittelpunkt war etwas, was ich für nichts anderes als eine Kokosnuß halten konnte, aber es war bestimmt das merkwürdigste Exemplar dieser Frucht, das ich je gesehen hatte. Sie wirbelte und tanzte unter den übrigen ganz seltsam herum, und als sie näherkam, meinte ich, sie hätte eine auffallende Ähnlichkeit mit dem braunen, kahlgeschorenen Schädel eines Wilden. Gleich darauf zeigten sich ein Paar Augen, und bald erkannte ich, daß die vermeintliche Kokosnuß nichts anderes als der Kopf eines Insulaners war, der sich dieser originellen Methode bediente, um seine Ware auf den Markt zu bringen. Die Kokosnüsse hingen durch schmale Streifen aneinander, die von der Schale abgerissen und primitiv zusammengeknüpft waren. Ihr Besitzer steckte den Kopf mitten hindurch und beförderte sein Kokosnußhalsband durchs Wasser, indem er mit den Füßen ausschlug.

Ich war ziemlich verwundert, daß unter den vielen Eingeborenen, die uns umgaben, kein einziges weibliches Wesen zu sehen war. Damals war mir noch nicht bekannt, daß durch das ›Tabu‹ allen Frauen und Mädchen die Benutzung des Kanus in jedem Teil der Insel strengstens verboten ist und es schon den Tod für sie bedeutet, wenn man sie auch nur in einem an Land gezogenen Boot antrifft. Eine marquesanische Dame, die zu Wasser reist, bedient sich daher der Ruder ihres eigenen schönen Körpers.

Wir hatten uns dem Strand auf etwa anderthalb Meilen genähert, als ein paar Insulaner, denen es inzwischen gelungen war, bei uns an Bord zu klettern – wobei sie leicht ihre Kanus hätten zum Sinken bringen können –, unsere Aufmerksamkeit auf eine eigenartige Bewegung im Wasser vor unserem Schiff lenkten. Zuerst glaubte ich, sie rühre von einem Fischschwarm her, der sich an der Oberfläche tummelte, aber unsere wilden Freunde versicherten uns, sie würde von einem Schwarm *whihenies* – junger Mädchen – verursacht, die vom Ufer heranschwammen, um uns zu begrüßen. Als sie näherkamen und ich beobachtete, wie sie sich mit den Wellen hoben und senkten und dabei den rechten Arm, auf dem sie den Tapagürtel trugen, aus dem Wasser hielten, und wie ihr langes dunkles Haar neben ihnen herfloß, glaubte ich fast, es könnten nichts anderes als Seejungfrauen sein – und wie Seejungfrauen benahmen sie sich auch.

Wir waren immer noch ein Stück von der Küste entfernt und hatten nun langsame Fahrt, als wir mitten in diese schwimmenden Nymphen hineinsegelten und sie uns von allen Seiten enterten. Viele hielten sich an den Rüsteisen fest und sprangen in die Püttings; andere griffen, auf die Gefahr hin vom Schiff erfaßt zu werden, nach den Wasserstagen, wanden ihre schlanken Gestalten um die Taue und hingen so in der Luft. Zu guter Letzt gelang es allen, an den Schiffswänden hochzukommen, wo sie sich festklammerten – das Meerwasser lief an ihnen herunter, und sie glühten vom Bad. Das Haar, schwarz wie Ebenholz, fiel ihnen über die Schultern und verhüllte halb ihre sonst nackten Gestalten. Dort hingen sie und sprühten vor wilder Lebhaftigkeit, lachten sich fröhlich zu und schwatzten mit unendlichem Vergnügen drauflos. Dabei waren sie nicht müßig; denn eine half der anderen bei der einfachen Toilette. Aus den üppigen Locken, die hochgesteckt und in den kleinsten Raum zusammengedreht waren, wrangen sie das Salzwasser, der ganze Körper wurde sorgfältig abgetrocknet und aus einer kleinen runden Muschel, die von Hand zu Hand ging, mit duftendem Öl gesalbt; dann schlangen sie ein paar lose Falten weißer Tapa an einem bescheidenen Gürtel um die Taille, und damit war ihr Putz beendet. So angetan, zögerten sie nicht länger, sondern schwangen sich leicht über die Reling und tollten bald auf Deck herum. Viele von ihnen gingen nach vorn, setzten sich auf die Galionsreling oder liefen aufs Bugspriet hinaus, andere wiederum machten sich's auf dem Heckbord bequem oder legten sich lang ausgestreckt in die Boote. Welch ein Anblick für uns seefahrende Junggesellen! Wie konnte man einer so schrecklichen Versuchung widerstehen? Denn wer hätte daran gedacht, diese arglosen Geschöpfe über Bord zu werfen, die doch meilenweit geschwommen waren, um uns willkommen zu heißen?

Ich betrachtete sie voller Verwunderung: Ihre große Jugend, das helle, reine Braun der Haut, die feinen Züge und unsagbar anmutigen Figuren, die sanft gerundeten Glieder und das freie, ungekünstelte Betragen waren seltsam und schön zugleich.

Die ›Dolly‹ war restlos erobert, und ich kann wohl sagen, daß niemals ein Schiff von einer kühneren, unwiderstehlicheren Schar geentert worden ist! Da das Schiff einmal genommen war, blieb uns nichts weiter übrig, als uns gefangenzugeben, und solange die ›Dolly‹ in der Bucht lag, war sie samt ihrer Besatzung vollkommen in den Händen der Seejungfrauen.

Als wir vor Anker gegangen waren, wurde abends das Deck mit Laternen illuminiert, und die malerische Sylphidenschar gab, blumengeschmückt und in verschiedenfarbige Tapagewänder gekleidet, einen Ball in ganz großem Stil. Diese Frauen lieben den Tanz leidenschaftlich, und in der wilden Grazie und Lebendigkeit ihrer Bewegungen übertreffen sie alles, was ich je gesehen habe. Die abwechslungsreichen Tänze der marquesanischen Mädchen sind vollendet schön, aber es liegt eine hingebungsvolle Wollust darin, die ich nicht zu beschreiben wage.

Unser Schiff gab sich nun völlig jeder Art von Lust und Ausschweifung hin. Nicht die geringste Schranke bestand noch zwischen den frevelhaften Begierden der Mannschaft und ihrer restlosen Befriedigung. Während der ganzen Zeit unseres Aufenthalts waren schlimmste Zügellosigkeit und schamlose Trunkenheit an der Tagesordnung, und nur gelegentlich gab es eine kurzfristige Unterbrechung. Ach, die armen Wilden, die unter diesen verderblichen Einfluß geraten! Arglos und vertrauensvoll lassen sie sich leicht zu jedem Laster verführen, und die Menschheit weint über das Unheil, das ihre europäischen Zivilisatoren so gewissenlos über sie bringen. Dreimal glücklich, wer eine noch unentdeckte Insel mitten im Ozean bewohnt und noch nicht in die vergiftende Berührung mit dem weißen Mann gekommen ist!

3

Einige Mitteilungen über die neuesten Operationen der Franzosen auf den Marquesas · Vorsichtiges Verhalten des Admirals · Die Ankunft der Fremden erregt Aufsehen · Das erste Pferd auf der Insel · Betrachtungen · Jämmerliche Vorwände der Franzosen · Abschweifung über Tahiti · Besitzergreifung der Insel durch den Admiral · Mutiges Benehmen einer englischen Dame

Im Sommer 1842 kamen wir auf den Inseln an; die Franzosen hielten sie damals seit einigen Wochen in Besitz. Während dieser Zeit hatten sie mehrere wichtige Orte der Gruppe besucht und an verschiedenen Punkten ungefähr fünfhundert Mann Soldaten an Land gesetzt. Man beschäftigte diese damit, Verteidigungsanlagen zu errichten und andere Vorsichtsmaßregeln gegen die Angriffe der Eingeborenen zu treffen, da man jeden Augenblick mit dem Ausbruch offener Feindseligkeiten rechnen mußte. Die Insulaner betrachteten die Menschen, die sich ihr Gebiet so kavaliermäßig aneigneten, mit Furcht und Abscheu. Sie haßten sie gründlich; aber ihr Groll wurde durch den Schrecken vor den schwimmenden Batterien unwirksam gemacht, die ihre verhängnisvollen Schlünde nicht auf Befestigungswerke und Schanzen gerichtet hatten, sondern auf eine Handvoll Bambushütten im Schatten eines Kokospalmenhaines! Ein tapferer Krieger war eben dieser Konteradmiral Dupetit-Thouars, zweifellos, aber auch ein vorsichtiger. Vier schwere Fregatten mit doppeltem Zwischendeck und drei Korvetten, um einem Häuflein nackter Heiden solche Angst einzujagen, daß sie sich unterwarfen! Sechzig Achtpfünder, um Hütten aus Kokospalmzweigen zu zerstören, und Brandraketen, um ein paar Kanuschuppen anzuzünden!

In Nukuhiwa befanden sich ungefähr hundert Soldaten. Sie lagerten in Zelten aus alten Segeln und Reservespieren des Geschwaders, umgeben von einem Wall, auf dem ein paar Neunpfünder in Stellung gebracht worden waren, und von einem Graben. Einen Tag um den anderen marschierten diese Truppen in Reih und Glied nach einem nahegelegenen ebenen Platz und übten dort stundenlang allerlei militärische Schwenkungen, und Scharen von Eingeborenen sahen ihnen dabei zu, mit wilder Bewunderung für das Schauspiel und ebenso wildem Haß gegen die Schauspieler. Ein Regiment der Alten Garde hätte bei einer Parade an einem Sommertag auf den Champs-Elysées keinen peinlich-korrekteren Eindruck machen können. Die Uniformen der Offiziere flimmerten nur so von Goldlitzen und Stickereien, als ob man damit die Insulaner absichtlich hätte blenden wollen, und sahen so aus, als wären sie gerade erst aus den Pariser Koffern ausgepackt worden.

Die Sensation, die das Auftreten der Fremden hervorrief, hatte sich bei unserer Ankunft auf den Inseln noch nicht im geringsten gelegt. Die Eingeborenen drängten sich immer noch um das Lager und beobachteten mit lebhafter Neugier alles, was vorging. Eine Schmiede, die im Schatten eines Haines nahe dem Meeresufer aufgebaut worden war, zog so viele Menschen an, daß die Wachposten nur mit der allergrößten Mühe die wißbegierige Menge in einem Abstand halten konnten, der es den Handwerkern ermöglichte, ihre Arbeit zu verrichten. Aber nichts erregte solche Bewunderung wie ein Pferd, das die ›Achille‹, ein Schiff des Geschwaders, von Valparaiso mitgebracht hatte. Das auffallend schöne Tier hatte man an Land geschafft und in einer Hütte aus Kokospalmzweigen im Lager untergebracht. Bisweilen wurde es mit einer bunten Schabracke herausgeführt und von einem der Offiziere in größter Geschwindigkeit über den harten Strand geritten. Diese Vorstellung erntete stets lauten Applaus, und das *puarki nui* – das große Schwein – wurde von den Insulanern einstimmig als das wunderbarste Exemplar der Zoologie bezeichnet, das ihnen je vorgekommen war.

Die Expedition zur Besitzergreifung der Marquesas war im Frühling des Jahres 1842 von Brest ausgelaufen, ihr Bestimmungsort geheim und allein dem Kommandanten bekannt. Kein Wunder, daß diejenigen, die einen so schreienden Bruch der Menschenrechte vorhatten, versuchten, diese Ungeheuerlichkeit vor den Augen der Welt zu verschleiern. Und trotz ihres frevelhaften Verhaltens – hier wie anderswo – haben sich die Franzosen seit jeher gebrüstet, die humanste und kultivierteste Nation zu sein. Ein hoher Bildungsgrad scheint indessen die schlechten Instinkte des Menschen letzten Endes nicht groß zu zügeln, und wenn man die Zivilisation selbst nach einigen ihrer Ergebnisse einschätzen wollte, wäre es vielleicht besser, wenn der Teil der Welt, den wir den barbarischen nennen, unverändert bliebe.

Ein Beispiel für die schamlosen Ausflüchte, deren sich die Franzosen bedienen, um jede vielleicht zur Unterwerfung der Marquesaner geeignete Grausamkeit zu rechtfertigen, verdient, berichtet zu werden. Unter irgendeinem fadenscheinigen Vorwand hat man Mowanna, den die Eindringlinge durch verschwenderische Geschenke für ihre Interessen geködert haben und als bloße Marionette verwenden, zum rechtmäßigen Herrscher über die ganze Insel gesetzt und auf dem Wege der Verordnung zum angeblichen Regenten über mehrere Stämme erklärt, die sich vielleicht seit ewigen Zeiten als verschiedene Nationen betrachtet haben. Um diesen schwergekränkten Prinzen wieder in die fingierten Würden seiner Vorfahren einzusetzen, sind die uneigennützigen Fremden den weiten Weg von Frankreich hergekommen: Sie sind entschlossen, die Anerkennung seines Titels durchzusetzen. Wenn irgendein Stamm sich weigern sollte, die Herrschaft der Franzosen dadurch anzuerkennen, daß er sich vor dem betreßten chapeau Mowannas beugt, dann muß er die Folgen seiner Widerspenstigkeit tragen. Unter dem Deckmantel eines ähnlichen Vorwandes sind auch die Gewalttaten und Blutbäder auf Tahiti, der Schönen, der Königin der Südsee, begangen worden.

Auf dieser Freibeuter-Expedition segelte Konteradmiral Dupetit-Thouars in der Fregatte ›Reine Blanche‹ nach der unglückseligen Insel und ließ den Rest seines Geschwaders bei den Marquesas zurück. Seine Streitkräfte hatten diese Gruppe damals seit etwa fünf Monaten besetzt. Bei seiner Ankunft in Tahiti verlangte er als Sühne für angebliche Beleidigungen der Flagge seines Landes einige zwanzig- oder dreißigtausend Dollar, die man ihm sofort aushändigen sollte, andernfalls drohte er zu landen und von der Insel Besitz zu ergreifen.

Kaum war die Fregatte vor Anker gegangen, als man Springtaue auf die Ketten setzte, die Geschütze in Stellung brachte und die Männer an die Geschütze beorderte. So lag die Fregatte in der kreisförmigen Bucht von Papeete. Ihre Breitseite hatte sie unheildrohend der Stadt zugekehrt, und ihre zahlreichen

Kutter lagen längsseits bereit, um unter dem Schutz der Batterien zu landen. Sie blieb mehrere Tage in dieser kriegerischen Stellung, während eine Reihe inoffizieller Verhandlungen geführt wurden und sich die ganze Insel im Alarmzustand befand. Viele Tahitier wollten zuerst zu den Waffen greifen und die Eindringlinge von ihrer Küste jagen; aber friedlichere und schwächere Ratgeber gewannen schließlich die Oberhand. Die unglückliche Königin Pomaré, die das drohende Verhängnis nicht abwenden konnte und durch die Anmaßung der unverschämten Franzosen eingeschüchtert war, floh zuletzt in ihrer Verzweiflung bei Nacht in einem Kanu nach Eimeo.

Während die Panik andauerte, ereignete sich ein Beispiel weiblichen Heldentums, und ich kann mir nicht versagen, es zu berichten.

Auf dem Grundstück des berühmten Missionars Konsul Pritchard, der gerade in London war, wehte wie immer tagsüber auf einer hohen Stange dicht am Meeresufer die britische Konsulatsflagge, so daß sie von der Fregatte aus stets zu sehen war. Eines Morgens erschien auf der Veranda von Mr. Pritchards Haus ein Offizier mit einer Abteilung Soldaten und verlangte in gebrochenem Englisch die Gattin des Missionars zu sprechen. Die Dame erschien sogleich, und der höfliche Franzose machte ihr eine seiner schönsten Verbeugungen, spielte anmutig mit den Spitzen der Schnüre, die ihm auf der Brust tanzten, und entledigte sich in liebenswürdiger Form seines Auftrags: Der Admiral wünsche, daß man die Flagge einhole – hoffe, daß es ihr angenehm sei –, und seine Leute ständen bereit, um diese dienstliche Order auszuführen. – »Sagen Sie Ihrem Herrn, dem Piraten«, so antwortete die mutige Engländerin und wies dabei auf die Flaggenstange, »wenn er die Flagge eingeholt haben wolle, müsse er selber kommen und es tun, ich werde es niemand anderem erlauben.« Dann verbeugte sich die Dame hochmütig und trat ins Haus zurück. Als der Offizier, ganz aus der Fassung gebracht, langsam wegging, sah er nach der Flagge hinauf und bemerkte, daß die Leine, an der sie aufgezogen war, von der Spitze der Stange über den Rasen nach einem geöffneten Fenster des oberen Stockwerks führte, an dem die Dame, von der er sich gerade verabschiedet hatte, in aller Ruhe beim Stricken saß. Wurde die Flagge gestrichen? Mrs. Pritchard meint, daß es nicht geschah, und Konteradmiral Dupetit-Thouars soll derselben Ansicht sein.

4

Stand der Dinge an Bord des Schiffes · Inhalt der Speisekammer · Dauer der Südseereisen · Bericht über einen fliegenden Walfänger · Entschluß, das Schiff zu verlassen · Die Bucht von Nukuhiwa · Die Taipis · Einfall in ihr Tal durch Porter · Betrachtungen · Die Tiorschlucht · Zusammenkunft zwischen dem alten König und dem Admiral

Unser Schiff lag erst einige Tage im Hafen von Nukuhiwa, als ich den Entschluß faßte, es zu verlassen. Wie viele und gewichtige Gründe mich zu diesem Schritt bewogen, geht schon daraus hervor, daß ich lieber mein Glück bei den Wilden der Insel versuchen wollte, als noch eine Fahrt mit der ›Dolly‹ zu ertragen. Um den bündigen, unmißverständlichen Ausdruck der Seemannssprache zu verwenden, ich hatte beschlossen, ›durchzubrennen‹. Da nun im allgemeinen mit diesem Wort eine Bedeutung verbunden wird, die für die betreffende Person keineswegs schmeichelhaft ist, bin ich es mir selber schuldig, mein Verhalten einigermaßen zu erklären.

Als ich an Bord der ›Dolly‹ ging, unterschrieb ich natürlich die Schiffsartikel. Dadurch verpflichtete ich mich freiwillig und band mich gesetzlich, für die Dauer der Fahrt in einer bestimmten Eigenschaft zu dienen. Unter gewöhnlichen Umständen hätte ich den Vertrag natürlich auch halten müssen. Aber ist nicht bei allen Kontrakten, wenn der eine Partner die Bedingungen nicht erfüllt, auch der andere grundsätzlich von seinen Verpflichtungen entbunden? Wer wird das bestreiten?

Nach dieser prinzipiellen Feststellung kommt die Nutzanwendung auf unseren besonderen Fall. In unzähligen Einzelheiten waren von dem Kapitän, unter dem ich diente, nicht nur die selbstverständlichen, sondern auch die besonders aufgeführten Bedingungen der Schiffsartikel verletzt worden. Die Behandlung an Bord war tyrannisch; die Kranken hatte man in unmenschlicher Weise vernachlässigt; die Lebensmittel wurden in kümmerlichen Rationen zugeteilt und die Fahrten unbillig in die Länge gezogen. Schuld an diesen Mißständen war der Kapitän. Es wäre sinnlos gewesen, zu hoffen, er werde Abhilfe schaffen oder sein selbstherrliches und gewalttätiges Betragen ändern. Seine prompte Antwort auf alle Beschwerden und Vorstellungen war – das dicke Ende einer Handspake, mit der er so überzeugend umzugehen verstand, daß er die klageführende Partei vollständig zum Schweigen brachte.

An wen konnten wir uns um Hilfe wenden? Wir hatten Recht und Gesetz hinter uns gelassen, als wir erst einmal um Kap Hoorn herum waren, und unglücklicherweise setzte sich unsere Mannschaft mit wenigen Ausnahmen aus einem Haufen feiger und gemeiner Tröpfe zusammen, unter sich entzweit und nur darin einig, daß sie widerstandslos die grenzenlose Tyrannei des Kapitäns ertrugen. Es wäre heller Wahnsinn gewesen, wenn zwei oder drei ohne den Beistand der anderen versucht hätten, sich gegen die schlechte Behandlung aufzulehnen. Sie hätten nur die Rachsucht dieses ›Herrn der Planken‹ auf sich gezogen und ihre Schiffskameraden neuer Drangsalierung ausgesetzt.

Schließlich wären all diese Dinge eine Weile zu ertragen gewesen, hätten wir nur hoffen können, durch die ordnungsgemäße Beendigung unserer Dienstzeit bald davon befreit zu werden. Aber wie trübe war die Aussicht da! Die lange Dauer der Kap-Hoorn-Walfängerfahrten ist sprichwörtlich, sie erstrecken sich häufig über vier oder fünf Jahre.

So mancher Jüngling mit langem Haar und bloßem Hals, der sich unter dem Einfluß Kapitän Marryats und der schlechten Zeiten in Nantucket zu einer Vergnügungsfahrt nach dem Pazifischen Ozean einschiffte und von der besorgten Mutter eine Flasche Milch auf die Reise mitbekam, kehrte als würdiger Herr mittleren Alters zurück.

Schon die Vorbereitungen für eine solche Expedition können einem bange machen. Da das Schiff keine Fracht mitführt, ist der Laderaum nur mit Vorräten für den eigenen Bedarf gefüllt. Die Reeder, die gleichzeitig auch die Lieferanten sind, versehen die Vorratskammer mit Leckerbissen im Überfluß: Köstliche Happen Rind- und Schweinefleisch in den verschiedensten Größen und Formen, die nach wissenschaftlichen Prinzipien von allen Teilen des Tieres abgeschnitten sind, werden sorgfältig eingesalzen und in Fässer gestaut. Sie bieten eine unendlich reiche Abwechslung nach ihrem Zähigkeitsgrad und der Besonderheit ihres Salzgehalts. Dazu gibt es erlesenes altes Wasser, das in feste Sechsbarrelfässer abgefüllt ist und von dem jede Seele an Bord täglich zwei Pints zugeteilt erhält. Ferner wird zur Ernährung und gastronomischen Befriedigung der Mannschaft ein riesiger Vorrat an Schiffszwieback mitgenommen. Um ihn vor dem Verderb oder Verbrauch in der üblichen Form zu schützen, hat man ihn vorher versteinern lassen.

Aber nicht zu reden von der Qualität dieser Seemannskost; die Mengen, die man davon an Bord eines Walfängers bringt, sind fast unglaublich. Oftmals, wenn wir in den Laderaum einbrechen konnten und ich die reihenweise aufgestapelten Kisten und Fässer sah, deren Inhalt von der Mannschaft im Laufe der Zeit aufgegessen werden sollte, sank mir der Mut.

In der Regel kreuzt ein Schiff, das Pech hat und keine Wale sichtet, so lange nach ihnen, bis es kaum noch genügend Proviant für die Heimreise hat, dann wendet es ruhig und kehrt, so gut es eben geht, zu seinen Freunden zurück. Man kennt aber auch Fälle, wo selbst dieses natürliche Hindernis für die weitere Fortsetzung der Reise überwunden wird und halsstarrige Kapitäne den Ertrag ihrer sauren Arbeit in einem chilenischen oder peruanischen Hafen gegen neue Lebensmittelvorräte eintauschen und die Fahrt mit unvermindertem Eifer und zäher Beharrlichkeit von neuem beginnen. Vergebens schreiben die Reeder dringliche Briefe an solch einen Kapitän, er solle heimsegeln und um ihretwillen das Schiff zurückbringen, da er es nun doch einmal nicht füllen könne. Er denkt nicht daran. Er hat ein Gelübde abgelegt: Er wird sein Schiff mit gutem Walratöl volladen oder, wenn ihm das nicht gelingt, niemals wieder Yankeewasser anloten.

Ich habe von einem Walfänger gehört, der so viele Jahre unterwegs war, daß man ihn als verloren aufgab. Das letzte, was man von ihm erfahren hatte, war eine unzuverlässige Nachricht, er habe eine jener schwimmenden Inseln in der fernen Südsee angelaufen, deren merkwürdige Wanderungen so sorgfältig in jeder neuen Ausgabe der Südseekarten verzeichnet sind. Nach langer Zeit aber sichtete man die ›Perseverance‹ – so hieß das Schiff – irgendwo am Ende der Welt, wo sie so gemächlich wie immer kreuzte, die Segel alle geflickt und mit Kabelgarn gestopft, die Spieren mit alten Röhren verlascht und das Tauwerk überall verknotet und verspleißt. Die Mannschaft bestand aus einigen zwanzig ehrwürdigen alten Seebären, die wie Pensionäre aus dem Seemannshospital von Greenwich aussahen und gerade noch über Deck humpeln konnten. Die Enden aller laufenden Taue mit Ausnahme der Signalfallen und des Heckniederholers waren durch Fußblöcke geschoren und führten nach der Ankerwinde oder dem Gangspill, so daß keine Rahe gebraßt und kein Segel gesetzt wurde, ohne sich einer Maschinerie zu bedienen.

Der Rumpf war mit Entenmuscheln verkrustet, die ein ganzes Gehäuse abgaben. Drei zahme Haie folgten in seinem Kielwasser und kamen täglich längsseits, um sich am Inhalt des Kücheneimers zu laben, der für sie ausgeschüttet wurde. Eine riesige Schar Blau- und Thunfische leistete dem Schiff stets Gesellschaft.

Das waren die Nachrichten, die ich über diesen

Walfänger hörte, und ich wurde die Erinnerung daran nicht los. Ich habe niemals erfahren, was aus ihm zu guter Letzt noch geworden ist, heimgekehrt ist er jedenfalls nicht, und ich nehme an, daß er immer noch regelmäßig zweimal aller vierundzwanzig Stunden wendet – irgendwo in der Nähe der Sodomiterei-Insel oder am Teufelsschwanzvorgebirge.

Soviel über die gewöhnliche Dauer solcher Fahrten. Wenn ich dann noch dem Leser mitteile, daß unsere sozusagen gerade erst begonnen hatte, da wir nur fünfzehn Monate unterwegs waren und jetzt noch als Neuankömmlinge begrüßt wurden, zu denen man an Bord kam, um die letzten Nachrichten zu erfahren, wird er ohne weiteres verstehen, daß ich nicht sehr hoffnungsvoll in die Zukunft blickte, besonders, da ich immer dunkel geahnt hatte, daß wir auf unserer Reise nicht vom Glück begünstigt sein würden, und die bisherige Erfahrung dem recht gab.

Ich kann hier auf Ehrenwort versichern, daß die ›Dolly‹ heute noch im Pazifischen Ozean kreuzt, obwohl über drei Jahre vergangen sind, seitdem ich sie verlassen habe, und erst vor einigen Tagen las ich einen Zeitungsbericht, wonach sie auf dem Wege nach Japan die Sandwichinseln angelaufen hat.

Aber um zu meiner Geschichte zurückzukehren: In dieser aussichtslosen Lage, wo keine Besserung der Verhältnisse abzusehen war, wenn ich an Bord der ›Dolly‹ blieb, beschloß ich, sie zu verlassen. Natürlich war es nicht gerade rühmlich, mich heimlich, ohne mich zu empören, von denen wegzustehlen, die mich so unbillig und schlecht behandelt hatten, aber was sollte ich tun, da mir keine andere Wahl blieb? Als mein Entschluß einmal feststand, versuchte ich, so viel wie möglich über die Insel und ihre Bewohner in Erfahrung zu bringen, um danach meinen Fluchtplan zu machen. Das Ergebnis dieser Erkundigungen will ich jetzt mitteilen, damit die weitere Erzählung um so leichter verständlich wird.

Die Bucht von Nukuhiwa, in der wir damals lagen, ist hufeisenförmig. Der Umfang beträgt ungefähr neun Meilen. Von der See aus gelangt man durch eine enge Einfahrt hinein, die auf beiden Seiten von zwei kleinen Zwillingsinseln flankiert wird. Von diesen Inseln, die kegelförmig bis zu einer Höhe von etwa fünfhundert Fuß ansteigen, tritt die Küste auf beiden Seiten zurück und beschreibt einen weiten Halbkreis.

Vom Ufer her steigt das Land überall gleichmäßig in grünen Hügeln an, bis es von sanft gewellten Hängen und mäßigen Erhebungen unmerklich zu großartigen, majestätischen Bergen emporwächst, deren blaue Umrisse überall das Bild abschließen. Die herrliche Küste wird noch reizvoller durch die tiefen, romantischen Schluchten, die sich in fast gleichen Abständen zu ihr herunterziehen; alle werden offenbar von einem Mittelpunkt ausgestrahlt, und sie verlieren sich oben im Schatten der Berge. Durch jedes kleine Tal fließt ein klarer Bach, der hier und da sacht über einen Felsen fällt, dann wieder unsichtbar dahinfließt, bis er in einem größeren, tosenden Wasserfall erneut sichtbar wird und schließlich sittsam zum Meere wandert.

Die Häuser der Eingeborenen sind aus gelbem Bambus errichtet, der geschmackvoll in eine Art Flechtwerk zusammengedreht ist, und mit den langen, spitz zulaufenden Blättern der Fächerpalme gedeckt. Sie liegen unregelmäßig über diese Täler verstreut unter den schattigen Zweigen der Kokospalmen.

Nichts kann die großartige Landschaft dieser Bucht übertreffen. Von unserem Schiff aus gesehen, das in der Mitte der Bucht vor Anker lag, wirkte sie wie ein riesiges natürliches Amphitheater, das in Verfall geraten und mit wild rankenden Pflanzen überwachsen ist, und die tiefen Schluchten, die sie zerfurchten, ähnelten ungeheuren, durch die Verwüstungen der Zeit entstandenen Rissen. Oft, wenn ich versunken diese Schönheit betrachtete, habe ich schmerzlich bedauert, daß eine so zauberhafte Landschaft in fernen Meeren vor aller Welt verborgen ist und nur selten von einem andächtigen Naturfreund erblickt wird.

Außer durch diese Bucht ist die Küste der Insel durch mehrere andere tiefe Einschnitte gekerbt, in die breite, grünende Täler hinabsteigen. Sie werden von ebenso vielen selbständigen wilden Stämmen bewohnt, die zwar verwandte Dialekte einer gemeinsamen Sprache sprechen und dieselbe Religion und Gesetzgebung haben, aber seit undenklichen Zeiten in Erbfeindschaft miteinander leben. Die trennenden Berge, die meist zwei- bis dreitausend Fuß über den Meeresspiegel ansteigen, bilden die geographischen Grenzen der feindlichen Stammesgebiete und werden außer auf Kriegs- oder Beutezügen niemals überschritten. Nukuhiwa benachbart und nur durch die Berge, die man vom Hafen aus sieht, von ihm getrennt, ist das liebliche Happartal, dessen Bewohner die freundlichsten Beziehungen zu denen von Nukuhiwa unterhalten. Auf der anderen Seite von Happar schließt sich unmittelbar das herrliche Tal der gefürchteten Taipis an, der unversöhnlichen Feinde der beiden Stämme.

Diese berühmten Krieger scheinen den anderen Insulanern unsagbaren Schrecken einzuflößen. Schon ihr Name ist fürchterlich; denn das Wort ›Taipi‹ bezeichnet in der marquesanischen Sprache jemand, der gern Menschenfleisch ißt. Es ist einigermaßen merkwürdig, daß man nur ihnen diesen Namen verliehen hat; denn die Eingeborenen der ganzen Gruppe sind unverbesserliche Kannibalen. Vielleicht wurde der Stamm so genannt, um seine besondere Wildheit zu kennzeichnen und ihm gleichzeitig einen Schimpf anzutun.

Die Taipis genießen einen ungeheuren Ruf auf allen Inseln. Die Eingeborenen von Nukuhiwa schilderten unserer Schiffsmannschaft oft mit lebhaften Gebärden ihre schrecklichen Taten und zeigten die Narben der Wunden, die sie in verzweifelten Kämpfen mit ihnen empfangen hatten. Wenn wir an Land waren, versuchten sie, uns zu erschrecken, indem sie auf einen ihrer eigenen Leute wiesen und ihn Taipi nannten, und wunderten sich nicht wenig, daß wir bei einer so schrecklichen Mitteilung nicht augenblicklich Fersengeld gaben. Es war höchst ergötzlich, zu beobachten, mit welchem Ernst sie alle kannibalischen Neigungen ihrerseits ableugneten, während sie ihre Feinde, die Taipis, bezichtigten, sie hätten von jeher Menschenfleisch als einen Leckerbissen betrachtet; aber das ist eine Absonderlichkeit, auf die ich später noch zurückkommen werde.

Wenn ich auch überzeugt war, daß die Einwohner unserer Bucht genauso notorische Kannibalen waren wie alle anderen Stämme der Insel, empfand ich doch eine ganz besondere, uneingeschränkte Abneigung gegen die erwähnten Taipis. Schon ehe ich nach den Marquesas kam, hörte ich von Männern, die auf früheren Reisen diese Gruppe angelaufen hatten, einige empörende Geschichten über die Wilden; und das

Abenteuer des Kapitäns der ›Katherine‹ war mir noch frisch in Erinnerung. Erst vor ein paar Monaten hatte er sich unvorsichtigerweise in einem bewaffneten Boot in die Bucht gewagt, um Tauschhandel zu treiben, und war von den Eingeborenen ergriffen und ein Stück ins Tal hineingeschleppt worden. Nur durch ein junges Mädchen, das ihm nachts zur Flucht entlang der Küste nach Nukuhiwa verhalf, wurde er vor einem grausamen Tod bewahrt.

Ich hatte auch von einem englischen Schiff gehört, das vor vielen Jahren nach einer beschwerlichen Fahrt in die Bucht von Nukuhiwa einzufahren versuchte und zwei oder drei Meilen vom Lande entfernt einem großen Kanu mit Eingeborenen begegnete, die sich als Führer anboten. Der Kapitän, mit den Örtlichkeiten der Insel unbekannt, ging freudig auf ihren Vorschlag ein – das Kanu paddelte weiter, und das Schiff folgte. Man hatte es bald in eine schöne Bucht gelotst, wo es im Schatten der steilen Küste vor Anker ging. In derselben Nacht strömten die falschen Taipis, die es so in ihre Todesbucht gelockt hatten, zu Hunderten auf das Schiff, dessen Schicksal besiegelt war, und ermordeten auf ein gegebenes Zeichen jede Seele an Bord.

Ich werde nie die Bemerkung eines unserer Matrosen vergessen, als wir auf dem Weg nach Nukuhiwa langsam den Eingang der Bucht passierten. Wir schauten über die Reling nach den grünen Vorgebirgen, da zeigte Ned mit der Hand nach dem verräterischen Tal und rief: »Dort – dort ist Taipi. Oh, die verdammten Kannibalen, was für ein Festmahl wir ihnen liefern würden, wenn wir es uns in den Kopf setzen sollten, zu landen! Aber man sagt, Seemannsfleisch schätzen sie nicht so sehr, es sei zu salzig. Na,

Freundchen, was würdest du sagen, wenn wir dich hier an Land setzten?« Ich ahnte noch nicht, als es mir bei der Frage kalt über den Rücken lief, daß ich wenige Wochen später tatsächlich ein Gefangener dieses Tals sein würde.

Obwohl die Franzosen an allen wichtigen Orten der Gruppe feierlich ihre Flagge für ein paar Stunden gehißt hatten, waren sie doch noch nicht in der Bucht von Taipi gewesen, da sie mit heftigem Widerstand von seiten der dortigen Eingeborenen rechneten, den sie im Augenblick wenigstens vermeiden wollten. Vielleicht ließen sie sich bei diesem ungewöhnlichen Vorgehen stark durch die Erinnerung an Kapitän Porter leiten und an den kriegerischen Empfang, den die Taipis den Streitkräften dieses tapferen, tüchtigen Offiziers bereiteten, als er um das Jahr 1814 versuchte, den Stamm zu unterwerfen, nur um den tödlichen Haß seiner Verbündeten, der Nukuhiwas und Happars, zu befriedigen.

Wie ich gehört habe, landete damals eine ansehnliche Abteilung Matrosen und Marinesoldaten der Fregatte ›Essex‹, von mindestens zweitausend Happar- und Nukuhiwakriegern begleitet, mit Booten und Kanus in der Bucht, und als sie ein Stück in das Tal vorgedrungen waren, stießen sie auf hartnäckigen Widerstand der Bewohner. Tapfer, wenn auch unter großen Verlusten, machten ihnen die Taipis jeden Zoll Boden streitig, und nach schwerem Kampf zwangen sie die Angreifer, sich zurückzuziehen und ihre Eroberungsgelüste aufzugeben.

Auf dem Rückmarsch zur See trösteten sich diese über ihre Schlappe damit, daß sie jedes Haus und jeden Tempel, der an ihrem Wege lag, in Brand steckten, und eine Reihe rauchender Ruinen entstellte die einst so heitere Landschaft und kündete ihren heidnischen Bewohnern den Geist, der in der Brust christlicher Soldaten wohnte. Wen kann es wundernehmen, daß die Taipis nach solchen grundlosen Greueltaten alle Fremden tödlich hassen?

So kommt es, daß die Menschen, die wir ›Wilde‹ nennen, dazu gebracht werden, diesen Namen zu verdienen. Wenn die Einwohner irgendeiner einsamen Insel zum erstenmal das ›große Kanu‹ des Europäers erspähen, wie es durch das blaue Wasser auf ihr Gestade zufährt, laufen sie in Scharen an die Küste, um die Fremden mit offenen Armen zu empfangen. Verhängnisvolle Umarmung! Sie nehmen die Schlange an ihre Brust, deren Biß alle ihre Freuden vergiftet, und ihr ursprüngliches Gefühl der Liebe wird bald in bittersten Haß verwandelt.

Die Ungeheuerlichkeiten, die man in der Südsee an harmlosen Insulanern begangen hat, sind fast unglaublich. Zu Hause wird selten darüber gesprochen; es geschieht am Ende der Welt in irgendeinem Winkel, und niemand ist da, der es aufdeckt. Doch gibt es manch einen kleinen Händler, der den Pazifischen Ozean befahren hat und dessen Kurs sich von Insel zu Insel an einer ununterbrochenen Spur kaltblütiger Räubereien, Entführungen und Morde verfolgen läßt, deren Schändlichkeit vollauf genügen sollte, um die sündhaften Planken auf den Meeresgrund zu versenken.

Manchmal dringen unbestimmte Berichte über solche Dinge bis zu uns in die Heimat, und wir tadeln sie kühl als schlecht, unklug, unnötig hart und gefährlich für die Mannschaften anderer Schiffe. Wie anders ist unser Ton, wenn wir die großaufgemachte Beschreibung des Massakers der Hobomak-Besatzung durch die Fidschis lesen. Wieviel Mitgefühl haben wir mit den unglücklichen Opfern, und mit welchem Abscheu betrachten wir die teuflischen Heiden, obwohl sie im Grunde genommen doch nur grundlose Grausamkeiten heimzahlten, die an ihnen verübt wurden. Wir dürsten nach Rache, rüsten bewaffnete Schiffe aus und fahren viele tausend Meilen über den Ozean, um eine summarische Bestrafung der Missetäter vorzunehmen. Wenn die Schiffe an ihrem Bestimmungsort angekommen sind, brandschatzen, schlachten und zerstören die Besatzungen laut ihren schriftlichen Instruktionen, wenn sie von der Stätte der Verwüstung abfahren, rufen sie die Christenheit an, damit sie ihrem Mut und Gerechtigkeitssinn Beifall zollt.

Wie oft wird die Bezeichnung ›Wilde‹ unrichtig angewandt! Niemand, der sie wirklich verdient, ist bisher jemals von Reisenden zu Lande und zu Wasser entdeckt worden. Sie haben Heiden und Barbaren entdeckt, die man durch furchtbare Grausamkeiten erst zu Wilden gemacht hatte. Ich brauche keinen Widerspruch zu fürchten, wenn ich sage, daß in allen Fällen, wo Polynesier Greueltaten begingen, Europäer irgendwann damit angefangen haben und der grausame, blutrünstige Charakter mancher Insulaner hauptsächlich dem Einfluß solcher Beispiele zuzuschreiben ist.

Aber kehren wir zurück. Wegen der erwähnten Feindseligkeiten der einzelnen Stämme untereinander bleiben die Berge, die ihre Gebiete trennen, völlig unbesiedelt; die Eingeborenen leben stets in Talgründen, um sich vor den Raubzügen ihrer Feinde zu schützen, die oft an den Grenzen lauern, jeden unvorsichtigen Herumstreicher umbringen oder die Bewohner einer abgelegenen Hütte überfallen. Ich habe mehrmals hochbetagte Männer getroffen, die aus diesem Grunde niemals über die Grenzen ihres Heimattals hinausgekommen sind; einige waren im Verlauf ihres ganzen Lebens nicht einmal den Berg halb hinaufgestiegen und hatten daher kaum eine Ahnung, wie die anderen Teile der Insel aussahen, deren ganzer Umfang wohl nicht mehr als sechzig Meilen mißt. Es scheint fast unglaublich, in welch engem Raum manche dieser Stämme ihre Tage verbringen.

Die Tiorschlucht ist dafür ein merkwürdiges Beispiel. Der bewohnte Teil ist nicht länger als vier Meilen und schwankt in seiner Breite zwischen einer halben und weniger als einer Viertelmeile. Die felsigen, umrankten Bergwände auf der einen Seite türmen sich fast senkrecht bis zu mindestens fünfzehnhundert Fuß Höhe auf, während sich in eindrucksvollem Gegensatz zu dieser Landschaft auf der anderen Seite des Tales grasbewachsene Erhebungen in blühenden Terrassen übereinander aufbauen. Zwischen diesen gigantischen Schranken würde das Tal von der übrigen Welt völlig abgeschlossen sein, wenn es nicht an einem Ende von der See her und am anderen durch einen engen Hohlweg zugänglich wäre.

Diese schöne Schlucht machte einen unvergeßlichen Eindruck auf mich, als ich sie zum erstenmal sah.

Ich kam zu Wasser von Nukuhiwa mit der Schaluppe, und wir liefen zur Mittagszeit in die Tiorbucht ein. Die Hitze war drückend, als wir über die lange, sanfte Dünung des Ozeans fuhren; denn es gab nur wenig Wind. Die Sonnenstrahlen hatten ihre ganze Wut an uns ausgelassen, und unser Unbehagen wurde noch dadurch gesteigert, daß wir bei der Abfahrt vergessen hatten, uns mit Trinkwasser zu versehen. Vor Hitze und Durst war ich so ungeduldig, an

Land zu kommen, als wir ihm schließlich entgegenglitten, daß ich sprungbereit im Bug des Bootes stand. Von drei oder vier starken Ruderschlägen getrieben, schoß es mit zwei Drittel seiner Länge auf das Ufer, und ich sprang mitten in einen Haufen jugendlicher Wilder hinein, die uns freundlich willkommen heißen wollten. Als ich über den offenen Strand drauflosrannte, hängten sie sich mir an die Fersen und schrien gellend wie die Teufel, bis ich mich einem Taucher gleich in den ersten Hain stürzte, der vor mir lag.

Was für ein köstliches Gefühl war das! Ich kam mir vor, als schwämme ich in einem neuen Element, während ich die verschiedensten gurgelnden, tröpfelnden und fließenden Laute wahrnahm. Die Leute mögen noch so viel über die erfrischende Wirkung eines Kaltwasserbades sagen, mich schickt, wenn ich in Schweiß bin, in die Schattenbäder Tiors unter die Kokospalmen und in die kühle, erquickende Luft, die sie umgibt.

Wie soll ich die Landschaft beschreiben, die ich erblickte, als ich aus diesem grünen Winkel Ausschau hielt! Die enge Schlucht mit den steilen, umrankten Seitenwänden, die ein unter üppigem Laub fast verborgenes Flechtwerk von Zweigen überwölbte, schien von meinem Standort aus eine ungeheure Laube zu sein, aus der man eine schöne Aussicht hat, während sie sich, als ich erst ein Stück gegangen war, unmerklich zu dem lieblichsten Tal erweiterte, das je ein Auge erblickte.

Es traf sich so, daß an dem Tage, an dem ich in Tior war, der französische Admiral, von seinem ganzen Geschwader begleitet, mit großem Gepränge von Nukuhiwa kam, um das Land förmlich in Besitz zu nehmen. Er blieb etwa zwei Stunden im Tal und hatte eine feierliche Unterredung mit dem König.

Das Stammesoberhaupt von Tior war ein hochbetagter Mann; aber wenn er auch vom Alter gebeugt und hinfällig war, hatte sein riesiger Körper doch nichts von seiner ursprünglichen Würde und Hoheit verloren. Er schritt langsam vorwärts, und das Gehen strengte ihn sichtlich an. Bei seinen schwankenden Schritten stützte er sich auf den schweren Kriegsspeer, den er in der Hand hielt, oder auf einen der graubärtigen Häuptlinge, die ihn begleiteten. Der Admiral kam ihm mit entblößtem Haupt und ausgestreckter Hand entgegen, während der alte König zur Begrüßung großartig seine Waffe schwang. Im nächsten Augenblick standen sie Seite an Seite, diese beiden Extreme der gesellschaftlichen Stufenleiter – der elegante, prächtig gekleidete Franzose und der arme, tätowierte Wilde. Beide waren große, stattliche Männer, aber welch starken Gegensatz bildeten sie sonst! Dupetit-Thouars stellte den ganzen Prunk seines Marineranges zur Schau. Er trug einen reichgeschmückten Admiralsrock, einen betreßten chapeau bras und auf der Brust eine Menge Bänder und Orden, während der schlichte Insulaner mit Ausnahme eines schmalen Lendengürtels in seiner ganzen natürlichen Nacktheit dastand.

In welch unermeßlicher Entfernung, dachte ich, stehen diese beiden Wesen voneinander. In dem einen zeigt sich das Ergebnis einer jahrhundertealten Zivilisation und Bildung, die allmählich der bloßen Kreatur den äußeren Anschein alles Erhabenen und Großartigen gegeben haben, während sich der andere im Verlauf derselben Zeit nicht einen Schritt weit vorwärtsbewegt hat. ›Ist nicht am Ende doch‹, sprach ich bei mir selbst, ›der Wilde, der tausend Bedürfnisse nicht kennt und nichts weiß von quälenden Sorgen, vielleicht der Glücklichere von beiden?‹ Das waren die Gedanken, die in mir aufstiegen, als ich dem ungewöhnlichen Schauspiel vor meinen Augen zusah. Wahrlich, es war eindrucksvoll und unvergeßlich. Noch jetzt kann ich mich ganz deutlich an jede Einzelheit der Szene erinnern: an den Schatten, in dem die Besprechung stattfand, die großartige tropische Vegetation, die malerische Gruppierung der aus Soldaten und Eingeborenen bunt gemischten Menge und selbst an das goldene Bananenbündel, das ich gerade in der Hand hielt und an dem ich mich gelegentlich labte, während ich die obigen philosophischen Betrachtungen anstellte.

5

Gedanken vor dem Fluchtversuch · Toby, ein Schiffskamerad, will das Abenteuer mitmachen · Letzte Nacht an Bord des Schiffes

Da ich fest entschlossen war, das Schiff heimlich zu verlassen, und alle Nachrichten über die Bucht, die ich in meiner Lage erlangen konnte, eingeholt hatte, erwog ich nun gründlich jeden überhaupt möglichen Fluchtplan; denn ich wollte bei einem Unternehmen, dessen Mißlingen von so viel unangenehmen Folgen begleitet war, mit der allergrößten Vorsicht handeln. Der Gedanke, eingefangen und schimpflich an Bord des Schiffes zurückgebracht zu werden, war mir so unsagbar widerwärtig, daß ich keinen hastigen, unüberlegten Schritt tun wollte, der dieses Ende hätte herbeiführen können.

Ich wußte, daß unser würdiger Kapitän, der so väterlich auf das Wohlbefinden seiner Mannschaft bedacht war, nicht bereitwillig erlauben würde, daß sich einer seiner besten Männer den Gefahren eines Aufenthaltes unter den Eingeborenen einer barbarischen Insel aussetzte, und ich war überzeugt, daß ihn seine väterliche Fürsorge im Falle meines Verschwindens veranlassen würde, als Belohnung für meine Festnahme viele Ellen buntbedruckten Kaliko zu bieten. Vielleicht maß er meinem Dienst sogar den Wert einer Muskete bei, und dieser herrliche Preis würde die gesamte Bevölkerung der Bucht anspornen, sich sofort auf meine Spur zu machen – das war mir klar.

Wie schon erwähnt, war mir bekanntgeworden, daß die Insulaner aus Vorsicht nur in den Talgründen lebten und Höhenwanderungen an den Küsten unterließen, wenn sie nicht gerade zum Krieg oder auf Raub auszogen. Ich kam daher zu dem Schluß, daß ich, falls es mir nur glückte, unbemerkt ins Gebirge zu gelangen, leicht dort bleiben und mich von den Früchten ernähren könnte, die ich unterwegs fand, bis das Schiff absegelte – und das mußte ich sofort erfahren, da von oben aus der ganze Hafen zu übersehen war.

Diese Idee gefiel mir ausgezeichnet. Sie schien sich leicht verwirklichen zu lassen und stellte überdies allerhand stille Vergnügen in Aussicht; denn wie herrlich würde es sein, auf das verhaßte alte Schiff von einem mehrere tausend Fuß hohen Berg hinabzublicken und die grüne Landschaft um mich herum mit der Erinnerung an seine engen Decke und die düstere Back zu vergleichen! Schon der bloße Gedanke war erfrischend, und daher malte ich mir sogleich aus, wie ich – mit ein paar Bananen in erreichbarer Nähe – auf einem Berghang unter einer Kokospalme saß und die nautischen Bewegungen des Schiffes beim Auslaufen aus dem Hafen kritisierte.

Allerdings war in dieser freundlichen Zukunftsmusik ein ziemlich häßlicher Mißklang: Die Möglichkeit, einer furagierenden Truppe jener blutrünstigen Taipis in die Hände zu fallen, deren Appetit, vielleicht durch die Höhenluft noch besonders angeregt, sie dazu bringen könnte, einen zu verschlingen. Ich muß gestehen, so nahm sich die ganze Sache höchst unangenehm aus.

Man bedenke nur, wenn es sich eine Schar dieser unnatürlichen Genießer in den Kopf setzen sollte, einen armen Teufel, der weder fliehen noch sich verteidigen konnte, als Sonntagsbraten zu verspeisen. Aber dagegen war nichts zu machen. Ich war bereit, ein oder das andere Risiko in Kauf zu nehmen, um mein Ziel zu erreichen, und verließ mich auf meine Geschicklichkeit, diesen herumlungernden Kannibalen in den vielen Zufluchtsorten, die das Gebirge bot, zu entgehen. Außerdem standen die Chancen zehn zu eins für mich, daß niemand von ihnen seinen eigenen Wohnsitz verlassen würde.

Ich hatte beschlossen, keinem meiner Schiffsgenossen zu sagen, daß ich fliehen wollte, und schon gar nicht, jemandem zuzureden, mich auf meiner Flucht zu begleiten. Aber als ich eines Nachts an Deck war und mehrere Pläne überdachte, geschah es, daß ich einen Matrosen an der Reling lehnen sah, der offenbar ganz seinen Träumen nachhing. Es war ein junger Bursche meines Alters, den ich immer besonders geschätzt hatte, und Toby – wie er bei uns hieß, da er uns seinen richtigen Namen nicht nennen wollte – verdiente diese Achtung in jeder Weise. Er war rührig, flink und gefällig, von unerschrockenem Mut und merkwürdig offen und furchtlos in der Äußerung seiner Gefühle. Ich hatte ihm mehr als einmal aus der Klemme geholfen, in die er dadurch geraten war, und ob es nun daran lag oder an einer gewissen Seelenverwandtschaft zwischen uns, weiß ich nicht, jedenfalls war ihm meine Gesellschaft immer lieb gewesen. Wir hatten manche lange Wache gemeinsam überstanden und uns die trägen Stunden mit Plaudern, Singen und Geschichtenerzählen vertrieben und dabei oft über das harte Los geflucht, das uns beiden bestimmt war.

Toby stammte offensichtlich wie ich aus einer anderen Umwelt, und seine Unterhaltung verriet das bisweilen, wenn er auch bemüht war, es zu verbergen. Er gehörte zu der Klasse Abenteurer, wie man sie manchmal auf See trifft, die ihre Herkunft nicht verraten, niemals auf ein Zuhause anspielen und durch die Welt wandern, als würden sie von einem geheimnisvollen Schicksal verfolgt, dem sie unmöglich entrinnen können.

Schon äußerlich hatte Toby viel an sich, was ihn für mich anziehend machte; denn während die meisten unserer Leute genauso grobschlächtig aussahen, wie sie es dem Wesen nach waren, machte Toby einen sehr guten Eindruck. Es konnte keinen schmukkeren Matrosen geben als ihn in seiner blauen Jacke und seinen Segeltuchhosen; er war auffällig klein und schlank, dabei sehr gelenkig. Seine von Natur braune Haut war durch die Tropensonne noch brauner geworden, das dichte Haar hing ihm in rabenschwarzen Locken um die Schläfen und ließ seine großen schwarzen Augen noch dunkler erscheinen. Er war ein seltsamer, unberechenbarer Mensch, launischen und schwermütigen Stimmungen unterworfen, bisweilen fast mürrisch. Auch hatte er ein lebhaftes, feuriges Temperament, das ihn, wenn er schwer gereizt war, in einen Zustand versetzte, der an Wahnsinn grenzte.

Es ist seltsam, welche Macht ein tief leidenschaftliches Gemüt über schwächere Naturen hat. Ich habe einen kräftigen Kerl, dem es sonst nicht an Mut fehlte, vor diesem kleinen Bürschchen förmlich zittern sehen, wenn er einen seiner Wutanfälle hatte. Aber diese Rasereien kamen selten vor; mein großherziger Kamerad ließ dabei die Galle überlaufen, die ruhigere Charaktere durch fortgesetztes Nörgeln bei kleinen Verdrießlichkeiten absondern.

Niemand hat Toby je lachen sehen; ich meine, sich herzlich einem lauten Vergnügen hingeben. Zugegeben, er lächelte manchmal, und er besaß ein gut Teil trockenen, bissigen Humors, der bei seinem unerschütterlich ernsten Ton und Wesen um so wirkungsvoller war.

Neuerdings hatte ich bemerkt, wie sich Tobys Schwermut sehr vertiefte und wie er seit unserer Ankunft bei der Insel oft sehnsüchtig nach der Küste schaute, wenn die übrige Mannschaft unten lärmte. Ich wußte, daß er das Schiff gründlich verabscheute, und glaubte, er würde sich nicht lange besinnen, wenn sich eine günstige Gelegenheit zur Flucht böte. Aber der Versuch war an dem Ort, wo wir lagen, so gefährlich, daß ich mich für den einzigen an Bord des Schiffes hielt, der tollkühn genug war, ihn zu erwägen. Darin jedoch irrte ich.

Als ich, wie gesagt, Toby in Gedanken versunken an der Reling lehnen sah, kam mir plötzlich in den Sinn, daß er die gleichen Betrachtungen wie ich anstellen könnte. Und wenn dem so war, dachte ich, ist er nicht gerade der Matrose, den ich mir als Gefährten meines Abenteuers aussuchen würde? Und warum sollte ich nicht jemand bei mir haben, der die Gefahren teilte und die Mühen leichter machte? Vielleicht mußte ich wochenlang in den Bergen verborgen liegen. Welch ein Trost wäre in diesem Falle ein Kamerad!

Diese Gedanken gingen mir rasch durch den Kopf, und ich wunderte mich, warum ich die Sache nicht schon längst in diesem Lichte betrachtet hatte. Aber es war noch nicht zu spät. Ich klopfte Toby auf die Schulter und riß ihn aus seinen Träumereien; ich fand ihn reif für das Unternehmen, und wenige Worte genügten uns zur Verständigung. Binnen einer Stunde waren die Verhandlungen abgeschlossen, und unser Aktionsplan stand fest. Dann ratifizierten wir unser Übereinkommen durch einen herzlichen Händedruck und begaben uns, um keinen Verdacht zu erregen, in unsere Hängematten, um die letzte Nacht an Bord der ›Dolly‹ zu verbringen.

Am nächsten Tag sollte die Steuerbordwache, zu der wir beide gehörten, Landurlaub erhalten, und wir beschlossen, die günstige Gelegenheit zu nützen, uns möglichst bald nach der Landung unauffällig von den übrigen zu trennen und uns sofort in die Berge zu schlagen. Vom Schiff aus gesehen, schienen die Gipfel unzugänglich, aber hier und da zogen sich weniger steile Ausläufer fast bis ins Meer, stützten die hohen Berge, mit denen sie zusammenhingen, wie Strebepfeiler ab und bildeten jene strahlenförmigen Täler, die ich früher beschrieben habe. Einer dieser Kämme schien uns gangbarer als die übrigen zu sein, und wir beschlossen, dort den Aufstieg zu machen;

denn wir waren überzeugt, daß wir über ihn die dahinterliegenden Höhen erreichen konnten. Vom Schiff aus orientierten wir uns daher gründlich über seine Lage, um an Land nicht Gefahr zu laufen, ihn zu verfehlen.

Bei alledem war unsere erste Absicht, uns bis zur Abfahrt des Schiffes verborgen zu halten, es dann darauf ankommen zu lassen, welchen Empfang uns die Eingeborenen von Nukuhiwa bereiten würden, und wenn wir so lange auf der Insel geblieben waren, wie es uns dort gefiel, sie bei der ersten passenden Gelegenheit zu verlassen.

6

Ein Beispiel nautischer Beredsamkeit · Kritik der Matrosen · Die Steuerbordwache bekommt einen freien Tag · Flucht in die Berge

Früh am nächsten Morgen trat die Steuerbordwache auf dem Quarterdeck an, und unser würdiger Kapitän, der auf dem Kajütengang stand, hielt ihr die folgende Rede: »Also Leute, da wir gerade eine Fahrt von sechs Monaten hinter uns haben und der größte Teil unserer Arbeit im Hafen erledigt ist, werdet ihr wohl an Land gehen wollen. Nun, ich habe die Absicht, eurer Wache heute Urlaub zu geben, und ihr könnt euch, wenn ihr wollt, gleich fertigmachen und gehen; aber wohlverstanden, ich gebe euch nur deshalb Urlaub, weil ich denke, ihr flucht sonst wie die Landsknechte; doch wenn ihr auf meinen Rat hört, dann bleibt ihr alle Mann hübsch an Bord und lauft nicht den verdammten Kannibalen in den Weg. Zehn zu eins, Männer, wenn ihr an Land geht, geratet ihr in irgendeinen höllischen Spektakel hinein, und das ist dann euer Ende; denn wenn euch diese tätowierten Schurken erst ein Stück in das Tal gelockt haben, schnappen sie euch, das könnt ihr mir glauben. Viele weiße Männer sind hier an Land gegangen und wurden nie wieder gesehen. Da war die alte ›Dido‹, sie ist vor ungefähr zwei Jahren hier eingelaufen und schickte eine Wache auf Urlaub; eine ganze Woche hat man nichts von den Leuten gehört, die Eingeborenen schworen, sie wüßten nicht, wo sie wären, und nur drei von ihnen sind wieder an Bord gekommen, und dem einen hatten sie das Gesicht für das ganze Leben ruiniert; denn die verfluchten Heiden tätowierten einen breiten Streifen gerade über seinen Bugschmuck. Aber es hat ja keinen Zweck, mit euch zu reden; denn gehen wollt ihr nun einmal, das ist mir klar; so will ich auch nichts weiter sagen, als daß ihr mir nichts vorzuwerfen braucht, wenn euch die Insulaner verspeisen. Immerhin habt ihr einige Aussichten, davonzukommen, wenn ihr euch in der Nähe des französischen Lagers aufhaltet und vor Sonnenuntergang auf dem Schiff zurück seid. Merkt euch das wenigstens, wenn ihr auch sonst alles vergeßt, was ich euch gesagt habe. Also dann geht, helft euch gegenseitig, und takelt euch auf, und seid klar, wenn's losgeht. Um zwei Glasen ist das Boot bemannt, das euch rüberbringt, und Gott sei euch gnädig!«

Die Gefühle, die sich während dieser Rede auf den Gesichtern der Steuerbordwache spiegelten, waren verschiedenartig; aber am Schluß drängten alle nach der Back, und wir waren bald eifrig damit beschäftigt, uns für den freien Tag fertigzumachen, den der Kapitän so verheißungsvoll angekündigt hatte. Dabei wurde seine Ansprache in ziemlich drastischen Ausdrücken kritisiert, und einer von uns nannte ihn den verlogenen alten Balg eines Seekochs, der einem Mann nicht die paar Stunden Freizeit gönnt, fluchte und rief: »Aber mich bringst du nicht um meinen Urlaub, alter Freund, mit all deinem Garn; denn ich würde an Land gehen, selbst wenn jeder Kiesel am Strand eine brennende Kohle wäre und jeder Stock ein Bratspieß und die Kannibalen nur darauf warteten, mich bei der Landung zu schmoren.«

Das war allen aus der Seele gesprochen, und wir beschlossen, den Tag großartig zu begehen trotz des Geunkes des Kapitäns.

Aber Toby und ich spielten unser eigenes Spiel, und wir machten uns die Verwirrung zunutze, die stets vor dem Landgang bei der Mannschaft herrscht, um uns zu beraten und unsere Vorbereitungen zu beenden. Da es unser Ziel war, so schnell wie möglich ins Gebirge zu entkommen, wollten wir uns nicht mit überflüssiger Ausrüstung belasten, und während sich die anderen auftakelten, um Eindruck zu machen, begnügten wir uns damit, neue feste Segeltuchhosen und strapazierfähige Schuhe anzuziehen; schwere Havrejacken und Paitahüte vervollständigten unsere Ausrüstung.

Als sich unsere Kameraden darüber wunderten, rief Toby in seiner komisch ernsten Art, die anderen könnten ja tun, was sie wollten, er jedenfalls würde seinen Staat für das spanische Festland aufbewahren, wo es vielleicht auf die Knoten eines Seemannshalstuches ankäme, aber für einen Haufen unbehoster Heiden ginge er nicht bis auf den Boden seiner Kiste und wäre schon halb und halb entschlossen, selbst im Adamskostüm zu erscheinen. Die Männer lachten;

denn sie glaubten, das sei einer seiner närrischen Einfälle, und so erregten wir keinen Argwohn.

Es mag merkwürdig erscheinen, daß wir vor unseren eigenen Schiffskameraden so auf der Hut waren; aber es waren ein paar Kerle darunter, die in der Hoffnung auf eine lumpige Belohnung sofort zum Kapitän gelaufen wären, wenn sie auch nur die geringste Ahnung von unserem Plan gehabt hätten.

Sobald es zwei Glasen geschlagen hatte, kam der Befehl, die Urlauber sollten ins Boot gehen. Ich blieb einen Moment in der Back zurück, um einen letzten Blick auf die vertrauten Dinge zu werfen, und gerade als ich an Deck steigen wollte, sah ich zufällig das Brotschiff und die Fleischschüssel mit den Resten unserer hastigen Mahlzeit. Wenn ich auch bis dahin nie daran gedacht hatte, mich für unser Unternehmen irgendwie mit Mundvorrat zu versehen, da ich mich völlig darauf verließ, daß wir überall von den Früchten der Insel leben konnten, folgte ich der Eingebung des Augenblicks und sorgte für ein Frühstück aus den Überbleibseln von mir. Ich nahm zwei Hände voll von den kleinen, zerbröckelten, steinharten Zwiebackstücken, die allgemein nur ›Seekadettennüsse‹ heißen, und steckte sie in die Brusttasche meines Rockes; in demselben geräumigen Behältnis hatte ich vorher schon mehrere Pfund Tabak und ein paar Ellen Kattun verstaut – Dinge, mit denen ich das Wohlwollen der Eingeborenen erkaufen wollte, sobald wir uns nach dem Verschwinden des Schiffes unter sie begeben würden.

Der letzte Zuwachs zu meinem Vorrat verursachte vorn einen beachtlichen Auswuchs, den ich dadurch einigermaßen ausglich, daß ich die Brotstückchen schüttelte, bis sie sich um die Hüften verteilten, und die Tabakprieme in die Falten meiner Jacke steckte.

Kaum war ich damit zu Rande gekommen, als ein Dutzend Stimmen meinen Namen aussangen. Ich stürzte an Deck, wo sich die ganze Gesellschaft schon im Boot befand und ungeduldig darauf wartete, loszufahren. Ich sprang über die Reling und setzte mich zu meiner Wache auf die Achtersitze, während die armen Backbordleute die Riemen klarmachten und begannen, uns an Land zu pullen.

Auf den Inseln war gerade Regenzeit, und der Himmel hatte fast den ganzen Morgen mit einem der heftigen Schauer gedroht, wie sie in dieser Periode häufig sind. Kaum daß wir das Schiff verlassen hatten, fielen große Tropfen, Blasen werfend, ins Wasser, und nach der Landung goß es in Strömen. Wir suchten Zuflucht in einem riesigen Kanuhaus in der Nähe des Ufers und warteten darauf, daß sich die erste Wut des Unwetters legte.

Es ließ aber nicht nach, und das eintönige Klatschen des Regens über uns wirkte allmählich einschläfernd auf die Männer. Sie schwatzten noch eine Weile, dann warfen sie sich in die großen Kriegskanus, und bald war keiner mehr wach.

Das war die Gelegenheit, auf die wir gewartet hatten, und Toby und ich zögerten nun nicht länger. Wir stahlen uns aus dem Kanuhaus fort und tauchten in einem ausgedehnten Hain unter, der dahinter lag. Als wir zehn Minuten rasch gegangen waren, gelangten wir an eine Lichtung. Von dort konnten wir gerade noch den Kamm sehen, den wir besteigen wollten; verschwommen erhob er sich durch die Nebel des Tropenregens – etwas weiter als eine Meile von uns aus, so schätzten wir. Der gerade Weg dahin führte durch einen ziemlich bevölkerten Teil der Insel; aber da wir den Eingeborenen nicht begegnen und auf unserem Fluchtweg ins Gebirge vor jeder Behinderung sicher sein wollten, entschlossen wir uns, ihre Nähe ganz zu meiden und einen Umweg durch ein großes Dickicht zu machen.

Der starke Regen, der immer noch ununterbrochen niederging, begünstigte unser Unternehmen, da er die Insulaner in ihre Häuser trieb und wir so nicht zufällig auf sie stoßen konnten. Unsere schweren Röcke waren bald völlig durchnäßt; ihr Gewicht und das der Gegenstände, die wir darin verborgen hatten, war uns auf unserem Marsch sehr lästig. Aber wir hatten keine Zeit zu verlieren, da wir jeden Augenblick von einem Haufen Wilder überrascht und gezwungen werden konnten, unser Vorhaben gleich zu Beginn aufzugeben.

Seit wir das Kanuhaus verlassen hatten, war noch kaum eine Silbe zwischen uns gewechselt worden; aber als wir an eine zweite kleine Lichtung im Walde kamen und wieder den Kamm vor uns erblickten, faßte ich Toby am Arm, zeigte nach der abfallenden Linie am Rand der stattlichen Höhen und sagte leise: »Kein Wort, Toby, und keinen Blick zurück, bis wir auf dem Gipfel jenes Berges stehen – also nicht länger gezögert, wir wollen vorwärtskommen, solange es geht, und in ein paar Stunden können wir vielleicht laut lachen. Du bist am leichtesten und flinksten, also führe, und ich folge dir.«

»Gut, Bruder«, sprach Toby, »jetzt heißt es schnell sein, aber wir wollen dicht beieinander bleiben; darauf kommt's an«; und als er das gesagt hatte, setzte er wie ein junges Reh mit einem Sprung über einen Bach und lief mit raschen Schritten vorwärts.

Als wir nicht mehr weit von dem Kamm entfernt waren, versperrte uns eine Menge hohes gelbes Rohr den Weg. Es stand so dicht wie nur möglich, und fester und widerspenstiger hätten selbst Stahlstäbe nicht sein können. Zu unserem Kummer mußten wir feststellen, daß es sich bis zur halben Höhe des Hügels erstreckte, den wir besteigen wollten.

Einen Augenblick lang schauten wir uns nach einem gangbaren Weg um; es zeigte sich jedoch, daß uns nichts weiter übrigblieb, als dieses Röhricht unter allen Umständen zu durchdringen. Wir änderten daher unsere Marschordnung, ich, als der schwerere, übernahm die Führung, um einen Pfad durch das Hindernis zu bahnen, während Toby die Nachhut bildete.

Zwei- oder dreimal versuchte ich, mich zwischen die Rohre zu schieben und ein Stück vorwärtszukommen, indem ich ihnen gut zuredete und sie zurückbog; aber genausogut hätte ein Frosch versuchen können, sich zwischen den Zinken eines Kammes hindurchzuzwängen; und verzweifelt gab ich es auf.

Halb rasend über das Hindernis, das so unvorhergesehen kam, warf ich mich mit voller Wucht dagegen und drückte so die Rohre, die das Gewicht meines Körpers traf, zu Boden; dann stand ich auf und wiederholte das Verfahren. Die Wirkung war die gleiche. Als ich mich zwanzig Minuten derart heftig angestrengt hatte, war ich fast erschöpft; aber wir waren ein Stück in das Dickicht eingedrungen; dann erbot sich Toby, der aus meiner Plackerei Nutzen gezogen hatte und mir dicht auf den Fersen gefolgt war, den Pionier zu machen, und übernahm die Führung, um mich etwas verschnaufen zu lassen. Da er aber mit seinem leichten Gewicht nur schlechte Arbeit leistete, mußte ich bald wieder an meinen alten Platz.

Wir schufteten weiter, der Schweiß floß in Strömen, und unsere Glieder waren von den Splittern des zerbrochenen Rohrs zerschunden und zerkratzt. Als wir ungefähr bis zur Mitte des Dickichts vorgedrungen waren, hörte es plötzlich auf zu regnen, und die Luft um uns wurde unbeschreiblich schwül und drükkend. Das Rohr war so elastisch, daß es, wenn der Druck unserer Körper verschwunden war, rasch wieder in die ursprüngliche Stellung zurücksprang, uns den Weg versperrte und auch das bißchen Luftzug entzog, das uns sonst hätte erreichen können. Außerdem war es so hoch, daß es uns den Blick nahm und wir nicht mit Sicherheit wußten, ob wir uns in der falschen Richtung befanden.

Erschöpft von der langen Anstrengung, rang ich nach Atem; ich fühlte mich völlig außerstande, noch mehr zu leisten. Ich rollte den Ärmel meiner Jacke hoch und drückte das Regenwasser, das er aufgesaugt hatte, in den ausgetrockneten Mund. Aber die paar Tropfen, die ich herauspreßte, erfrischten mich kaum. Ich sank für einen Augenblick in störrischer Teilnahmslosigkeit zu Boden. Toby riß mich wieder hoch. Er hatte einen Plan ersonnen, um uns aus dem Netz zu befreien, in das wir geraten waren.

Er schlug munter mit seinem Messer um sich, haute das Rohr zur Rechten und zur Linken wie ein Mäher und schuf bald eine richtige Lichtung um uns herum. Der Anblick belebte mich, ich griff nach meinem eigenen Messer und hackte und hieb ohne Erbarmen drauflos. Aber ach! Je weiter wir vorankamen, desto dichter und höher und offenbar auch grenzenloser wurde das Röhricht.

Ich dachte schon, wir säßen in der Falle und könnten ohne ein Paar Flügel nicht entkommen; da sah ich plötzlich rechts vor mir durch das Rohr einen Lichtschimmer. Ich teilte Toby die frohe Botschaft mit, und nun stürzten wir uns beide mit frischem Mut in die Arbeit, bahnten uns rasch einen Weg dorthin und waren aus allen Schwierigkeiten heraus und ganz in der Nähe des Bergkammes.

Als wir uns ein paar Minuten ausgeruht hatten, begannen wir den Aufstieg und kletterten sehr lebhaft, so daß wir uns in kurzer Zeit fast am Gipfel befanden. Statt jedoch den Kamm entlangzuwandern, wo uns die Eingeborenen von den Tälern aus gut sehen und leicht abfangen konnten, wenn sie das wollten, krochen wir auf Händen und Füßen behutsam auf der einen Seite des Hanges vorwärts und wanden uns wie Schlangen durch das Gras, das uns vor dem Beobachtetwerden schützte. Als wir uns eine Stunde lang auf diese unerfreuliche Weise fortbewegt hatten, sprangen wir wieder hoch und setzten unseren Weg mutig den Grat entlang fort.

Dieser vorspringende Ausläufer der hohen Berge, die den Hafen einschlossen, stieg im scharfen Winkel von den Tälern empor, die zu seinem Fuß lagen, und von ein paar Steilhängen abgesehen, sah er wie eine riesige schiefe Ebene aus, die sich von den fernen Höhen zur See neigt. Wir hatten den Aufstieg fast am Ende und an der niedrigsten Stelle begonnen, und unser Weg ins Gebirge war jetzt deutlich durch einen schmalen Grat bezeichnet, der von einem weichen, grünen Teppich bedeckt wurde und an vielen Stellen nur ein paar Fuß breit war.

Ermutigt durch den Erfolg, der unser Unternehmen so weit begleitet hatte, und gestärkt von der erfrischenden Luft, die wir jetzt atmeten, wanderten Toby und ich in bester Stimmung rasch den Kamm entlang, als wir plötzlich aus den Tälern, die zu beiden Seiten lagen, das ferne Geschrei der Eingeborenen hörten, die uns gerade entdeckt hatten. Unsere Gestalten, die sich scharf vom Himmel abhoben, waren für sie deutlich sichtbar.

Wir blickten hinab und sahen die Wilden hin- und herlaufen. Offenbar war plötzlich Alarm gegeben worden. Sie schienen kaum größer als Zwerge zu sein, und ihre weißgedeckten Hütten, die in der Entfernung zusammenschrumpften, wirkten wie Puppenhäuser. Als wir von unserer Höhe auf die Insulaner hinabschauten, fühlten wir uns sicher; sollten sie die Verfolgung wirklich aufnehmen, so waren wir überzeugt, daß sie durch unseren Vorsprung ganz aussichtslos war, wenn sie uns nicht ins Gebirge nachkommen wollten, wo sie sich aber nicht gern hinwagten.

Dennoch glaubten wir, es könne nichts schaden, wenn wir unsere Zeit gut nützten. Wir liefen daher dort, wo es der Boden erlaubte, schnell den Kamm entlang, bis uns ein steiler Felsen aufhielt, der für unseren Weitermarsch zunächst eine unüberwindliche Schranke zu bilden schien. Durch langes, wagehalsiges Geklетter überwanden wir sie schließlich und setzten unsere Flucht mit unverminderter Schnelligkeit fort.

Wir waren am frühen Morgen vom Strand aufgebrochen, und nach einem ununterbrochenen, wenn auch bisweilen schwierigen und gefährlichen Aufstieg, bei dem wir den Blick nicht ein einziges Mal der See zuwandten, befanden wir uns etwa drei Stunden vor Sonnenuntergang auf dem Gipfel – anscheinend dem höchsten Punkt der Insel –, einem ungeheuren, überhängenden Basaltfelsen von schmarotzenden Pflanzen überwuchert. Wir mußten mehr als dreitausend Fuß über dem Meeresspiegel sein, und die Landschaft war, von dieser Höhe betrachtet, großartig.

Die einsame Bucht von Nukuhiwa, hier und da mit den schwarzen Schiffsrümpfen des französischen Geschwaders betüpfelt, lag friedvoll im Kessel einer kreisförmigen Gebirgskette, und ihre grünen Wände, die tiefe Schluchten durchschnitten und heitere Täler belebten, boten den lieblichsten Anblick, den ich je gesehen habe. Und wenn ich hundert Jahre alt werde: Das Gefühl der Bewunderung, das mich damals ergriff, werde ich nie vergessen!

7

Jenseits des Berges · Enttäuschung · Inventar der vom Schiff mitgebrachten Gegenstände · Einteilung des Brotvorrats · Blick auf das Innere der Insel · Eine Entdeckung · Die Schlucht mit den Wasserfällen · Eine schlaflose Nacht · Weitere Entdeckungen · Meine Krankheit · Marquesanische Landschaft

Ich war nicht wenig neugierig, wie das Land auf der anderen Seite des Gebirges aussah. Toby und ich hatten angenommen, wir würden, sobald wir den Gipfel erklommen hätten, auf die weiten Buchten von Happar und Taipi schauen, die auf dieser Seite zu unseren Füßen ruhen mußten, so wie auf der anderen Nukuhiwa ausgebreitet lag. Aber hier erlebten wir eine Enttäuschung. Statt daß sich das Gebirge, das wir bestiegen hatten, in der entgegengesetzten Richtung in breite und geräumige Täler öffnete, schien es seine allgemeine Höhe zu behalten und nur in eine Reihe Grate und Zwischentäler gegliedert zu sein, die sich, so weit das Auge reichte, erstreckten, mit lichtgrünen Steilhängen, an denen hier und da das Laubwerk kleiner Haine wogte; aber die Bäume, mit deren Früchten wir so sicher gerechnet hatten, sahen wir nicht.

Das war eine unerwartete Entdeckung, die unsere Pläne wahrscheinlich zunichte machen würde; denn wir konnten nicht daran denken, in das Nukuhiwatal hinabzusteigen, um uns Nahrung zu suchen. Ließen wir uns dadurch bewegen, zurückzugehen, konnten wir leicht den Eingeborenen begegnen, und das mindeste, was wir von ihnen zu erwarten hatten, war, daß sie uns auf das Schiff zurückbrachten, um sich ihre Belohnung zu holen – den Kattun und den billigen Schmuck, den ihnen unser Kapitän zweifellos als Anreiz für unsere Einbringung versprochen hatte.

Was tun? Die ›Dolly‹ segelte vielleicht erst in zehn Tagen ab, und wie sollten wir das Leben bis dahin fristen? Ich bereute bitter unseren Leichtsinn, nicht einen Mundvorrat Schiffszwieback mitgenommen zu haben, was ohne Schwierigkeiten möglich gewesen wäre. Mit kläglicher Miene dachte ich jetzt an die kümmerliche Handvoll Brot, die ich in die Brusttasche meines Rockes gestopft hatte, und wollte mich gern vergewissern, wieviel davon den ziemlich rauhen Umgang, dem es beim Aufstieg ausgesetzt war, überstanden hatte. Daher schlug ich Toby vor, eine gemeinsame Überprüfung der verschiedenen Gegenstände vorzunehmen, die wir vom Schiff mitgebracht hatten. Wir setzten uns dazu ins Gras, und ein bißchen neugierig, wie vernünftig mein Gefährte seinen

Rock gefüllt hatte, der offenbar ebenso gut gefüttert war wie mein eigener, bat ich ihn, den Anfang zu machen und den Inhalt auszubreiten.

Er steckte also die Hand in das geräumige Behältnis und förderte zuerst ungefähr ein Pfund Tabak ans Licht, dessen Bestandteile noch zusammenhielten; die ganze Außenseite war mit weichen Brotkrümchen bedeckt. Naß und triefend, sah es aus, als wäre es gerade vom Grunde des Meeres gerettet worden. Aber ich achtete kaum auf das Zeug, das in unserer augenblicklichen Lage so wenig Wert hatte, sobald ich daran Tobys Voraussicht erkannte, mit der er einen Lebensmittelvorrat für die Expedition eingelagert hatte.

Ich fragte eifrig, wieviel er bei sich hätte; er durchstöberte sein Kleidungsstück noch einmal und brachte eine kleine Handvoll von etwas so Weichem, Breiigem und Verfärbtem zum Vorschein, daß wir beide eine Weile ratlos waren, wodurch ein so scheußliches Mus an seiner Brust entstanden sein könnte. Es läßt sich nur beschreiben als ein Mischmasch aus eingeweichtem Brot und Tabakstücken, der durch die gemeinsame Einwirkung von Schweiß und Regen zu einer Art Teig geworden war. Aber so abstoßend diese Paste sonst gewesen wäre, jetzt betrachtete ich sie als einen unendlich wertvollen Schatz und machte mich mit viel Sorgfalt daran, sie auf ein großes Blatt zu übertragen, das ich von einem Busch abgerissen hatte. Toby berichtete, er habe am Morgen zwei ganze Zwiebäcke in seine Brusttasche gesteckt, um sie, wenn es ihn danach gelüsten sollte, auf unserer Flucht zu knabbern. Sie waren in die fragwürdige Substanz, die jetzt auf dem Blatt lag, verwandelt worden.

Noch ein Griff in den Rock, und hervor kamen vier oder fünf Ellen bedruckter Kattun; sein geschmackvolles Muster war durch gelbe Flecke, die von dem Tabak herrührten, ziemlich verdorben. Als Toby diesen Kattun langsam Zoll für Zoll aus seinem Busen zog, erinnerte er mich an einen Taschenspieler, der das Kunststück vom endlosen Band vorführt. Dann holte er etwas Kleines aus der Versenkung, nämlich ein Matrosenarbeitsbeutelchen mit Nadeln, Zwirn und anderen Nähutensilien. Nun kam ein Rasierapparat, gefolgt von zwei oder drei Tabakpriemen, die er vom Grunde der Tasche hochfischte; denn jetzt war sie ganz leer. Als wir all diese Dinge besichtigt hatten, langte ich meine paar Sachen heraus.

Wie man schon nach der Beschaffenheit des Mundvorrats meines Gefährten annehmen kann, war auch mein eigener in einem jammervollen Zustand und dabei so zusammengeschrumpft, daß er für einen Hungrigen vielleicht ein halbes Dutzend Bissen ergeben hätte, falls dieser Tabak so gern mochte, daß es ihm nichts ausmachte, ihn mitzuverschlingen. Mein ganzer Reichtum bestand aus ein paar Stücken Brot, drei oder vier Ellen weißem Baumwollzeug und mehreren Pfund erlesenem Rollentabak.

Wir packten nun all unsere gemeinsamen Effekten in ein festes Bündel und kamen überein, es abwechselnd zu tragen. Aber über die traurigen Reste des Zwiebacks wurde nicht so summarisch verfügt; denn in unserer mißlichen Lage konnte davon womöglich der Ausgang unseres Abenteuers abhängen. Nach einer kurzen Besprechung, in der wir beide unseren Entschluß zum Ausdruck brachten, nicht eher in die Bucht hinabzusteigen, als bis das Schiff abgefahren war, schlug ich meinem Kameraden vor, dieses Brot, so wenig es auch war, in sechs gleiche Portionen zu teilen, von denen jede eine Tagesration für uns beide darstellen sollte. Diesem Vorschlag stimmte er zu. Da band ich mir das seidene Tuch vom Hals, schnitt es mit dem Messer in ein halbes Dutzend gleiche Stücke und begann mit der genauen Aufteilung.

Zuerst wollte Toby mit einer Mäkelei, die mir fehl am Platze schien, die kleinen Tabakteilchen herausstochern, mit denen die lockere Masse untermischt war; aber gegen dieses Verfahren erhob ich Einspruch, da es die Menge zu sehr verringert hätte.

Als wir die Teilung vollbracht hatten, stellte sich heraus, daß eine Tagesration für uns zwei nicht viel mehr als ein Eßlöffel voll war. Jede einzelne Portion wickelten wir sofort in das Stück Seide ein, das dazu bereit lag, und fügten alle zu einem Päckchen zusammen. Unter feierlichen Ermahnungen an seine Aufrichtigkeit vertraute ich es der Obhut Tobys an. Den Rest des Tages beschlossen wir zu fasten, da wir uns am Morgen durch ein Frühstück gestärkt hatten; und nun machten wir uns wieder auf die Beine und sahen uns nach einem Schutz für die Nacht um; denn sie versprach, wie der Himmel aussah, dunkel und stürmisch zu werden.

Es gab keine geeignete Stelle in unserer Nähe, und daher kehrten wir Nukuhiwa den Rücken und begannen, die unbekannten Gebiete zu erforschen, die auf der anderen Seite des Kammes lagen.

In dieser Richtung war, soweit der Blick reichte, kein Lebenszeichen zu sehen und nichts, was auch nur den vorübergehenden Aufenthalt von Menschen andeutete. Die ganze Landschaft schien eine einzige Wüstenei, und das Innere der Insel war offenbar seit der Morgenröte der Schöpfung unbewohnt. Als wir durch diese Wildnis schritten, klangen uns die eigenen Stimmen seltsam in den Ohren, als ob menschliche Laute niemals vorher die unheimliche Stille des Ortes gestört hätten, die nur durch das leise Gemurmel ferner Wasserfälle unterbrochen wurde.

Unsere Enttäuschung über das Fehlen der Früchte, von denen wir uns während unseres Aufenthaltes in der Wildnis nähren wollten, war nicht gar zu groß, weil wir uns sagten, daß sich dadurch die Gefahr einer zufälligen Begegnung mit den wilden Stämmen verringerte; denn es war uns bekannt, daß sie immer im Schatten der Bäume lebten, die ihnen Nahrung spendeten.

Wir wanderten weiter und blickten eifrig in jedes Gebüsch, an dem wir vorüberkamen. Als wir gerade eine der vielen Hügelketten, die das Land durchzogen, erklommen hatten, sah ich im Gras vor mir so etwas wie einen undeutlich bezeichneten Pfad. Er schien den Kamm entlangzuführen und mit ihm in eine tiefe Schlucht hinabzugehen, die etwa eine halbe Meile vor uns lag.

Robinson Crusoe konnte über die Fußspur im Sand nicht bestürzter gewesen sein als wir über diese unwillkommene Entdeckung. Mein erster Gedanke war, so schnell wie möglich umzukehren und eine andere Richtung einzuschlagen, aber wir waren zu neugierig, wohin dieser Pfad wohl führte, und so folgten wir ihm. Die Spur wurde immer deutlicher, je weiter wir kamen, bis sie uns an den Rand einer Schlucht brachte, wo sie plötzlich abbrach.

»Also«, sagte Toby, der in den Abgrund blickte, »springt jeder, der diesen Weg benutzt, hier hinab, ja?«

»Nicht doch«, erwiderte ich, »man kann, glaube ich, auch anders hinuntergelangen, was meinst du – wollen wir das Kunststück versuchen?«

»Und was in Dreiteufelsnamen willst du dir denn auf dem Grunde dieser Schlucht holen außer einem gebrochenen Genick – sie sieht ja schwärzer aus als unser Schiffsladeraum, und die Wasserfälle da unten machen ein Getöse, daß einem der Kopf springen kann.«

»Aber nein, Toby«, rief ich lachend; »da unten gibt es etwas zu sehen, das ist klar, sonst wäre kein Weg da, und ich will herausbekommen, was es ist.«

»Ich will dir mal was sagen, mein guter Junge«, erwiderte Toby rasch, »wenn du deine Nase in alles steckst, was du hier siehst und seltsam findest, wirst du erstaunlich schnell eins auf den Kopf kriegen; todsicher stößt du bei deinen Entdeckungsfahrten – bums! – auf eine Schar Wilde, und ich möchte bezweifeln, daß du daran viel Spaß hast. Höre also diesmal auf mich, laß uns abdrehen und nach einer anderen Richtung steuern; außerdem wird es spät, und wir sollten für die Nacht vor Anker gehen.«

»Aber gerade darum handelt es sich doch«, antwortete ich, »und ich denke, diese Schlucht ist genau das, was wir suchen; denn sie ist geräumig, gut bewässert, liegt abseits und bietet Schutz gegen das Wetter.«

»Ja, und gegen den Schlaf auch, und dazu holen wir uns noch Schnupfen und Rheumatismus«, rief Toby, dem der Gedanke offenbar höchst widerwärtig war.

»Na schön, mein Junge, wenn du nicht mitkommen willst, gehe ich eben allein. Morgen früh sehen wir uns wieder«, und ich ging an den Rand des Felsens, auf dem wir standen, und stieg an den verworrenen Wurzeln, die in allen Spalten wucherten, hinab. Wie ich vorausgesehen hatte, folgte Toby trotz seiner früheren Einwände meinem Beispiel und ließ sich mit der Gewandtheit eines Eichhörnchens von einem Absatz zum anderen fallen, wobei er mich rasch überholte und unten landete, ehe ich auch nur zwei Drittel des Abstiegs bewältigt hatte.

Was ich jetzt sah, wird mir immer lebendig im Gedächtnis bleiben. Fünf schäumende Gießbäche, vom letzten Regen angeschwollen und getrübt, rauschten durch ebensoviele Schluchten, vereinigten sich zu einem tollen Fall von fast achtzig Fuß und stürzten mit wildem Getöse in ein tiefes schwarzes Becken, ausgehöhlt aus den hoch aufgetürmten, düsteren Felsen. Von dort rasten die gesammelten Wassermassen ein enges, abschüssiges Flußbett hinab, das in das Allerinnerste der Erde einzudringen schien. Von den Wänden der Schlucht hingen riesige Baumwurzeln, die vor Feuchtigkeit trieften und durch die Erschütterungen des Wasserfalles zitterten. Die Sonne ging jetzt unter, und das schwache, unbestimmte Licht, das seinen Weg in diese Höhlen und Waldgründe fand, ließ sie noch seltsamer erscheinen und mahnte uns, daß wir bald völlig im Dunkeln sein würden.

Ich sah mir das Bild neugierig und gründlich an und fragte mich, wie uns das, was wir für einen Weg gehalten hatten, an einen so merkwürdigen Ort führen konnte. Vielleicht hatte ich mich doch geirrt, und die Spur rührte gar nicht von den Insulanern her. Das war durchaus kein unangenehmer Gedanke; denn wir brauchten dann um so weniger zu befürchten, ihnen zufällig zu begegnen, und ich meinte schließlich, daß wir vielleicht kein sichereres Versteck hätten wählen können als eben den Fleck, auf den wir unversehens gestoßen waren. Toby sah die Dinge genauso wie ich, und wir begannen sofort, umherliegende Zweige zu sammeln, um uns eine Hütte für die Nacht zu bauen. Wir mußten sie dicht am Fuße des Wasserfalls errichten, der fast bis an die Wände der Schlucht ging. Die paar hellen Augenblicke, die uns noch blieben, verwandten wir darauf, die Hütte mit einem breithalmigen Gras zu decken, das in jeder Spalte des Abgrunds wuchs. Unsere Hütte, wenn ich sie so nennen darf, bestand aus sechs oder acht Ästen, den geradesten, die wir finden konnten. Wir lehnten sie schräg gegen die steile Felswand, wobei ihre unteren Enden keinen Fußbreit von dem Gießbach entfernt waren. In den so abgedeckten Raum krochen wir hinein und brachten unsere müden Knochen so gut es ging unter.

Werde ich je diese schreckliche Nacht vergessen? Aus dem armen Toby konnte ich kaum ein Wort herausbekommen. Es wäre ein kleiner Trost gewesen, seine Stimme zu hören, aber er lag die liebe lange Nacht über zitternd da wie einer, den der Schlag gerührt hat, die Knie bis zum Kopf angezogen, den Rücken gegen die triefend nasse Felswand gelehnt. In dieser elenden Nacht schien nichts zu fehlen, um unseren Jammer voll zu machen. Es regnete in Strömen, so daß unsere armselige Hütte der reinste Hohn war. Umsonst versuchte ich, den unaufhörlichen Güssen, die auf mich niederprasselten, zu entgehen; wenn ich den einen Teil schützte, war der andere dem Regen um so mehr ausgesetzt, und das Wasser fand immer neue Öffnungen, uns zu durchweichen.

Ich habe im Laufe meines Lebens manch eine Dusche abbekommen und mir im allgemeinen wenig daraus gemacht; aber die vielen Schrecken jener Nacht, die Totenkälte, die fürchterliche Finsternis und das trostlose Gefühl unserer verlorenen Lage nahmen mir fast den Mut.

Daß wir am nächsten Morgen zeitig aufstanden, wird man uns wohl glauben. Kaum hatte ich den allerschwächsten Schimmer Tageslicht bemerkt, schüttelte ich meinen Gefährten am Arm und sagte ihm, die Sonne ginge auf. Der arme Toby hob den Kopf und erwiderte nach einer Weile mit heiserer Stimme: »Dann, Kamerad, sind meine Topplaternen ausgegangen; denn es kommt mir mit offenen Augen dunkler vor als mit geschlossenen.«

»Unsinn!« rief ich, »du bist nur noch nicht wach.«

»Wach!« brüllte Toby wütend, »wach! Willst du damit etwa sagen, daß ich geschlafen habe, ja? Es ist eine Beleidigung, einem Menschen zuzutrauen, er könne an so einem höllischen Ort schlafen.«

Ich entschuldigte mich bei meinem Freund, daß ich sein Schweigen falsch ausgelegt hatte. Allmählich war es auch etwas heller geworden, und wir krochen aus unserem Lager. Es regnete nicht mehr, aber alles um uns herum triefte vor Feuchtigkeit. Wir zogen unsere durchnäßten Kleider aus und wrangen sie so trocken, wie es ging. Wir brachten das Blut in unseren erstarrten Gliedern wieder in Umlauf, indem wir sie kräftig rieben, und als wir uns im Bach gewaschen und unsere immer noch nassen Kleider angezogen hatten, meinten wir, es wäre ratsam, unser langes Fasten zu unterbrechen; denn es waren jetzt vierundzwanzig Stunden vergangen, seitdem wir das letzte Mal gegessen hatten.

Wir packten also unsere Tagesration aus, setzten uns auf einen Felsblock und machten uns darüber her. Zunächst teilten wir sie in zwei gleiche Portionen und wickelten eine davon als unsere Abendmahlzeit wieder ein, dann teilten wir den Rest wiederum so gleichmäßig wie möglich, und dann losten wir, wer als erster wählen durfte. Ich hätte den Bissen, der auf meinen Teil fiel, auf meine Fingerspitze legen können, aber trotzdem achtete ich darauf, daß volle zehn Minuten vergingen, ehe ich die letzte Krume hinunterschluckte. Wie wahr ist doch das Sprichwort, daß Hunger der beste Koch ist. Dieses winzige bißchen Essen war von einer Würze und einem Geschmack, den sonst die feinsten Leckerbissen nicht haben. Ein reichlicher Trunk von dem klaren Wasser, das zu unseren Füßen floß, beendete die Mahlzeit, und danach standen wir merklich erfrischt auf – bereit, es mit allem aufzunehmen, was uns begegnen mochte.

Wir untersuchten nun genau die Schlucht, in der wir die Nacht verbracht hatten. Wir überquerten den Gießbach, gelangten ans andere Ende des Beckens, das ich schon erwähnt habe, und entdeckten dort Spuren, die bewiesen, daß kurz vor unserer Ankunft jemand an der Stelle gewesen sein mußte. Weitere Beobachtungen überzeugten uns, daß sie regelmäßig aufgesucht wurde, und zwar mutmaßten wir nach gewissen Anzeichen, daß die Eingeborenen hier eine bestimmte Wurzel suchten, aus der sie eine Art Salbe herstellen.

Nach diesen Entdeckungen beschlossen wir sofort, den Ort zu verlassen, an dem uns nichts weiter zum Verweilen lockte als die Hoffnung auf Sicherheit. Wir sahen uns nach einem Weg um, der uns wieder in die Höhe führen konnte, und fanden schließlich eine Stelle des Felsens, die sich besteigen ließ, und als wir uns etwa eine halbe Stunde geplagt hatten, standen wir wieder auf demselben Gipfel, von dem wir am Abend zuvor heruntergekommen waren.

Ich schlug Toby nun vor, statt auf der Insel herumzustreifen und uns bei jeder Wendung der Gefahr der Entdeckung auszusetzen, sollten wir lieber einen festen Aufenthaltsort suchen und dort so lange bleiben, wie unser Essen reichte, eine bequeme Hütte bauen und so vorsichtig und besonnen wie nur möglich sein. All dem stimmte mein Gefährte zu, und wir machten uns sogleich an die Verwirklichung des Planes.

Wir erforschten ergebnislos ein enges Tal in unserer Nähe, überschritten mehrere der oben erwähnten Bergkämme und stiegen gegen Mittag einen sich langsam und allmählich erhebenden Rücken hinan, ohne einen Ort gefunden zu haben, der für unsere Zwecke geeignet war. Niedrige, schwere Wolken kündeten einen nahen Sturm an, und wir liefen rascher, um in den Schutz eines dichten Gebüschs zu gelangen, wo der lange Aufstieg anscheinend zu Ende war. Wir warfen uns auf der Leeseite der Sträucher nieder, rissen das lange Gras heraus, das hier wuchs, bedeckten uns vollständig damit und warteten auf das Unwetter.

Aber es kam nicht so schnell, wie wir gedacht hatten, und in ein paar Minuten war mein Gefährte fest eingeschlafen, und auch ich versank schon in diesen glücklichen Zustand des Vergessens. Gerade jetzt aber begann es so heftig zu gießen, daß an Schlummer nicht mehr gedacht werden konnte. Wenn wir auch einigermaßen geschützt lagen, waren unsere Kleider bald wieder völlig durchnäßt. Das war nach all der Mühe, die wir uns mit dem Trocknen gegeben hatten, recht ärgerlich; aber es ließ sich nicht ändern, und ich empfehle allen jugendlichen Abenteurern, die während der Regenzeit auf romantischen Inseln ihr Schiff verlassen, sich mit einem Schirm zu versehen.

Nach ungefähr einer Stunde hörte das Unwetter auf. Mein Kamerad schlief die ganze Zeit über oder tat wenigstens so, und nun, da es vorbei war, brachte ich es nicht übers Herz, ihn zu wecken. Als ich so auf dem Rücken lag, vollkommen in Grün gebettet, die belaubten Zweige über mir und die Glieder im Gras begraben, mußte ich an die ›Kinder im Walde‹ denken und verglich unsere Lage mit der ihren. Arme kleine Dulder! Kein Wunder, daß sie unter den Beschwerden, die über sie kamen, zusammenbrachen.

Wir lagen ein oder zwei Stunden im Schutz der Büsche, und hier spürte ich die ersten Anzeichen einer Krankheit, die ich gleich den Unbilden der vergangenen Nacht zuschrieb. Schüttelfrost und Fieberhitze lösten einander ab, und ein Bein war so stark angeschwollen und schmerzte so heftig, daß ich fast dachte, ich wäre von einem giftigen Reptil gebissen worden, das gut zu jener Schlucht gepaßt hätte, aus der wir gerade kamen. Ich möchte hier nebenbei bemerken, was ich später erfuhr, daß alle polynesischen Inseln, genau wie die irische, frei von giftigen Schlangen sein sollen, wenn ich auch die Frage nicht entscheiden kann, ob der Heilige Patrick sie jemals besucht hat oder nicht.

Als das Fieber anstieg, warf ich mich hin und her und wollte immer noch nicht meinen schlummernden Kameraden stören, von dessen Seite ich ein oder zwei Schritte abrückte. Zufällig stieß ich einen Zweig beiseite und enthüllte meinen Augen dadurch plötzlich ein Bild, das ich mir auch jetzt noch mit der ganzen Frische des ersten Eindrucks vorstellen kann. Wenn mir ein Blick auf das Paradies gewährt worden wäre, hätte ich kaum entzückter sein können.

Von dem Fleck, wo ich vor Überraschung und Wonne wie benommen dalag, blickte ich gerade in einen Talgrund hinab, der sich in langen Wellen bis zu dem blauen Wasser in der Ferne hinzog. Auf halbem Wege zur See konnte man hier und da die palmblattgedeckten Häuser seiner Bewohner aus dem Laub hervorlugen sehen. Sie leuchteten in der Sonne, die sie zu einem blendenden Weiß gebleicht hatte. Das Tal war über neun Meilen lang und an seiner weitesten Stelle ungefähr eine Meile breit.

Steile grüne Höhen faßten es auf beiden Seiten ein; sie trafen sich nahe der Stelle, an der ich lag, und bildeten einen unvermittelten, halbkreisförmigen Abschluß von grasbewachsenen Felsen und viele hundert Fuß hohen Steilwänden, über die sich unzählige kleine Wasserfälle ergossen. Doch das Schönste an der Landschaft war das überall wuchernde Grün. Wohin ich vom Abgrund, an dessen Rand ich ahnungslos geruht hatte, auch schaute, unter mir im Tal war überall so üppiges Laubwerk, daß ich unmöglich einzelne Baumarten feststellen konnte.

Vielleicht war aber nichts eindrucksvoller an dem Bild als jene stillen Wasserfälle, die über steile Felsen sprangen und sich dann in dem satten Grün des Tales verloren.

Die ganze Landschaft lag in tiefem Schweigen, und ich wagte kaum, es zu stören, damit sich der Zauber nicht, wie in den verwunschenen Gärten des Märchens, durch einen einzigen Laut verflüchtigte. Lange Zeit war ich in den Anblick versunken; dabei vergaß ich ganz meine Lage und die Nähe meines immer noch schlummernden Kameraden und konnte kaum begreifen, wie ich so plötzlich dazukam, diese Landschaft zu schauen.

8

Die wichtige Frage: Taipi oder Happar? · Ein fehlgeschlagenes Unternehmen · Meine Leiden · Entmutigende Lage · Nacht in der Schlucht · Frühstück · Tobys glücklicher Einfall · Wanderung nach dem Tal

Als ich mich von dem Staunen über die herrliche Gegend vor mir erholt hatte, weckte ich rasch Toby und teilte ihm meine Entdeckung mit. Wir gingen zusammen an den Rand des Abgrunds, und mein Gefährte war wie ich voller Bewunderung. Als wir etwas nachgedacht hatten, fanden wir es indessen nicht mehr so seltsam, daß wir unversehens auf diese Landschaft gestoßen waren, da die großen Täler von Happar und Taipi, die beide auf dieser Seite von Nukuhiwa lagen und sich weit von der See ins Innere zogen, hier in der Nähe enden mußten.

Die Frage war jetzt, auf welches der beiden Täler wir hinabblickten. Toby behauptete, dort lebten die Happars, und ich, daß das Land von deren Feinden, den wilden Taipis, bewohnt wäre. Zwar war ich meiner Sache nicht ganz sicher, aber Tobys Vorschlag, sofort in das Tal hinabzusteigen und die Gastfreundschaft der Eingeborenen in Anspruch zu nehmen, schien mir auf eine bloße Mutmaßung hin ein zu großes Wagnis, so daß ich den Entschluß faßte, mich dem zu widersetzen, bis wir mehr Anhaltspunkte hätten, nach denen wir uns richten konnten.

Für uns war diese Frage von entscheidender Bedeutung, da die Bewohner von Happar nicht nur in Frieden mit Nukuhiwa lebten, sondern auch die freundlichsten Beziehungen mit dessen Bewohnern unterhielten und außerdem in dem Ruf standen, menschlich und gesittet zu sein, so daß wir für diese kurze Zeit, die wir uns in ihrem Gebiet aufhalten wollten, von ihnen, wenn nicht einen herzlichen Empfang, so doch zumindest eine Zuflucht erhofften.

Dagegen erzeugte schon der bloße Name Taipi bei mir einen panischen Schrecken, und ich gab mir gar nicht die Mühe, ihn zu verbergen. Der Gedanke, uns freiwillig in die Hände dieser grausamen Wilden zu begeben, schien mir heller Wahnsinn, und fast ebenso verrückt kam mir die Idee vor, uns in das Tal hinabzuwagen, ohne genau zu wissen, welcher dieser zwei Stämme es bewohnte. Daß es nur von einem der beiden besiedelt sein konnte, stand für uns völlig außer Zweifel; denn wir wußten, daß sie in dieser Gegend ansässig waren, wenn uns auch das, was wir erfahren hatten, keine weitere Aufklärung gab.

Mein Gefährte indessen konnte der verlockenden Aussicht auf reichliches Essen und andere Freuden, die der Ort bot, nicht widerstehen und beharrte auf seiner unüberlegten Ansicht, die durch keine Vernunftgründe zu erschüttern war. Als ich ihn daran erinnerte, daß wir beide nichts Bestimmtes wußten, und über das schreckliche Schicksal sprach, das uns bevorstand, wenn wir unbesonnen in das Tal hinabstiegen und unseren Irrtum zu spät entdeckten, antwortete er damit, daß er sich über all das Mißliche unserer augenblicklichen Lage verbreitete und über die Leiden, die wir zu erdulden hätten, wenn wir blieben, wo wir waren.

Ich sah, daß jeder Versuch, ihn umzustimmen, zwecklos war; vielleicht konnte ich ihn aber ablenken, und so zeigte ich auf einen langen, hellen, unbewaldeten Streifen Land, der sich von den Höhen im Inneren in das Tal vor uns hinabsenkte. Dann äußerte ich die Vermutung, daß hinter dem Kamm ein weites, unbesiedeltes Tal liegen könne, wo es köstliche Früchte im Überfluß gäbe; denn ich hatte gehört, daß auf der Insel mehrere solcher Täler vorhanden wären, und schlug vor, wir wollten versuchen, dahin zu gelangen, und, wenn sich unsere Erwartungen erfüllten, dort Zuflucht suchen und so lange bleiben, wie es uns gefiel.

Toby willigte ein, und wir betrachteten sofort die Gegend vor uns, um den besten Weg ausfindig zu machen; doch hatten wir kaum eine Wahl, da das Land bis dorthin von steilen Kämmen durchzogen war, zwischen denen dunkle Schluchten lagen. Sie liefen parallel und im rechten Winkel zu unserem direkten Weg, so daß wir sie alle überqueren mußten, ehe wir hoffen durften, an unser Ziel zu gelangen.

Eine mühselige Reise! Aber wir beschlossen, sie zu unternehmen, wenn ich mich auch kaum der Anstrengung gewachsen fühlte; denn ich zitterte vor Frost, dann wieder glühte ich vor Fieber – anders kann ich die wechselnden Empfindungen nicht beschreiben –, und auch mein lahmes Bein schmerzte mich sehr. Dazu kam die Schwäche, die ihren Grund in unserer mageren Kost hatte – und diese Beschwerde ertrug Toby so gut wie ich.

Doch lag mir unter diesen Umständen um so mehr daran, an einen Ort zu gelangen, wo es wahrscheinlich alles im Überfluß und auch Ruhe gab, ehe sich mein Zustand so verschlimmerte, daß ich gar nicht mehr daran denken konnte, die Wanderung zu machen. Wir begannen also gleich, die fast senkrechte Wand einer steilen, engen Schlucht hinabzuklettern, die mit dichtem Rohr bedeckt war. Hier gab es für uns nur eine Möglichkeit. Wir setzten uns hin und lenkten unsere Abfahrt, indem wir uns an die Rohre auf unserem Weg klammerten. So rutschten wir die Wand der Schlucht mit großer Geschwindigkeit hinunter und kamen schnell an eine Stelle, wo wir unsere Füße wieder brauchen konnten. Bald erreichten wir das Ufer des Gießbachs, der im Bett der Kluft stürmisch dahinbrauste.

Nach einem erquickenden Trunk aus dem Bach begannen wir ein neues, schwieriges Unternehmen. Jeder Fußbreit, den wir hinuntergestiegen waren, mußte auf der gegenüberliegenden Seite wiedergewonnen werden – und diese Kletterei war um so unerfreulicher, wenn man bedachte, daß uns die jähen Episoden unserem Ziel keine hundert Schritt näherbrachten. Aber so undankbar die Aufgabe auch war, wir widmeten uns ihr mit beispielhafter Geduld, und als wir eine Stunde oder länger in diesem Schneckentempo vorangekommen waren, hatten wir vielleicht die Hälfte des Weges geschafft. Da kehrte das Fieber, das für eine Weile gewichen war, so heftig wieder und wurde von einem so rasenden Durst begleitet, daß Toby alle seine Überredungskünste aufbieten mußte, damit ich nicht auf die Früchte unserer sauren Mühen verzichtete und mich wild die Kluft hinabstürzte, die wir gerade erstiegen hatten, weil das Wasser so verlockend in ihrer Tiefe floß. Im Augenblick schienen alle meine Hoffnungen und Befürchtungen in diesem einen Wunsche unterzugehen, und ich kümmerte mich nicht um die Folgen, die seine

Befriedigung vielleicht mit sich brachte. Ich kenne kein Gefühl – weder der Freude noch des Schmerzes –, das einem so vollkommen alle Widerstandskraft raubt, wie eben dieser rasende Durst.

Toby beschwor mich inständig, weiterzuklettern, und versicherte mir, daß nur noch geringe Anstrengungen nötig seien, um den Gipfel zu erreichen, und dann vergingen keine fünf Minuten mehr, und wir befänden uns am Rande des Baches, der ganz gewiß auf der anderen Seite des Kammes fließen müsse.

»Geh nicht zurück«, rief er aus, »jetzt, wo wir so weit gekommen sind; denn glaube mir, keiner von uns bringt den Mut auf, einen zweiten Versuch zu machen, wenn wir vom Fuße dieses Felsens noch einmal da hinaufsehen müssen, wo wir jetzt stehen!«

Ich war noch nicht so völlig von Sinnen, um gegen diese Vorstellungen taub zu sein, und so plagte ich mich weiter und bemühte mich vergeblich, den quälenden Durst zu lindern, indem ich mir vorstellte, daß ich ihn bald nach Herzenslust stillen könnte.

Schließlich gelangten wir zum Gipfel des zweiten Höhenzugs, des höchsten von all denen, die, wie schon erwähnt, parallel zwischen uns und dem Tal hinliefen, das wir erreichen wollten. Von dort konnten wir die ganze Strecke überblicken, die uns noch von unserem Ziel trennte, und entmutigt, wie ich ohnehin schon war, brachte mich diese Aussicht vollends zur Verzweiflung. So weit das Auge reichte, nichts als dunkle, fürchterliche Abgründe, die durch scharfkantige, senkrechte Felswände getrennt waren. Hätten wir von einem Grat dieser steilen, aber schmalen Höhen zum anderen schreiten können, wäre die Strecke leicht zu bezwingen gewesen; aber wir mußten bis auf den Grund jeder gähnenden

Schlucht vordringen und nacheinander jede Höhe vor uns erklimmen. Selbst Toby, der nicht krank war wie ich, ließ sich von der Aussicht entmutigen.

Doch hielten wir uns nicht lange bei der Betrachtung auf; denn ich lechzte nach dem Wasser des Sturzbachs, der unter uns floß. Mit einer Blindheit gegen die Gefahr, an die ich nur mit Schaudern zurückdenke, stürzten wir uns in den tiefen Abgrund und schreckten die wilde Einsamkeit durch das Echo der fallenden Felsstücke, die wir aller Augenblicke fortstießen, ohne darauf zu achten, ob wir festen Fuß faßten, oder uns darum zu kümmern, ob die dünnen Wurzeln und Zweige, an die wir uns klammerten, eine Weile hielten oder unserem Griff verräterisch nachgaben. Was mich betrifft, so wußte ich kaum, ob ich hilflos von der Höhe hinabfiel oder ob die furchtbare Geschwindigkeit, mit der ich nach unten sauste, von meinem eigenen Willen abhing.

In wenigen Minuten erreichten wir die Sohle der Schlucht, ich kniete mich auf einen schmalen, feuchten Felsabsatz und beugte mich über den Bach. Welch köstliches Gefühl harrte meiner! Ich hielt eine Sekunde an mich, um all meine Genußfähigkeit zu sammeln, und tauchte dann meine Lippen in das klare Element vor mir. Wären die Äpfel Sodoms in meinem Mund zu Asche geworden, hätte ich nicht unvermittelter zusammenfahren können. Ein einziger Tropfen der kalten Flüssigkeit schien jeden Blutstropfen in mir zum Gerinnen zu bringen; das Fieber, das in meinen Adern brannte, wich alsbald todesähnlichen Schauern, die mich nacheinander wie elektrische Schläge durchzuckten, während der Schweiß, der mir noch von der letzten heftigen Anstrengung auf der Stirn stand, zu Eisperlen gefror.

Der Durst war mir vergangen, das Wasser ekelte mich an. Ich sprang auf, und beim Anblick der naßkalten Felsen, die aus jeder Spalte Feuchtigkeit ausschieden, und des dunklen Baches, der das finstere Bett entlangschoß, befielen mich neue Schüttelfröste; ich empfand ein genauso unbezähmbares Verlangen, aufwärts in das freundliche Sonnenlicht zu klettern, wie vorher, in die Schlucht hinabzusteigen.

Zwei Stunden plagten wir uns unter allerhand Gefahren, dann standen wir wieder auf einem Grat, und ich konnte kaum glauben, daß wir jemals durch den schwarzen, gähnenden Abgrund, der sich zu unseren Füßen auftat, gekommen waren. Wieder betrachteten wir die Aussicht, die wir von der Höhe hatten, und sie war genauso niederdrückend wie zuvor. Ich fühlte, daß in unserem Zustand nicht daran zu denken war, die im Wege liegenden Hindernisse jemals zu überwinden, und gab jede Hoffnung auf, das Tal zu erreichen, vor dem sich so viele Schranken befanden, aber ich fand auch keinen Plan, wie wir uns aus der mißlichen Lage, in die wir geraten waren, befreien konnten.

Niemals dachte ich auch nur im entferntesten daran, nach Nukuhiwa zurückzukehren, bevor wir genau wußten, daß unser Schiff abgefahren war. Es war ohnehin fraglich, ob es uns gelungen wäre, dorthin zu kommen; denn wir wußten nicht, wie weit es war, und hatten keine klare Vorstellung von der Gegend, die wir durchwandert hatten. Außerdem war der Gedanke an ein Umkehren unerträglich, wären doch dann all unsere Strapazen umsonst gewesen.

Wenn sich der Mensch in Schwierigkeiten befindet, wird ihm schwerlich etwas widerwärtiger erscheinen, als kehrtzumachen und die bereits bezwungene

Strecke noch einmal planmäßig zurückzulegen; und besonders, wenn er einen Hang zum Abenteuer hat, nimmt sich so ein Weg unsagbar häßlich aus, und man wagt sich lieber in unerforschtes Gebiet, solange nur die leiseste Hoffnung besteht, dort weiterzukommen.

Es war dieses Gefühl, das uns bewog, auf der anderen Seite der von uns eben erklommenen Höhe hinabzusteigen, wenn auch keiner von uns hätte sagen können, was wir eigentlich damit beabsichtigten.

Ohne darüber auch nur ein Wort zu verlieren, gaben Toby und ich zugleich den Plan auf, der uns so weit gelockt hatte – denn die Verzweiflung, die wir einander ansahen, sprach eindringlicher als Worte.

Gegen Ende des beschwerlichen Tages standen wir zusammen in der Tiefe der dritten Schlucht, unfähig, noch irgend etwas zu unternehmen, bevor wir uns nicht ausgeruht und etwas gegessen hatten und dadurch wieder einigermaßen zu Kräften gekommen waren.

Wir suchten uns den am wenigsten unbequemen Fleck, den wir finden konnten, setzten uns, und Toby brachte aus seiner Brusttasche das geheiligte Päckchen hervor. Schweigend nahmen wir den kleinen Bissen zu uns, der vom Frühstück übriggeblieben war, und ohne daß auch nur eine Andeutung gefallen wäre, die Unantastbarkeit unserer Vereinbarung über den Rest des Vorrats zu verletzen, standen wir auf und machten uns daran, eine Art Obdach für die Nacht zu bauen, unter dem wir den so dringend nötigen Schlaf finden konnten.

Glücklicherweise war der Ort besser dafür geeignet als die enge Klamm, in der wir die letzte jämmerliche Nacht verbracht hatten. Wir säuberten ein kleines, aber fast ebenes Stück Boden von dem hohen Rohr und flochten uns eine niedrige korbartige Hütte daraus. Von einem Baum in der Nähe holten wir uns eine Unmenge langer, dicker Blätter, mit denen wir sie abdeckten und abdichteten, und ließen nur eine kleine Öffnung frei, die uns gerade noch erlaubte, in unsere Unterkunft hineinzukriechen.

Diese tiefgelegenen Schlupfwinkel sind zwar gegen die Winde geschützt, die über die Kämme der hohen Felswände brausen, aber feucht und kalt, wie man es in diesem Klima kaum für möglich halten sollte; und da wir außer unseren wollenen Röcken und dünnen Segeltuchhosen nichts hatten, was uns warmhalten konnte, gaben wir uns um so größere Mühe, unser Nachtquartier so gemütlich wie möglich auszustatten. Wir begnügten uns nicht mit dem, was wir schon getan hatten, sondern rissen alle erreichbaren Blätter ab und häuften sie auf unsere kleine Hütte, und als wir hineinkrochen, rafften wir noch eine Menge Laub zusammen, das wir uns für unser Lager aufgehoben hatten.

In dieser Nacht ließen mich meine Schmerzen nicht zur Ruhe kommen, sonst hätte ich einen erquickenden Schlaf finden können. Ich schlummerte nur zwei- oder dreimal ein, während Toby neben mir so fest schlief, als steckte er zwischen zwei Leinenlaken. Zum Glück regnete es nicht, und wir blieben daher von dem Kummer verschont, den uns ein schwerer Guß bereitet hätte.

Morgens weckte mich die klangvolle Stimme meines Gefährten, der mir zurief, ich solle aufstehen. Ich kroch aus unserem Blätterhaufen heraus und staunte über die Veränderung, die eine gute Nachtruhe in seinem Äußeren hervorgebracht hatte. Er war froh und heiter wie ein junger Vogel, und um seinen Appetit niederzuhalten, der sich am frühen Morgen kräftig meldete, kaute er die weiche Rinde eines zarten Zweiges, den er in der Hand hielt, und empfahl mir dieses ausgezeichnete Mittel gegen den nagenden Hunger.

Ich selbst fühlte mich zwar wesentlich besser als am vergangenen Abend, aber ich konnte mein Bein, das mich während der letzten vierundzwanzig Stunden fast ununterbrochen geschmerzt hatte, nicht ohne Sorge ansehen, die ich vergeblich abzuschütteln suchte. Da ich die übersprudelnde Laune meines Gefährten nicht stören wollte, unterdrückte ich die Klagen, die sich sonst vielleicht Luft gemacht hätten, rief ihm heiter zu, er solle unser Festmahl rasch auftragen, und machte dafür Toilette, indem ich mich im Bach wusch. Als das geschehen war, verschlangen wir unseren Bissen Essen – oder besser gesagt, wir saugten ihn langsam in uns hinein – und erörterten dann die weiteren Schritte, die wir unternehmen mußten.

»Was sollen wir also tun?« fragte ich ziemlich mißmutig.

»In das Tal hinabsteigen, das wir gestern entdeckt haben«, erwiderte Toby so rasch und laut, daß es mir fast verdächtig vorkam und ich meinte, er habe heimlich in einem Dickicht ein Rinderviertel verzehrt. »Was bleibt uns denn sonst noch übrig, ja?« fuhr er fort. »Wir verhungern bestimmt alle beide, wenn wir hier bleiben; und deine Angst vor den Taipis – verlaß dich drauf, das ist lauter Unsinn. Es ist ganz unmöglich, daß die Bewohner eines so lieblichen Tales, wie wir es gesehen haben, nicht gute Kerle sind; und wenn du lieber vor Hunger in einer dieser triefenden Höhlen sterben willst, so ziehe ich es jedenfalls vor, kühn ins Tal hinabzusteigen und die Folgen zu riskieren.«

»Und wer soll uns dort hinlotsen?« fragte ich, »selbst wenn wir uns für deinen Vorschlag entschließen sollten? Wollen wir noch einmal die Steilwände auf- und absteigen, über die wir gestern gekommen sind, bis wir unseren Ausgangspunkt erreicht haben, und dann von dem Felsen ins Tal fliegen?«

»Wahrhaftig, daran habe ich nicht gedacht«, sagte Toby, »natürlich, das Tal schien überall von senkrechten Wänden eingeschlossen zu sein, stimmt's?«

»Ja«, antwortete ich, »so steil wie die Seiten eines Schlachtschiffes und ungefähr hundertmal so hoch.« Mein Gefährte ließ den Kopf auf die Brust sinken und dachte eine Weile angestrengt nach. Plötzlich sprang er auf, und in seinen Augen blitzte jenes Leuchten, das einen guten Einfall ankündigt.

»Ja, ja, ich hab's!« rief er, »die Bäche laufen alle in derselben Richtung und müssen in das Tal fließen, bevor sie das Meer erreichen; wir brauchen nur dem Bach zu folgen, und er wird uns früher oder später ins Tal bringen.«

»Du hast recht, Toby«, rief ich aus, »du hast recht; er muß uns hinführen und sogar schnell; denn sieh nur, wie jäh das Wasser hinabstürzt.«

»So ist's«, sprudelte mein Gefährte los, überglücklich, daß ich mich seiner Theorie anschloß, »wahrhaftig, das ist sonnenklar. Wir machen uns am besten gleich auf den Weg; komm, wirf deine dummen Gedanken über die Taipis beiseite, ein Hoch auf das liebliche Happartal!«

»Happar hast du dir nun einmal in den Kopf gesetzt, mein lieber Junge; gebe der Himmel, daß du dich nicht täuschst«, bemerkte ich kopfschüttelnd.

»Amen«, rief Toby und stürzte los; »es ist aber Happar; denn es kann gar nichts anderes sein als Happar. Ein so prächtiges Tal, diese Wälder von Brotfruchtbäumen – diese Kokosnußhaine – diese Wildnis von Guavenbüschen! Ach, Kamerad, bleib nicht zurück; im Namen aller köstlichen Früchte, nach denen ich nur so lechze! Komm, komm, beweg dich, du bist doch ein flinker Junge; kümmere dich nicht um die Felsen, stoß sie aus dem Weg wie ich; morgen, alter Freund, haben wir alles im Überfluß, verlaß dich drauf. Komm!« Und als er das sagte, stürzte er wie ein Wahnsinniger die Schlucht hinunter und vergaß ganz, daß ich gar nicht fähig war, mit ihm Schritt zu halten. Aber nach einigen Minuten legte sich seine Überschwenglichkeit etwas, und er blieb eine Weile stehen, so daß ich ihn überholen konnte.

9

Gefährliche Wanderung durch die Schlucht · Abstieg ins Tal

Die furchtlose Zuversicht Tobys war ansteckend, und allmählich neigte ich auch zu der Happar-Theorie. Doch konnte ich eine gewisse nervöse Unruhe nicht unterdrücken, als wir durch diese düstere Einsamkeit wanderten. Wir kamen zunächst verhältnismäßig leicht vorwärts, dann aber wurde es immer schwieriger. Das Bett des Wasserlaufs war mit abgebrochenen Felsstücken bedeckt, die von oben heruntergefallen waren und dem reißenden Gießbach viele Hindernisse entgegenstellten. Er schäumte und brodelte um sie und bildete bisweilen kleine Wasserfälle, die sich in tiefe Becken ergossen oder wild über die vielen Steine spritzten.

Die Schlucht war so eng und ihre Wände stiegen so steil an, daß wir durch den Bach waten mußten, um vorwärtszukommen. Dabei stolperten wir alle Augenblicke über die unter dem Wasser verborgenen Hindernisse oder stießen gegen riesige Baumwurzeln. Aber den größten Verdruß bereiteten uns die vielen krummen Äste, die nahezu waagerecht aus den Felsen hervorwuchsen, sich fast bis zum Wasserspiegel hinab zu einem phantastischen Gewirr verflochten und keinen anderen Durchgang freiließen als den niedrigen Bogen, den sie bildeten. Darunter mußten wir auf Händen und Füßen hindurchkriechen, die schlickrigen Felsen entlangrutschen oder in tiefe Becken tauchen und hatten kaum genug Licht, um zu sehen, wo wir hintraten. Manchmal rannten wir mit dem Kopf gegen einen vorstehenden Ast, und wenn wir dann die verletzte Stelle rieben und nicht Obacht gaben, fielen wir der Länge lang auf die Kiesel, schnitten und zerkratzten uns, und der Bach floß mitleidlos über uns hinweg. Belzoni, der sich durch die unterirdischen Gänge der ägyptischen Katakomben hindurchwand, hatte keine größeren Schwierigkeiten zu überwinden als wir. Aber wir kämpften mannhaft dagegen an; denn wir wußten wohl, daß unsere einzige Hoffnung im Vorwärtskommen lag.

Gegen Sonnenuntergang machten wir an einer Stelle halt, wo wir uns für die Nacht einrichteten. Wir bauten wieder eine Hütte, krochen hinein und bemühten uns, unsere Leiden zu vergessen. Mein Gefährte schlief, glaube ich, ziemlich fest, aber ich fühlte mich, als wir bei Tagesanbruch aus unserer Behausung herausrollten, fast außerstande, noch irgend etwas zu unternehmen. Toby verordnete mir als Medizin für meine Krankheit den Inhalt eines unserer kleinen Seidenpäckchen, den ich sofort und in einer einzigen Dosis einnehmen sollte. Aber von dieser Art medizinischer Behandlung wollte ich nichts wissen, so sehr er auch darauf bestand, und so aßen wir unseren üblichen Bissen und setzten schweigend unsere Reise fort. Es war jetzt der vierte Tag, seitdem wir Nukuhiwa verlassen hatten, und wir wurden das nagende Hungergefühl nicht mehr los. Um es niederzuhalten, kauten wir die zarte Rinde von Wurzeln und Zweigen, die wenigstens süß und angenehm schmeckte, wenn sie uns auch nicht satt machte.

Wir kamen selbstverständlich nur langsam in dem abschüssigen Wasserlauf voran, und gegen Mittag hatten wir erst eine Meile zurückgelegt. Ungefähr um diese Zeit wurde das Geräusch stürzenden Wassers, das wir am Morgen nur schwach gehört hatten, deutlicher, und bald darauf standen wir an einem Abgrund, fast hundert Fuß tief und so breit wie das Bett des Wildbachs, der sich in einem einzigen Sturz darüber ergoß. Die überhängenden Wände der Schlucht boten nirgends eine Möglichkeit, den Wasserfall zu umgehen.

»Was machen wir jetzt, Toby?« fragte ich.

»Nun«, antwortete er, »da wir nicht zurückkönnen, müssen wir wahrscheinlich sehen, wie wir weiterkommen.«

»Ganz recht, mein lieber Toby; aber willst du mir verraten, wie wir diesen schönen Gedanken in die Tat umsetzen können?«

»Wenn es sein muß mit einem Sprung von oben in die Tiefe«, antwortete mein Kamerad, ohne zu zögern; »so geht es jedenfalls am schnellsten; aber da du nicht ganz so behende bist wie ich, wollen wir es auf eine andere Art versuchen.«

Mit diesen Worten kroch er vorsichtig nach vorn und spähte über den Rand in den Abgrund hinunter, während ich mich nur wunderte, wie in aller Welt er dieses anscheinend unüberwindliche Hindernis bezwingen wollte. Sobald mein Gefährte die Lage überschaut hatte, fragte ich eifrig nach dem Ergebnis.

»Du erkundigst dich nach dem Ergebnis meiner Beobachtungen, ja?« fing Toby umständlich an und setzte dabei eine seiner seltsamen Mienen auf, »nun, mein Junge, das Ergebnis meiner Beobachtungen läßt sich sehr rasch mitteilen. Es ist zur Zeit noch ungewiß, wer von uns beiden die Ehre hat, sich zuerst den Hals zu brechen, aber ich wette hundert gegen eins, daß es der Mann ist, der zuerst springt.«

»Dann ist es also unmöglich?« fragte ich niedergedrückt.

»Nein, Kamerad; im Gegenteil, es ist kinderleicht; das einzig Unangenehme an der Sache ist, wie wohl unsere armen Knochen aussehen werden, wenn wir unten ankommen, und in welcher Verfassung wir dann unsere Reise fortsetzen müssen. Aber komm näher heran, dann zeige ich dir die einzige Möglichkeit, die es für uns gibt.«

Damit führte er mich an den Rand des Wasserfalls und zeigte auf eine Anzahl merkwürdiger Wurzeln an den Seiten der Schlucht. Sie waren etwa drei oder vier Zoll dick und mehrere Fuß lang, verflochten sich in den Felsspalten, wuchsen dann fast senkrecht daraus hervor und endeten mit einer Spitze in der Luft, so daß sie wie dunkle Eiszapfen über der Kluft hingen. Eine Felswand wurde fast ganz davon bedeckt, und die untersten reichten bis ans Wasser. Viele waren bemoost und verfault, die freien Enden kurz abgerissen und dicht am Wasser schlüpfrig vor Feuchtigkeit.

Tobys tollkühnes Vorhaben bestand darin, uns diesen verräterisch aussehenden Wurzeln anzuvertrauen und nach unten zu gelangen, indem wir uns von der einen zur anderen hinabließen.

»Bist du bereit, das zu wagen?« fragte Toby und sah mich ernst an, ohne noch ein Wort über die Durchführbarkeit des Planes zu verlieren.

»Ja«, erwiderte ich; denn ich sah, daß uns nichts weiter übrigblieb, wenn wir weiterkommen wollten, und alle Gedanken an ein Zurück waren schon längst aufgegeben.

Als ich zugestimmt hatte, kroch Toby schweigend den nassen Felsvorsprung entlang, bis er an eine Stelle kam, von der er gerade eine der größten Wurzeln fassen konnte; er schüttelte sie – sie zitterte in seiner Hand, und als er sie losließ, sprang sie schwirrend zurück wie ein starker Draht, auf den man derb geschlagen hat. Die Prüfung war befriedigend ausgefallen, und so schwang sich mein leichtgebauter Kamerad gewandt an die Wurzel, legte seine Beine nach Matrosenart darum, rutschte ungefähr acht bis zehn Fuß tief hinab, und sein Gewicht versetzte sie dabei in eine pendelnde Bewegung. Er konnte nicht wagen, sich weiter hinunterzulassen, so hielt er sich mit einer Hand fest und schüttelte mit der anderen der Reihe nach alle schlanken Wurzeln, die er zu fassen bekam, und als er schließlich eine fand, die er für zuverlässig hielt, wechselte er zu ihr hinüber und setzte seinen Weg nach unten fort.

So weit war alles gut; aber als ich den leichten, behenden Toby sah, mußte ich an meinen schweren Körper und schlechten Zustand denken; doch es half nichts, und in der nächsten Minute schwang ich gerade über seinem Kopf. Als er hochschaute und mich erblickte, rief er in seinem üblichen, trockenen Ton, denn die Gefahr schien ihm gar nichts auszumachen: »Kamerad, tu mir den einzigen Gefallen und stürze nicht, bis ich dir aus dem Wege bin«, schwang sich mehr nach der einen Seite hinüber und setzte seinen Abstieg fort. Inzwischen wechselte ich vorsichtig von der Wurzel, die ich hinabgerutscht war, nach ein paar anderen über, die sich in der Nähe befanden, weil ich meinte, zwei Stränge rissen nicht so leicht wie einer; doch bevor ich ihnen mein Gewicht anvertraute, prüfte ich sie sorgfältig auf ihre Stärke.

Als ich am Ende des zweiten Abschnitts dieser Reise in der Tiefe angekommen war und die langen Wurzeln um mich herum schüttelte, brachen sie zu meiner Bestürzung eine nach der anderen wie Pfeifenrohre ab, fielen in Stücken gegen die Wand der Schlucht und klatschten schließlich ins Wasser.

Als eine dieser verräterischen Wurzeln nach der anderen bei meinem Griff nachgab und in den Gießbach fiel, verließ mich der Mut. Die Wurzeln, an denen ich über dem gähnenden Abgrund hing, pendelten in der Luft hin und her, und ich erwartete jeden Augenblick, daß sie entzweirissen. Entsetzt über das drohende Verhängnis, griff ich nach der einzigen großen Wurzel, die noch in meiner Nähe war, aber vergeblich; ich konnte sie nicht erreichen, wenn auch meine Finger nur ein paar Zoll davon entfernt waren. Immer wieder versuchte ich sie zu fassen, und der Gedanke an meine Lage machte mich ganz rasend. Schließlich stieß ich mich mit dem Fuß von der Felswand ab, bekam dadurch einen mächtigen Schwung, und in dem Augenblick, als ich mich der großen Wurzel näherte, haschte ich verzweifelt danach und wechselte hinüber. Sie vibrierte heftig unter der plötzlichen Last, gab aber glücklicherweise nicht nach.

Mir wurde schwindelig bei dem Gedanken an die furchtbare Gefahr, der ich gerade entgangen war, und ich schloß unwillkürlich die Augen, um nicht in die Tiefe sehen zu müssen. Für den Augenblick war ich sicher und sprach ein Stoßgebet für meine Errettung.

»Ganz hübsch gemacht«, schrie Toby unter mir, »du bist flinker, als ich es dir zugetraut hätte – hüpfst von Wurzel zu Wurzel wie ein junges Eichhörnchen. Sobald du dich genug amüsiert hast, würde ich dir raten, weiter nach unten zu kommen.«

»Ja, ja, Toby, alles zu seiner Zeit; noch zwei oder drei so famose Wurzeln wie diese, und ich bin bei dir.«

Der Rest meiner Reise in die Tiefe verlief verhältnismäßig leicht; die Wurzeln wuchsen dichter, und an ein paar Stellen waren die vorspringenden Felsabsätze eine große Hilfe für mich. In wenigen Minuten stand ich an der Seite meines Gefährten.

Ich suchte mir einen festen Stecken als Ersatz für den alten, den ich oben weggeworfen hatte, und wir setzten unsere Wanderung im Bett der Schlucht fort. Bald grüßte uns von weitem ein Laut, der immer mehr anschwoll, während das Geräusch des Wasserfalls, den wir hinter uns gelassen hatten, kaum noch zu hören war.

»Wieder ein Abgrund für uns, Toby?«

»Auch gut; du weißt ja, daß wir hinunterkommen können – also vorwärts.«

Nichts schien diesen tapferen Jungen niederzudrücken oder einzuschüchtern. Taipis oder Niagarafälle, er war bereit, es mit beiden aufzunehmen, und ich gratulierte mir tausendmal, daß ich einen solchen Gefährten bei diesem Unternehmen hatte.

Nach einem beschwerlichen Marsch von ungefähr einer Stunde kamen wir wieder an den Rand eines Wasserfalls, der noch höher als der vorige war und oben wie unten von steilen Felsmassen flankiert wurde. Doch gab es hier und da enge unregelmäßige Vorsprünge, von einer dünnen Erdschicht bedeckt und von allerlei Büschen und Bäumen bewachsen. Ihr helles Grün hob sich schön von dem schäumenden Wasser ab, das zwischen ihnen hindurchfloß.

Toby, der stets den Pionier machte, ging auch jetzt auf Kundschaft aus. Nach seiner Rückkehr berichtete er, die Felsvorsprünge rechts würden es uns ermöglichen, ohne große Gefahr hinabzuklettern. Wir verließen das Bett des Gießbachs gerade an der Stelle, wo er hinunterdonnerte, und krochen einen dieser abschüssigen Simse hinab, bis wir nur noch ein paar Fuß weit von einem zweiten entfernt waren, der sich in einem noch schärferen Winkel nach unten senkte. Wir halfen einander und landeten sicher auf der Kante. Dann krochen wir vorsichtig an ihr entlang, und die bloßliegenden Wurzeln der Sträucher, die an jeder Felsspalte hingen, boten uns dabei etwas Halt. Als wir tiefer kamen, wurde der schmale Pfad noch enger, und wir konnten kaum noch Fuß fassen. An einer Ecke des Felsens, wo wir glaubten, er würde sich erweitern, sahen wir plötzlich zu unserer Bestürzung, daß er nach ein paar Schritten jäh endete und keine Hoffnung mehr war, weiterzuklettern.

Toby bildete wie gewöhnlich die Vorhut, und schweigend wartete ich auf seinen Vorschlag, wie wir uns aus dieser neuen Schwierigkeit helfen könnten.

»Na, mein Junge«, rief ich, als eine Weile vergangen war und er kein Wort gesagt hatte: »Was nun?«

Er antwortete in ruhigem Ton, daß es vielleicht das beste in dieser Klemme wäre, so schnell wie möglich herauszukommen.

»Ja, mein lieber Toby, sage mir nur, wie.«

»Vielleicht so«, antwortete er, rutschte zu meinem Entsetzen seitwärts von dem Felsen und landete – wie ich zunächst glaubte, nur durch einen glücklichen Zufall – in der breiten Krone einer Palme, die ihre zähen Wurzeln in eine Felswand gesenkt hatte. Der Stamm wuchs schräg empor und entfaltete etwa zwanzig Fuß unter der Stelle, wo wir so plötzlich haltmachen mußten, seine dichten Blätterwedel. Ich hielt unwillkürlich den Atem an und erwartete, meinen Kameraden, nachdem er einen Augenblick von den Zweigen des Baumes aufgehalten worden war, durch die schwachen Stützen brechen und kopfüber in den Grund stürzen zu sehen. Er kam aber zu meiner freudigen Überraschung unversehrt wieder zum Vorschein, befreite sich aus den zerbrochenen Zweigen, guckte aus seinem Blätterbett und rief munter: »Komm, mein tapferer Junge, es bleibt dir nichts anderes übrig!«, und damit tauchte er in den Blättern unter, rutschte den Stamm hinab und stand einen Augenblick später mindestens fünfzig Fuß unter mir auf dem breiten Gesims, aus dem der Baum wuchs, den er eben hinabgeglitten war.

Wieviel hätte ich in diesem Augenblick darum gegeben, an seiner Seite zu stehen! Die Tat, die er eben vollbracht hatte, schien mir ein wahres Wunder zu sein, und ich traute kaum meinen Augen, als ich die weite Entfernung sah, die eine einzige kühne Handlung so plötzlich zwischen uns gebracht hatte.

Tobys aufmunterndes »Komm!« erklang von neuem, und da ich fürchtete, durch langes Bedenken alles Selbstvertrauen zu verlieren, blickte ich noch einmal hinunter, um mich über die Lage des Baumes zu vergewissern; dann schloß ich die Augen, und mit einem Stoßgebet neigte ich mich über den Abgrund und fiel nach einem atemberaubenden Augenblick krachend in die Palme, deren Zweige unter meinem Gewicht brachen und knackten, als ich immer tiefer in sie hineinsank, bis ich durch einen festen Ast aufgehalten wurde.

Ein paar Minuten später stand ich am Fuß des Baumes und befühlte mich von oben bis unten, um das Ausmaß der Verletzungen festzustellen, die ich mir zugezogen hatte. Zu meiner Überraschung hatte das Kunststück nur ein paar geringfügige Quetschungen zur Folge, die nicht der Rede wert waren. Wir gelangten nun ohne weitere Schwierigkeiten in den Grund, und eine halbe Stunde später hatten wir unseren Bissen Abendbrot verzehrt, wie gewöhnlich unsere Hütte gebaut und waren hineingekrochen.

Trotz unserer Schwäche und dem fürchterlichen Hunger, der uns quälte, wenn auch keiner davon sprach, setzten wir am nächsten Morgen unseren scheußlichen Abstieg fort. Er war immer noch schwierig und gefährlich, aber die Hoffnung, bald das Tal vor uns liegen zu sehen, gab uns Mut. Gegen Abend hörten wir die Stimme eines Wasserfalls, der schon seit einiger Zeit wie ein leiser, tiefer Baß die Musik der kleineren Fälle begleitet hatte, immer mächtiger dröhnen und uns seine Nähe ankünden.

An diesem Abend standen wir am Rande einer Felswand, über die der dunkle Gießbach in einem letzten Sprung volle dreihundert Fuß hinabstürzte. Der steile Fall endete in der Gegend, die wir so lange gesucht hatten. Auf beiden Seiten stützten hohe Felsufer die ungeheure Bergwand und ragten in das grüne, wogende Meer des Tales hinein, und eine Anzahl ähnlicher Gebirgsvorsprünge umgab im Halbkreis den Talschluß. Über dem Wasserfall wölbte sich ein Blätterdach und ließ einen Bogen als Öffnung für den Sturzbach frei, wodurch das Bild eigentümlich malerisch wirkte.

Das Tal lag nun vor uns; doch das tiefe Wasserbett, dem wir so weit gefolgt waren, führte uns nicht allmählich in seinen lieblichen Schoß hinunter, sondern brach unvermittelt ab, so daß all unsere Mühen umsonst zu sein schienen. Wir waren bitter enttäuscht, aber nicht ganz verzweifelt.

Da die Sonne bald unterging, beschlossen wir, die Nacht dort zu bleiben, wo wir waren, und am nächsten Morgen, gestärkt durch den Schlaf und ein Frühstück, bei dem wir unseren ganzen Mundvorrat aufessen wollten, den Abstieg ins Tal zu vollbringen oder bei dem Versuch umzukommen.

Wir legten uns in dieser Nacht an einer Stelle nieder, an die ich jetzt noch mit Schaudern denke. Auf einem kleinen Felssims, der auf einer Seite des Gießbachs über den Abgrund hing und feucht vom Gischt war, lag ein riesiger Baumstamm, den ein schweres Hochwasser dorthin getragen haben mußte. Er lag schräg, das eine Ende ruhte auf der Felsplatte, und das andere lehnte gegen die Wand der Schlucht. Dagegen stellten wir schief ein paar halbverfaulte, umherliegende Äste, bedeckten das Ganze mit Zweigen und Blättern und erwarteten die Morgendämmerung unter diesem notdürftigen Schutzdach.

Das ununterbrochene Brüllen des Wasserfalls, das klagende Stöhnen des Windes in den Bäumen, das Klatschen des Regens und die völlige Finsternis wirkten in dieser Nacht so tief auf mein Gemüt wie nichts zuvor. Durchnäßt und von der feuchten Kälte bis ins Innerste durchfroren, dazu halb verhungert und fast verrückt von den Schmerzen, die ich auszustehen hatte, lag ich unter diesen mannigfachen Beschwerden buchstäblich danieder. Mein Gefährte, dessen Mut auch so ziemlich gebrochen war, sprach während der ganzen Nacht kaum ein Wort.

Schließlich graute der Tag, und wir standen von unserem jämmerlichen Lager auf, reckten die steifen Glieder, aßen das restliche Brot auf und bereiteten uns auf die letzte Reisestrecke vor.

Ich will nicht erzählen, wie oft wir um Haaresbreite davonkamen und welche schrecklichen Schwierigkeiten auftauchten, bevor wir in den Talgrund gelangten. Da ich schon ähnliche Szenen beschrieben habe, genügt es, wenn ich sage, daß wir endlich nach großen Anstrengungen und großen Gefahren unversehrt am Ende jenes großartigen Tales standen, das wir vor fünf Tagen so plötzlich erblickt hatten, und zwar fast im Schatten der Felsen, von denen sich uns die Aussicht bot.

10

Der Talschluß · Behutsames Vorgehen · Ein Pfad · Früchte · Die ersten beiden Eingeborenen · Ihr merkwürdiges Betragen · Annäherung an den bewohnten Teil des Tales · Unsere aufsehenerregende Ankunft · Empfang im Hause eines Eingeborenen

Wie wir zu den Früchten gelangen konnten, die unserer Überzeugung nach ganz in der Nähe wachsen mußten, das war unser erster Gedanke.

Taipi oder Happar? Ein schrecklicher Tod von den Händen der wildesten Kannibalen oder ein freundlicher Empfang bei einer gesitteteren Barbarenrasse? Was harrte unser? Aber jetzt war es zu spät, eine Frage zu erörtern, deren Antwort bald bevorstand.

Der Teil des Tales, in dem wir uns befanden, schien völlig unbewohnt zu sein. Ein fast undurchdringliches Dickicht erstreckte sich von einer Seite zur anderen ohne eine einzige Pflanze, die uns die Nahrung liefern konnte, mit der wir so zuversichtlich gerechnet hatten; auf der Suche nach ihr folgten wir dem Lauf des Baches und warfen im Vorwärtsdringen rasche Blicke in die dichten Dschungel zu beiden Seiten.

Mein Gefährte, auf dessen inständiges Bitten ich nachgegeben und den Abstieg in das Tal gemacht hatte, zeigte jetzt, da der Schritt geschehen war, eine Vorsicht, die ich ihm nicht zugetraut hätte. Er schlug vor, wir sollten, falls wir genügend Früchte fänden, in diesem unbewohnten Teil des Landes bleiben – wo wir wenig Gefahr liefen, von den Bewohnern, wer sie auch sein mochten, überrascht zu werden –, bis wir ausreichend gekräftigt wären, um unsere Reise wieder aufzunehmen; dann könnten wir mit einem unseren Bedürfnissen angemessenen Vorrat an Nahrung leicht in die Bucht von Nukuhiwa gelangen, wenn erst einmal eine genügende Zeitspanne verstrichen war, um über die Abfahrt des Schiffes keinen Zweifel mehr zu lassen.

Ich widersprach diesem Vorschlag heftig, so einleuchtend er war, da die Schwierigkeiten des Rückweges bei unserer Unkenntnis der allgemeinen Beschaffenheit des Landes fast unüberwindlich sein mußten. Ich erinnerte meinen Gefährten an die Strapazen, die wir schon auf unseren bisherigen Wanderungen ins Ungewisse ausgehalten hatten. Mit einem Wort, ich sagte ihm, da wir es nun einmal für ratsam gefunden hätten, in das Tal zu gehen, sollten wir mannhaft die Folgen tragen, wie sie auch sein mochten, zumal ich überzeugt war, daß wir ohnehin bald den Eingeborenen begegnen und es kühn darauf ankommen lassen müßten, wie sie uns empfangen würden. Auch hatte ich selbst Ruhe und ein Obdach nötig und fühlte mich, solange ich das nicht erhielt, völlig außerstande, ähnliche Leiden zu ertragen, wie wir sie gerade erst durchgemacht hatten. Daß diese Bemerkungen berechtigt waren, gab Toby etwas zögernd zu.

Es überraschte uns, daß wir immer noch das gleiche unwegsame Dickicht vorfanden, obwohl wir nun schon so weit ins Tal vorgedrungen waren. Und da ich dachte, daß es sich vielleicht nur an den Ufern des Baches hinzöge, dahinter aber offenes Gelände sein könnte, bat ich Toby, auf der einen Seite scharf Ausschau zu halten, ob sich eine Lichtung in dem Buschwerk zeigte, während ich die andere übernahm. Besonders aber wollten wir auf jede noch so geringe Spur eines Pfades und überhaupt auf alles achten, was darauf hindeutete, daß die Bewohner der Insel in der Nähe wären.

Wie verstohlen und unruhig spähten wir in die düsteren Schatten! Wie besorgt gingen wir weiter, konnten wir doch nicht wissen, ob uns nicht im nächsten Augenblick der Speer eines Wilden aus dem Hinterhalt grüßte!

Schließlich blieb mein Kamerad stehen und wies auf eine kleine Lücke im Laub. Wir zwängten uns hindurch und gelangten bald auf einem kaum erkennbaren Pfad an eine verhältnismäßig freie Stelle, und jenseits dieser Lichtung entdeckten wir eine Anzahl Bäume, die in der Eingeborenensprache *annui* heißen und ganz köstliche Früchte tragen.

Wie wir rannten! Ich humpelte wie ein alter Gaul, und Toby lief wie ein Windhund. Rasch leerte er einen Baum, an dem nur ein paar Früchte hingen, aber zu unserem Ärger waren sie schon ziemlich verfault; die Vögel hatten hier und da die Schalen geöffnet und das Fruchtfleisch zur Hälfte verzehrt. Trotzdem aßen wir sie sofort auf, und keine Ambrosia hätte uns köstlicher munden können.

Wir sahen uns um und wußten nicht recht, wohin wir uns wenden sollten; denn der Pfad, dem wir bis hierher gefolgt waren, schien sich in der Lichtung zu verlieren. Endlich beschlossen wir, nach einem nahen Hain zu gehen. Wir hatten die ersten Bäume erreicht, als ich einen schlanken Brotfruchtschößling aufhob, noch vollkommen grün und schlüpfrig vor Feuchtigkeit; denn die zarte Rinde war gerade erst abgestreift worden, und es schien, als habe man ihn eben weggeworfen. Ich sagte nichts, sondern hielt ihn Toby nur hin. Er fuhr zusammen bei diesem eindeutigen Beweis, daß Wilde in der Nähe waren.

Die Lage wurde jetzt kritisch. Ein Stück weiterhin fanden wir ein kleines Bündel derselben Schößlinge, mit einem Streifen Bast zusammengebunden. Hatte es vielleicht ein einzelner Wilder weggeworfen, der, als er uns sah, erschrak und drauflosrannte, um seinen Landsleuten die Nachricht von unserem Kommen zu bringen? Taipi oder Happar? – Aber es war zu spät zum Umkehren, und so gingen wir langsam weiter, mein Gefährte voran. Gespannt blickte er überall unter die Bäume, bis ich ihn plötzlich zurückfahren sah, als hätte ihn eine Schlange gebissen. Er kniete nieder, winkte mich mit der einen Hand fort, schob mit der anderen ein paar Blätter beiseite und betrachtete irgend etwas aufmerksam.

Ohne seinen Wink zu beachten, trat ich rasch zu ihm und sah zwei Gestalten, halb verborgen in dem dichten Laub. Sie standen eng beieinander und rührten sich nicht. Sicher hatten sie uns zuerst bemerkt und waren in den Wald geflohen, um nicht von uns gesehen zu werden.

Mein Entschluß stand sofort fest. Ich warf meinen Stock weg, öffnete hastig das Bündel mit den vom Schiff mitgebrachten Dingen, wickelte das Baumwollzeug auseinander, hielt es mit der einen Hand hoch, riß mit der anderen einen Zweig von den Büschen neben mir ab, und indem ich Toby zurief, meinem Beispiel zu folgen, brach ich durch das Dickicht und schritt auf die zurückscheuenden Gestalten zu, wobei ich ihnen mit dem Zweig als Friedenszeichen winkte.

Es waren ein Knabe und ein Mädchen, schlank und anmutig und vollständig nackend bis auf einen schmalen Bastgürtel, von dem vorn und hinten ein rotbraunes Blatt des Brotfruchtbaumes hing. Ein Arm des Knaben war – halb verdeckt durch die wilden

Locken – um den Hals des Mädchens geschlungen, und eine ihrer Hände hielt er in der seinen; so standen sie beieinander, den Kopf vorgeneigt, um das schwache Geräusch zu hören, das wir beim Gehen machten, und den einen Fuß vorgestellt, als ob sie halb willens wären zu fliehen.

Als wir näher kamen, nahm ihre Unruhe sichtlich zu. Da ich fürchtete, sie könnten vielleicht ganz weglaufen, blieb ich stehen und sagte ihnen durch Zeichen, sie sollten herankommen und das Geschenk empfangen, das ich ihnen entgegenhielt; aber sie wollten nicht; dann sagte ich ein paar mir bekannte Worte in ihrer Sprache. Zwar erwartete ich nicht, daß sie mich verstanden, aber ich wollte ihnen zeigen, daß wir nicht aus den Wolken heruntergefallen wären. Das schien ihnen etwas Vertrauen einzuflößen, und so schritt ich näher mit dem Stoff in der einen und dem Zweig in der anderen Hand; sie aber wichen langsam zurück. Schließlich ließen sie uns so nahe an sich herankommen, daß wir ihnen den Kattun über die Schulter werfen konnten. Wir gaben ihnen zu verstehen, daß er für sie wäre, und bezeugten ihnen durch allerlei Gesten unsere Hochachtung.

Das erschreckte Paar stand jetzt still, während wir versuchten, ihnen unsere Wünsche klarzumachen. Toby tat das durch eine ganze Folge anschaulicher Pantomimen – er riß den Mund von einem Ohr bis zum anderen auf, steckte den Finger in den Schlund, knirschte mit den Zähnen und rollte die Augen, bis ich tatsächlich glaubte, die armen Geschöpfe hielten uns für ein paar weiße Menschenfresser, für die sie eine Mahlzeit abgeben sollten. Als sie uns endlich verstanden, machten sie keine Anstalten, uns zu helfen. In diesem Augenblick begann es heftig zu regnen, und wir baten sie durch Zeichen, uns an einen geschützten Ort zu führen. Diesen Wunsch schienen sie erfüllen zu wollen. Doch nichts konnte ihre Furcht vor uns deutlicher zeigen, als die Art, wie sie vor uns hergingen und dabei fortwährend zurückschauten, um jede unserer Bewegungen und sogar unsere Blicke zu beobachten.

»Taipi oder Happar, Toby?« fragte ich, als wir hinter ihnen hergingen.

»Natürlich Happar«, antwortete er übertrieben zuversichtlich, um seine Zweifel zu verbergen.

»Wir werden es gleich wissen«, rief ich, gesellte mich zu unseren Führern und nannte fragend die beiden Namen, wobei ich auf den tiefsten Teil des Tales zeigte, um sofort auf den springenden Punkt zu kommen. Sie wiederholten meine Worte immer wieder, aber ohne eins davon besonders zu betonen, so daß ich genauso gescheit war wie zuvor; denn wie sich später herausstellte, sind wahrscheinlich niemals einem Reisenden ein paar verschmitztere junge Dinger in den Weg gelaufen als diese beiden.

Wir konnten es kaum noch erwarten, etwas über unser Schicksal zu erfahren, und deshalb stellte ich jetzt die Wörter *happar* und *mortarki* zu einer Frage zusammen. *Mortarki* heißt ›gut‹. Die beiden Eingeborenen wechselten bedeutungsvolle Blicke miteinander und waren nicht wenig erstaunt, aber als wir die Frage wiederholten, berieten sie sich miteinander und antworteten dann zu Tobys großer Freude zustimmend. Toby war ganz außer sich vor Entzücken, zumal die jungen Wilden ihre Antwort oft und energisch wiederholten, als ob sie uns eindringlich sagen wollten, daß wir uns völlig sicher fühlen könnten, da wir ja bei den Happars wären.

Obgleich ich immer noch zweifelte, gebärdete ich mich bei der Mitteilung genauso begeistert wie Toby. Dieser drückte pantomimisch seine Abscheu vor den Taipis und seine maßlose Liebe zu dem Tal aus, in dem wir uns befanden. Unsere Führer sahen einander unsicher an, als ob sie sich unser Benehmen überhaupt nicht erklären könnten.

Sie eilten weiter, und wir folgten ihnen. Plötzlich erhoben sie ein seltsames Hallo, das von der anderen Seite des Haines, durch den wir gingen, erwidert wurde, und im nächsten Augenblick kamen wir an eine Lichtung, an deren Ende wir eine lange niedrige Hütte entdeckten, vor der mehrere junge Mädchen saßen. Sobald sie uns sahen, schrien sie laut auf und flohen wie aufgescheuchte Rehe in das nahe Dikkicht. Ein paar Minuten später hallte das ganze Tal wider von wilden Rufen, und die Eingeborenen kamen aus allen Richtungen auf uns zugerannt.

Wenn eine Invasionsarmee in ihr Land eingebrochen wäre, hätten sie sich nicht aufgeregter benehmen können. Bald umdrängte uns eine dichte Menschenmenge, und wir kamen kaum vorwärts, weil uns alle sehen wollten; ebensoviele umringten unsere jugendlichen Führer, die mit erstaunlicher Zungenfertigkeit die Begleitumstände unserer Begegnung zu erzählen schienen. Jede einzelne Mitteilung erhöhte ganz offensichtlich das Staunen der Insulaner, und sie starrten uns forschend an.

Endlich kamen wir an ein großes, hübsches Bambushaus, und man forderte uns durch Zeichen auf, einzutreten, wobei die Eingeborenen für uns eine Gasse bildeten, durch die wir gehen mußten. Wir traten ohne weiteres ein und warfen uns erschöpft auf die den Boden bedeckenden Matten. Im Nu war die kleine Hütte voller Menschen, und wer nicht mehr hineinging, betrachtete uns durch das offene Rohrgeflecht.

Es war jetzt Abend, und in der Dämmerung konnten wir gerade noch die wilden Gesichter um uns erkennen, die vor lebhafter Neugier und Verwunderung glühten; nackte sehnige Krieger mit tätowierten Gliedmaßen und dazwischen hier und da die zartere Gestalt eines jungen Mädchens. Alle sprachen durcheinander, und der einzige Gegenstand dieser stürmischen Unterhaltung waren natürlich wir. Unsere jugendlichen Führer von vorhin hatten vollauf zu tun, die von allen Seiten an sie gerichteten zahllosen Fragen zu beantworten. Das leidenschaftliche Gebärdenspiel dieser Menschen, wenn sie erregt miteinander sprechen, ist keiner Steigerung mehr fähig. Diesmal ließen sie all ihrer natürlichen Lebhaftigkeit freien Lauf und schrien und tanzten, daß wir uns fast fürchteten.

Dicht bei uns hockten acht bis zehn Häuptlinge, wie sich später herausstellte, von edlem Aussehen und zurückhaltenderem Benehmen als die übrigen. Sie blickten uns mit fester, ernster Aufmerksamkeit an, die unseren Gleichmut nicht wenig erschütterte. Besonders einer von ihnen, der den höchsten Rang einzunehmen schien, setzte sich gerade mir gegenüber und sah mich mit einer starren Miene an, vor der ich einfach bebte. Kein Wort kam über seine Lippen, und er wandte sein strenges Gesicht nicht einen einzigen Augenblick von mir ab. Noch nie in meinem Leben hatte ich einen so seltsamen und festen Blick zu bestehen; er verriet nichts von dem, was in der Seele des Wilden vorging, aber schien meine eigene zu ergründen.

Als ich dieser Prüfung solange ausgesetzt war, bis ich es vor Nervosität nicht mehr aushielt, nahm ich, um den Krieger womöglich abzulenken und sein Wohlwollen zu erlangen, ein Stück Tabak aus meiner Brusttasche und bot es ihm an. Er wies die dargebotene Gabe ruhig zurück, und ohne zu sprechen, bedeutete er mir, sie an ihren Platz zurückzustecken.

Bei meinem früheren Verkehr mit den Eingeborenen von Nukuhiwa und Tior hatte ich erfahren, daß ein kleines Stück Tabak als Geschenk jeden zu meinem ergebenen Diener machte. War diese Handlung des Häuptlings ein Zeichen seiner Feindschaft? Taipi oder Happar? So fragte ich mich. Ich fuhr zusammen; denn im gleichen Augenblick stellte das merkwürdige Wesen vor mir diese Frage. Ich wandte mich zu Toby; bei dem flackernden Schein eines Lichtes der Eingeborenen sah ich sein Gesicht, das bei dieser verhängnisvollen Frage vor Schreck erbleichte. Was mich bewegte, *taipi* zu antworten, weiß ich nicht. Die düstere Statue nickte beifällig und murmelte dann »Mortarki!« – »Mortarki«, erwiderte ich, ohne weiter zu zögern, »Taipi mortarki«.

Welch ein Wechsel! Die dunklen Gestalten vor uns sprangen hoch, klatschten vor Entzücken in die Hände und riefen immer wieder die Zauberformel, die anscheinend alles entschieden hatte.

Als sich die Aufregung etwas legte, hockte der oberste Häuptling noch einmal vor mir nieder, geriet plötzlich in Wut und hielt eine lange Schmährede, die mir ganz unverständlich war, da aber das Wort *happar* oft darin vorkam, nahm ich an, daß sie sich gegen die Eingeborenen des Nachbartales richtete. In all diese Beschimpfungen stimmten mein Gefährte und ich ein, dagegen hoben wir den Charakter der kriegerischen Taipis in den Himmel. Bestimmt waren unsere Lobreden etwas lakonisch; denn sie bestanden lediglich in der Wiederholung des Namens, den wir mit dem allmächtigen Eigenschaftswort *mortarki* verbanden. Aber das genügte, um uns das Wohlwollen der Eingeborenen zu gewinnen; denn unsere Übereinstimmung in diesem Punkt trug mehr dazu bei, freundschaftliche Gefühle zu wecken, als alles, was sonst hätte geschehen können.

Schließlich verrauchte der Zorn des Häuptlings, und bald war er so ruhig wie zuvor. Er legte die Hand auf die Brust und gab mir zu verstehen, daß sein Name Mehevi sei und er als Antwort den meinen zu erfahren wünsche. Ich zögerte einen Augenblick, da ich dachte, es könnte für ihn schwer sein, meinen richtigen Namen auszusprechen, und gab dann in der lobenswertesten Absicht an, ich heiße Tom. Doch hätte ich keine schlechtere Wahl treffen können; der Häuptling konnte das Wort nicht meistern: ›Tommo‹, ›Tomma‹, ›Tommi‹, nur nicht das einfache ›Tom‹. Da er unbedingt eine zweite Silbe zur Verschönerung anhängen wollte, schloß ich mit ihm in der Sache einen Kompromiß und nannte mich ›Tommo‹ während der Dauer meines Aufenthaltes in dem Tal. Dann kam mein Kamerad an die Reihe, und das melodischere Toby konnten sie leichter erlernen.

Ein Namensaustausch bedeutet bei diesen einfachen Menschen eine gegenseitige Versicherung des Wohlwollens und der Freundschaft; und da wir das wußten, waren wir hocherfreut, daß sie bei dieser Gelegenheit stattgefunden hatte.

Auf unsere Matten ausgestreckt, hielten wir jetzt eine Art Empfang und erteilten den Eingeborenen Audienz, die sich in Gruppen nacheinander bei uns vorstellten, indem sie ihre Namen nannten, und sich in bester Laune zurückzogen, wenn sie daraufhin die unseren erfahren hatten. Während dieser Zeremonie war alles sehr vergnügt; fast jede Ankündigung seitens der Insulaner wurde von einem neuen Heiterkeitsausbruch begleitet. Ich nahm daher an, daß zumindest einige von ihnen die Gesellschaft harmlos auf unsere Kosten unterhielten, indem sie sich eine Reihe absurder Titel beilegten, deren Komik für uns natürlich ganz unverständlich war.

All das dauerte ungefähr eine Stunde, dann ließ der Andrang etwas nach, und ich wandte mich an Mehevi und gab ihm zu verstehen, daß wir Nahrung und Schlaf brauchten. Sofort richtete der aufmerksame Häuptling einige Worte an einen der Anwesenden. Dieser verschwand und kehrte in ein paar Minuten mit einer Kalebasse voll *poi-poi* und zwei oder drei jungen Kokosnüssen wieder, von denen die äußere Schale entfernt und die innere aufgebrochen war. Wir setzten sofort diese natürlichen Becher an die Lippen und tranken den erfrischenden Inhalt auf einen Zug aus. Dann stellte man die Kalebasse mit *poi-poi* vor uns hin, und so verhungert ich auch war, zögerte ich doch einen Augenblick und überlegte, wie ich das Zeug wohl in den Mund befördern sollte.

Dieses Hauptnahrungsmittel der Marquesas-Insulaner wird aus den Früchten des Brotfruchtbaumes hergestellt. Es ähnelt in seiner dickflüssigen Beschaffenheit etwas dem Buchbinderkleister, sieht gelb aus und schmeckt etwas herb.

Das war die Speise, die ich jetzt gern gekostet hätte. Ich sah sie einen Augenblick begehrlich an, dann konnte ich die Form nicht länger wahren, steckte meine Hand in die geschmeidige Masse und zog sie unter dem Jubel der Eingeborenen mit *poi-poi* beladen wieder heraus, das in langen Fäden an jedem Finger klebte. Der Teig hielt so zäh zusammen, daß ich die Kalebasse fast von der Matte hob, als ich meine schwere Hand zum Mund führte. Diese ungeschickte Vorführung – die Toby, nebenbei bemerkt, mitmachte – rief bei den Umstehenden wahre Lachkrämpfe hervor.

Als die Heiterkeit etwas nachgelassen hatte, bedeutete uns Mehevi, aufzupassen, steckte den Zeigefinger der rechten Hand in die Speise, drehte ihn schnell und kunstgerecht herum und zog ihn, glatt mit der Paste überzogen, wieder heraus. Durch eine zweite eigenartige Drehung des Fingers verhinderte er, daß das *poi-poi* hinuntertropfte, als er es zum Mund führte, und der Finger, den er hineinsteckte, kam völlig frei von der klebrigen Masse wieder heraus. Diese Darstellung war offensichtlich zu unserer Belehrung bestimmt; so versuchte ich die Sache noch einmal nach den Prinzipien, die ich mir eingeprägt hatte, aber mit sehr bescheidenem Erfolg.

Indessen kümmert sich ein Mensch, der am Verhungern ist, wenig um hergebrachte Anstandsregeln, zumal auf einer Südseeinsel, und Toby und ich aßen daher den Brei auf unsere eigene unbeholfene Art, bepflasterten uns das ganze Gesicht mit dem klebrigen Zeug und beklecksten uns die Hände fast bis zum Gelenk. Diese Speise ist für den Gaumen des Europäers durchaus nicht unangenehm, wenn ihm vielleicht auch zunächst die Art, sie zu essen, nicht gefällt. Ich selbst gewöhnte mich nach ein paar Tagen an ihr eigenartiges Aroma und mochte sie sehr gern.

Soviel über den ersten Gang; es folgten noch mehrere Gerichte, von denen einige ganz köstlich waren. Wir beschlossen unser Festmahl, indem wir den Inhalt von zwei weiteren jungen Kokosnüssen tranken, und dann genossen wir die wohltuende Beruhigung des Rauchens, wobei wir den Tabak durch eine seltsam geschnitzte Pfeife einsogen, die im Kreis herumgereicht wurde.

Während der Mahlzeit betrachteten uns die Eingeborenen mit gespannter Aufmerksamkeit, verfolgten unsere kleinsten Bewegungen und schienen in den belanglosesten Vorfällen reichlich Gesprächsstoff zu finden. Ihre Überraschung erreichte den Höhepunkt, als wir unsere unbequemen, vom Regen durchnäßten Kleider abzulegen begannen. Sie prüften unsere weißen Körper und konnten sich anscheinend durchaus nicht erklären, weshalb das dunkle Gesicht so davon abstach; es war sechs Monate lang von der sengenden Sonne des Äquators gebräunt worden. Sie befühlten unsere Haut etwa in der Art, wie ein Seidenhändler ein besonders schönes Stück Satin anfassen würde, und manche gingen bei ihrer Untersuchung so weit, das Riechorgan zu benutzen.

Ihr eigenartiges Benehmen ließ mich fast glauben, daß sie nie zuvor einen weißen Mann gesehen hätten, aber nach kurzer Überlegung mußte ich mir sagen, daß dem nicht so sein konnte, und später habe ich mir ihr Benehmen besser erklären können.

Von den furchtbaren Geschichten über die Taipis abgeschreckt, laufen niemals Schiffe in ihre Bucht ein, und die feindlichen Beziehungen der Bewohner zu den Stämmen der Nachbartäler hindern sie daran, den Teil der Insel zu besuchen, wo gelegentlich Schiffe vor Anker liegen. In großen Zwischenräumen kommt aber doch mitunter ein unerschrockener Kapitän mit zwei oder drei bewaffneten Booten und von einem Dolmetscher begleitet an den Rand der Bucht. Die Eingeborenen, die in der Nähe des Meeres wohnen, entdecken die Fremden, lange bevor sie ihre Gewässer erreichen, und da sie wissen, was sie herführt, verkünden sie die Neuigkeit ihrer Ankunft. Durch eine Art Lauttelegraph gelangt die Nachricht in unvorstellbar kurzer Zeit bis in die abgelegensten Winkel des Tales und bringt fast die gesamte Bevölkerung, mit Früchten aller Art beladen, an den Strand. Der Dolmetscher ist stets ein ›tabuierter Kanake‹.* Er springt an Land mit den zum Tausch bestimmten Waren, während die Boote unmittelbar vor der Brandung liegenbleiben, den Bug seewärts gerichtet, die Riemen klar und jeder Mann auf seiner Bank, um beim ersten Anzeichen von Feindseligkeiten nach der offenen See zu entkommen. Sobald der Handel abgeschlossen ist, rudert eins der Boote unter dem Schutz der Musketen des anderen an den Strand, die Früchte werden rasch eingeladen, und die unsteten Besucher verlassen schleunigst eine Gegend, die sie mit Recht für gefährlich halten.

Bei diesem beschränkten Verkehr mit Europäern war es nicht verwunderlich, daß uns die Bewohner des Tales mit solcher Neugier betrachteten, zumal wir unter höchst eigenartigen Umständen bei ihnen

* Das Wort ›Kanake‹ wird heute in der Südsee von den Europäern allgemein verwendet, um die Insulaner zu bezeichnen. In den verschiedenen Dialekten der Hauptinselgruppen ist es einfach eine Geschlechtsbezeichnung für die Männer; aber die Eingeborenen brauchen es jetzt im Verkehr mit Fremden in demselben Sinn, den ihm die letzteren geben. Ein ›tabuierter Kanake‹ ist ein Insulaner, der durch eine eigentümliche, später noch zu erläuternde Sitte bis zu einem gewissen Grad als unverletzlich erklärt worden ist.

erschienen. Ich bin überzeugt, daß wir die ersten Weißen waren, die jemals so weit in ihr Land eindrangen, oder doch wenigstens die ersten, die jemals vom Talschluß herabstiegen. Was uns dorthin geführt hatte, mußte ihnen völlig rätselhaft sein, und bei unserer Unkenntnis der Sprache war es uns nicht möglich, sie darüber aufzuklären. Als Antwort auf Fragen, die uns ihr beredtes Gebärdenspiel verständlich machte, konnten wir ihnen nur sagen, daß wir aus Nukuhiwa kamen, wohlverstanden, aus einem Gebiet, mit dem sie in offener Fehde lagen. Diese Nachricht schien bei ihnen die lebhaftesten Gefühle auszulösen. »Nukuhiwa mortarki?« fragten sie. Natürlich verneinten wir das ganz entschieden.

Dann bestürmten sie uns mit tausend Fragen, von denen wir nichts weiter verstanden, als daß sie sich auf die letzten Bewegungen der Franzosen bezogen, die sie offenbar wild haßten. So viel lag ihnen daran, etwas über diesen Punkt zu erfahren, daß sie uns immer noch Fragen vorlegten, als wir ihnen schon längst gezeigt hatten, daß wir völlig außerstande waren, sie zu beantworten. Gelegentlich hatten wir eine undeutliche Vorstellung von dem, was sie wollten, und versuchten mit allen uns zur Verfügung stehenden Mitteln, ihnen die gewünschte Auskunft zu geben. Dann war ihre Dankbarkeit grenzenlos, und sie verdoppelten ihre Anstrengungen, um sich besser verständlich zu machen. Aber alles war umsonst, und zuletzt sahen sie uns verzweifelt an, als wären wir eine Fundgrube unschätzbarer Kenntnisse, zu der sie nur den Zugang nicht entdeckt hätten.

Allmählich zerstreute sich die Menge, und gegen Mitternacht waren wir nur noch mit denen zusammen, die, wie wir annahmen, dauernd im Hause wohnten. Diese gaben uns jetzt frische Matten für unser Lager und Tapadecken, löschten die Lichter aus, die gebrannt hatten, warfen sich neben uns nieder, unterhielten sich noch ein Weilchen und waren bald fest eingeschlafen.

II

Mitternächtliche Gedanken · Morgenbesuch · Ein Krieger in seiner Tracht · Ein wilder Äskulap · Ausübung der Heilkunst · Leibdiener · Beschreibung eines Wohnhauses im Tal · Porträts seiner Bewohner

Die verschiedensten und widersprechendsten Gedanken bedrückten mich in den stillen Stunden, die auf diese Ereignisse folgten. Toby, müde von den Anstrengungen des Tages, schlief fest an meiner Seite; mich aber ließen die quälenden Schmerzen und das Bewußtsein unserer gefährlichen Lage nicht zur Ruhe kommen. Waren wir zu guter Letzt nach all den Wechselfällen unseres Schicksals in das schreckliche Taipital geraten und seinen Bewohnern, diesem barbarischen und unbarmherzigen wilden Stamm, auf Gnade und Ungnade ausgeliefert?

Taipi oder Happar? Darüber gab es jetzt keinen Zweifel mehr, und ich schauderte, wenn ich mir unsere hoffnungslose Lage vorstellte, war uns doch noch vor ein paar Tagen der bloße Gedanke daran verhaßt gewesen. Wie furchtbar konnte sich unser Schicksal gestalten! Zugegeben, bis jetzt hatte man uns keine Gewalt angetan, sondern uns sogar freundlich und gastlich aufgenommen. Aber ist denn Verlaß auf die unbeständigen Leidenschaften, die in der

Brust eines Wilden wohnen? Sein Wankelmut und seine Treulosigkeit sind sprichwörtlich. Konnte es nicht sein, daß die Insulaner unter dem Schein des Wohlwollens Verrat planten, daß der gute Empfang nur das Vorspiel zu einer schrecklichen Katastrophe war? Diese trüben Vorahnungen drängten sich mir auf, als ich ruhelos auf meinem Mattenbett lag, um mich die von der Dunkelheit fast verhüllten Gestalten derer, die ich so sehr fürchtete.

Nach der Aufregung dieser schrecklichen Gedanken versank ich gegen Morgen in einen unruhigen Schlaf, und als ich plötzlich mitten in einem entsetzlichen Traum aufwachte, schaute ich in die neugierigen Gesichter einiger Eingeborenen, die sich über mich beugten.

Es war hellichter Tag und das Haus voller junger Mädchen, phantastisch mit Blumen geschmückt, die mich beim Aufstehen mit Gesichtern betrachteten, auf denen sich kindliches Entzücken und Spannung lebhaft spiegelten. Als sie Toby geweckt hatten, setzten sie sich um uns und ließen jener vorwitzigen Wißbegier freien Lauf, die man seit undenklichen Zeiten dem schönen Geschlecht nachgesagt hat.

Da diese natürlichen jungen Geschöpfe keine ängstlich besorgten Anstandsdamen bei sich hatten, benahmen sie sich völlig ungezwungen und ohne künstliche Zurückhaltung. Sie erwiesen uns die Ehre, lange, gründliche Forschungen an uns vorzunehmen, und gerieten darüber in so ausgelassene Heiterkeit, daß ich mir unglaublich blöde vorkam und Toby sich über ihre Vertraulichkeiten maßlos empörte.

Diese lebhaften jungen Damen waren aber auch wunderbar aufmerksam und menschlich; sie fächelten die Insekten weg, die sich uns hin und wieder auf die Stirn setzten, beschenkten uns mit Nahrung und betrachteten mich voll Mitgefühl, weil ich solche Schmerzen litt. Aber so liebenswürdig sie sich auch zeigten, mein Anstandsgefühl war tief verletzt, mußte ich mir doch sagen, daß sie die Grenzen weiblicher Sittsamkeit überschritten hatten.

Als sich unsere jungen Besucherinnen nach Herzenslust amüsiert hatten, verabschiedeten sie sich und machten dem anderen Geschlecht Platz, das in Gruppen bis gegen Mittag nach unserem Haus geströmt kam. Um diese Zeit hatte sich zweifellos der größte Teil der Inselbewohner in unserem Wohlwollen gesonnt.

Die Besucherzahl nahm schon ab, als ein prachtvoller Krieger die hohen Federn seines Kopfschmuckes unter das niedrige Portal senkte und das Haus betrat. Ich sah sofort, daß er eine bedeutende Persönlichkeit sein mußte; denn die Eingeborenen behandelten ihn mit der größten Hochachtung und machten ihm Platz, als er näherkam. Sein Äußeres war imposant. Die herrlichen, lang herabfallenden Schwanzfedern des Tropikvogels, dicht untermischt mit dem bunten Gefieder des Hahns, verteilten sich in einem riesigen aufrechten Halbkreis um sein Haupt; ihre freien Kielstücke waren in einem Halbmond aus Glasperlen befestigt, der die Stirn umspannte. Um den Hals trug er mehrere ungeheure Ketten aus Eberzähnen, wie Elfenbein poliert und so angeordnet, daß ihm die längsten und größten auf die breite Brust fielen. In den großen Ohrlöchern steckten kurze, schöngeformte Pottwalzähne, deren hohle Enden mit frisch gepflückten Blättern gefüllt waren und nach vorn zeigten, während die Spitzen merkwürdige kleine geschnitzte Bilder und Muster zierten. Diese barbarischen Schmuckstücke mit dem Laub in der Öffnung und der gebogenen Spitze hinterm Ohr ähnelten sehr einem Paar Füllhörner.

Der Lendenschurz des Kriegers bestand aus dunkelfarbiger Tapa, die in schwere Falten gelegt und vorn und hinten zu dichten Quasten geflochten war. Fuß- und Armbänder aus lockigem Menschenhaar vervollständigten sein einzigartiges Kostüm. In der rechten Hand hielt er einen wunderschönen geschnitzten Speer, fast fünfzehn Fuß lang, aus poliertem Koa-Holz; das eine Ende war scharf zugespitzt und das andere breit wie ein Ruderblatt. Schräg von seinem Gürtel hing in der Schlinge einer Schnur eine reichverzierte Pfeife herab; das dünne Rohr, das den Stiel bildete, war rot bemalt, und kleine Bänder aus feinster Tapa flatterten daran und auch am Pfeifenkopf, der ein Idol darstellte.

Am bemerkenswertesten an der herrlichen Erscheinung des Insulaners aber war die kunstvolle Tätowierung auf seinem ganzen prachtvollen Körper. Alle erdenklichen Linien und Kurven und Figuren waren darauf gezeichnet, und in ihrem phantastischen Wechsel und unendlichen Reichtum konnte ich sie nur mit den gedrängten, wunderlichen Mustern vergleichen, die wir manchmal bei kostbaren Spitzen sehen. Das einfachste und auffälligste dieser Ornamente schmückte das Gesicht des Häuptlings. Zwei breite, tätowierte Streifen teilten sich von der Mitte seines kahlgeschorenen Kopfes aus, liefen quer über die Augen, auch über die Lider, bis dicht unter die Ohren, wo sie sich mit einem anderen Streifen vereinten, der in einer geraden Linie an den Lippen entlangführte und die Basis des Dreiecks bildete. Die Natur hatte den Krieger durch seinen prachtvoll gebauten Körper geadelt; die Linien auf seinem Gesicht bezeichneten vielleicht seinen hohen Rang.

Als diese kriegerische Persönlichkeit das Haus betreten und in einiger Entfernung von der Stelle, wo Toby und ich lagen, Platz genommen hatte, blickten die übrigen Wilden bald ihn, bald uns an. Sie schienen etwas zu erwarten und enttäuscht zu sein, daß es nicht geschah. Ich sah mir den Häuptling aufmerksam an, und seine Züge kamen mir irgendwie bekannt vor. Sobald er mir aber das Gesicht voll zuwandte und ich die ungewöhnliche Schmuckform wieder erblickte und dem seltsamen Blick begegnete, dem ich in der vergangenen Nacht ausgesetzt gewesen war, erkannte ich trotz der veränderten Erscheinung gleich den edlen Mehevi. Als ich ihn ansprach, kam er sofort sehr herzlich auf mich zu, begrüßte mich warm und freute sich offenbar sehr über den Eindruck, den sein barbarisches Kostüm auf mich gemacht hatte.

Ich beschloß in diesem Augenblick, mir, wenn möglich, das Wohlwollen dieses Mannes zu sichern; denn offensichtlich genoß er großes Ansehen bei seinem Stamm und konnte daher entscheidenden Einfluß auf unser künftiges Schicksal haben. Bei diesem Bemühen wurde ich nicht zurückgewiesen; denn er brachte mir und meinem Gefährten die allergrößte Freundlichkeit entgegen. Er streckte seine kräftigen Glieder neben uns aus und versuchte, uns verständlich zu machen, wie sehr er uns gewogen sei. Die fast unüberwindliche Schwierigkeit, einander unsere Gedanken mitzuteilen, bereitete dem Häuptling großen Verdruß. Er hatte den lebhaften Wunsch, etwas über die Bräuche und Eigentümlichkeiten des fernen Landes zu erfahren, aus dem wir kamen – ›Manika‹ nannte er es.

Aber was ihn mehr als alles andere beschäftigte, war das Vorgehen der ›Freni‹, womit er die Franzosen meinte, in der Nachbarbucht Nukuhiwa. Das schien für ihn ein unerschöpfliches Thema zu sein, und er wurde nicht müde, uns darüber zu befragen. Wir konnten ihm nicht viel mehr verständlich machen, als daß wir sechs Kriegsschiffe in der feindlichen Bucht gesehen hätten, als wir sie verließen. Kaum hatte er das gehört, stellte er mit Hilfe der Finger eine lange Berechnung an, als wolle er die Zahl der Franzosen schätzen, die das Geschwader an Bord hatte.

Gerade als er mit dieser Geistesarbeit zu Rande gekommen war, sah er zufällig mein geschwollenes Bein. Er untersuchte es sofort sehr aufmerksam und schickte dann einen in der Nähe stehenden Jungen mit einer Botschaft fort.

Bald darauf kam das Bürschchen mit einem betagten Insulaner zurück, den man für den alten Hippokrates selber hätte halten können. Sein Kopf war kahl wie die polierte Schale einer Kokosnuß und auch genauso glatt und braun. Ein langer silberner Bart wallte ihm fast bis zum Bastgürtel hinab. Um die Schläfen war ein Kranz aus Blättern des Omubaumes gewunden und vorn bis dicht über die Brauen gedrückt, um sein schwaches Augenlicht vor den Sonnenstrahlen zu schützen. Er ging wankenden Schritts und stützte sich auf einen langen dünnen Stock, der dem Stab glich, mit dem ein Zauberer auf der Bühne erscheint, und in einer Hand trug er einen frisch geflochtenen Fächer aus den grünen Blättchen der Kokospalme. Ein fließendes Tapagewand, über der Schulter zusammengeknüpft, hing ihm lose um die gebeugte Gestalt und erhöhte die Ehrwürdigkeit der Erscheinung.

Mehevi grüßte den alten Herrn, bot ihm einen Sitz zwischen uns an, entblößte mein Bein und bat ihn, es zu untersuchen. Der Arzt blickte forschend von mir zu Toby und machte sich dann an sein Geschäft. Zunächst besah er sich das kranke Glied sorgfältig, dann fing er an, es zu bearbeiten. Wahrscheinlich glaubte er, die Krankheit hätte das Bein völlig unempfindlich gemacht; denn er begann, es zu kneten und darauf herumzuhämmern, daß ich vor Schmerzen einfach brüllte. Ich meinte, daß ich eine solche Knuff- und Kneifkur genausogut selber an meinem Bein vornehmen könnte, und versuchte, mich seiner medizinischen Behandlung zu widersetzen. Aber es war keine so leichte Sache, sich aus den Klauen des alten Magiers zu befreien; er klammerte sich an dem unglücklichen Bein fest, als hätte er sich schon lange so etwas gewünscht, murmelte dazu eine Zauberformel, folterte mich weiter und schlug drauflos, daß ich fast verrückt wurde. Mehevi aber hielt mich in seiner mächtigen Umklammerung wie eine liebevolle Mutter ihr widerspenstiges Kind auf dem Zahnarztstuhl; und er ermutigte den Kerl tatsächlich noch, mit der Tortur fortzufahren.

Fast wahnsinnig vor Wut und Schmerz brüllte ich wie ein Irrer; Toby dagegen machte alle möglichen akrobatischen Kunststücke, um durch Zeichen und Gebärden bei den Eingeborenen zu protestieren – aber umsonst. Wenn man meinen Gefährten anschaute, wie er aus Mitgefühl versuchte, meinen Leiden ein Ende zu machen, hätte man ihn für das verkörperte Taubstummenalphabet gehalten. Ob nun mein Peiniger Tobys Bitten nachgab oder aus bloßer Erschöpfung aufhörte, weiß ich nicht; aber plötzlich brach er die Behandlung ab, der Häuptling ließ mich im selben Augenblick los, und ich sank schwach und atemlos von den ausgestandenen Qualen zurück.

Mein unglückliches Bein befand sich jetzt ungefähr in demselben Zustand wie ein Rumpsteak, das bereits dem Klopfprozeß ausgesetzt war, der dem Braten vorangeht. Der Arzt, nachdem er sich von seiner anstrengenden Tätigkeit erholt hatte, nahm jetzt ein paar Kräuter aus der kleinen Tasche, die ihm von der Hüfte herabhing, und als wolle er die mir zugefügten Schmerzen wiedergutmachen, feuchtete er die Kräuter mit Wasser an und legte sie auf die entzündete Stelle; er beugte sich darüber und murmelte entweder eine Zauberformel oder hielt ein kurzes vertrauliches Zwiegespräch mit irgendeinem Teufel, von dem er annahm, daß er seine Wohnung in meiner Wade aufgeschlagen hatte. Mein Bein wurde nun in Blätterbandagen gewickelt, und ich durfte mich ausruhen und dankte der Vorsehung, daß die Feindseligkeiten eingestellt worden waren.

Mehevi stand kurz danach auf, um zu gehen; aber vorher erteilte er einem Insulaner, den er Kory-Kory nannte, Befehle, und aus dem wenigen, was ich davon verstand, muß er ihm als besondere Aufgabe die Pflege meiner Person übertragen haben. Ich bin mir nicht sicher, ob ich das gleich seinen Worten entnahm, später jedenfalls zeigte mir das Benehmen meines treuen Leibdieners, daß es an dem war.

Ich mußte heimlich lachen über die Art, wie der Häuptling bei dieser Gelegenheit mit mir sprach; er redete wenigstens fünfzehn oder zwanzig Minuten so ruhig auf mich ein, als ob ich jedes Wort von ihm verstände. Ich habe diese Eigentümlichkeit später sehr oft bei vielen Insulanern beobachtet.

Als Mehevi gegangen war und der Hausarzt ebenfalls seinen Abschied genommen hatte, blieben wir gegen Sonnenuntergang mit den zehn oder zwölf Eingeborenen allein zurück, die, wie ich inzwischen festgestellt hatte, den Haushalt bildeten, zu dem Toby und ich gehörten. Da ich während meines Aufenthaltes in dem Tal dauernd in der Hütte wohnte, in die man uns zuerst gebracht hatte, und ich selbstverständlich mit den Bewohnern sehr vertraut wurde, ist es vielleicht angebracht, wenn ich sie hier kurz beschreibe und auch gleich die Menschen schildere, die darin lebten. Was ich mitteile, paßt auf fast alle Wohnstätten des Tales und gibt eine Vorstellung von dem größten Teil der Einwohner.

In der Nähe der einen Talwand, ungefähr auf halber Höhe eines ziemlich steilen Hügels mit üppigem, wogendem Grün, hatte man eine Anzahl großer Steine in mehreren Schichten fast acht Fuß hoch aufeinandergetürmt und so angeordnet, daß die ebene Oberfläche dem Grundriß der Hütte entsprach, die darauf errichtet war. Auf der höchsten Stelle dieses Steinhaufens, den die Eingeborenen *pei-pei* nennen, war eine schmale Fläche vor dem Haus freigelassen und mit einem kleinen Rohrzaun umgeben worden, so daß sie einer Veranda glich. Das Gerüst des Hauses bestand aus großen, senkrecht eingerammten Bambusstangen. In gewissen Abständen wurden sie durch Querstäbe aus leichtem Eibischholz zusammengehalten, die mit Bastriemen befestigt waren. Die Rückwand des Hauses – aus mehreren Reihen aufeinandergebundener Kokospalmzweige, deren Blättchen man kunstvoll verflochten hatte – stand etwas schief am äußersten Ende des *pei-pei* und war ungefähr zwanzig Fuß hoch. Von dort fiel das schräge Dach steil ab und endete vorn etwa fünf Fuß über dem Steinfundament. Es war mit langen, spitz zulaufenden Palmblättern gedeckt, und die Dachrinnen ragten mit quastenförmigen Anhängseln über die Vorderfront der Hütte hinaus. Diese wurde von einem offenen Gitterwerk aus leichtem, feinem Rohr gebildet, das geschmackvoll mit bunten Bastschnüren verziert war, die es zusammenhielten. Die Seitenwände waren ähnlich gebaut. So standen drei Viertel des Hauses für den Durchzug der Luft offen, das Ganze aber ließ den Regen nicht durch.

Dieses malerische Gebäude maß vielleicht zwölf Yard in der Länge und nicht mehr als zwölf Fuß in der Tiefe. Soviel über das Äußere; mit seinen Wänden aus drahtartigem Rohrgeflecht erinnerte es mich stark an einen Vogelkäfig.

Man mußte sich etwas bücken, um durch eine enge Öffnung an der Vorderseite hineinzugelangen. Der Tür gegenüber lagen zwei lange, vollkommen gerade, schön polierte Kokospalmstämme, die durch die ganze Wohnung hindurchgingen. Einer befand sich dicht an der Rückwand und der andere parallel dazu in etwa zwei Yard Abstand; der Raum dazwischen aber war mit vielen bunten Matten bedeckt, die fast alle verschiedene Muster zeigten. Er diente als gemeinsame Schlaf- und Ruhestätte der Eingeborenen und verrichtete den gleichen Zweck wie der Diwan in orientalischen Ländern. Hier schlummerten sie während der Nacht und genossen den größten Teil des Tages ihre Muße. Der übrige Fußboden zeigte nur die kühle, glänzende Oberfläche der großen Steine, aus denen der *pei-pei* bestand.

Vom Hahnenbalken des Hauses hingen eine Anzahl großer, in grobe Tapa eingewickelte Pakete herab. Einige enthielten Festgewänder und verschiedene andere Kleidungsstücke, die besonders geschätzt wurden. Sie waren leicht zugänglich; mit Hilfe eines Strickes, der über den Balken lief und mit dem einen Ende am Bündel und mit dem anderen an der Wand befestigt war, konnte man sie nach Belieben herunterlassen oder hochziehen.

An der Rückwand des Hauses waren in geschmackvollen Figuren allerlei Speere, Wurfspieße und anderes barbarisches Kriegsgerät angeordnet. Außerhalb der Hütte stand vorn auf der Veranda ein kleiner Schuppen, der als Vorratsraum oder Speisekammer benutzt wurde. Dort bewahrte man verschiedene häusliche Gebrauchsgegenstände auf. Ein paar Schritte vom *pei-pei* entfernt befand sich ein großer Schuppen aus Kokospalmzweigen, wo man das *poi-poi* zubereitete und alle anderen Küchenarbeiten verrichtete.

Soviel über das Haus und sein Zubehör; und man wird ohne weiteres zugeben, daß sich keine bequemere, passendere Wohnung für dieses Klima und die Menschen denken läßt. Sie war kühl, peinlich sauber, hielt die Feuchtigkeit und den Schmutz des Bodens fern und ließ der Luft freien Zutritt.

Jetzt sollen die Bewohner skizziert werden, und da gebührt meinem erprobten, treuen Kammerdiener Kory-Kory der erste Platz unter den Porträts. Da sein Charakter im Laufe der Erzählung allmählich entwikkelt werden soll, beschränke ich mich zunächst darauf, sein Äußeres zu schildern. Kory-Kory war zwar der ergebenste und gutmütigste Diener der Welt, aber – leider! – häßlich anzusehen. Er war ungefähr fünfundzwanzig Jahre alt, etwa sechs Fuß groß, kräftig und gut gebaut und eine ungewöhnliche Erscheinung. Sein Kopf war sorgfältig geschoren bis auf zwei runde talergroße Stellen dicht am Scheitel. Hier ließ er das Haar erstaunlich lang wachsen und flocht es in zwei abstehende Knoten, so daß es aussah, als zierten ihn ein Paar Hörner. Den Bart hatte er sich überall im Gesicht bei der Wurzel ausgerupft. Nur seine Oberlippe schmückten zwei lange Haarsträhnen, und ebenso viele hingen von seinem Kinn herab.

Um das Werk der Natur zu verschönern und vielleicht auch von dem Wunsche getrieben, seinem ohnehin schon reizvollen Gesicht eine besondere Anziehungskraft zu verleihen, hatte es Kory-Kory für gut befunden, es mit drei breiten tätowierten Streifen zu verzieren. Wie jene Landstraßen, die trotz allen Hindernissen gerade vorwärtsführen, kreuzten sie sein Riechorgan, stiegen in die Augenhöhlen hinab und begrenzten sogar die Mundränder. Jeder überspannte sein ganzes Gesicht: Der eine verlief in Augenhöhe, der andere in der Nasengegend, und der dritte ging an den Lippen entlang von einem Ohr zum andern. Sein Gesicht, sozusagen mit drei tätowierten Reifen beschlagen, erinnerte mich immer an die Unglücksmenschen, die ich manchmal beobachtet habe, wie sie traurig durch das Gitter ihres Gefängnisfensters schauten; der ganze Körper meines barbarischen Leibdieners aber, über und über mit Zeichnungen von Vögeln, Fischen und unerklärlichen Fabelwesen bedeckt, ließ mich an ein naturgeschichtliches Bildermuseum oder an eine illustrierte Ausgabe von Goldsmiths ›Lebendige Natur‹ denken.

Aber es ist vielleicht herzlos, so über einen armen Insulaner zu schreiben, dessen unermüdlicher Fürsorge ich möglicherweise das Leben verdanke. Kory-Kory, was ich über deinen äußeren Schmuck sage, ist nicht böse gemeint; er wirkte etwas merkwürdig auf mich, der ich nicht daran gewöhnt war, und deshalb verweile ich dabei. Deine treuen Dienste aber werde ich nie unterschätzen oder vergessen, selbst in den unbesonnensten Augenblicken meines Lebens nicht.

Der Vater meines anhänglichen Begleiters war ein riesengroßer Eingeborener und hatte einst fabelhafte Körperkräfte besessen; aber an der hohen Gestalt machte sich jetzt das Alter bemerkbar, wenn auch nie eine Krankheit den betagten Krieger gepackt zu haben schien. Marheyo – so war sein Name – hatte sich offenbar von jeder aktiven Teilnahme an den Angelegenheiten des Tales zurückgezogen. Selten oder nie begleitete er die Eingeborenen auf ihren verschiedenen Streifzügen. Seine Zeit verbrachte er meist damit, einen kleinen Schuppen unmittelbar neben dem Hause zu bauen, womit er, wie ich genau weiß, seit vier Monaten beschäftigt war, ohne merkliche Fortschritte zu machen. Ich nehme an, die Geisteskräfte des alten Herrn hatten etwas nachgelassen; denn er zeigte auf mancherlei Art die das hohe Alter kennzeichnenden Merkmale.

Ich erinnere mich besonders an einen erlesenen Ohrschmuck, den er besaß. Er war aus den Zähnen eines Seeungeheuers hergestellt. Marheyo pflegte ihn wenigstens fünfzigmal am Tage anzulegen und wieder abzunehmen, wobei er jedesmal mit unerschütterlicher Ruhe nach seiner Hütte ging und wieder herauskam. Manchmal steckte er ihn durch seine Ohrschlitze, ergriff einen Speer, der so lang und dünn wie eine Fischerstange war, und jagte im Schatten der nächsten Haine herum, als stände ihm ein feindliches Treffen mit irgendeinem Kannibalenritter bevor. Aber er kehrte bald wieder zurück, verbarg seine Waffe unter der vorstehenden Dachrinne seines Hauses, wickelte seine plumpen Schmuckstücke sorgfältig in ein Stück Tapa und nahm dann seine friedliche Beschäftigung so gleichmütig wieder auf, als hätte er sie nie unterbrochen. Doch bei all seinen närrischen Einfällen war Marheyo ein väterlicher, warmherziger alter Knabe und darin seinem Sohn sehr ähnlich.

Kory-Korys Mutter stand dem Haushalt vor; sie war sehr tüchtig in der Wirtschaft und eine überaus fleißige alte Dame. Wenn sie sich auch nicht auf die Kunst verstand, Gelees, Marmeladen, Kremtorten, Teegebäck und dergleichen Kinkerlitzchen zuzubereiten, so hatte sie dafür Erfahrung beim Herstellen von *amar, poi-poi, koku* und anderen nahrhaften Gerichten. Von Natur eine rührige Frau, die sich um alles kümmerte, lief sie durchs Haus wie die Wirtin einer Dorfschenke, wenn unerwartet Fremde ankommen, gab den jungen Mädchen oft Aufträge, die die kleinen Fratze ebensooft vergaßen, guckte in jede Ecke, kramte in alten Tapabündeln herum und klapperte mächtig mit den Kalebassen. Bisweilen konnte man sie vor einer riesigen Holzschüssel hocken und ungestüm *poi-poi* kneten sehen, sie stampfte dabei mit dem Steinmörser herum, als wollte sie das Gefäß kurz und klein schlagen. Ein andermal trabte sie durchs Tal, um eine bestimmte Blattart zu suchen, die sie für ihre geheimen Künste brauchte, und schleppte schwitzend ein Bündel heim, unter dem die meisten Frauen zusammengebrochen wären.

Um die Wahrheit zu sagen, Kory-Korys Mutter war die einzige fleißige Person im ganzen Taipital und hätte sich nicht eifriger betätigen können, wäre sie eine ungemein kräftige arme Witwe gewesen mit einer übergroßen Kinderschar in einer der trostlosesten Gegenden der zivilisierten Welt. Für den Hauptteil der von der alten Dame verrichteten Arbeit bestand nicht die geringste Notwendigkeit; aber sie schien aus einem unwiderstehlichen Drang heraus tätig zu sein; ihre Glieder bewegten sich immerfort, als ob eine unermüdliche Maschine in ihrem Körper verborgen wäre und ihn ständig in Gang hielte.

Glaubt nicht, daß sie deshalb ein Drache oder eine böse Sieben gewesen wäre. Sie hatte das beste Herz der Welt, und zumal mich behandelte sie wahrhaft mütterlich, steckte mir hin und wieder einen kleinen Leckerbissen zu, irgendein exotisches Konfekt oder eine Pastete, wie eine zärtliche Mutter, die ihren kränkelnden kleinen Jungen mit Törtchen und Zukkerwerk verwöhnt. Mit Wärme denke ich heute noch an die liebe, gute, freundliche alte Tinor!

Außer den erwähnten Personen gehörten noch drei junge Männer zum Haushalt, liederliche Taugenichtse, lärmende wilde Gesellen, die entweder ihren Liebesaffären mit den Jungfrauen des Stammes nachgingen oder sich in Gesellschaft gleichgestimmter Seelen, der Tunichtgute des Tales, mit *arva* und Tabak berauschten.

Zu den dauernden Bewohnern der Hütte gehörten auch mehrere liebliche junge Mädchen, die, statt auf dem Klavier herumzuhämmern und Romane zu lesen wie gebildete junge Damen, eine feine Tapa-Art herstellten; meist aber liefen sie von Haus zu Haus, besuchten einander und schwatzten mit ihren Bekannten.

Der schönen Nymphe Fayaway, die mein erklärter Liebling war, gebührt ein besonderer Platz. Ihre biegsame Gestalt war der Inbegriff weiblicher Schönheit und Anmut. Ihr Teint war dunkelolivfarben, und wenn ihre Wangen glühten, hätte ich schwören mögen, daß unter der durchsichtigen Haut ein zartes Scharlachrot schimmerte. Das rundlich ovale Gesicht war in jedem einzelnen Zug so vollendet gebildet, wie es sich das Herz oder die Phantasie eines Mannes nur wünschen kann. Wenn sich ihre vollen Lippen zu einem Lächeln öffneten, zeigten sie blendend weiße Zähne, und wenn sich ihr rosiger Mund in einem Heiterkeitsausbruch weit auftat, sahen sie aus wie die milchweißen Samen der *arta*, einer Frucht des Tales, bei der, spaltet man sie, zwei Reihen Kerne in dem saftigen Fruchtfleisch eingebettet liegen. Ihr dunkelbraunes Haar war in der Mitte unregelmäßig gescheitelt und floß in natürlichen Locken über die Schultern, und sooft sie sich neigte, fiel es über ihren lieblichen Busen und verhüllte ihn. Schaute man ihr tief in die merkwürdigen blauen Augen, wenn sie sich gerade in einer nachdenklichen Stimmung befand, dann schienen sie sanft, aber unergründlich zu sein; wurden sie durch ein lebhaftes Gefühl erleuchtet, strahlten sie den Betrachter wie Sterne an. Fayaways Hände waren weich und zart wie die einer Gräfin; denn als Mädchen und auch noch als junge Frau ist man im Taipital von jeder schweren körperlichen Arbeit befreit. Ihre bloßen Füße waren so winzig und schöngeformt, wie man sie unter den Rocksäumen einer Dame aus Lima hervorschauen sieht. Die Haut dieses jungen Geschöpfes war durch häufiges Baden und den Gebrauch milder Salben unvorstellbar glatt und weich.

Vielleicht gelingt es mir, einzelne Züge von Fayaways Schönheit zu treffen, die ganze Lieblichkeit ihrer Erscheinung, zu der sie alle beitrugen, versuche ich gar nicht erst zu schildern. Die ungezwungene Anmut eines Naturkindes, das seit der Kindheit die Luft eines ewigen Sommers atmete und sich von den einfachen Früchten der Erde nährte, das sorglos und fern von allen schädlichen Einflüssen lebte, läßt sich in ihrer Wirkung auf den Betrachter nicht wiedergeben. Dieses Bildnis ist keine Skizze der Phantasie; es ist nach den allerlebendigsten Erinnerungen an die dargestellte Person gezeichnet.

Sollte man mich fragen, ob die schöne Gestalt Fayaways vollkommen frei von dem häßlichen Makel der Tätowierung war, müßte ich mit Nein antworten. Aber die Meister dieser barbarischen Kunst, die so erbarmungslos die sehnigen Glieder der Krieger schinden, sind sich anscheinend bewußt, daß es nicht ihrer Kunst bedarf, um die Reize der Mädchen des Tales zu erhöhen.

Das weibliche Geschlecht zeigt nur wenig Verschönerungen dieser Art, und Fayaway und ihre Altersgenossinnen noch weniger als die Frauen in vorgerückteren Jahren. Den Grund für diese Eigentümlichkeit werde ich später erwähnen. Die ganze Tätowierung, die diese Nymphe an ihrer Person zur Schau trug, läßt sich leicht beschreiben. Drei winzige Pünktchen, nicht größer als Nadelköpfe, schmückten jede Lippe und waren schon in geringer Entfernung überhaupt nicht zu sehen. Auf die Rundung der Schulter waren zwei parallele Linien von etwa drei Zoll Länge gezeichnet, den Raum zwischen ihnen, der vielleicht einen halben Zoll betrug, deckten zart ausgeführte Figuren. Diese schmalen tätowierten Bänder auf der Schulter erinnerten mich immer an die Goldlitzenstreifen, die Offiziere in Zivil tragen und die statt der Epauletten den Rang anzeigen.

Das war Fayaways Tätowierung – die kühne Hand, die ihre entweihende Arbeit bis dahin geführt hatte, machte hier ein Ende, weil sie offenbar nicht wagte, sie weiterzuführen.

Doch ich habe noch nicht das Kleid beschrieben, das die Nymphe des Tales trug.

Fayaway – das muß ich zugeben – hielt sich meist an die ursprüngliche Sommermode des Paradieses. Aber wie gut stand ihr das Kostüm! Es zeigte ihre feine Gestalt sehr vorteilhaft, und nichts konnte für ihren Schönheitstyp besser passen. Für gewöhnlich war sie genauso gekleidet wie die beiden jungen Wilden, die wir bei unserer Ankunft im Tal erblickt hatten. Zuweilen, beim Herumstreifen in den Wäldern, trug sie einen Rock aus weißer Tapa, der ihr von der Taille bis etwas über die Knie reichte, und wenn sie lange in der Sonne verweilte, schützte sie sich vor den Strahlen durch einen weiten, lose umgehängten Mantel aus demselben Stoff. Ihr Festgewand werde ich später beschreiben.

Wie die Schönen unseres eigenen Landes gern phantastisches Geschmeide tragen, das sie in die Ohren hängen, um den Hals oder die Arme legen, so schmückten sich auch Fayaway und ihre Gefährtinnen gern.

Flora war ihr Juwelier. Manchmal trugen sie Halsbänder aus kleinen roten Nelken, die wie Rubine auf eine Tapafaser gefädelt waren, oder eine einzelne weiße Knospe, deren Stil sie nach hinten durchs Ohrläppchen steckten, so daß die zarten Blütenblätter nach vorn kamen, die, kugelrund zusammengefaltet, wie eine makellose Perle aussahen. Auch Kränze setzten sie sich oft auf die Stirn, die aus Blättern und Blüten so gewunden waren, daß sie der Erdbeerkrone glichen, die von der Gemahlin eines englischen Peers getragen wird, und häufig sah man Armbänder und Fußreifen in demselben geschmackvollen Muster. Die jungen Mädchen der Insel liebten die Blumen leidenschaftlich und wurden nie müde, sich damit zu schmücken, ein liebenswerter Charakterzug, von dem wir bald noch ausführlicher reden werden.

Wenn auch Fayaway, zumindest in meinen Augen, unbestreitbar das lieblichste Mädchen war, das ich in Taipi sah, trifft diese Beschreibung doch bis zu einem gewissen Grade auf alle jugendlichen Vertreterinnen ihres Geschlechts im Tal zu. Urteile also selbst, lieber Leser, was für schöne Geschöpfe sie gewesen sein müssen.

12

Kory-Korys Diensteifer · Seine Ergebenheit · Ein Bad im Fluß · Mangelnde Bildung der Taipi-Mädchen · Spaziergang mit Mehevi · Eine Landstraße in Taipi · Die heiligen Wälder · Der Hula-Hula-Grund · Der Tei · Vom Alter gebeugte Barbaren · Mehevis Gastfreundschaft · Mitternächtliche Befürchtungen · Abenteuer im Dunkeln · Hervorragende Ehrung der Besucher · Seltsame Prozession und Rückkehr nach Marheyos Haus

Ich erzählte im vorigen Kapitel, wie Mehevi das Haus verließ. Gleich darauf begann Kory-Kory seine Tätigkeit in dem ihm zugewiesenen Amt. Er brachte uns verschiedene Speisen, und als ob ich ein Säugling wäre, bestand er darauf, mich mit seinen eigenen Händen zu füttern. Diesem Verfahren widersetzte ich mich natürlich sehr energisch, aber ohne Erfolg.

Er stellte die Kalebasse mit *koku* vor mich hin, wusch sich die Finger in einem Gefäß voll Wasser, tauchte die eine Hand in die Schüssel, rollte die Speise in kleine Kugeln und steckte mir eine nach der anderen in den Mund. Auf alle meine Einwände erhob er ein solches Geschrei, daß ich mich fügen mußte; und da die Nahrungsaufnahme auf diese Art leicht vor sich ging, war die Mahlzeit rasch beendet. Toby durfte selbst zulangen.

Nach dem Essen rückte mein Diener die Matten für die Nacht zurecht, hieß mich hinlegen, deckte mich mit einem großen Tapamantel zu, sah mich wohlwollend an und rief: »Ki-Ki, mui mui, ah! moi moi mortarki« (Iß reichlich, ach! Schlaf sehr gut). Ich bezweifelte die Richtigkeit seiner Philosophie nicht; denn da ich mehrere Nächte hintereinander nicht geschlafen und mein Schmerz nachgelassen hatte, wollte ich die sich bietende Gelegenheit ergreifen.

Als ich am nächsten Morgen erwachte, lag ich zwischen Kory-Kory und meinem Gefährten. Ich fühlte mich merklich erfrischt nach der guten Nachtruhe und stimmte sofort dem Vorschlag meines Kammerdieners zu, nach dem Fluß zu gehen und mich zu waschen, wenn ich mich auch etwas vor den Schmerzen fürchtete, die mir die Anstrengung verursachen würde. Doch ich brauchte keine Angst zu haben; denn Kory-Kory sprang vom *pei-pei*, stützte sich wie ein Träger, der einen großen Koffer schultern will, dagegen, und mit lautem Geschrei und vielen Gebärden gab er mir zu verstehen, ich solle auf seinen Rükken steigen und so nach dem Fluß gebracht werden, der ungefähr zweihundert Schritt vom Haus entfernt war.

Eine Menge Menschen lief zusammen, als wir auf

der Veranda erschienen, gaffte und unterhielt sich sehr angeregt. Sie erinnerte mich an eine Gruppe Müßiggänger, die sich vor der Tür einer Dorfschenke versammelt, wenn die Equipage eines vornehmen Reisenden kurz vor seiner Abfahrt herausgebracht wird. Sobald ich die Arme um den Hals des treuen Burschen gelegt hatte und er mit mir davontrabte, folgte uns die Schar – die vor allem aus jungen Mädchen und Knaben bestand –, lärmte und tollte fröhlich gelaunt und begleitete uns ans Ufer.

Kaum waren wir dort, ging Kory-Kory ins Wasser, das ihm bis an die Hüften reichte, und watete mit mir auf dem Rücken ungefähr bis zur Mitte, wo er mich auf einem glatten schwarzen Stein absetzte, der ein paar Zoll daraus hervorragte. Das amphibische Völkchen, das sich an unsere Fersen geheftet hatte, sprang nach uns hinein, kletterte auf die grasbewachsenen Felsen, die hier und da im Flußbett lagen, und wartete neugierig auf unsere Morgenwäsche.

Die Gegenwart des weiblichen Teils der Gesellschaft machte mich etwas verlegen, und mit vor Schüchternheit glühenden Wangen fügte ich die Hände zu einem primitiven Becken zusammen und kühlte mein heißes Gesicht in dem Wasser, das ich damit geschöpft hatte; dann legte ich den Rock ab, beugte mich vor und wusch mir den Oberkörper im Fluß. Sobald Kory-Kory aus meinen Bewegungen sah, daß damit die Vorstellung beendet sein sollte, war er völlig entgeistert, lief auf mich zu und überschüttete mich mit einem Schwall von Worten, die seine heftige Mißbilligung über mein mangelhaftes Tun ausdrückten; durch unmißverständliche Zeichen forderte er mich auf, den ganzen Körper zu baden. Dem mußte ich mich fügen; und der ehrliche Kerl, der mich für ein eigensinniges, unerfahrenes Kind hielt und es als seine Pflicht betrachtete, mir zu dienen, selbst auf die Gefahr hin, meinen Unwillen zu erregen, hob mich von dem Felsen herunter und badete mich sorgfältig. Als das geschehen war, setzte er mich wieder auf meinen Stein, und ich bewunderte das sich mir bietende Bild.

Von den großen grünen, verstreut umherliegenden Steinen rutschten die Eingeborenen jetzt ins Wasser und tauchten überall unter – die jungen Mädchen sprangen übermütig hoch und zeigten ihre nackten Gestalten bis zu den Hüften; die langen Locken tanzten ihnen um die Schultern, die Augen glitzerten wie Tautropfen in der Sonne, und bei jedem lustigen Zwischenfall erklang heiteres Gelächter.

Am Nachmittag des Tages, an dem ich mein erstes Bad im Tal nahm, besuchte uns Mehevi wieder. Der edle Wilde schien ebensoguter Stimmung zu sein wie beim letztenmal und war auch so herzlich wie zuvor. Er blieb ungefähr eine Stunde, dann erhob er sich von den Matten, bedeutete uns, er wolle gehen, und lud Toby und mich zu seiner Begleitung ein. Ich zeigte auf mein Bein, Mehevi aber auf Kory-Kory, und damit war mein Einwand beseitigt. Ich stieg also wieder auf die Schultern des treuen Burschen – wie der alte Mann am Meer rittlings auf Sindbad den Seefahrer – und folgte dem Häuptling.

Die Beschaffenheit des Weges, den wir jetzt gingen, klärte mich anschaulicher als alles andere bisher Gesehene über die Trägheit der Insulaner auf. Offensichtlich war es der Weg, der am meisten benutzt wurde; denn von beiden Seiten mündeten mehrere andere ein; vielleicht bildete er seit Generationen die Hauptstraße des Ortes. Aber solange ich über die

Hindernisse nicht besser Bescheid wußte, schien mir das Vorwärtskommen ebenso beschwerlich, wie in der abgelegensten Wildnis. Ein Stück des Weges führte durch hügeliges Gelände mit steilen Anstiegen, vielen Unebenheiten und Felsblöcken, deren Spitzen oft durch das herabhängende Laubwerk der üppigen Vegetation verborgen waren. Der Pfad schlängelte sich dahin und ging manchmal gerade über die Hindernisse weg und manchmal in weitem Bogen um sie herum; jetzt stieg er plötzlich eine Anhöhe hinauf und war glatt und ausgetreten, dann senkte er sich auf der anderen Seite in einen tiefen Grund und überquerte das kieselige Bett eines Baches. Einmal zog er sich eine lange schmale Lichtung entlang, und man mußte sich hin und wieder bücken, um unter großen waagerechten Ästen durchzukriechen, oder über riesige Stämme und Zweige klettern, die modernd im Wege lagen.

Das war die Hauptverkehrsstraße von Taipi. Wir hatten sie erst ein kleines Stück beschritten, da schnaufte und keuchte Kory-Kory unter seiner Last. Ich stieg daher von seinem Rücken ab, nahm Mehevis langen Speer in die Hand und stützte mich darauf, wenn ich eins der vielen Hindernisse überwinden mußte; denn ich zog das Laufen dem Getragenwerden vor, das bei dem beschwerlichen Weg für mich und meinen erschöpften Diener gleich unangenehm war.

Unsere Reise ging bald zu Ende; denn als wir eine steile Höhe erklommen hatten, befanden wir uns plötzlich am Ziel. Ich wünschte, ich könnte den Ort so lebhaft mit Worten beschreiben, wie ich ihn in der Erinnerung vor mir sehe.

Hier lagen die Haine des Tales, die unter Tabu

standen – der Schauplatz manch eines ausgedehnten Festes, manch eines schauerlichen religiösen Brauchs. Im dunklen Schatten heiliger Brotfruchtbäume herrschte feierliches Zwielicht, ein Halbdunkel wie in einem Dom. Der schreckliche Dämon heidnischer Götterverehrung brütete schweigend über dem Ort und hauchte allem seinen Zauberodem ein. In dem tiefen, unheimlichen Schatten erhoben sich hier und da, halb verdeckt durch das üppige Laub, die Götzenaltäre der Wilden aus riesigen, polierten schwarzen Steinblöcken, die man ohne Mörtel zwölf oder fünfzehn Fuß hoch aufeinandergeschichtet hatte; ein offener, schlichter Tempel stand auf diesem Fundament, von einem Rohrzaun eingefriedet; in seinem Innern sah man Brotfrucht- und Kokosnußgaben in verschiedenen Fäulnisstadien und die verwesenden Reste eines anderen kürzlich dargebrachten Opfers.

Mitten im Walde lag der heilige ›Hula-Hula‹-Grund, den phantastischen religiösen Festen dieses Volkes vorbehalten. Ein großer langer *pei-pei* wurde an zwei Seiten von hohen terrassenförmigen Altären abgeschlossen, die Reihen scheußlicher hölzerner Götzenbilder beschützten, und an den beiden anderen Seiten von Bambushütten flankiert, die sich nach innen öffneten. In dem so eingefriedeten Rechteck standen riesige Bäume, die dunkle Schatten warfen. Um ihre mächtigen Stämme hatte man leichte Plattformen gebaut, die einige Fuß über den Boden erhöht und mit Rohr umzäunt waren – einfache Kanzeln, von denen die Priester zu ihren Gläubigen sprechen konnten.

Dieser heiligste Ort war durch die strengsten Gesetze des allesbeherrschenden Tabus vor Entweihung geschützt; jede Frau hatte das Leben verwirkt, wenn sie frevelhaft den geweihten Bezirk betrat oder auch nur mit den Füßen den Boden berührte, der durch seinen Schatten geheiligt wurde.

In die Einfriedung gelangte man durch einen laubenähnlichen Eingang an der einen Seite. Ihm gegenüber wuchsen eine Anzahl hoher Kokospalmen, die in regelmäßigen Abständen am Rande einer ebenen Fläche von hundert Schritt Länge angepflanzt waren. Am Ende dieser Baumreihe sah man ein Gebäude von beträchtlicher Größe, das den Priestern und religiösen Wächtern der Haine zur Wohnung diente.

In seiner Nähe lag noch ein bemerkenswerter Bau; wie gewöhnlich auf einem *pei-pei*-Fundament errichtet, maß er mindestens zweihundert Fuß in der Länge, wenn auch nicht über zwanzig in der Breite. Vorn war er vollständig offen, und von einem Ende zum anderen lief eine schmale Veranda, am Schluß des *pei-pei* von einem Rohrzaun eingefaßt. Das Innere sah aus wie eine ungeheure Ruhestätte; der ganze Boden war mit mehreren Schichten Matten bedeckt, die zwischen parallelen Kokospalmstämmen lagen, den geradesten und ebenmäßigsten, die das Tal besaß.

Zu diesem Gebäude, in der Sprache der Eingeborenen *tei* genannt, führte uns jetzt Mehevi. Bis dahin hatte uns eine Schar Eingeborener beiderlei Geschlechts begleitet; aber sobald wir in die Nähe kamen, lösten sich die Frauen allmählich aus der Menge, blieben stehen und ließen uns weitergehen. Die unbarmherzigen Verbote des Tabus erstreckten sich auch auf dieses Haus und wurden durch die gleiche schreckliche Strafe erzwungen, die den ›Hula-Hula‹-Grund vor der angeblichen Befleckung sicherte, die die Gegenwart einer Frau mit sich bringen sollte.

Beim Eintritt in das Haus sah ich zu meiner Überraschung sechs Musketen gegen die eine Bambuswand lehnen; an jedem Lauf hing ein Segeltuchbeutel mit Pulver. Um diese Musketen waren vielerlei primitive Speere, Wurfspieße, Ruder- und Kriegskeulen angeordnet, wie die Hirschfänger, die das Schott der Kajüte eines Kriegsschiffes schmücken. »Das muß die Rüstkammer des Stammes sein«, sagte ich zu Toby.

Als wir weiter in das Gebäude hineinkamen, fielen uns vier oder fünf häßliche alte Kerle auf; Zeit und Tätowierungskunst schienen auf ihren hinfälligen Gestalten jeden menschlichen Zug verwischt zu haben. Mit dem Tätowieren hört man bei den Kriegern der Insel erst dann auf, wenn alle Figuren, die in der Jugend bequem auf dem Körper Platz haben, miteinander verschmelzen – was indessen nur im hohen Alter geschieht –, und so waren diese Männer einförmig dunkelgrün gefärbt, eine Tönung, die bei Tätowierten, wenn sie älter werden, üblich ist. Ihre Haut hatte ein häßliches, schuppenartiges Aussehen angenommen, das bei der eigenartigen Farbe an verstaubte Patina erinnerte. Das Fleisch hing stellenweise in mächtigen Falten an ihnen herunter wie an den Flanken eines Rhinozerosses. Ihre Köpfe waren völlig kahl, die Gesichter von tausend Runzeln durchfurcht und ohne die Spur eines Bartes. Aber das merkwürdigste an ihnen waren die Füße; die Zehen wiesen wie die Striche auf dem Kompaß nach allen Himmelsrichtungen, was zweifellos darauf zurückführte, daß die besagten Zehen während ihrer nahezu hundertjährigen Existenz niemals einem künstlichen Zwang unterworfen wurden und, einer zu engen Nachbarschaft abgeneigt, im hohen Alter die offene Formation bevorzugten.

Diese abstoßenden Geschöpfe konnten anscheinend ihre unteren Gliedmaßen überhaupt nicht mehr gebrauchen; mit gekreuzten Beinen saßen sie völlig erstarrt auf dem Boden. Sie beachteten uns nicht im geringsten, schienen sich kaum unserer Gegenwart bewußt zu sein, als Mehevi uns auf den Matten Platz nehmen ließ und Kory-Kory etwas in einem unverständlichen Kauderwelsch plapperte.

Bald kam ein Knabe mit einer Holzschüssel voll *poi-poi* herein, und als ich zugreifen wollte, mußte ich mir wieder den Übereifer meines unermüdlichen Dieners gefallen lassen. Mehrere andere Gerichte folgten, der Häuptling nötigte uns gastfreundlich zum Essen, und um uns alle Schüchternheit zu nehmen, ging er selbst mit gutem Beispiel voran.

Nach der Mahlzeit wurde eine Pfeife angesteckt, die von Mund zu Mund ging. Beim Tabaksqualm, der Ruhe und den sich immer tiefer senkenden Schatten der herannahenden Nacht überkam Toby und mich die Müdigkeit, und wir versanken in eine Art Dämmerzustand, während der Häuptling und Kory-Kory neben uns richtig einschlummerten.

Ich erwachte gegen Mitternacht aus einem unruhigen Schlaf und bemerkte, als ich mich halb von der Matte aufrichtete, daß uns völlige Finsternis umfing. Toby schlief noch, aber unser Begleiter war verschwunden. Der einzige Laut, der die Stille unterbrach, war das asthmatische Atmen der erwähnten alten Männer, die ein Stück entfernt von uns ruhten. Außer ihnen schien niemand im Haus zu sein.

Da ich Unheil fürchtete, weckte ich meinen Kameraden, und wir berieten uns flüsternd über das unerwartete Verschwinden der Eingeborenen, als plötzlich aus der Tiefe des Haines genau vor uns Flammen aufloderten und im Nu die nächsten Bäume beleuchteten, so daß die Dunkelheit um uns durch den Gegensatz noch düsterer wurde.

Während wir das Bild noch anstarrten, begannen sich dunkle Gestalten vor den Flammen hin und her zu bewegen, andere tanzten und sprangen und sahen wie Dämonen aus.

Ich betrachtete diese neue wunderbare Erscheinung ziemlich erregt und fragte meinen Gefährten: »Was hat das alles zu bedeuten, Toby?«

»Oh, nichts weiter«, antwortete er, »sie machen das Feuer fertig, nehme ich an.«

»Feuer!« rief ich, und mein Herz fing an, wie ein Schmiedehammer zu schlagen, »was für Feuer?«

»Nun, natürlich das Feuer, auf dem sie uns kochen wollen; weshalb würden die Kannibalen sonst wohl soviel Lärm machen?«

»Oh, Toby! Höre endlich mit deinen Witzen auf; jetzt ist nicht die Zeit dafür; es wird etwas geschehen, das habe ich im Gefühl.«

»Witze, ja!« rief Toby entrüstet. »Hast du mich jemals spaßen hören? Weshalb, meinst du denn, haben uns die Teufel in den letzten drei Tagen so herausgefüttert? Doch nur zu dem einen Zweck, den du vor lauter Angst nicht zu nennen wagst! Sieh dir diesen Kory-Kory da an! – Hat er dich nicht mit seinen verdammten Breien vollgestopft, so wie man die Schweine vor dem Schlachten mästet? Verlaß dich drauf, sie fressen uns in dieser verfluchten Nacht noch auf, und dort ist das Feuer, auf dem sie uns braten werden.«

Diese Beurteilung der Lage war nicht dazu angetan, meine Sorgen zu beschwichtigen, und mich schauderte, wenn ich daran dachte, daß wir tatsächlich einem Kannibalenstamm auf Gnade und Ungnade ausgeliefert waren und das von Toby vorausgesagte fürchterliche Ereignis durchaus nicht im Bereich des Unmöglichen lag.

»Da, hab ich dir's nicht gesagt! Sie kommen, um uns zu holen!« rief mein Gefährte im nächsten Augenblick, als sich die Gestalten von vier Insulanern scharf gegen den erleuchteten Hintergrund abhoben, wie sie das *pei-pei* hinaufstiegen und sich uns näherten.

Sie kamen heimlich und geräuschlos, glitten durch die Finsternis, als ob sie auf jemand springen wollten und fürchteten, von ihm bemerkt zu werden, ehe sie seiner sicher waren. Barmherziger Gott! Welch fürchterliche Gedanken drängten sich mir in dem Augenblick auf! – Der kalte Schweiß stand mir auf der Stirn, und starr vor Entsetzen erwartete ich mein Schicksal.

Plötzlich wurde die Stille durch Mehevis wohlbekannte Stimme unterbrochen, und als ich ihren freundlichen Klang hörte, war meine Angst sofort verflogen. »Tommo, Toby, kei kei« (essen). – Er hatte uns erst angeredet, als er sich überzeugt hatte, daß wir beide nicht mehr schliefen, worüber er sich zu wundern schien.

»Kei kei, wahrhaftig?« sagte Toby in seinem rauhen Ton, »nun schön, dann kocht uns nur erst! Aber was ist denn das?« fuhr er fort, als ein anderer Wilder erschien, eine große Holzschüssel mit irgendeinem dampfenden Fleischgericht hereintrug – wenigstens roch es so – und sie zu Mehevis Füßen niedersetzte. »Ein gebratenes Kind, bestimmt! Aber ich will nichts davon haben, es mag sein, was es will. – Ich wäre ja verrückt, wenn ich mich hier mitten in der Nacht wecken ließe, um mich vollzufressen und zu -saufen und dann eines schönen Tages eine fette Mahlzeit für ein paar blutgierige Kannibalen abzugeben. Nein, ich merke schon, was sie vorhaben, und werde deshalb hungern, bis ich nur noch Haut und Knochen bin, und dann mögen sie mich meinetwegen servieren. Aber hör mal, Tommo, du wirst doch nichts von diesem Zeug da essen – noch dazu im Dunkeln –, woher willst du denn wissen, was es ist?«

»Ganz einfach, ich koste es eben«, sagte ich und kaute einen Bissen, den mir Kory-Kory gerade in den Mund geschoben hatte; »es schmeckt ganz ausgezeichnet, ungefähr wie Kalbfleisch!«

»Ein gebratenes Kind, beim seligen Kapitän Cook«, rief Toby heftig. »Kalbfleisch! Auf der ganzen Insel ist noch kein Kalb gewesen, bevor du hergekommen bist. Ich habe dir ja gesagt, du schlingst den Kadaver eines Happars hinunter und nichts anderes, so wahr ich lebe!«

Brechmittel und lauwarmes Wasser! Was für ein Gefühl in der Bauchgegend! Natürlich, woher konnten diese leibhaftigen Teufel Fleisch haben? Aber ich wollte ganz sichergehen, und so wandte ich mich an Mehevi und machte dem gefälligen Häuptling bald klar, daß ich gern ein Licht hätte. Als es kam, blickte ich gespannt in das Gefäß und erkannte die verstümmelten Reste eines jungen Ferkels! »Puarki!« rief Kory-Kory und sah das Gericht mit Behagen an; und bis auf den heutigen Tag habe ich nicht vergessen, daß dies in der Taipisprache die Bezeichnung für Schwein ist.

Als wir am nächsten Morgen noch einmal reichlich von dem gastfreundlichen Mehevi bewirtet worden waren, standen Toby und ich auf, um zu gehen. Aber der Häuptling forderte uns noch zum Bleiben auf. »Abo, abo« (wartet, wartet), sagte er, und daher setzten wir uns wieder. Er selbst gab, von dem eifrigen Kory-Kory unterstützt, draußen einer Anzahl Eingeborener Anweisungen, die irgend etwas vorzubereiten schienen, nur wußten wir nicht, was. Aber man ließ uns nicht lange im unklaren; denn nach ein paar Augenblicken winkte uns der Häuptling, näherzukommen, und wir sahen, daß er eine Art Ehrengarde aufgestellt hatte, die uns in Marheyos Haus zurückgeleiten sollte.

Die Prozession wurde von zwei ehrwürdigen Wilden angeführt; jeder von ihnen hielt einen Speer in der Hand, an dessen Ende ein Wimpel aus milchweißer Tapa wehte. Dann folgten einige junge Leute, die Kalebassen mit *poi-poi* trugen; hinter ihnen kamen vier kräftige Burschen mit langen Bambusstangen, an denen, mindestens zwanzig Fuß hoch über der Erde, große Körbe voll grüner Brotfrüchte hingen. Ihnen schloß sich ein Trupp Knaben an mit Trauben reifer Bananen und Körben aus geflochtenen Kokospalmblättchen, gefüllt mit jungen Nüssen; ihre glatten, von der Bastschicht befreiten Schalen guckten durch das grüne Flechtwerk hindurch. Zu allerletzt kam ein stämmiger Insulaner; er trug auf dem Kopf eine hölzerne Schüssel, in der unter einer Decke aus den Blättern des Brotfruchtbaumes die Reste unseres mitternächtlichen Festmahls lagen.

So erstaunt ich über diesen Aufzug war, mußte ich doch unwillkürlich lächeln; denn er wirkte grotesk und ließ natürlich naheliegende Gedanken aufsteigen. Mehevi wollte offenbar des alten Marheyo Speisekammer füllen; vielleicht fürchtete er, seine Gäste könnten ohne diese Vorkehrungen nicht zur vollen Zufriedenheit verpflegt werden.

Sobald ich von dem *pei-pei* heruntergestiegen war, bildete sich der Zug von neuem und nahm uns in seine Mitte auf; mich trug wieder Kory-Kory, doch gelegentlich befreite ich ihn von seiner Last und hinkte mit einem Speer nach. Als wir uns in dieser Marschordnung in Bewegung setzten, stimmten die Eingeborenen ein musikalisches Rezitativ an, das sie in Wechselgesängen fortsetzten, bis wir zu unserem Ziel gelangt waren.

Unterwegs kamen Scharen junger Mädchen aus den umliegenden Wäldern herausgesprungen, hefteten sich an unsere Fersen und begleiteten uns lachend und jubelnd, so daß in ihrer lauten Freude fast die tiefen Töne des Rezitativs untergingen. Als wir uns dem Haus des alten Marheyo näherten, stürzten die Bewohner zum Empfang heraus, und während die Gaben Mehevis verzehrt wurden, zeigte sich der uralte Krieger als Hausherr von der gleichen warmen Gastfreundschaft wie ein englischer Landedelmann, wenn er seine Freunde auf seinem schönen alten Stammsitz festlich bewirtet.

13

Versuch, aus Nukuhiwa Hilfe zu bekommen · Tobys gefährliches Abenteuer im Happargebirge · Kory-Korys Beredsamkeit

Unter all den neuen Eindrücken verging eine Woche wie im Fluge. Aus irgendeinem schleierhaften Grunde verdoppelten die Eingeborenen ihre Aufmerksamkeiten gegen uns von Tag zu Tag. Ihr Benehmen war uns unerklärlich. Ich sagte mir, daß sie uns bestimmt anders behandeln würden, wenn sie uns ein Leid antun wollten. Aber warum dieses Übermaß an ehrerbietiger Freundlichkeit; oder was konnten sie von uns als Gegenleistung dafür erwarten?

Wir standen vor einem Rätsel. Doch wenn ich auch die Befürchtungen nicht verscheuchen konnte, schien mir der schreckliche Ruf der Taipis völlig unverdient.

»Es sind schließlich Kannibalen!« sagte Toby einmal, als ich mich in Lobeserhebungen über den Stamm erging. »Zugegeben«, antwortete ich, »aber eine menschlichere, gebildetere und liebenswürdigere Gesellschaft dieser Feinschmecker gibt es vielleicht in der ganzen Südsee nicht.«

Obwohl sie uns gut behandelten, war mir der wetterwendische Charakter der Wilden so wohlbekannt, daß ich sehnlich das Tal zu verlassen und der Gefahr eines schrecklichen Todes zu entgehen wünschte, der uns bei all ihrer zur Schau gestellten Freundlichkeit noch immer drohen konnte. Dem stand jedoch ein Hindernis im Wege. Der Gedanke an ein Weggehen war müßig, solange mein lahmes Bein nicht wieder gesund war. Tatsächlich beunruhigte mich meine Krankheit allmählich sehr; denn trotz der Kräuterheilmittel der Eingeborenen verschlimmerte sie sich. Wenn auch ihre milden Umschläge den Schmerz linderten, behoben sie das Übel doch nicht, und ich war überzeugt, daß mir eine lange, schwere Krankheit bevorstand, sofern ich keine bessere Hilfe bekam.

Aber wo sollte diese Hilfe herkommen? Von den Ärzten der französischen Flotte, die wahrscheinlich immer noch in der Bucht von Nukuhiwa vor Anker lag, wäre sie leicht zu haben gewesen, hätte ich sie mit meinem Fall bekanntmachen können. Doch wie war das möglich?

Schließlich schlug ich in meiner Not Toby vor, er solle versuchen, nach Nukuhiwa zu gelangen, und wenn es ihm nicht glückte, in einem Boot des Geschwaders zu Wasser ins Tal zurückzukehren und mich abzuholen, könne er mir wenigstens ein paar geeignete Medikamente besorgen und auf dem Landwege wiederkommen.

Mein Kamerad hörte mir schweigend zu und schien zunächst wenig Gefallen an dem Vorschlag zu finden. Offen gesagt, er wartete ungeduldig auf eine Gelegenheit zur Flucht und wollte sich unseren guten Stand bei den Eingeborenen zunutze machen, um unseren Rückzug zu decken, ehe sich ihr Benehmen vielleicht plötzlich änderte. Da er nicht daran denken konnte, mich in meiner hilflosen Lage allein zu lassen, beschwor er mich, guten Muts zu sein, und versicherte, es werde mir bald besser gehen, so daß ich in ein paar Tagen mit ihm nach Nukuhiwa zurückkehren könne.

Außerdem war ihm der Gedanke unerträglich, noch einmal an diesen gefährlichen Ort zu kommen. Er hielt die Meinung für eine trügerische Hoffnung, man könne die Franzosen überreden, eine Bootsmannschaft zu meiner Befreiung herüberzuschicken, und bewies mir mit unwiderlegbaren Gründen, wie unwahrscheinlich es sei, daß sie die Feindschaft des Stammes durch eine derartige Maßnahme herausforderten, besonders da sie, um seine Befürchtungen zu vertreiben, bis jetzt von einem Besuch in der Bucht Abstand genommen hatten. »Und selbst wenn sie einwilligen sollten«, sagte Toby, »würden sie nur einen

Tumult im Tal hervorrufen, bei dem wir beide von diesen wilden Insulanern geopfert werden könnten.« Darauf war nichts zu erwidern; aber ich klammerte mich immer noch an die Hoffnung, er könnte die andere Hälfte meines Planes verwirklichen; schließlich zerstreute ich seine Bedenken, und er versprach, den Versuch zu unternehmen.

Sobald es uns gelang, den Eingeborenen unsere Absicht verständlich zu machen, setzten sie ihr den heftigsten Widerstand entgegen, und eine ganze Weile verzweifelte ich fast daran, daß sie es erlauben würden. Der bloße Gedanke, einer von uns könnte fortgehen, beunruhigte sie lebhaft. Besonders Kory-Korys Kummer und Bestürzung waren grenzenlos; er machte krampfhafte Gebärden, uns nicht nur seinen Abscheu vor Nukuhiwa und dessen unzivilisierten Bewohnern auszudrücken, sondern auch sein Erstaunen, daß wir, da wir nun die gebildeten Taipis kennengelernt hatten, noch den geringsten Wunsch zeigten, ihre angenehme Gesellschaft, wenn auch nur vorübergehend, zu verlassen.

Doch ich brach ihren Widerstand, indem ich auf mein gelähmtes Bein wies, und versicherte den Eingeborenen, ich würde rasch genesen, wenn man Toby erlaubte, die von mir benötigten Dinge zu holen.

Man kam überein, daß mein Gefährte am folgenden Morgen weggehen sollte, von ein oder zwei Hausgenossen begleitet. Diese sollten ihm einen bequemen Weg zeigen, auf dem er die Bucht vor Sonnenuntergang erreichen könnte.

Am nächsten Tag war unser Haus schon am frühen Morgen auf den Beinen. Einer der jungen Männer stieg auf eine Kokospalme und warf eine Anzahl junger Früchte herunter, die der alte Marheyo rasch von der grünen Schale befreite und an einer kurzen Stange aufreihte. Sie sollten Toby als Wegzehrung dienen.

Als sie fertig waren, sagte ich meinem Kameraden bewegt Lebewohl. Er versprach, spätestens in drei Tagen zurück zu sein, bat mich, inzwischen nicht den Kopf hängen zu lassen, bog um die Ecke des *peipei*, und unter der Führung des ehrwürdigen Marheyo war er bald außer Sicht. Der Abschied stimmte mich ganz schwermütig; ich ging ins Haus und warf mich fast verzweifelt auf die Matten am Boden.

Nach zwei Stunden kam der alte Krieger wieder und erklärte mir, er habe meinen Gefährten eine kurze Strecke begleitet, ihm den Weg gezeigt und ihn allein weiterwandern lassen.

Am gleichen Tag um die Mittagszeit, die diese Menschen gewöhnlich verschlafen, lag ich inmitten der schlummernden Eingeborenen im Haus, und die überall herrschende seltsame Stille bedrückte mich. Plötzlich war mir, als tönten aus dem Wald vor unserem Haus schwache Rufe.

Sie wurden lauter und kamen näher, und allmählich hallte das ganze Tal von dem wilden Geschrei wider. Die Schläfer um mich herum sprangen erschreckt hoch und liefen hinaus, um zu sehen, was es gab. Kory-Kory, der als erster fortgerannt war, kam bald wieder; er keuchte und war halb verrückt vor Aufregung. Alles, was ich von ihm erfahren konnte, war, daß Toby einen Unfall erlitten hätte. Da ich fürchtete, etwas Entsetzliches sei geschehen, lief ich hinaus und sah eine erregte Menge, die mit schrillem Geschrei und Wehklagen aus dem Hain kam und eine Bürde trug, die ihren fassungslosen Schmerz verursachte. Als sie sich näherten, verdoppelten die

Männer ihre Schreie, und die Mädchen warfen die nackten Arme hoch und riefen jammernd: »Awha! Awha! Toby mucki moi!« – »Ach! Ach! Toby ist tot!«

Dann teilte sich die Menge, und ich sah den leblosen Körper meines Kameraden, von zwei Männern getragen. Sein Kopf hing schwer gegen den vorderen der beiden. Gesicht, Hals und Brust waren mit Blut bedeckt, das immer noch aus einer Wunde hinter der Schläfe tropfte. Im größten Lärm und Durcheinander trug man Toby ins Haus und legte ihn auf eine Matte. Ich winkte den Eingeborenen, beiseite zu treten, damit er Luft zum Atmen bekam, beugte mich eifrig über ihn, legte die Hand auf seine Brust und vergewisserte mich, daß das Herz noch schlug. Überglücklich nahm ich eine Kalebasse Wasser und spritzte ihm den Inhalt ins Gesicht, dann wischte ich das Blut weg und untersuchte die Wunde ängstlich. Sie war ungefähr drei Zoll lang, und als ich das verklebte Haar weggeschoben hatte, sah ich den Schädel dort völlig bloßgelegt. Sofort schnitt ich ihm die dichten Locken mit dem Messer ab und wusch die Wunde mit Wasser aus.

Bald kam Toby wieder zu sich, öffnete die Augen eine Sekunde lang und schloß sie wieder, ohne zu sprechen. Kory-Kory, der neben mir gekniet hatte, rieb ihm jetzt die Glieder sanft mit den Handflächen, und ein junges Mädchen fächelte ihm Luft ins Gesicht und netzte ihm Lippen und Stirn. Mein armer Kamerad gab jetzt wieder Lebenszeichen, und es gelang mir, ihm ein paar Mundvoll Wasser aus einer Kokosnußschale einzuflößen.

Die alte Tinor kam mit selbstgesammelten Heilkräutern und bat mich durch Zeichen, ihm den Saft in die Wunde zu pressen. Als ich das getan hatte, hielt ich es für das beste, Toby in Ruhe zu lassen und ihm Zeit zur Erholung zu geben. Er öffnete mehrmals die Lippen, aber ich fürchtete, das Sprechen könne ihm schaden, und bat ihn zu schweigen. Nach zwei oder drei Stunden richtete er sich auf und war soweit wiederhergestellt, daß er mir erzählen konnte, was geschehen war.

»Als ich das Haus mit Marheyo verlassen hatte«, sagte Toby, »gingen wir quer durch das Tal und stiegen auf der anderen Seite den Berg hinauf. Genau dahinter lag das Happartal, so teilte mir mein Führer mit; mein Weg nach Nukuhiwa aber führte den Kamm entlang und um den Talschluß herum. Als wir ein Stück bergan gestiegen waren, blieb mein Führer stehen. Er bedeutete mir, daß er mich nicht weiter begleiten könne, und drückte durch allerhand Zeichen aus, daß er sich fürchtete, näher an das Gebiet der Feinde seines Stammes heranzukommen. Doch zeigte er mir den nun klar vor mir liegenden Weg, sagte Lebewohl und stieg rasch wieder den Berg hinab.

In gehobener Stimmung, weil ich den Happars so nahe war, kletterte ich rasch weiter und war bald auf der Höhe, wo ich von einem scharfen Grat die beiden feindlichen Täler überschauen konnte. Hier setzte ich mich nieder, ruhte eine Weile aus und erfrischte mich an meinen Kokosnüssen. Bald schritt ich wieder meinen Kammweg entlang, als ich plötzlich drei Insulaner vor mir auf dem Wege stehen sah, die gerade aus dem Happartal gekommen sein mußten. Jeder war mit einem schweren Speer bewaffnet, und den einen hielt ich nach seinem Äußeren für einen Häuptling. Sie riefen mir etwas zu, doch konnte ich nichts verstehen, und winkten mich näher heran.

Ohne mich einen Augenblick zu besinnen, schritt ich auf sie zu und hatte mich dem vordersten ungefähr auf eine Elle genähert, als dieser zornig in das Taipital zeigte, einen barbarischen Ruf ausstieß, blitzartig seine Waffe schwang und mich im Umsehen niederstreckte. Der Schlag brachte mir die Wunde bei und nahm mir die Besinnung. Sobald ich wieder zu mir kam, bemerkte ich die drei Insulaner, die ein Stück entfernt standen und sich anscheinend heftig über mich stritten.

Mein erster Gedanke war auszureißen; aber als ich versuchte aufzustehen, fiel ich zurück und rollte einen kleinen, grasbewachsenen Hang hinab. Die Erschütterung schien meine Kräfte aufzurütteln; ich sprang hoch und floh den gerade erklommenen Pfad hinunter. Ich brauchte mich nicht umzusehen; denn gellende Schreie sagten mir, daß mich meine Feinde rasch verfolgten. Ihr schreckliches Gebrüll trieb mich vorwärts; ich achtete nicht auf meine Verletzung, obwohl das Blut aus der Wunde in meine Augen tropfte und ich fast blind war; schnell wie der Wind raste ich den Abhang hinab. Bald hatte ich fast ein Drittel der Entfernung zurückgelegt, und die Wilden brüllten nicht mehr. Ich floh weiter, als plötzlich ein entsetzliches Geheul ertönte; im gleichen Augenblick flog ein schwerer Wurfspeer an mir vorüber und blieb zitternd in einem Baum dicht neben mir stecken. Ein neuer gellender Schrei erklang, und ein zweiter und dritter Speer schossen wenige Fußbreit von mir entfernt durch die Luft; beide bohrten sich schräg in die Erde vor mir ein. Die Kerle brüllten vor Wut und Enttäuschung, aber ich glaube, sie fürchteten sich, weiter in das Taipital hinunterzusteigen, und so gaben sie die Verfolgung auf. Ich sah, wie sie ihre Waffen holten und umkehrten, und setzte den Abstieg, so rasch ich konnte, fort.

Was diesen wilden Angriff der Happars verursacht haben mochte, konnte ich mir nicht vorstellen, es sei denn, daß sie mich mit Marheyo hatten den Berg hinansteigen sehen und die bloße Tatsache, ich sei aus dem Taipital gekommen, genügte, sie zu reizen.

Solange ich in Gefahr schwebte, fühlte ich kaum die empfangene Wunde; aber als die Verfolgung vorbei war, fing sie an zu schmerzen. Ich hatte den Hut auf der Flucht verloren, und die Sonne brannte mir auf den bloßen Kopf. Mir wurde schwach und schwindelig, aber da ich fürchtete, zu fallen, wo mich niemand finden könnte, stolperte ich weiter, so gut es ging, und gelangte schließlich in den Talgrund; dort brach ich zusammen; was dann geschah, weiß ich nicht, bis ich auf diesen Matten lag und du dich mit der Kalebasse Wasser über mich beugtest.«

Das war Tobys Bericht über das traurige Ereignis. Später hörte ich, daß er glücklicherweise in der Nähe einer Stelle ohnmächtig geworden war, wo die Eingeborenen sich ihr Feuerholz holen. Einige sahen ihn stürzen, schlugen Alarm und hoben ihn auf; sie versuchten vergeblich ihn wieder zum Bewußtsein zu bringen, und brachten ihn dann schleunigst ins Haus.

Dieser Vorfall warf dunkle Schatten auf unsere Pläne. Er erinnerte uns daran, daß wir von feindlichen Stämmen umgeben waren und nicht hoffen durften, auf unserem Weg nach Nukuhiwa ihr Gebiet zu durchqueren, ohne daß ihr wilder Haß sich in offenen Feindseligkeiten äußerte. Die Flucht schien nur zur See möglich, die ans untere Ende des Tales brandete.

Unsere Freunde in Taipi benutzten Tobys Unfall, uns zu ermahnen, die von ihnen gebotene Fülle guter Dinge gebührend zu würdigen, und verglichen ihren eigenen großherzigen Empfang mit der Feindseligkeit ihrer Nachbarn. Auch redeten sie immer wieder vom Kannibalentum der Happars, wußten sie doch genau, daß uns dieses Thema beunruhigte. Gleichzeitig bestritten sie sehr energisch, daß diese scheußliche Sitte in Taipi bestand. Auch vergaßen sie nicht, die Naturschönheiten ihres Tales von uns bewundern zu lassen und den üppigen Reichtum an allerlei köstlichen Früchten, und sie stellten es darin über alle benachbarten Täler.

Kory-Kory lag der Wunsch, uns die richtigen Ansichten über diese Sache beizubringen, besonders am Herzen, und es gelang ihm tatsächlich, uns mit Hilfe der geringen erworbenen Sprachkenntnisse ziemlich viel von dem klarzumachen, was er sagte. Um uns das Verständnis zu erleichtern, drängte er seine Gedanken zunächst auf die allerknappste Form zusammen.

»Happar kikino nui«, rief er; »nui, nui, kei kei kannaka! – ah! ole mortarki!« Das bedeutet: »Schreckliche Kerle, diese Happars! – Fressen eine erstaunliche Menge Menschen! – Ah, furchtbar schlecht!« Soweit erklärte er uns seine Gedanken durch vielerlei Gebärden, schoß bei seiner Vorführung aus dem Hause und zeigte voll Abscheu nach dem Happartal, kam dann mit einer Geschwindigkeit wieder zurückgerannt, als fürchtete er, wir könnten einen Teil seiner Ausführungen vergessen, ehe er mit dem nächsten ganz fertig war; und er setzte seinen Anschauungsunterricht fort, indem er den fleischigen Teil meines Armes zwischen die Zähne nahm und damit deutlich zu verstehen gab, daß den Menschen, die drüben in dieser Richtung wohnten, nichts lieber wäre, als es ebenso zu machen.

Als er sich vergewissert hatte, daß wir über diesen Punkt vollkommen klar sahen, ging er zum nächsten Abschnitt seines Themas über. »Ah! Taipi mortarki! – nui, nui, miori – nui, nui wai – nui, nui poi-poi – nui, nui koku – ah! nui, nui kei kei – ah! nui, nui, nui!« Das heißt wörtlich übersetzt: »Ah, Taipi! Ist das nicht eine schöne Gegend! – Keine Gefahr, hier zu verhungern, sage ich euch! – Reichlich Brotfrüchte – reichlich Wasser – reichlich Pudding – ah! Viel, viel, viel!« All das begleitete er durch einen laufenden pantomimischen Kommentar, der unmißverständlich war.

Bei seiner weiteren Ansprache eiferte Kory-Kory indessen unseren gebildeteren Rednern nach und erörterte ziemlich weitläufig andere Seiten seines Themas – wahrscheinlich erging er sich in moralischen Betrachtungen, die sich daraus ergaben, und verfiel in einen so unverständlichen Stil seines verblüffenden Kauderwelschs, daß mir tatsächlich für den Rest des Tages der Kopf brummte.

14

Ein großes Ereignis im Tal · Der Inseltelegraph · Toby stößt etwas zu · Fayaway zeigt ihr gutes Herz · Schwermütige Betrachtungen · Rätselhaftes Benehmen der Insulaner · Kory-Korys Ergebenheit · Ein ländliches Lager · Luxus · Kory-Kory zündet Feuer à la Taipi an

Nach ein paar Tagen hatte sich Toby von den Folgen seines Abenteuers mit den Happarkriegern erholt; die Wunde auf dem Kopf heilte rasch durch die

Kräuterkur der guten Tinor. Ich hatte nicht so viel Glück wie mein Gefährte und lag immer noch mit einer Krankheit darnieder, deren Ursache und Natur ich nicht begriff. Ich war von jedem Verkehr mit der zivilisierten Welt abgeschnitten, fühlte, daß alle Hilfe der Eingeborenen mir nichts nützte und es unmöglich war, in meinem jetzigen Zustand das Tal zu verlassen, selbst wenn sich eine günstige Gelegenheit geboten hätte, und fürchtete, wir könnten bald unter einer Laune der Eingeborenen zu leiden haben. Das alles nahm mir jede Hoffnung auf Genesung, und ich hing den trübsten Gedanken nach. Eine tiefe Niedergeschlagenheit überfiel mich, und weder die freundlichen Zurechtweisungen meines Kameraden, noch die treuen Dienste Kory-Korys, noch der beruhigende Einfluß Fayaways konnten mich aufheitern.

Eines Morgens, als ich im Hause auf den Matten lag, in schwermütige Träumereien versunken, und nichts um mich her beachtete, kam Toby, der vor ungefähr einer Stunde weggegangen war, eilig zurück und bedeutete mir voller Freude, ich solle munter und guter Dinge sein; denn nach dem, was unter den Eingeborenen vor sich ginge, nehme er an, daß sich Schiffe der Bucht näherten.

Diese Botschaft wirkte wie ein Zaubermittel auf mich. Die Stunde unserer Befreiung nahte; ich fuhr hoch und überzeugte mich bald, daß etwas Ungewöhnliches vor sich ging. Das Wort *boti! boti!* erklang aus allen Richtungen; in der Ferne hörte man Schreie, zuerst undeutlich und schwach, dann aber wurden sie lauter und kamen bei jeder Wiederholung näher, bis sie von einem Burschen in einer Kokospalme, die nur ein paar Schritt weit weg stand, aufgenommen wurden. Dieser gab sie nun seinerseits weiter, darauf wiederholte man sie im nächsten Hain, und nun wurden sie von Punkt zu Punkt immer schwächer, als die Neuigkeit in die tiefsten Winkel des Tales vordrang. Das war der Inseltelegraph der Insulaner; mit seiner Hilfe konnten einzelne kurzgefaßte Nachrichten in ein paar Minuten von der See nach den abgelegensten Hütten gelangen über eine Entfernung von mindestens acht bis neun Meilen. Diesmal war er in vollem Betrieb; mit unvorstellbarer Geschwindigkeit folgte eine Nachricht der anderen.

Jetzt schien die größte Aufregung zu herrschen. Bei jeder neuen Mitteilung verrieten die Eingeborenen lebhaftes Interesse und sammelten noch eifriger Früchte, die sie an die erwarteten Besucher verkaufen wollten. Die einen rissen die Basthüllen von den Kokosnüssen ab, andere hockten in den Bäumen und warfen ihren Gefährten Brotfrüchte hinunter, die diese sofort auf große Haufen zusammentrugen, und wieder andere flochten mit flinken Fingern Blätterkörbe, um die Früchte darin fortzutragen.

Gleichzeitig spielten sich noch andere Dinge ab. Hier konnte man einen stämmigen Krieger sehen, wie er seinen Speer mit einem Stück alter Tapa blank rieb oder die Falten an seinem Gürtel ordnete, und dort entdeckte man ein junges Fräulein, das sich mit Blumen schmückte, als ob sie auf eine Eroberung ausginge, und wie überall auf der Welt, wo Eile und Durcheinander herrscht, rannten manche mit viel Eifer und Ausdauer herum, taten selbst nichts und störten die anderen.

Noch nie zuvor hatten wir die Insulaner so geschäftig und aufgeregt gesehen, ein einleuchtender Beweis, daß es sich um ein ganz ungewöhnliches Ereignis handelte.

Wenn ich bedachte, wieviel Zeit verstreichen könnte, ehe sich eine ähnliche Möglichkeit zur Flucht bot, beklagte ich bitter, daß ich nicht die Kraft hatte, sie zu nützen.

Aus allem, was wir sahen, fürchteten die Eingeborenen anscheinend, zu spät ans Meer zu kommen, wenn sie sich nicht sehr beeilten. Krank und lahm, wie ich war, wollte ich sofort mit Toby aufbrechen, doch Kory-Kory weigerte sich nicht nur, mich zu tragen, sondern ließ uns überhaupt nicht aus der Umgebung des Hauses weggehen. Auch die übrigen Wilden widersetzten sich unserem Wunsch und schienen über meine inständigen Bitten gekränkt und erstaunt zu sein. Ich sah deutlich, wie mein Diener zwar den Anschein vermied, meine Bewegungsfreiheit einzuschränken, aber dennoch entschlossen war, meinen Wunsch zu vereiteln. Ich hatte den Eindruck, daß er bei dieser Gelegenheit und auch später noch manchmal den Befehl eines anderen ausführte, obwohl er mir sehr zugetan war.

Wenn es irgend ging, wollte Toby die Insulaner begleiten, sobald sie aufbrachen, und deshalb hatte er seine Aufregung nicht so unbeherrscht gezeigt wie ich. Jetzt stellte er mir vor, für mich wäre gar keine Aussicht, noch früh genug an den Strand zu kommen, um zu fliehen.

»Siehst du nicht«, sagte er, »daß die Wilden selbst fürchten, die Boote zu verpassen, und auch ich würde gleich losrennen, wenn ich nicht dächte, daß zu viel Eifer all unsere Hoffnungen zerschlagen könnte, die günstige Gelegenheit zu nützen. Wenn du nur versuchen wolltest, eine ruhige, unbeteiligte Miene zu machen, wirst du ihren Argwohn zerstreuen, und dann werden sie mich sicher mit an den

Strand gehen lassen und annehmen, es geschähe bloß aus Neugier. Gelingt es mir, zu den Booten hinunterzukommen, werde ich ihnen deine Lage schildern, und dann wird es möglich sein, unsere Flucht zu bewerkstelligen.«

Daß dieser Vorschlag zweckmäßig war, mußte ich zugeben, und da die Eingeborenen jetzt ihre Vorbereitungen beendet hatten, beobachtete ich mit lebhaftem Interesse, wie sie Tobys Bitte aufnehmen würden. Sobald sie verstanden hatten, daß ich dableiben wollte, widersprachen sie offenbar seinem Vorschlag nicht mehr, sondern begrüßten ihn sogar freudig. Ich zerbrach mir damals den Kopf über ihr seltsames Verhalten, und die folgenden Ereignisse werden dadurch noch rätselhafter, als sie ohnehin schon sind.

Nun konnte man die Insulaner den Pfad entlangeilen sehen, der nach der See führte. Ich schüttelte Toby warm die Hand und gab ihm meinen Paitahut, um seinen verwundeten Kopf vor der Sonne zu schützen, da er seine Kopfbedeckung verloren hatte. Er erwiderte meinen Händedruck herzlich und versprach mir feierlich, zurückzukehren, sobald die Boote von der Küste abstießen, sprang davon und war in der nächsten Minute im Wald verschwunden.

Obwohl mir sehr unerfreuliche Gedanken durch den Kopf gingen, hatte ich meine Freude an dem neuen, lebendigen Schauspiel. Ein Eingeborener hinter dem anderen erschien auf dem schmalen Pfad, mit Früchten beladen. Hier kam einer, der ein störrisches Ferkel überreden wollte, sich an der Leine führen zu lassen, es aber zu guter Letzt in die Arme nehmen mußte und das zappelnde, unaufhörlich quiekende Tier an die nackte Brust gedrückt trug. Dort gingen zwei, die man von ferne für die hebräischen Kundschafter hätte halten können, als sie mit der prächtigen Weintraube zu Moses zurückkehrten. Der eine trabte ein paar Schritte vor dem anderen her, und von einer Stange, die auf ihren Schultern ruhte, hing ein riesiges Bananenbüschel, das bei ihrem wiegenden Gang hin- und herschaukelte. Wieder einer trug schwitzend vor Anstrengung einen Korb Kokosnüsse vor sich her, und vor lauter Angst, zu spät zu kommen achtete er nicht auf die Früchte, die herausfielen, und schien nur den einen Gedanken zu haben, ans Ziel zu gelangen; wieviel von seinen Kokosnüssen ihm das Geleit gaben, kümmerte ihn nicht.

Bald sah man den letzten Nachzügler den Weg entlangeilen, und allmählich verklangen die Rufe der vordersten. Unser Teil des Tales war jetzt fast verlassen von seinen Einwohnern; Kory-Kory, sein betagter Vater und noch ein paar Greise waren zu Hause geblieben, sonst niemand.

Gegen Sonnenuntergang kamen die Insulaner in kleinen Gruppen vom Strande zurück, und als sie sich näherten, suchte ich unter ihnen meinen Kameraden zu entdecken. Aber eine Schar nach der anderen zog an unserer Hütte vorüber, und ich sah ihn nicht. Doch nahm ich an, er würde bald mit unseren Hausgenossen erscheinen, unterdrückte meine Befürchtungen und wartete geduldig darauf, ihn mit der schönen Fayaway kommen zu sehen. Schließlich trat Tinor ins Haus, gefolgt von den Mädchen und jungen Männern, die für gewöhnlich bei Marheyo wohnten; aber mein Kamerad war nicht bei ihnen, und voller Unruhe forschte ich nach dem Grund der Verzögerung.

Meine dringenden Fragen setzten die Eingeborenen sehr in Verlegenheit. Alle ihre Berichte widersprachen einander: Einer gab mir zu verstehen, daß Toby bald bei mir sein werde, ein anderer, daß er nicht wüßte, wo er wäre, und der dritte schimpfte mächtig auf ihn und versicherte mir, er habe sich davongemacht und werde nie zurückkommen. Ich hatte damals den Eindruck, als ob sie mir durch diese verschiedenen Aussagen ein schreckliches Unglück verheimlichen wollten, weil sie glaubten, die Nachricht wäre zu niederschmetternd.

Ich fürchtete, Toby sei ein entsetzliches Schicksal zuteil geworden, und wandte mich deshalb an die junge Fayaway, um von ihr womöglich die Wahrheit zu erfahren.

Dieses freundliche Geschöpf hatte es mir schon lange angetan, nicht nur wegen ihrer großen Schönheit, sondern auch weil sich auf ihrem Gesicht Verstand und menschliche Wärme in eigenartiger und liebenswerter Weise spiegelten. Von allen Eingeborenen schien sie allein zu begreifen, wie unsere ungewöhnliche Lage auf mich und meinen Gefährten wirken mußte. Sprach sie mit mir – vor allem, wenn ich von Schmerzen gepeinigt auf den Matten lag –, geschah es mit einer Herzlichkeit, die ich nicht mißverstehen oder zurückweisen konnte. Betrat sie das Haus, dann sah sie mich voller Mitgefühl an, sie kam zu mir hin, hatte den einen Arm mit einer Gebärde des Bedauerns leicht erhoben, und ihre großen glänzenden Augen blickten tief in die meinen, wobei sie klagend flüsterte: »Awha! Awha! Tommo!« und sich betrübt neben mich setzte.

Ihr Benehmen zeigte inniges Verständnis mit meiner hilflosen Lage, fern der Heimat und den Freunden. Ja, manchmal glaubte ich fast, sie sei so zartfühlend, wie man es von einem solchen Mädchen kaum erwartet hätte. Sie schien zu spüren, daß alle Bande, die uns einst mit der Heimat verknüpften, rauh zerrissen waren, daß wir Schwestern und Brüder hatten, die besorgt auf unsere Heimkehr warteten und uns vielleicht nie mehr sehen würden.

In diesem freundlichen Licht erschien mir Fayaway, und da ich unbegrenztes Vertrauen zu ihrer Aufrichtigkeit und Klugheit hatte, nahm ich jetzt in meiner Sorge um den Kameraden meine Zuflucht zu ihr.

Meine Fragen bekümmerten sie offensichtlich: Sie blickte die Umstehenden der Reihe nach an, als wüßte sie kaum, was sie mir antworten sollte. Schließlich gab sie meinem Drängen nach, überwand ihre Bedenken und sagte mir, daß Toby mit den Booten, die in der Bucht waren, weggefahren sei, aber versprochen habe, in drei Tagen wiederzukommen. Zuerst bezichtigte ich ihn, mich treulos verlassen zu haben, aber als ich gefaßter wurde, machte ich mir Vorwürfe, daß ich ihm eine so feige Handlung zutraute, und beruhigte mich in dem Glauben, er habe die Gelegenheit benutzt, um nach Nukuhiwa zu fahren und Schritte für unsere Befreiung in die Wege zu leiten. Auf jeden Fall aber, so sagte ich mir, wird er mit den Medikamenten zurückkommen, die ich brauche, und wenn ich erst wieder gesund bin, wird sich unsere Abreise ohne Schwierigkeiten bewerkstelligen lassen.

Als ich mich mit diesen Gedanken getröstet hatte, schlief ich am Abend so glücklich ein, wie seit langem nicht. Der nächste Tag ging vorüber, ohne daß die Eingeborenen Toby erwähnt hätten. Es schien ihnen daran zu liegen, das Thema auf jede Weise zu umgehen. Das beunruhigte mich etwas, doch als der Abend nahte, gratulierte ich mir, daß der zweite Tag vorüber war und Toby morgen wieder bei mir sein würde. Aber der nächste Tag kam und verging, und mein Kamerad erschien nicht. Ach! dachte ich, er meint drei Tage vom Morgen seiner Abreise an – morgen wird er kommen. Aber auch dieser trübe Tag ging hin, ohne daß er erschien. Selbst jetzt wollte ich noch nicht verzweifeln; ich dachte, irgend etwas hätte ihn aufgehalten, er warte in Nukuhiwa auf die Abfahrt eines Bootes, und in spätestens ein, zwei Tagen würde ich ihn sehen. Aber ein Tag nach dem anderen verging unter neuen Enttäuschungen; zuletzt verlor ich die Hoffnung und gab mich der Verzweiflung hin.

Ja, dachte ich düster, er hat sich selbst gerettet und kümmert sich nicht darum, welch trauriges Los seinem unglücklichen Kameraden beschieden sein wird. Narr, der ich war, anzunehmen, daß sich jemand freiwillig in die Gefahren dieses Tales begibt, wenn er ihnen einmal entronnen ist! Er ist verschwunden, und ich muß mich in dieser feindlichen Umgebung allein durchkämpfen. So tröstete ich mich manchmal aus reiner Verzweiflung damit, daß ich über Tobys Treulosigkeit nachgrübelte; dann wieder bereute ich bitter meine Unbesonnenheit und sagte mir, daß ich das Schicksal, das meiner, wie ich annahm, sicher harrte, selbst über mich gebracht hatte.

Zuweilen dachte ich auch, die verräterischen Wilden hätten Toby umgebracht; darum wären sie so verlegen, wenn ich sie fragte, und gäben so widerspruchsvolle Antworten; oder aber, er werde in einem Teil des Tales gefangengehalten oder noch schrecklicher, ihn hätte bereits das Schicksal ereilt, vor dem mich im Innersten schauderte.

Das Benehmen der Insulaner war mir ganz unerklärlich. Sie vermieden es sorgfältig, meinen verlorenen Kameraden auch nur zu erwähnen, und wenn sie sich genötigt sahen, auf meine vielen Fragen zu antworten, dann schimpften sie alle über ihn, nannten ihn einen undankbaren Ausreißer, der seinen Freund im Stich ließ und sich nach dem gemeinen, abscheulichen Nukuhiwa davonmachte.

Aber was ihm auch begegnet sein mochte, jetzt, da er fort war, zeigten sich die Eingeborenen noch freundlicher und aufmerksamer mir gegenüber und behandelten mich mit einer Zuvorkommenheit, die sie kaum hätten überbieten können, wenn ich ein himmlischer Gast gewesen wäre. Kory-Kory ging mir keinen Augenblick von der Seite, es sei denn, um einen meiner Wünsche zu erfüllen. Der treue Bursche bestand darauf, mich zweimal am Tage, in der Morgenkühle und am Abend, nach dem Fluß zu tragen und mich in dem frischen Wasser zu baden.

Nachmittags brachte er mich oft an eine Stelle des Flusses, wo die landschaftliche Schönheit wohltuend auf mein Gemüt wirkte. Das Wasser rann hier zwischen grasbewachsenen Ufern mit ungeheuren Brotfruchtbäumen, deren riesige Äste sich über seinem Bett zu einem Blätterdach verflochten; etwas abseits von der Strömung lagen einige glatte, schwarze Felsen. Einer davon, der mehrere Fuß über das Wasser ragte, hatte oben eine flache Höhlung, die, mit frisch gesammeltem Laub gefüllt, ein wunderbares Lager abgab.

Hier ruhte ich oft stundenlang unter einem gazeartigen Schleier aus Tapa, und Fayaway saß neben mir, hielt in der Hand einen Fächer aus jungen Kokospalmblättchen und fächelte die Insekten weg, die mir manchmal ins Gesicht flogen. Kory-Kory aber führte vor uns im Wasser tausend Possen auf, um meine Schwermut zu vertreiben.

Wenn ich meinen Blick diesen romantischen Wildbach entlangschweifen ließ, fiel er bisweilen auf die Gestalt eines schönen Mädchens, das bis zu den Hüften in dem durchsichtigen Wasser stand und in einem kleinen Netz eine winzige Schalenkrebsart fing, die diese Inselleute sehr gern essen. Ein andermal saß eine schwatzende Gruppe auf dem Rand eines niedrigen Felsens mitten im Fluß und war eifrig damit beschäftigt, Kokosnußschalen abzuschleifen und zu polieren; mit einem kleinen Stein wurden sie rasch unter Wasser gerieben und dadurch bald in leichte, elegante Trinkgefäße verwandelt, die Schildpattbechern ähneln.

Aber der beruhigende Einfluß der schönen Landschaft und das Schauspiel menschlichen Lebens in einer so neuen und anziehenden Form waren nicht die einzigen Quellen, aus denen ich Trost schöpfte.

Jeden Abend versammelten sich die Mädchen des Hauses um mich auf den Matten; sie jagten Kory-Kory von meiner Seite – der freilich nur ein paar Schritte wegging und ihr Treiben eifersüchtig beobachtete – und salbten dann meinen ganzen Körper mit einem duftenden Öl; es wurde aus einer gelben Wurzel, der *aka*, gepreßt, die man vorher zwischen ein paar Steinen zerstampfte. Und der Saft der *aka* ist erfrischend und angenehm, wenn er von den zarten Händen lieblicher Nymphen, deren leuchtende Augen einen dabei voller Freundlichkeit anstrahlen, in die Haut eingerieben wird. Mit Entzücken begrüßte ich die tägliche Wiederholung dieses köstlichen Verfahrens, bei dem ich all meinen Kummer vergaß und mich für eine Weile unbeschwert fühlte.

Manchmal führte mich mein ergebener Diener in der Abendkühle hinaus auf das *pei-pei* vor dem Haus, setzte mich nahe an den Rand und wickelte mich zum Schutz gegen die bisweilen in der Luft herumschwirrenden lästigen Insekten in eine große Rolle Tapa ein. Dann lief er geschäftig hin und her und verwandte mindestens zwanzig Minuten darauf, alles zu meiner Bequemlichkeit zu richten.

Wenn es soweit war, holte er meine Pfeife, steckte sie an und reichte sie mir. Oft mußte er zu diesem Zweck ein Zündholz anbrennen, und weil er dabei ein Verfahren anwandte, von dem ich zuvor niemals etwas gesehen oder gehört hatte, will ich es schildern.

Ein gerader, trockener, halbverfaulter Eibischstock von ungefähr sechs Fuß Länge und drei Zoll Durchmesser findet sich zusammen mit einem kleineren Stück Holz, das nicht über einen Fuß lang und kaum einen Zoll breit ist, so unweigerlich in jeder Taipi-Hütte wie eine Schachtel Streichhölzer bei uns zu Hause in der Ecke des Küchenschrankes.

Der Eingeborene stellt den großen Stock schräg in einem Winkel von 45° gegen irgendeinen Gegenstand, besteigt ihn rittlings wie ein Knirps sein Steckenpferd, auf dem er davongaloppieren will, nimmt dann das kleinere Stück Holz fest in beide Hände und reibt das gespitzte Ende auf dem Hauptstock langsam ein paar Zoll auf und ab, bis er schließlich eine schmale Furche in das Holz gräbt, die an dem am weitesten von ihm entfernten Punkt plötzlich aufhört. Dort sammeln sich alle durch die Reibung entstehenden Staubteilchen zu einem kleinen Häufchen.

Zuerst macht sich Kory-Kory ganz gemütlich an

die Arbeit, doch allmählich beschleunigt er sein Tempo, wird warm über seiner Tätigkeit und treibt den Stock wütend den rauchenden Kanal entlang – seine Hände bewegen sich dabei erstaunlich flink auf und ab, und der Schweiß bricht ihm aus allen Poren. Wenn er die Höchstgeschwindigkeit erreicht hat, keucht er und schnappt nach Luft, und die Augen springen ihm fast aus den Höhlen, so strengt er sich an. Das ist der kritische Punkt des Verfahrens, und all seine früheren Mühen sind umsonst, wenn er jetzt nicht sein Tempo durchhalten kann, bis der widerstrebende Funke erzeugt ist. Plötzlich hört Kory-Kory auf und verharrt völlig regungslos. Seine Hände halten immer noch den kleinen Stock und pressen ihn krampfhaft gegen das entferntere Ende der Rinne in den feinen Puder, der sich dort angesammelt hat, als ob er eine kleine Schlange durchbohrt hätte, die sich windet und müht, seinem Griff zu entkommen. Im nächsten Augenblick ringelt sich ein zarter Rauchfaden spiralenförmig in die Luft, das Häufchen Staub glüht feurig auf, und Kory-Kory steigt atemlos von seinem Roß.

Das Feuermachen war die anstrengendste Arbeit, die ich in Taipi habe verrichten sehen; und wäre ich mit der Sprache vertraut genug gewesen, um meine Gedanken zu diesem Thema auszudrücken, hätte ich bestimmt die einflußreichsten Eingeborenen auf die Zweckmäßigkeit eines zentral gelegenen Kollegiums von Vestalinnen hingewiesen, dessen Aufgabe es gewesen wäre, das unentbehrliche Feuer wachzuhalten, so daß sich die Vergeudung von Kraft und guter Laune, die das Verfahren mit sich brachte, erübrigt hätte. Doch wäre man vielleicht bei der Durchführung des Planes auf besondere Schwierigkeiten gestoßen.

Welch Beispiel für den Unterschied zwischen wildem und zivilisiertem Leben! Es kostet einem Gentleman aus Taipi viel weniger Mühe und Aufregung, eine große Familie aufzuziehen und all seinen Kindern eine hochanständige kannibalische Erziehung zuteil werden zu lassen, als einen Funken zu erzeugen, während ein armer europäischer Handwerker, der mit einem Streichholz in einer Sekunde Feuer macht, sich keinen Rat weiß, wie er seinen hungernden Sprößlingen die Nahrung verschaffen soll, die sich die Kinder des polynesischen Vaters, ohne ihn zu bemühen, von jedem Baum pflücken.

15

Freundlichkeit Marheyos und der übrigen Insulaner · Ausführliche Beschreibung des Brotfruchtbaumes · Verschiedene Arten, die Frucht zuzubereiten

Alle Einwohner des Tales behandelten mich sehr freundlich, aber Marheyos Haushalt, in dem ich nun meinen ständigen Wohnsitz hatte, war unübertroffen in seinen Bemühungen um mein Wohlergehen. Der Befriedigung meines Gaumens widmeten sie unermüdliche Aufmerksamkeit. Sie boten mir ständig zu essen an, und wenn ich tüchtig zugelangt hatte und die Dinge zurückwies, die sie mir dann noch vorsetzten, schienen sie zu denken, ich brauchte irgend etwas Pikantes, um meinen Appetit anzuregen.

Aus diesem Grunde eilte der alte Marheyo oft selbst bei Tagesanbruch zum Strand, um verschiedene seltene Seetangarten zu sammeln, von denen einige bei diesen Leuten als sehr kostbar gelten. Er verbrachte den ganzen Tag damit und kam erst bei Eintritt der Dunkelheit mit einigen Kokosnußschalen voll Seetang zurück. Wenn er sie zubereitete, spielte er sich auf wie ein gelernter Koch, obgleich das ganze Geheimnis darin zu bestehen schien, die richtige Menge Wasser auf den schleimigen Inhalt seiner Nußschalen zu gießen.

Als er mir zum erstenmal diesen salzigen Salat zur kritischen Begutachtung vorsetzte, dachte ich natürlich, daß etwas so mühsam Herbeigeschafftes besondere Vorzüge haben müßte; aber ein Mundvoll reichte mir als Dosis, und die Bestürzung des alten Kriegers war groß, als ich seinen lukullischen Leckerbissen im Nu wieder ausspuckte.

Wie wahr ist es doch, daß mit der Seltenheit der Wert einer Sache erstaunlich wächst. In einem Teil des Tales – ich weiß nicht wo, aber wahrscheinlich in der Nähe des Meeres – holten die Mädchen ab und zu kleine Mengen Salz; ungefähr ein Fingerhut voll war das Ergebnis der vereinten Bemühungen von fünf oder sechs Insulanerinnen, die sich den größten Teil des Tages damit abgaben. Dieses kostbare Gut brachten sie, in zahlreiche Blattlagen eingewickelt, ins Haus, und als ein besonderes Zeichen ihrer Hochachtung breiteten sie ein ungeheures Blatt vor mir auf dem Boden aus, und eine nach der anderen warf ein paar kleine Salzkörnchen darauf und lud mich ein, sie zu kosten.

So großen Wert messen sie dieser Ware bei, daß ich tatsächlich glaube, für einen Scheffel gewöhnliches Liverpooler Salz hätte man den ganzen Grund und Boden von Taipi erwerben können. Mit einer kleinen Prise Salz in der einen Hand und einer viertel Brotfrucht in der anderen hätte der größte

Häuptling des Tales auf alle Genüsse der Pariser Tafel verzichtet.

Die Berühmtheit des Brotfruchtbaumes und seine hervorragende Stelle auf der Speisekarte von Taipi veranlassen mich, den Baum selbst und die verschiedenen Arten der Fruchtzubereitung ziemlich ausführlich zu beschreiben.

Der voll entwickelte Brotfruchtbaum ist von prächtigem, hohem Wuchs und für die marquesanische Landschaft so charakteristisch wie die patriarchalische Ulme für Neuengland. Der Ulme gleicht er in der Höhe, den weit ausladenden mächtigen Ästen und dem ehrwürdigen, imposanten Aussehen.

Die Blätter des Brotfruchtbaumes sind sehr groß und am Rande so phantastisch geschnitten und gezackt wie der Spitzenkragen einer Dame. Wenn sie alljährlich zu verwelken beginnen, wetteifern sie fast in dem glänzenden Reichtum ihrer sich allmählich wandelnden Töne mit den flüchtigen Schattierungen des sterbenden Delphins. Die herbstliche Farbenpracht unserer amerikanischen Wälder, so großartig sie ist, verschwindet neben diesem Baum.

Das Blatt wird in einem bestimmten Stadium, wenn sich fast alle Farben des Spektrums auf seiner Oberfläche harmonisch vereinen, von den Eingeborenen als herrlicher, sehr auffälliger Kopfschmuck getragen. Die Hauptlängsader spaltet man ein Stück, biegt die elastischen Seiten auseinander und steckt den Kopf hinein; dabei fällt ein Teil des Blattes nach vorn und wird keck zur Stirn aufgestülpt, und der Rest breitet sich seitwärts hinter den Ohren aus.

Die Frucht ist etwa so groß wie unsere Wassermelone, der sie überhaupt ähnlich sieht, nur weist sie außen keine Teilungslinien auf. Ihre ganze Oberfläche ist mit kleinen kegelförmigen Vorsprüngen bedeckt, die den Nagelköpfen einer altmodischen Kirchentür gleichen. Die Schale ist vielleicht ein Achtelzoll dick. Wird sie von der reifen Frucht entfernt, dann erscheint das weiße Fleisch als eine schöne Kugel, die bis auf einen kleinen, leicht herauszulösenden Kern eßbar ist.

Doch wird die Brotfrucht nie roh verwendet und ist überhaupt erst genießbar, wenn man sie in der einen oder anderen Form über dem Feuer zubereitet hat.

Die einfachste Art der Zubereitung ist meiner Meinung nach auch die beste. Man legt eine Anzahl frisch gepflückter, noch grüner Früchte in glühende Asche, so wie man eine Kartoffel röstet. Nach zehn oder fünfzehn Minuten bräunt sich die grüne Schale, springt auf und zeigt durch die Risse das milchweiße Innere. Sobald sie abgekühlt ist, fällt die Schale herunter, und dann hat man die weiche Fleischkugel in ihrer reinsten und köstlichsten Form. Sie schmeckt so mild und angenehm.

Wenn die Brotfrucht im Feuer geröstet worden ist, reißen sie die Eingeborenen manchmal rasch aus der heißen Asche, lassen das Fruchtfleisch aus der Schale in ein Gefäß mit kaltem Wasser gleiten und verrühren es damit. Sie nennen diese Mischung *bo-a-sho*. Ich konnte sie nicht ausstehen, und auch bei den gebildeten Taipis ist sie nicht sehr beliebt.

Mitunter kommt ein Brotfruchtgericht auf die Tafel, das wahrhaft königlich ist. Sobald man die Frucht vom Feuer genommen hat, schält man sie, zieht den Kern heraus, legt sie in einen flachen Steinmörser und bearbeitet sie rasch mit einem Steinstößel. Während eine Person noch damit beschäftigt ist, nimmt eine andere eine reife Kokosnuß, bricht sie in zwei Hälften – was sie alle sehr geschickt tun – und schabt das saftige Fleisch in feine Teilchen. Dazu benutzt man ein Stück Perlmutterschale, das fest an das äußerste Ende eines schweren Stockes gebunden und an der geraden Seite wie eine Säge gezähnt ist. Als Stock dient gelegentlich ein grotesk gewachsener Ast, von dem sich drei oder vier Zweige abgabeln, auf denen er wie auf ungelenken Beinen zwei bis drei Fuß hoch über dem Boden steht.

Der Eingeborene setzt seinem komischen hölzernen Roß zunächst eine Kalebasse vor die Schnauze, um darin die geschabten Teile aufzufangen, die herunterfallen, dann besteigt er es rittlings wie ein Steckenpferd und dreht die Innenseite einer Kokosnußhälfte um die scharfen Zähne der Perlmutterschale, wobei das reine weiße Fleisch als Schneeschauer in das dafür vorgesehene Gefäß rieselt. Wenn er genug gerieben hat, schüttet er die Flocken in ein Säckchen, das aus dem netzartigen Faserwerk der Kokospalme verfertigt ist. Die zerstampfte Brotfrucht hat man inzwischen in eine hölzerne Schüssel getan. Über diese Masse preßt der Eingeborene nun aus dem Säckchen eine dicke sahnige Milch. Der köstliche Saft schäumt bald um die Frucht herum, bis sie gerade noch über die Oberfläche herausguckt.

Dies Gericht heißt *koku* und schmeckt ungemein lecker. Steckenpferd, Stößel und Mörser wurden viel benutzt, solange ich bei Marheyo wohnte, und Kory-Kory hatte oft Gelegenheit, seine Geschicklichkeit im Umgang mit ihnen zu zeigen.

Aber die wichtigsten Nahrungsmittel, die aus der Brotfrucht hergestellt werden, sind *amar* und *poipoi*.

Zu einer bestimmten Jahreszeit, wenn die Früchte in den hundert Hainen des Tales ausgereift sind und in goldenen Kugeln an jedem Zweig hängen, bilden die Insulaner Erntegruppen und bringen den Überfluß ein, der sie umgibt. Die Bäume werden von ihren nickenden Lasten befreit. Schale und Kern der Früchte lassen sich leicht entfernen, und das Fleisch sammelt man in riesigen Holzgefäßen, in denen es mit einem rasch bewegten Steinstößel zu einer glatten, teigartigen Masse verarbeitet wird, die bei den Eingeborenen *tutao* heißt. Daraus macht man mehrere Teile, die man fest einpackt, mit Blätterlagen umwickelt und mit Bastriemen zuschnürt. Diese Pakete werden in großen, in die Erde eingelassenen Behältern gelagert und, wenn man sie braucht, herausgeholt.

Manchmal bleibt das *tutao* jahrelang in der Erde, und es soll sogar um so besser sein, je länger es liegt. Bevor es aber gegessen werden kann, muß es noch weiter verarbeitet werden. Man schaufelt eine Grube in die Erde, legt den Boden dieses primitiven Backofens lose mit Steinen aus und zündet darin ein großes Feuer an. Sobald die nötige Hitze erreicht ist, räumt man die Asche weg und bedeckt die Steine mit dicken Blätterlagen. Dann stellt man eins der größeren *tutao*-Pakete darauf und deckt es mit einer zweiten Schicht Blätter zu. Über das Ganze schaufelt man dann rasch einen kleinen Erdhaufen.

Dieses gebackene *tutao* heißt *amar*. In der Ofenhitze hat es sich in eine bernsteinfarbene kuchenartige Masse verwandelt, die etwas herb, aber durchaus nicht unangenehm schmeckt.

Durch ein weiteres, abschließendes Verfahren macht man aus *amar poi-poi*. Die Veränderung ist rasch bewirkt. Das *amar* wird in ein Gefäß getan und mit Wasser zu einer Art Pudding verrührt, und dann ist das Gericht schon fertig. In dieser Form wird *tutao* für gewöhnlich genossen. Die merkwürdige Art, wie man es ißt, habe ich schon beschrieben.

Wenn es nicht möglich wäre, die Brotfrucht für lange Zeit aufzubewahren, könnte es unter den Eingeborenen zu Hungersnöten kommen; denn aus unbekannten Gründen tragen die Bäume manchmal nicht, und dann sind die Insulaner hauptsächlich auf die von ihnen eingelagerten Vorräte angewiesen.

Dieser prächtige Brotfruchtbaum kommt nur selten auf den Sandwichinseln vor und dann in viel geringwertigeren Exemplaren. Auch auf Tahiti ist er nicht so verbreitet, daß seine Früchte dort das Hauptnahrungsmittel bilden könnten. Zu seiner höchsten Vollkommenheit entwickelt er sich in dem freundlichen Klima der Marquesas-Gruppe; dort erreicht er eine ungeheure Höhe und gedeiht in größter Üppigkeit.

16

Traurige Lage · Vorfall im Tei · Anekdote über Marheyo · Der Kopf eines Kriegers wird rasiert

Wenn ich auf diese Zeit zurückblicke und mir die unzähligen Beweise des Wohlwollens und der Achtung ins Gedächtnis zurückrufe, die ich von den Eingeborenen empfing, kann ich kaum verstehen, warum mein Gemüt bei so viel Tröstlichem immer noch von den schrecklichsten Vorahnungen verdüstert wurde und in tiefste Schwermut versank. Zwar genügten an sich schon die verdächtigen Umstände, unter denen

Toby verschwand, um mich mißtrauisch gegen die Wilden zu machen, in deren Gewalt ich mich befand, zumal wenn man wußte, daß eben diese Männer, so freundlich und zuvorkommend sie sich auch mir gegenüber benahmen, letzten Endes nichts weiter als ein Haufen Kannibalen waren.

Aber der Hauptgrund meiner Besorgnis, der mir jedes flüchtige Vergnügen vergällt, war die rätselhafte Beingeschwulst, die immer noch nicht nachgelassen hatte. Weder Tinors Kräuterumschläge, noch die derbere Behandlung durch den alten Arzt, noch Kory-Korys liebevolle Pflege hatten geholfen. Ich war fast ein Krüppel, und bisweilen litt ich qualvolle Schmerzen. Die unerklärliche Krankheit ließ keine Besserung erkennen, im Gegenteil, sie wurde von Tag zu Tag heftiger und drohte, sich zum Bösen zu wenden, wenn nicht etwas Wirksames dagegen unternommen wurde. Mir schien ein langes Siechtum bevorzustehen, auf jeden Fall aber würde die Krankheit mir eine Flucht aus dem Tal unmöglich machen.

Ein Vorfall, der sich ungefähr schätzungsweise drei Wochen nach Tobys Verschwinden zutrug, überzeugte mich, daß die Eingeborenen aus irgendeinem Grund mit allen Mitteln meine Flucht zu verhindern suchten.

Eines Morgens herrschte bei den Leuten in meiner Umgebung ziemliche Aufregung. Wie ich bald herausfand, ging sie auf ein unbestimmtes Gerücht zurück, es seien in großer Entfernung Boote gesehen worden, die sich der Bucht näherten. Sofort war alles rührig und munter. Meine Schmerzen hatten an diesem Tag zufällig etwas nachgelassen, und ich fühlte mich viel wohler als gewöhnlich. Deshalb hatte ich in Kory-Korys Vorschlag eingewilligt, den Häuptling

Mehevi im *tei* zu besuchen. Diese heilige Stätte lag, wie ich schon beschrieben habe, in den Hainen, die als tabu galten, nicht weit von Marheyos Haus entfernt auf dem Wege nach der See. Der nach dem Strande führende Pfad ging gerade am *tei* vorbei und dort am Waldessaum entlang.

Ich ruhte mit Mehevi und mehreren anderen Häuptlingen auf den Matten in dem geweihten Gebäude, als die Nachricht eintraf. Mein ganzer Körper zitterte vor freudiger Erregung. Vielleicht kam Toby zurück! Im Nu war ich aufgesprungen; mein erster Gedanke war, nach dem Strand hinunterzueilen; ich vergaß ganz den weiten Weg und mein lahmes Bein. Kaum hatte Mehevi beobachtet, wie die Mitteilung auf mich wirkte und wie ungeduldig ich danach strebte, an die See zu kommen, so nahm sein Gesicht jenen unbeweglich starren Ausdruck an, der mir am Nachmittag unserer Ankunft in Marheyos Haus solche Furcht eingeflößt hatte. Als ich den *tei* verlassen wollte, legte er mir die Hand auf die Schulter und sagte ernst: »Abo, abo« (warte, warte). Doch ich hatte nur den einen Gedanken im Kopf und achtete nicht auf seine Worte, sondern lief an ihm vorbei. Da sprach er plötzlich in gebieterischem Ton zu mir: »Moi« (setz dich). Wenn mir auch die Veränderung in seiner Haltung auffiel, war die Erregung, die sich meiner bemächtigt hatte, zu stark, als daß ich diesem unerwarteten Befehl hätte folgen können, und ich humpelte immer noch auf den Rand des *pei-pei* zu. Kory-Kory versuchte, mich zurückzuhalten, und hängte sich mir an den Arm; die Eingeborenen sprangen hoch und stellten sich an der offenen Front des Gebäudes auf, und Mehevi blickte mich finster an und wiederholte seinen Befehl noch strenger.

In diesem Augenblick, als mich die fünfzig barbarischen Gesichter anstarrten, kam mir zum ersten Mal voll zum Bewußtsein, daß ich wirklich ein Gefangener in dem Tal war. So plötzlich wurde mir diese Gewißheit, daß ich heftig erschüttert war, bestätigten sich doch meine schlimmsten Ahnungen. Ich sah sofort, daß jeder Widerstand zwecklos war; niedergeschlagen setzte ich mich auf die Matten und überließ mich meiner Verzweiflung.

Ich beobachtete jetzt, wie die Eingeborenen einer nach dem anderen am *tei* vorbeikamen und den Weg zum Strand hinabeilten. Diese Wilden, dachte ich, unterhalten sich vielleicht bald mit ein paar Landsleuten von mir, die mich leicht befreien könnten, wenn sie nur wüßten, in welcher Lage ich mich befinde. Mir war unsagbar jämmerlich zumute, und in meinem bitteren Kummer verwünschte ich den treulosen Toby tausendmal, der mich so meinem Schicksal überlassen hatte. Umsonst brachte Kory-Kory verlokkende Speisen oder brannte mir die Pfeife an oder suchte mich durch die Narrenpossen abzulenken, die mich früher manchmal zerstreut hatten. Durch dieses letzte Unglück war ich einfach niedergeschmettert; zwar hatte ich es schon befürchtet, aber doch nie gewagt, ihm ruhig ins Auge zu schauen.

Teilnahmslos gegen alles, hing ich nur meinen Sorgen nach und blieb so mehrere Stunden im *tei*, bis schließlich aus den Wäldern hinter dem Haus ab und zu Rufe erklangen und verkündeten, daß die Eingeborenen vom Strand zurückkamen.

Ob sich an diesem Morgen Boote in der Bucht befanden oder nicht, habe ich nie erfahren können. Die Wilden versicherten mir, es wäre nicht der Fall gewesen – aber ich möchte annehmen, daß sie meinen heftigen Kummer mildern wollten und mir deshalb nicht die Wahrheit sagten. Wie dem auch war, der Vorfall bewies deutlich ihre Absicht, mich gefangenzuhalten. Da sie mich immer noch mit derselben unverdrossenen Zuvorkommenheit behandelten wie früher, hatte ich keine Ahnung, wie ich mir ihr eigenartiges Verhalten erklären sollte. Hätte ich sie in den Anfangsgründen eines Handwerks unterrichten können oder Lust gezeigt, mich irgendwie nützlich zu machen, so wäre darin vielleicht ein Grund für ihr Benehmen zu finden gewesen, aber wie die Dinge lagen, stand ich vor einem Rätsel.

Während meines ganzen Aufenthalts auf der Insel wandten sich die Taipis nur zwei- oder dreimal an mich, um sich meiner überlegenen Kenntnisse zu bedienen. Und diese Fälle kommen mir jetzt so komisch vor, daß ich mir nicht versagen kann, sie zu erzählen.

Unsere wenigen aus Nukuhiwa mitgebrachten Sachen waren in ein kleines Bündel gepackt, das wir bei unserem Abstieg ins Tal bei uns trugen. Dieses Bündel hatte ich in der ersten Nacht nach unserer Ankunft als Kissen verwendet, aber am nächsten Morgen geöffnet, damit die Eingeborenen den Inhalt besichtigen konnten, und sie starrten die verschiedenen Dinge an, als hätte ich ihnen eben ein Kästchen mit Diamanten gezeigt, und dann bestanden sie darauf, daß ein so kostbarer Schatz sicher aufgehoben werden müßte. Das Bündel wurde daher an einem Strick befestigt, der über den Hahnebalken lief, und zum Dach aufgehißt; dort hing es unmittelbar über den Matten, auf denen ich für gewöhnlich lag. Wenn ich etwas daraus haben wollte, griff ich nur nach der Bambusstange neben mir, nahm den Strick, der dort festgemacht war, und ließ das Päckchen herunter. Das war höchst bequem, und ich gab mir Mühe, den Eingeborenen verständlich zu machen, wieviel Beifall ich dieser Erfindung zollte. Das Bündel enthielt in der Hauptsache ein Rasiermesser in seinem Futteral, eine Anzahl Nadeln und Zwirn, ein oder zwei Pfund Tabak und ein paar Ellen Kattun in leuchtenden Farben.

Ich hätte schon eher berichten sollen, daß ich kurz nach Tobys Verschwinden, als ich sah, wie lange mein Aufenthalt im Tal dauern konnte – falls ich überhaupt jemals daraus entkam –, in Erwägung zog, daß meine ganze Garderobe aus einem Hemd und einer Hose bestand, und mich daher entschloß, diese Kleider abzulegen, um sie in anständigem Zustand zu erhalten für den Fall, daß ich wieder unter zivilisierte Menschen kommen sollte. Es blieb mir also nichts weiter übrig, als die Tracht von Taipi zu tragen, allerdings ein wenig abgeändert, um meinen eigenen Vorstellungen zu genügen über das, was sich ziemt; und ich bezweifle nicht, daß ich mich darin so vorteilhaft ausnahm wie ein römischer Senator, der sich in die Falten seiner Toga hüllt. Ein Stück gelbe Tapa, um die Hüften gewickelt, fiel in Falten bis zu den Füßen so wie ein Frauenunterrock, nur verzichtete ich auf die umfangreichen Polster an der Hinterseite, mit denen unsere vornehmen Damen die erhabenen Rundungen ihrer Figur zu betonen pflegen. Das war für gewöhnlich mein Hausanzug; wenn ich ausging, zog ich noch einen weiten Mantel aus demselben Stoff darüber, der meine ganze Gestalt umhüllte und mich vor den Sonnenstrahlen schützte.

Eines Morgens zerriß ich mir diesen Mantel, und um den Insulanern zu zeigen, wie leicht er ausgebessert werden konnte, ließ ich das Bündel herab, nahm Nadel und Faden heraus und begann, das Loch zuzunähen. Sie betrachteten diese erstaunliche angewandte Wissenschaft mit ungeheurer Bewunderung, und während ich noch drauflosstichelte, schlug sich plötzlich der alte Marheyo, der einer der Zuschauer war, mit der Hand gegen die Stirn, rannte in eine Ecke des Hauses, kramte einen schmutzigen und zerfetzten Streifen Kattun hervor, den er irgendwann einmal im Tauschhandel an der Küste erworben haben mußte, und bat mich inständig, meine Kunst daran zu üben. Ich tat ihm gern den Gefallen, wenn auch bestimmt niemals eine so dicke Nadel mit solchen Riesenschritten über Kattun geeilt ist. Als die Reparatur fertig war, umarmte mich der alte Marheyo väterlich, legte seinen *maro* (Gürtel) ab, wickelte sich den Kattun um die Lenden, steckte die geliebten Schmuckstücke in die Ohren, ergriff den Speer und brach auf, wie ein kühner Tempelritter, der sich mit einer neuen, teuren Rüstung geschmückt hat.

Mein Rasiermesser habe ich während meines Aufenthalts auf der Insel nie verwendet, aber wenn es auch ein ziemlich minderwertiges Ding war, wurde es doch von den Taipis mächtig bewundert. Narmoni, einer ihrer großen Helden, der es sehr genau mit seiner Toilette und äußeren Erscheinung überhaupt nahm – war er doch der am akkuratesten tätowierte und am sorgsamsten verschandelte Mensch im ganzen Tal –, meinte, es wäre sehr vorteilhaft, wenn er sich seinen bereits geschorenen Kopf damit rasieren ließe.

Im allgemeinen verwenden sie dazu einen Haifischzahn, der sich für den Zweck ungefähr ebensogut eignet wie eine einzinkige Gabel zum Heuaufladen. Kein Wunder, daß der kluge Narmoni die Vorzüge meines Rasiermessers gegenüber dem üblichen Gerät erkannte. Daher bat er mich eines Tages um die persönliche Gefälligkeit, ihm doch einmal mit meinem Rasiermesser über den Kopf zu fahren. Ich gab ihm zu verstehen, es wäre stumpf und könne erst nach vorherigem Schleifen benutzt werden. Um mich klarer auszudrücken, führte ich an meiner Handfläche als Schleifstein vor, wie man ein Messer abzieht. Narmoni verstand mich im Nu, rannte aus dem Haus und kam im nächsten Augenblick mit einem riesigen, unebenen Felsbrocken herein, der so groß wie ein Meilenstein war. Es sei genau das, was ich brauchte, meinte er. Natürlich blieb mir nichts weiter übrig, als mich an die Arbeit zu machen, und ich kratzte mit großer Geschwindigkeit drauflos. Er wand und krümmte sich bei der Behandlung, war aber so restlos überzeugt von meinem Geschick, daß er sie wie ein Märtyrer ertrug.

Wenn ich auch Narmoni niemals im Kampf gesehen habe, bin ich doch nach dem damals Beobachteten bereit, mit meinem Leben für seine Tapferkeit und seinen Mut einzustehen. Ehe ich mein Werk begann, stellte sein Kopf eine mit kurzen Haarborsten bedeckte Fläche dar, und als ich es – ungeschickt, wie ich war – vollendet hatte, erinnerte er stark an ein Stoppelfeld, über das man mit der Egge gefahren ist. Da jedoch der Häuptling die lebhafteste Befriedigung über das Ergebnis ausdrückte, war ich zu klug, seiner Meinung zu widersprechen.

17

Gesundheit und Stimmung bessern sich · Glückseligkeit der Taipis · Ihre Freuden im Vergleich mit denen kultivierterer Gemeinwesen · Sündhaftigkeit bei zivilisierten und unzivilisierten Völkern · Ein Bergscharmützel mit Happarkriegern

Tag um Tag verging, und immer noch war das Betragen der Insulaner gegen mich unverändert. Nach und nach verlor ich jedes Zeitgefühl und versank unmerklich in eine Apathie, wie sie auf heftige Verzweiflungsausbrüche häufig folgt. Mein Bein heilte plötzlich, die Geschwulst ging zurück, die Schmerzen ließen nach, und ich hatte allen Grund zur Annahme, daß ich bald vollständig von dem Leiden geheilt sein würde, das mich so lange gequält hatte.

Sobald ich im Tal herumstreifen konnte, begann ich eine geistige Spannkraft zu spüren, die keine trüben Vorahnungen mehr aufkommen ließ. Wenn ich das Haus verließ, begleiteten mich stets Scharen von Eingeborenen, und wohin ich auch kam, überall nahm man mich zuvorkommend und freundlich auf. Ich wurde mit den köstlichsten Früchten bewirtet; dunkeläugige Nymphen warteten mir auf, und dazu standen mir stets die Dienste des treuen Kory-Kory zur Verfügung, so daß ich mir sagte, unter Kannibalen konnte man es bestimmt nicht besser getroffen haben.

Zwar waren meinen Streifzügen Grenzen gesetzt. Den Weg zur See hatte man mir ausdrücklich verboten, und als ich zwei- oder dreimal umsonst hinzugelangen suchte – mehr um meine Neugier zu befriedigen als aus einem anderen Grund –, gab ich den Plan auf. Es war gar nicht daran zu denken, heimlich an den Strand zu kommen, da mich auf Schritt und Tritt zahlreiche Eingeborene begleiteten. Ich kann mich nicht erinnern, daß man mich je einen Augenblick allein gelassen hätte.

Da rund um den Talschluß, wo Marheyos Hütte lag, steile grüne Höhen anstiegen, war ein Fluchtversuch in dieser Richtung von vornherein aussichtslos, selbst wenn ich mich vor den tausend Augen der Wilden hätte wegschleichen können.

Aber diese Überlegungen drängten sich mir jetzt selten auf; ich gab mich der flüchtigen Stunde hin, und gingen mir einmal unangenehme Gedanken durch den Kopf, vertrieb ich sie. Wenn ich mich in dem grünen Winkel umschaute, der mich verborgen hielt, und nach den Gipfeln der stattlichen Höhen blickte, die mich einschlossen, glaubte ich mich manchmal in die ›Gefilde der Seligen‹ versetzt und meinte, jenseits der Berge läge nur eine Welt voller Sorge und Angst.

Als ich meine Wanderungen im Tal ausdehnte und vertrauter mit den Sitten seiner Bewohner wurde, mußte ich gestehen, daß trotz mancher Nachteile, die sich aus seiner Lage ergeben, der polynesische Wilde, umgeben von all den üppigen Gaben der Natur, ein unendlich viel glücklicheres, wenn auch bestimmt weniger geistiges Leben führte als der selbstgefällige Europäer.

Der nackte elende Mensch, der unter dem rauhen Himmel in der ungastlichen Wildnis Feuerlands hungert und friert, wäre vielleicht glücklicher durch die Zivilisation; denn sie würde seinen physischen Mangel lindern. Aber der sinnliche Polynesier, dem jeder Wunsch erfüllt ist, der von der Vorsehung überreich mit allen Quellen reiner und natürlicher Freuden beschenkt und so vieler Übel und Leiden des Lebens enthoben wurde – was hat er aus den Händen der Zivilisation zu erwarten? Sie mag ›seinen Geist bilden‹, ›seine Gedanken erheben‹ – das sind, glaube ich, die üblichen Phrasen –, aber wird er deshalb glücklicher sein? Laßt die kranken, hungernden und sterbenden Eingeborenen der einst blühenden, dicht bevölkerten Hawaii-Inseln die Frage beantworten. Die Missionare mögen die Sache beschönigen, soviel sie wollen, aber die Tatsachen lassen sich nicht auf den Kopf stellen, und der frömmste Christ, der diese Inselgruppe vorurteilslos besucht, wird sie mit der traurigen Frage verlassen: ›Ach, sollten dies die Früchte einer fünfundzwanzigjährigen Aufklärung sein?‹

In einem primitiven Gesellschaftszustand gibt es zwar nicht viele und nur einfache Freuden, aber sie haben eine weite Verbreitung und sind unverfälscht. Die Zivilisation jedoch hält für jeden Vorteil, den sie bietet, hundert Übel auf Lager – das Herzeleid, die Eifersüchteleien, die gesellschaftlichen Ungleichheiten und Streitigkeiten, der Familienzwist und die tausend selbstverschuldeten Unbequemlichkeiten des kultivierten Lebens, die zusammengenommen die ständig wachsende Masse menschlichen Elends ausmachen, sind bei den weniger entwickelten Völkern unbekannt.

Aber man wird einwenden, diese elenden, entsetzlich unmoralischen Menschen seien Kannibalen. Sehr richtig, und es muß selbstverständlich zugegeben werden, daß dies ein ziemlich schlechter Charakterzug ist. Aber sie sind es nur, wenn sie ihre leidenschaftliche Rachsucht am Feind befriedigen wollen, und ich möchte die Frage stellen, ob der bloße Genuß von Menschenfleisch soviel barbarischer ist als jene Sitte, die noch vor ein paar Jahren im zivilisierten England herrschte: Dem Hochverräter – vielleicht einem Menschen, den man der Ehrlichkeit, Vaterlandsliebe und ähnlicher abscheulicher Verbrechen für schuldig befunden hatte – hieb man dort den Kopf mit einem riesigen Beil ab, riß ihm die Eingeweide heraus und warf sie ins Feuer, spießte den gevierteilten Körper samt dem Kopf auf Pfähle und ließ ihn auf öffentlichen Plätzen verfaulen und verwesen!

Das teuflische Geschick, das wir bei der Erfindung der verschiedensten todbringenden Maschinen entwickeln, die Rachgier, mit der wir unsere Kriege führen, und das Elend und die Verzweiflung, die sie mit sich bringen, sind ausreichende Beweise, um den zivilisierten Weißen als das wildeste Tier auf dem Erdboden zu kennzeichnen.

Die unbarmherzige Grausamkeit des weißen Mannes zeigt sich auch in vielen Einrichtungen unseres eigenen begnadeten Landes. Die eine wurde kürzlich aus einem Staat der Union angenommen und gibt vor, von den barmherzigsten Erwägungen diktiert zu sein. Unsere Missetäter langsam zu töten, das Blut in ihren Adern tropfenweise eintrocknen zu lassen, weil wir zu feige sind, es mit einem einzigen Schlag zu vergießen, der ihren Leiden sofort ein Ende machen würde, gilt für unendlich besser als die altmodische Strafe des Aufhängens – weniger qualvoll für das Opfer und mehr im Einklang mit dem aufgeklärten Geist des Zeitalters; doch wie blaß ist die Sprache, wenn sie das Grauen beschreiben soll, das wir jenen Unglücklichen zufügen, die wir in die Zellen unserer Gefängnisse einmauern und im Herzen der Bevölkerung zu ewiger Einsamkeit verurteilen!

Aber es erübrigt sich, noch mehr Beispiele zivilisierter Barbarei anzuführen; sie übertreffen in dem Ausmaß an Elend, das sie verursachen, bei weitem die Verbrechen unserer weniger zivilisierten Mitmenschen, auf die wir mit soviel Abscheu herabblikken.

Die Bezeichnung ›Wilder‹ wird meiner Meinung nach oft falsch angewandt, und wenn ich die Laster, Grausamkeiten und Greuel aller Art betrachte, die der vergifteten Atmosphäre unserer fieberhaften Zivilisation entspringen, möchte ich annehmen, daß, soweit es sich um die relative Verderbtheit der betreffenden Parteien handelt, vier oder fünf Männer von den Marquesas-Inseln, die man als Missionare nach den Vereinigten Staaten schickt, genauso nützlich sein könnten wie die gleiche Anzahl amerikanischer, die man in ähnlicher Eigenschaft nach den Inseln entsendet.

Ich habe einmal als Beispiel für die furchtbare Verworfenheit eines gewissen Stammes in der Südsee anführen hören, er besitze kein Wort in seiner Sprache, um den Begriff der Tugend auszudrücken. Die Behauptung war unbegründet; aber selbst wenn dem nicht so gewesen wäre, hätte man ihr entgegenhalten können, daß seine Sprache auch kaum eine Bezeichnung für die köstlichen Begriffe besitzt, die unser endloser Katalog zivilisierter Verbrechen enthält.

Seit sich meine Stimmung gehoben hatte, erschien mir alles im Tal in einem neuen Licht. Mir bot sich reichlich Gelegenheit, die Sitten der Eingeborenen zu beobachten, und was ich sah, trug dazu bei, meinen günstigen Eindruck zu vertiefen. Eine von mir bewunderte Eigenart war die unablässige Heiterkeit, die im ganzen Tal herrschte. Es schien in ganz Taipi keine Sorgen, Nöte, Kümmernisse oder Verdrießlichkeiten zu geben. Die Stunden hüpften so vergnügt dahin, wie die lachenden Paare bei einem ländlichen Tanz.

Es fehlten die tausend Quellen des Ärgers, die der erfinderische Geist des zivilisierten Menschen geschaffen hat, um sein eigenes Glück zu trüben. Es waren keine Hypotheken oder protestierten Wechsel fällig, keine Rechnungen zu bezahlen; man kannte keine Ehrenschulden in Taipi, keine unvernünftigen, beharrlich ihr Geld fordernden Schneider oder Schuster; überhaupt keine ungestümen Gläubiger; keine Anwälte, die Unfrieden stifteten, indem sie ihre Klienten zu Streit und Tätlichkeiten aufhetzten; keine armen Verwandten, die ewig das Gastzimmer belegten und die Ellbogenfreiheit am Familientisch einschränkten; keine bedürftigen Witwen, die mit ihren Kindern von den kümmerlichen Wohltaten der Welt hungerten; keine Bettler; keine Schuldgefängnisse; keine stolzen, hartherzigen Nabobs in Taipi – oder, um alles in einem Wort zusammenzufassen –, kein Geld! Diese ›Wurzel allen Übels‹ war im Tal nicht zu finden.

In dieser abgelegenen Wohnung des Glücks gab es keine mürrischen alten Weiber, keine grausamen Stiefmütter, keine verblühten Jungfern, keine liebeskranken Mädchen, keine sauertöpfischen alten Junggesellen, keine unaufmerksamen Ehemänner, keine schwermütigen Jünglinge, keine plärrenden Kinder und schreienden Bälger. Es herrschte eitel Freude, Ausgelassenheit und die allerbeste Laune. Katzenjammer, Hypochondrie und Mißmut verkrochen sich in den Winkeln und Spalten der Felsen.

Hier sah man eine Schar Kinder den lieben langen

Tag ihre Possen treiben, und es entstand kein Zank und Streit unter ihnen. Bei uns zu Hause hätte die gleiche Zahl nicht eine Stunde zusammen spielen können, ohne sich zu beißen und zu kratzen. Dort erblickte man eine Gruppe junger Mädchen, die einander nicht ihrer Schönheit wegen beneideten, nicht lächerlich vornehm taten, sich auch nicht wie Automaten in Fischbeinkorsetts bewegten, sondern frei, harmlos, glücklich und ungezwungen.

Es gab ein paar Stellen in dem sonnigen Tal, wo sie häufig hingingen, um sich mit Blumen zu schmükken. Wer sie im Schatten eines der wundervollen Haine gesehen hätte, die Erde ringsum mit frisch gepflückten Knospen und Blüten bestreut, aus denen sie Kränze und Halsbänder flochten, hätte denken können, Floras ganzes Gefolge sei hier versammelt, um zu Ehren seiner Herrin ein Fest zu feiern.

Bei den jungen Männern schien fast immer ein Anlaß zur Zerstreuung oder eine Beschäftigung bei der Hand zu sein, die für Freude und Abwechslung sorgten. Aber ob sie nun fischten oder Kanus schnitzten oder ihren Schmuck polierten, nie zeigte sich bei ihnen die geringste Spur von irgendwelchen Unstimmigkeiten.

Die Krieger bewahrten in ihrer Haltung eine ruhige Würde, wanderten gelegentlich von Haus zu Haus und konnten sicher sein, überall mit der Aufmerksamkeit empfangen zu werden, die man geschätzten Gästen erweist. Die Greise, deren es viele im Tal gab, rührten sich selten von ihren Matten; sie lagen stundenlang da, rauchten und unterhielten sich mit der ganzen Geschwätzigkeit des Alters.

Aber die unaufhörliche Glückseligkeit, die, soweit ich es beurteilen konnte, im Tal herrschte, entsprang besonders jenem alles durchdringenden Gefühl, das Rousseau einmal empfand, wie er uns erzählt: dem beschwingenden Gefühl einer gesunden physischen Existenz. Und tatsächlich hatten die Taipis in diesem Punkt allen Grund, sich glücklich zu preisen: denn Krankheit war dort fast unbekannt. Während meines ganzen Aufenthaltes habe ich nur einen Kranken bei ihnen gesehen; und ihre glatte, reine Haut war makellos und gesund.

Doch wurde die allgemeine Eintracht, auf die ich gerade ein Loblied gesungen habe, um diese Zeit durch einen Vorfall gestört, der bewies, daß die Insulaner nicht ganz von den Ereignissen verschont blieben, die den Frieden zivilisierter Völker stören.

Da ich mich nun schon geraume Zeit in dem Tale aufhielt, wunderte ich mich allmählich, daß die heftige Feindschaft zwischen seinen Bewohnern und denen der benachbarten Happarbucht nie zu einer kriegerischen Auseinandersetzung führte. Wenn auch die tapferen Taipis oft gestikulierend ihren unauslöschlichen Haß gegen die Feinde und ihren Abscheu vor deren kannibalischen Neigungen erklärten, wenn sie sich auch über die mannigfachen Beleidigungen verbreiteten, die sie von ihnen einstecken mußten, so schienen sie doch diese Kränkungen mit wahrhaft lobenswerter Langmut geduldig hinzunehmen und auf Vergeltungsmaßnahmen zu verzichten. Die Happars, die hinter ihren Bergen verschanzt waren und sich nicht einmal auf den Höhen blicken ließen, schienen mir auch nicht genug Grund für die übermäßige Feindseligkeit der heroischen Bewohner unseres Tales zu geben, und ich glaubte schon, daß die ihnen nachgesagten Bluttaten stark übertrieben wären.

Da bis jetzt noch kein Kriegslärm den heiteren

Frieden des Tales gestört hatte, begann auch ich die Wahrheit jener Berichte zu bezweifeln, nach denen die Taipi-Nation einen so wilden, kriegerischen Charakter haben sollte. All diese schrecklichen Geschichten über ihre Grausamkeit im Kampf, ihren tödlichen Haß und die teuflische Bosheit, mit der sie ihre Rachsucht an den Leichen der Erschlagenen befriedigen, sind bestimmt Märchen, dachte ich, und ich muß gestehen, daß ich es fast bedauerte, meine häßlichen Erwartungen so enttäuscht zu sehen. Mir ging es wie dem Lehrling, der ins Theater kommt, um sich an einer blutrünstigen Tragödie zu ergötzen, und vor Enttäuschung fast weint, weil eine feine Komödie aufgeführt wird.

Ich glaubte, daß ich mich unter einem übel verleumdeten Volk befand, und stellte nicht wenig moralische Betrachtungen darüber an, wie nachteilig ein schlechter Leumund ist, der in diesem Fall einen Stamm von Wilden, friedlich wie die Lämmlein, in den Ruf einer Bande von Berserkern gebracht hatte.

Aber die späteren Ereignisse bewiesen, daß ich meine Schlüsse etwas voreilig gezogen hatte. Eines Mittags, als ich gerade im *tei* war, hatte ich mich mit einigen Häuptlingen auf die Matten gelegt und war allmählich in einen wundervollen Mittagsschlaf gesunken, als mich plötzlich ein ungeheurer Schrei weckte. Ich fuhr auf und sah, wie die Eingeborenen ihre Speere ergriffen und hinauseilten und der stärkste Häuptling die sechs gegen die Bambusstangen gelehnten Musketen nahm, den anderen folgte und schnell im Hain verschwand. Dabei herrschte ein wilder Lärm, und die Rufe ›Happar, Happar‹ übertönten alles andere. Jetzt rannten die Insulaner am *tei* vorbei und quer durch das Tal nach Happar zu. Gleich darauf hörte ich einen heftigen Musketenknall aus den benachbarten Bergen und dann ein Stimmengewirr aus derselben Richtung. Die Frauen, die in den Hainen zusammengelaufen waren, erhoben darüber lautes Geschrei, wie sie das hier und anderswo bei jedem aufregenden und beängstigenden Ereignis tun, um ihr eigenes Gemüt zu beruhigen und anderen Leuten Furcht einzujagen. In diesem Falle schlugen sie einen so heillosen Lärm und setzten ihn mit solcher Ausdauer fort, daß ich, selbst wenn in dem nahen Gebirge ganze Salven von Musketenschüssen abgefeuert worden wären, sie eine Zeitlang nicht hätte hören können.

Als sich die Erregung der Frauen etwas gelegt hatte, lauschte ich eifrig auf Zeichen dessen, was sich abspielte. Schließlich krachte – paff! noch ein Schuß, und dann tönten zum zweitenmal gellende Rufe aus dem Gebirge. Wieder war alles ruhig, so lange, daß ich schon glaubte, die streitenden Armeen hätten die Einstellung der Feindseligkeiten vereinbart, als – piff, paff! eine dritte Flinte losging, worauf das übliche Gebrüll folgte. Darauf geschah fast zwei Stunden lang nichts Erwähnenswertes. Man hörte nur noch ein paar vereinzelte Schreie aus den Bergen, als ob eine Bande Schule schwänzender Jungen, die sich im Walde verlaufen hat, hallo ruft.

Während dieser Zeit blieb ich auf der Veranda des *teis* stehen, die dem Happarberg genau gegenüberlag, und außer Kory-Kory und den alten, hochbetagten Wilden, die ich schon beschrieben habe, war niemand in meiner Nähe. Die Greise rührten sich nicht auf ihren Matten und schienen überhaupt nicht zu merken, daß etwas Ungewöhnliches vor sich ging.

Was Kory-Kory anbetraf, so dachte er offenbar, daß wir große Ereignisse miterlebten, und versuchte eifrig, mir den gebührenden Begriff ihrer Wichtigkeit beizubringen. Jeder Laut, der uns erreichte, übermittelte ihm eine ungeheuer wichtige Nachricht. Als ob er mit dem zweiten Gesicht begabt wäre, führte er mir dann die verschiedensten Pantomimen vor, um mir anschaulich und präzis zu erklären, auf welche Weise die gefürchteten Taipis in diesem Augenblick die Frechheit des Feindes züchtigten. »Mehevi hanna pippi nui Happar«, rief er alle fünf Minuten und gab mir zu verstehen, daß die Krieger seiner Nation unter diesem hervorragenden Führer wunderbare Heldentaten vollbrachten.

Da ich nur vier Schüsse gehört hatte, folgerte ich, daß die Musketen von den Insulanern ebenso bedient wurden wie Sultan Suleimans schwere Artillerie bei der Belagerung von Byzanz, wo ein oder zwei Stunden bis zum Laden und Richten einer Kanone vergingen. Da zuletzt überhaupt kein Laut mehr aus dem Gebirge kam, nahm ich an, der Kampf sei so oder so beendet worden. Offenbar war das der Fall; denn ein Weilchen später erschien ein Kurier im *tei*, ganz außer Atem vor Anstrengung, und brachte die Nachricht, daß seine Landsleute einen großen Sieg errungen hätten: »Happar pu arva! – Happar pu arva!« (Die Feiglinge sind geflohen). Kory-Kory war ganz außer sich vor Freude und hielt eine leidenschaftliche Rede, die, soweit ich ihn verstand, besagte, daß dieser Ausgang ganz seinen Erwartungen entsprach, und mich außerdem überzeugen sollte, daß es selbst für eine Armee von Feuerfressern ein völlig aussichtsloses Unternehmen wäre, sich mit den unbesiegbaren Helden des Tales in einen Krieg einzulassen. All dem stimmte ich natürlich zu und wartete gespannt auf die Rückkehr der Sieger. Ich fürchtete, daß ihnen ihr Erfolg vielleicht teuer zu stehen gekommen war.

Aber hier irrte ich wieder; denn Mehevi, der die kriegerischen Operationen leitete, neigte mehr zur Taktik des Fabius als zu der Bonapartes, schonte seine Kräfte und setzte seine Truppen keinen unnötigen Gefahren aus. Der Gesamtverlust der Sieger an Toten, Verwundeten und Vermißten betrug bei diesem hartnäckigen Kampf – einen Zeigefinger und ein Stück Daumennagel (das der frühere Besitzer in der Hand mitbrachte), einen stark gequetschten Arm und einen beachtlichen Blutstrom, der aus dem Oberschenkel eines Häuptlings floß und von einem üblen Speerstoß herrührte. Welche Verluste der Feind erlitten hatte, konnte ich nicht erfahren, aber ich vermute, er konnte seine Toten mitnehmen.

Das war der Ausgang der Schlacht, soweit ich es beobachten konnte; und da man sie als ein Ereignis von ungeheurer Tragweite zu betrachten schien, schloß ich mit gutem Grund, daß die Kriege der Eingeborenen nicht besonders blutig sind. Ich hörte später, wie es zu dem Scharmützel kam. Man hatte eine Anzahl Happars entdeckt, die auf der Taipi-Seite des Berges herumlungerten und nichts Gutes im Schilde führten. Es wurde Alarm gegeben, und nach zähem Widerstand mußten die Eindringlinge über die Grenze zurückweichen. Aber warum hatte der unerschrockene Mehevi den Krieg nicht nach Happar getragen? Warum war er nicht in das feindliche Tal hinabgestiegen und hatte eine Siegestrophäe mitgebracht – wie man sie für ein kannibalisches Gelage braucht, das doch angeblich jedes Gefecht beendete?

Nach alledem neigte ich zu der Ansicht, daß solche scheußlichen Feste nur sehr selten von den Insulanern gefeiert werden, wenn sie überhaupt jemals stattfinden.

Zwei oder drei Tage lang bildete das jüngste Ereignis das allgemeine Gesprächsthema; dann legte sich die Erregung allmählich, und das Tal war wieder so friedlich wie zuvor.

18

Schwimmen in Gesellschaft der Mädchen des Tales · Ein Kanu · Wirkungen des Tabus · Vergnügungsfahrt auf dem See · Fayaways glänzender Einfall · Schneiderei · Ein Fremdling kommt ins Tal · Sein rätselhaftes Benehmen · Redekunst bei den Eingeborenen · Die Unterhaltung · Ihre Folgen · Abreise des Fremden

Als Gesundheit und innerer Frieden wiederkehrten, gewann alles, was mich umgab, neues Interesse. Ich verschaffte mir so viel Zerstreuung wie nur möglich. Baden in Gesellschaft von Scharen junger Mädchen war eins meiner Lieblingsvergnügen. Manchmal schwammen wir in einem winzigen See, zu dem sich der Hauptfluß des Tales erweiterte. Diese wunderhübsche Wasserfläche war fast kreisrund und etwa dreihundert Yard breit. Sie war unbeschreiblich schön. Am Ufer wogte überall tropisches Laub in üppiger Fülle; hier und da ragte der schlanke, ebenmäßige Stamm der Kokospalme hervor, gekrönt von ihrem Büschel graziöser Blätter, die wie wehende Straußenfedern herabhingen.

Die Leichtigkeit und Anmut, mit der sich die Mädchen des Tales im Wasser bewegten, und ihre Vertrautheit mit dem Element waren wirklich erstaunlich. Manchmal glitten sie dicht unter dem Wasserspiegel dahin, anscheinend ohne Hände und Füße auch nur zu rühren; dann warfen sie sich auf die Seite und schossen durch die Wellen, und für einen flüchtigen Moment enthüllten sie ihre Formen, wenn sie sich beim raschen Vorwärtsstoßen in die Luft hoben – in dem einen Augenblick tauchten sie tief unter, und im nächsten stiegen sie rasch wieder an die Oberfläche empor.

Ich erinnere mich, wie ich einmal in einer Schar dieser Flußnymphen hineinsprang und im Vertrauen auf meine größere Körperkraft versuchte, eine von ihnen unter das Wasser zu ziehen. Aber ich bereute meine Tollkühnheit bald. Die amphibischen jungen Geschöpfe umkreisten mich wie ein Schwarm Delphine, packten mich an meinen edlen Gliedern, wälzten mich herum und tauchten mich, bis ich nach den seltsamen Geräuschen, die mir in den Ohren klangen, und den übernatürlichen Gesichtern, die mir vor den Augen tanzten, dachte, ich wäre im Geisterland. Ich befand mich in einer so aussichtslosen Lage wie der schwerfällige Wal, wenn er auf allen Seiten von einer Legion von Schwertfischen angegriffen wird. Als sie mich endlich losließen, schwammen sie nach allen Richtungen auseinander und lachten über meine ungeschickten Versuche, sie zu haschen.

Es gab kein Boot auf dem See; aber auf meine Bitte und für meinen persönlichen Gebrauch brachten einige junge Männer, die zu Marheyos Haushalt gehörten, unter der Leitung des unermüdlichen Kory-Kory ein leichtes, geschmackvoll geschnitztes Kanu vom Meere herauf. Man ließ es ins Wasser gleiten, und es schwamm so anmutig wie ein Schwan. Leider hatte es eine ungeahnte, höchst betrübliche Wirkung. Die süßen Nymphen, die sich früher im See mit mir tummelten, flohen ihn jetzt alle. Die Gesetze des Tabus, die das verbotene Fahrzeug schützten, erstreckten sich auch auf das Wasser, in dem es lag.

Ein paar Tage lang begleiteten mich Kory-Kory und ein paar andere junge Burschen auf meinen Ausflügen zum See, und wenn ich in meinem leichten Kanu paddelte, schwammen sie jauchzend und ausgelassen hinter mir her. Aber ich hatte von jeher eine Vorliebe für das, was im ›Buch für den Jüngling‹ die ›Gesellschaft tugendhafter gebildeter junger Damen‹ heißt, und wenn die Meermädchen fehlten, verlor das Vergnügen seinen Reiz. Eines Morgens sagte ich meinem treuen Diener, daß ich mir die Nymphen zurückwünschte. Der ehrliche Kerl sah mich einen Augenblick lang bestürzt an, dann schüttelte er feierlich den Kopf und murmelte: »Tabu! Tabu!« Solange das Kanu nicht weggebracht würde, erklärte er mir, könne ich nicht erwarten, daß die jungen Damen wiederkämen. Aber das war nicht nach meinem Sinn; ich wollte nicht nur das Boot dort behalten, ich wollte auch die schöne Fayaway darin haben, um mit ihr auf dem See zu rudern. Dieser letzte Vorschlag beleidigte Kory-Korys Anstandsgefühl ganz fürchterlich. Er wetterte dagegen, weil er zu ungeheuerlich wäre, um auch nur daran zu denken; denn er verletzte nicht nur seine hergebrachten Sittlichkeitsbegriffe, sondern widersprach auch allen religiösen Geboten.

Obwohl es eine heikle Sache war, sich mit dem Tabu zu befassen, beschloß ich dennoch, zu erproben, inwieweit es einem Angriff standhalten würde.

Ich befragte den Häuptling Mehevi, und dieser versuchte, mir die Sache auszureden. Doch ich ließ mich nicht abweisen und bat ihn um so inständiger. Schließlich begann er eine lange und zweifellos sehr gelehrte und beredte Darlegung der Geschichte und Eigentümlichkeit des Tabus, soweit es diesen besonderen Fall betraf, und brauchte sehr viele ungewöhnliche Wörter; wegen ihrer erstaunlichen Länge und ihres Wohlklangs habe ich allen Grund anzunehmen, daß sie theologischer Natur waren. Aber soviel er auch redete, er überzeugte mich nicht, teils, weil ich nicht ein Wort von dem verstand, was er ausführte, hauptsächlich aber, weil ich durchaus nicht einsehen konnte, warum eine Frau nicht genausogut in ein Kanu steigen durfte wie ein Mann. Zuletzt wurde er etwas vernünftiger und deutete an, daß er aus übergroßer Liebe zu mir mit den Priestern reden wollte, um zu sehen, was sich tun ließe.

Wie es kam, daß die Geistlichkeit von Taipi die Sache mit ihrem Gewissen vereinbarte, weiß ich nicht; aber es geschah, und Fayaway wurde endlich von diesem Teil des Tabus befreit. So ein Fall war, glaube ich, bis dahin im Tal noch nicht vorgekommen; aber es wurde auch höchste Zeit, daß man den Insulanern ein bißchen Höflichkeit beibrachte, und ich hoffe zuverlässig, daß mein Beispiel segensreiche Folgen hatte. Ist es doch wirklich lächerlich, daß diese reizenden Geschöpfe im Wasser umherschwimmen mußten wie die Enten, während eine Schar großer kräftiger Burschen in ihren Kanus darüber hinglitten.

Am ersten Tage nach Fayaways Emanzipation gab ich eine reizende kleine Gesellschaft auf dem See – das junge Fräulein, Kory-Kory und ich selbst nahmen daran teil. Mein eifriger Leibdiener brachte von zu Hause eine Kalebasse *poi-poi* mit, ein halbes Dutzend frische Kokosnüsse – von denen der Bast schon abgezogen war –, drei Pfeifen, ebenso viele Yamswurzeln und schleppte auch mich noch ein Stück des Weges auf dem Rücken. Eine ganz hübsche Last! Aber Kory-Kory war ein starker Mann für seine Größe und hatte ein kräftiges Rückgrat. Der Tag verlief sehr angenehm; mein treuer Geselle bediente das Paddel und trieb uns ruhig nahe dem Ufer im Schatten der überhängenden Zweige dahin. Fayaway und ich lehnten im Heck des Kanus im allerbesten Einvernehmen. Die freundliche Nymphe nahm bisweilen die Pfeife an die Lippen und blies milden Tabaksrauch aus, dem ihr rosiger Atem einen frischen Duft gab. So seltsam es scheinen mag: Ein junges hübsches weibliches Wesen nimmt sich nie vorteilhafter aus als beim Rauchen. Wie verführerisch wirkt eine peruanische Dame, die in ihrer buntgeflochtenen Hängematte zwischen zwei Orangenbäumen schaukelt und den Duft einer erlesenen Zigarre einzieht! Aber Fayaway sah noch viel reizender aus, wenn sie in ihrer feingeformten olivfarbenen Hand das lange gelbe Rohr der Pfeife mit dem merkwürdig geschnitzten Kopf hielt und alle paar Augenblicke hingebungsvoll ein paar leichte Rauchringe aus Mund und Nase blies.

Wir trieben ein paar Stunden so dahin, und als ich aufblickte zu dem glühenden tropischen Himmel und dann hinunter in die durchsichtige Tiefe, und als meine Augen von der bezaubernden Landschaft auf den grotesk tätowierten Kory-Kory fielen und zuletzt dem nachdenklichen Blick Fayaways begegneten, kam ich mir vor wie im Märchenland, so unwirklich erschien mir alles.

Dies liebliche Gewässer war der kühlste Ort des ganzen Tales, und jetzt nahm ich dort während der heißesten Tageszeit stets meine Zuflucht. Eine tiefe, sich allmählich erweiternde Schlucht begrenzte den See an der einen Seite und stieg zu den Höhen an, die das Tal umgaben. Wenn der starke Passatwind diese Berge erreichte, kreiste und wirbelte er um ihre Gipfel; zuweilen wurde er die steile Kluft hinuntergetrieben und fegte durch das Tal. Dann kräuselte sich der glatte Wasserspiegel des Sees.

Eines Tages paddelten wir eine Weile herum, und dann bootete ich Kory-Kory aus und fuhr das Kanu nach der Wetterseite des Sees. Als ich es wendete, schien Fayaway, die bei mir war, plötzlich einen glänzenden Einfall zu haben. Mit einem wilden Freudenschrei nahm sie das weite Tapagewand ab, das über ihrer Schulter zusammengeknotet war – um sie vor der Sonne zu schützen –, breitete es wie ein Segel aus und stand aufrecht mit erhobenen Armen im Bug des Kanus. Wir amerikanischen Seeleute brüsten uns gern mit unseren geraden, sauberen Spieren, aber ein hübscherer kleiner Mast, als ihn Fayaway darstellte, ist nie an Bord eines Fahrzeuges gekommen.

Im Nu schwellte die Brise das Tapagewand, die langen braunen Locken Fayaways wehten im Wind, und das Kanu glitt rasch durchs Wasser und schoß nach dem Ufer. Ich saß im Heck und lenkte es mit einem Paddel, bis es auf das flache Gestade lief und Fayaway mit einem leichten Sprung auf die Erde hüpfte. Kory-Kory, der unserem Manöver voller Bewunderung zugeschaut hatte, klatschte jetzt vor Entzücken in die Hände und brüllte wie ein Verrückter. Später haben wir dieses Kunststück so manches liebe Mal wiederholt.

Wenn der Leser noch nicht bemerkt haben sollte, daß ich der erklärte Verehrer von Fräulein Fayaway war, kann ich nur sagen, daß er in Herzensangelegenheiten wenig Bescheid weiß und ich werde mir bestimmt nicht die Mühe machen, ihn weiter aufzuklären. Aus dem vom Schiff mitgebrachten Kattun schneiderte ich für das hübsche Mädchen ein Kleid. Ich muß gestehen, sie sah darin wie eine Balletteuse aus. Die Bekleidung dieser Damen beginnt gewöhnlich etwas oberhalb des Ellenbogens, die meiner Inselschönheit begann an der Taille, und sie reichte nur so weit, daß sie die bezauberndsten Fußgelenke des Universums sehen ließ.

Der Tag, an dem Fayaway dies Gewand zum erstenmal trug, wurde für mich dadurch denkwürdig, daß ich eine neue Bekanntschaft machte. Ich lag nachmittags im Hause, als ich draußen mächtigen Lärm hörte; aber da ich mich inzwischen an die fast immer durch das Tal hallenden wilden Rufe so ziemlich gewöhnt hatte, achtete ich wenig darauf, bis der alte Marheyo ungewöhnlich erregt zu mir hereinstürzte mit der erstaunlichen Nachricht: »Marnu pemi«, was verdolmetscht besagt, daß eine Person namens Marnu kam. Mein würdiger alter Freund erwartete offenbar, daß diese Mitteilung mich tief beeindrucken würde, wartete eine Weile und sah mich unverwandt an; aber da ich völlig ungerührt blieb, schoß der alte Herr so eilig, wie er gekommen war, wieder aus dem Haus.

›Marnu, Marnu‹, überlegte ich, ›den Namen habe ich noch nicht gehört. Es muß schon ein bedeutender Mann sein, da die Eingeborenen solchen Spektakel machen.‹ Der Tumult kam jeden Augenblick näher, und alles schrie: »Marnu! – Marnu!«

Ich dachte, ein angesehener wilder Krieger, der noch nicht die Ehre einer Audienz gehabt hatte, wollte mir jetzt seine Aufwartung machen. So eitel war ich durch die vielen Aufmerksamkeiten geworden, die man mir fortgesetzt erwies, daß ich nicht übel Lust hatte, diesen Marnu als Strafe für seine Nachlässigkeit kühl zu empfangen, als die erregte Menge sichtbar wurde, wie sie einen der merkwürdigsten Menschen geleitete, den ich je in meinem Leben gesehen habe.

Der Fremde konnte nicht älter als fünfundzwanzig Jahre sein und war wenig über mittelgroß; wäre er auch nur um Haaresbreite länger gewesen, hätte es die unübertreffliche Ebenmäßigkeit seines Wuchses zerstört. Seine unbekleideten Gliedmaßen waren wundervoll gebildet; mit den feinen Linien seiner Gestalt und den bartlosen Wangen hätte er ein ausgezeichnetes Modell für die Statue des polynesischen Apollo abgegeben; und wirklich erinnerten mich das Oval des Gesichts und die Regelmäßigkeit seiner Züge an antike Büsten. Aber die marmorne Ruhe der Kunst wurde durch einen so warmen, lebhaften Ausdruck ersetzt, wie man ihn nur bei den Südseeinsulanern unter den allergünstigsten Entwicklungsbedingungen der Natur antrifft. Marnu hatte lockiges, leuchtend braunes Haar; in dichten, kleinen, gekräuselten Ringeln, die bei angeregter Unterhaltung auf und nieder tanzten, schmiegte es sich an Schläfen und Nacken. Seine Wangen waren zart wie die einer Frau und das Gesicht frei von dem Makel der Tätowierung, obgleich der übrige Körper ganz mit phantastischen Mustern bedeckt war, die aber alle nach einem einheitlichen Entwurf ausgeführt zu sein schienen, entgegen den im allgemeinen unzusammenhängenden Skizzen auf den Körpern der Eingeborenen.

Die Tätowierung auf seinem Rücken erregte meine besondere Aufmerksamkeit. Der Künstler, von dem diese Arbeit stammte, mußte tatsächlich ein Meister in seinem Fach gewesen sein. Am Rückgrat entlang war der schlanke, spitz zulaufende, rautenförmig gemusterte Stamm des wundervollen *artu*-Baumes sorgfältig gezeichnet. Seine fein gebogenen Zweige gingen abwechselnd nach rechts und links vom Stamm ab und neigten sich mit ihren Blättern, alle genau und bis in die Einzelheiten vollendet ausgeführt. Tatsächlich war diese Tätowierung die beste Leistung der schönen Künste, die ich bisher in Taipi gesehen hatte. Bei der Rückenansicht des Fremden konnte man an einen verzweigten Rebstock denken, der sich an einer Gartenmauer hochrankt. Auf Brust, Armen und Beinen war eine unendliche Fülle verschiedener Figuren dargestellt; jede einzelne schien jedoch in Beziehung zu dem beabsichtigten Gesamteindruck zu stehen. Diese Tätowierung war im leuchtendsten Blau ausgeführt, und wenn man sie gegen das helle Oliv der Haut sah, wirkte sie einzigartig und sogar elegant. Ein schmaler Gürtel aus weißer Tapa, kaum zwei Zoll breit, von dem vorn und hinten Quasten hingen, bildete das ganze Kostüm des Fremden.

Er kam, von den Insulanern umringt; unter dem einen Arm trug er eine kleine Rolle Tapa, und in der anderen Hand hielt er einen langen, reich geschmückten Speer. Er benahm sich wie ein Reisender, der weiß, daß er sich auf seiner Reise einer bequemen Station nähert. Jeden Augenblick wandte er sich gutmütig an die Menge und gab irgendeine schlagfertige Antwort auf ihre unaufhörlichen Fragen, und sie schüttelten sich vor unbezähmbarer Heiterkeit.

Ich war so beeindruckt von seinem Verhalten und seiner eigenartigen Erscheinung, die sich so sehr von den übrigen Eingeborenen mit ihren geschorenen Köpfen und tätowierten Gesichtern unterschied, daß ich unwillkürlich aufstand, als er das Haus betrat, und ihm einen Sitz auf den Matten neben mir anbot. Aber ohne diese Höflichkeit zu beachten oder von der unbestreitbaren Tatsache meiner Gegenwart die geringste Notiz zu nehmen, ging der Fremde weiter und warf sich am entgegengesetzten Ende des langen Ruhelagers nieder, das den einzigen Raum von Marheyos Behausung durchzog.

Wäre eine Schönheit der vornehmen Gesellschaft im Bewußtsein ihrer Reize und ihrer Macht von einem hochmütigen Stutzer öffentlich so geschnitten worden, hätte sie nicht entrüsteter sein können als ich bei dieser unerwarteten Kränkung.

Ich war maßlos erstaunt. Die Wilden waren mir so unerhört neugierig und zuvorkommend begegnet, daß ich von jedem Neuankömmling dasselbe Verhalten erwartete. Sein seltsames Benehmen erhöhte indessen bei mir nur den Wunsch, herauszubekommen, wer diese bemerkenswerte Persönlichkeit war, die jetzt die Aufmerksamkeit aller in Anspruch nahm.

Tinor setzte dem Fremden eine Kalebasse *poi-poi* vor, und er ließ es sich schmecken. Nach jedem Bissen sprach er rasch ein paar Worte, und die Menge, die das ganze Haus füllte, schnappte sie begierig auf und gab sie als Echo zurück. Als ich sah, wie die Eingeborenen an ihm hingen und mich überhaupt nicht mehr beachteten, war ich nicht wenig pikiert. Tommos Glanz ist verblichen, dachte ich, und je früher er selbst das Tal verläßt, desto besser. Das waren damals meine Gefühle, die jenem glorreichen Prinzip entsprangen, nach dem alle heroischen Naturen handeln: entweder wollen sie das größte Stück Pudding, oder aber sie verzichten ganz darauf.

Als Marnu, diese bestrickende Persönlichkeit, seinen Hunger gestillt und ein paar Züge aus der dargereichten Pfeife getan hatte, ließ er eine Rede vom Stapel, der seine Zuhörer mit großer Aufmerksamkeit lauschten.

So wenig ich auch von der Sprache verstand, konnte ich doch aus seinen lebhaften Gebärden und dem wechselnden Mienenspiel – das die Gesichter der Eingeborenen wie Spiegel zurückwarfen – leicht erraten, welcher Natur die Leidenschaften waren, die er zu erwecken suchte. Nach der häufigen Wiederholung der Wörter ›Nukuhiwa‹, ›Frani‹ – Franzose – und einiger anderer, deren Bedeutung mir bekannt war, schien er seinen Zuhörern die sich kürzlich in den benachbarten Buchten zugetragenen Ereignisse zu berichten. Aber woher er das alles erfahren hatte, war mir schleierhaft, es sei denn, daß er geradenwegs aus Nukuhiwa kam. Da er noch vom Reisestaub bedeckt war, hatte diese Annahme viel für sich. Aber wenn er aus diesem Gebiet stammte, konnte ich mir nicht erklären, warum ihn die Taipis so freundlich aufnahmen.

Noch nie hatte ich ein eindrucksvolleres Beispiel natürlicher Beredsamkeit erlebt wie diese Ansprache Marnus. Die anmutigen Stellungen, die seine biegsame Gestalt einnahm, die eindrucksvollen Gebärden der nackten Arme und vor allem das aus seinen strahlenden Augen sprühende Feuer verliehen dem ständig wechselnden Tonfall seiner Stimme eine Wirkung, auf die der vollendetste Redner hätte stolz sein können. Jetzt lag er auf der einen Seite, stützte sich gelassen auf den gebeugten Arm und schilderte ausführlich die Angriffshandlungen der Franzosen, ihre feindlichen Besuche in den benachbarten Buchten, die er alle einzeln aufführte – Happar, Puerka, Nukuhiwa, Tior –, dann sprang er auf, und mit geballten Fäusten und haßverzerrtem Gesicht erging er sich in einer Flut von Schmähungen. Nun nahm er eine gebieterische Haltung ein und ermahnte die Taipis, diese Übergriffe zurückzuweisen; mit wildem Frohlocken erinnerte er sie daran, daß ihr schrecklicher Ruf sie bisher vor einem Angriff bewahrt hätte, und hohnlachend spottete er über die kühnen Franzosen, die es mit fünf Kriegsbooten und Hunderten von Männern nicht gewagt hatten, gegen die nackten Krieger ihres Tales vorzugehen.

Die Wirkung auf seine Zuhörerschaft war elektrisierend; alle zitterten vor Erregung und sahen ihn mit funkelnden Augen an, als lauschten sie der inspirierten Stimme eines Propheten.

Es zeigte sich aber bald, daß Marnu nicht nur ungewöhnlich, sondern auch vielseitig begabt war. Kaum hatte er seine leidenschaftliche Rede beendet, warf er sich wieder auf die Matten und griff sich einzelne aus der Menge heraus, nannte sie bei ihrem Namen und neckte sie, daß die ganze Gesellschaft in lärmendes Entzücken geriet, wenn ich auch kaum begriff, worin der Witz bestand.

Für jeden hatte er ein Wort; und als er sich rasch von einem zum anderen wandte, machte er kurze, scherzhafte Bemerkungen, die stets schallendes Gelächter hervorriefen. Er sprach mit den Frauen so gut wie mit den Männern. Der Himmel mag wissen, was er ihnen sagte, aber ihre unschuldigen Gesichter lächelten und erröteten. Ich möchte annehmen, daß der hübsche Marnu mit seinem einnehmenden Wesen bei den schlichten Inselmädchen ein großer Herzensbrecher war.

Bisher hatte er noch nicht geruht, mich auch nur für einen Augenblick anzuschauen. Er schien sich meiner Gegenwart überhaupt nicht bewußt zu sein. Weshalb er sich gegen mich so merkwürdig benahm, konnte ich mir nicht erklären. Man sah ohne weiteres, daß er bei den Insulanern großes Ansehen genoß, daß er ungewöhnliche Gaben und mehr Kenntnisse besaß als die Bewohner des Tales. Deshalb fürchtete ich, er könne mir aus irgendeinem Grund übelwollen und seinen mächtigen Einfluß geltend machen, um mir zu schaden.

Offenbar gehörte er nicht zu den ständigen Bewohnern des Tales. Woher aber konnte er kommen? Auf allen Seiten war Taipi von feindlichen Stämmen eingeschlossen, und weshalb nahm man ihn, wenn er zu einem davon gehörte, so herzlich auf?

Die äußere Erscheinung des merkwürdigen Fremden gab weitere Rätsel auf. Das Gesicht ohne Tätowierung und der ungeschorene Kopf waren Eigentümlichkeiten, die ich noch nie zuvor in irgendeinem Teil der Insel bemerkt hatte, und man erzählte allgemein, das genaue Gegenteil sei das unerläßliche Kennzeichen eines marquesanischen Kriegers. Alles in allem war mir die Sache vollkommen unbegreiflich, und ich wartete besorgt auf die Lösung.

Endlich schloß ich aus gewissen Anzeichen, daß Marnu über mich sprach, wenn er auch sorgfältig vermied, meinen Namen zu nennen oder in die Richtung zu sehen, wo ich lag. Plötzlich erhob er sich von den Matten und ging auf mich zu. Er unterhielt sich dabei immer noch mit den anderen und wich meinem Blick absichtlich aus. Weniger als einen Schritt von mir entfernt ließ er sich nieder. Ich hatte mich kaum von meiner Überraschung erholt, als er sich plötzlich umdrehte und mir mit leutseliger Miene die rechte Hand anmutig entgegenstreckte. Natürlich nahm ich dieses höfliche Anerbieten an, und als sich unsere Hände berührten, neigte er sich zu mir und flüsterte mit wohlklingender Stimme auf englisch: »Wie geht's? Wie lange in dieser Bucht? Gefällt diese Bucht?«

Wäre ich gleichzeitig von drei Happarspeeren durchbohrt worden, hätte ich nicht mehr zusammenfahren können als bei diesen einfachen Fragen! Zunächst war ich sprachlos vor Staunen, und was ich dann antwortete, weiß ich nicht; aber sobald ich wieder ins Gleichgewicht gekommen war, schoß mir der Gedanke durch den Kopf, daß ich von diesem Mann die Nachrichten über Toby erhalten könnte, die mir die Eingeborenen wahrscheinlich mit Absicht vorenthielten. Ich fragte ihn also nach dem Verschwinden meines Gefährten, aber er bestritt, etwas darüber zu wissen. Ich erkundigte mich dann, woher er kam. Er antwortete, von Nukuhiwa. Als ich mich wunderte, sah er mich einen Augenblick an, als weide er sich an meiner Verblüffung, und dann rief er in seiner merkwürdig lebhaften Art: »Ah! Ich tabu – ich gehen Nukuhiwa – ich gehen Tior – ich gehen Taipi – ich gehen überall – niemand sein böse zu mir – ich tabu!«

Diese Erklärung wäre mir völlig unverständlich gewesen, hätte ich mich dabei nicht einer merkwürdigen Sitte der Insulaner erinnert, von der ich früher gehört hatte. Obgleich das Land im Besitz verschiedener Stämme ist, deren gegenseitige Feindseligkeiten fast jeden Verkehr untereinander ausschließen, kommt es trotzdem vor, daß jemand mit einem Bewohner des Nachbartales, das sich im Kriegszustand mit seinem eigenen befindet, freundliche Beziehungen anknüpft und sich unter gewissen Beschränkungen ungestraft in dessen Land wagen kann, wo er unter anderen Umständen als Feind behandelt würde. Soviel bedeutet bei ihnen die Freundschaft. Die auf diese Weise geschützte Person aber nennt man ›tabu‹, und sie gilt bis zu einem gewissen Grade als unantastbar. So hatte auch der Fremde, wie er mir sagte, Zugang zu allen Tälern der Insel.

Natürlich war ich neugierig, wie er sich seine Kenntnisse in der englischen Sprache erworben hatte, und fragte ihn darüber. Zuerst überhörte er aus irgendeinem Grund meine Frage, dann aber erzählte er mir, er wäre als Knabe von dem Kapitän eines Handelsschiffes mit zur See genommen worden und drei Jahre bei ihm geblieben. Einen Teil dieser Zeit hätte er in Sydney in Australien verbracht, und bei einem späteren Besuch der Insel hätte der Kapitän seinen Bitten nachgegeben und ihn bei seinen Landsleuten gelassen. Die rasche natürliche Auffassungsgabe des Wilden war durch den Verkehr mit den Weißen wunderbar entwickelt worden, und daß er sich in einer fremden Sprache ausdrücken konnte, gab ihm eine große Überlegenheit über seine weniger gebildeten Landsleute.

Ich fragte den jetzt sehr liebenswürdigen Marnu, warum er nicht früher mit mir gesprochen hätte, und er erkundigte sich eifrig nach der Wirkung seines Benehmens. Ich erwiderte, daß ich ihn für einen großen Häuptling oder Krieger gehalten hätte, der schon viele weiße Männer kannte und es nicht der Mühe wert fand, einen armen Matrosen zu beachten. Als er hörte, wie hoch ich ihn eingeschätzt hatte, schien er sehr befriedigt und gab mir zu verstehen, daß er sich absichtlich so verhalten habe, um mich noch mehr zu überraschen, sobald seiner Meinung nach der richtige Zeitpunkt gekommen war, mich anzureden.

Marnu wollte jetzt meine Darstellung der Geschichte hören, wie ich ein Bewohner von Taipi wurde. Als ich ihm erzählte, unter welchen Umständen Toby und ich dorthin gelangt waren, hörte er mit sichtlichem Interesse zu; aber sowie ich auf die Abwesenheit meines Kameraden zu sprechen kam, die immer noch nicht aufgeklärt war, versuchte er das Thema zu ändern, als ob er diese Sache nicht erörtern wollte. Es schien tatsächlich so, als sei alles, was mit Toby zusammenhing, dazu bestimmt, mich mißtrauisch und besorgt zu machen. Obwohl Marnu leugnete, etwas über sein Los zu wissen, hatte ich ihn im Verdacht, daß er mich täuschte, und dieser Argwohn ließ die schrecklichen Befürchtungen für mein eigenes Schicksal, die erst seit kurzem nachgelassen hatten, von neuem wachwerden.

Diese Gefühle erzeugten den lebhaften Wunsch, mich in den Schutz des Fremden zu stellen und unter seinem Geleit nach Nukuhiwa zurückzukehren. Aber kaum hatte ich das angedeutet, erklärte er mir unumwunden, das sei ganz ausgeschlossen, und versicherte mir, die Taipis würden nie einwilligen, daß ich ihr Tal verließe. Obwohl das von ihm Gesagte nur meinen eigenen Eindruck bestätigte, steigerte es doch das Verlangen zur Flucht; denn wenn meine Gefangenschaft auch erträglich und in manchen Beziehungen herrlich war, konnte ich doch stets gewärtig sein, daß mein Schicksal eine furchtbare Wendung nahm.

Ich mußte mir sagen: man hatte Toby genauso liebenswürdig wie mich behandelt, und doch endete all ihre Freundlichkeit mit seinem geheimnisvollen Verschwinden. Konnte dasselbe Schicksal nicht auch mir bevorstehen? Es war zu schrecklich, um auch nur daran zu denken. Aus diesen Erwägungen trug ich meine Bitte Marnu noch einmal vor; aber er malte mir nur in kräftigeren Farben aus, daß es für mich unmöglich wäre zu entkommen, und wiederholte seine frühere Behauptung, die Taipis könnten niemals dazu gebracht werden, in meine Abreise einzuwilligen.

Als ich von ihm die Gründe zu erfahren suchte, die sie veranlaßten, mich gefangenzuhalten, nahm Marnu wieder den geheimnisvollen Ton an, der mich schon mit qualvollen Befürchtungen erfüllt hatte, als ich ihn nach dem Los meines Kameraden fragte.

Da seine Abweisung die schlimmsten Ahnungen wachrief, erneuerte ich meine Versuche und beschwor ihn, sich bei den Eingeborenen für mich zu verwenden und womöglich ihre Erlaubnis zu meiner Freilassung zu erwirken. Er fand sich höchst ungern dazu bereit, gab aber schließlich meinem Drängen nach und wandte sich an die Häuptlinge, die uns während unserer ganzen Unterhaltung wie alle anderen aufmerksam beobachtet hatten. Seine Fürsprache stieß jedoch sofort auf heftigen Widerstand, der sich in bösen Blicken und Gebärden und in einer wahren Sturzflut leidenschaftlicher Worte gegen ihn und mich äußerte. Marnu bereute offenbar den Schritt, den er getan hatte, und gab sich Mühe, die Entrüstung der Menge von sich abzulenken. In wenigen Augenblicken war es ihm auch gelungen, den Tumult bis zu einem gewissen Grade zu beschwichtigen, der bei seinem Vorschlag ausgebrochen war.

Gespannt hatte ich verfolgt, wie man seine Fürsprache aufnehmen würde; und das Herz krampfte sich mir zusammen bei diesem erneuten Beweis, daß der Entschluß der Insulaner unabänderlich feststand. Marnu sagte mir, offenbar sehr beunruhigt, er könne zwar auf freundschaftlichem Fuß mit den Bewohnern der Bucht verkehren, sich aber nicht anmaßen, in ihre Angelegenheiten hineinzureden; wenn er sich das noch einmal erlaube, würde er die Taipis sofort von den Ausnahmebestimmungen des Tabus entbinden, durch die er, solange er auf jede Einmischung verzichtete, wirksam vor der Feindschaft geschützt wurde, die sie gegen seinen Stamm empfanden.

In diesem Augenblick unterbrach ihn Mehevi wütend, und seine gebieterischen Worte bedeuteten offenbar, Marnu solle sofort aufhören, mit mir zu sprechen und nach der anderen Seite des Hauses gehen. Der Fremde sprang auf, schärfte mir rasch ein, ihn nicht wieder anzureden und nie wieder von meiner Abreise zu sprechen, wenn mir meine Sicherheit lieb wäre; dann gehorchte er dem unerbittlichen Häuptling, der seinen Befehl bereits zornig wiederholt hatte, und zog sich ein Stück zurück.

Jetzt bemerkte ich voller Sorge denselben wilden Ausdruck in den Mienen der Eingeborenen, der mich schon bei der Szene im *tei* erschreckt hatte. Ihre Blicke gingen argwöhnisch von Marnu zu mir, als hegten sie gegen eine Unterhaltung Mißtrauen, die in einer ihnen unverständlichen Sprache geführt wurde.

Sie schienen zu glauben, wir hätten schon verabredet, wie wir ihrer Wachsamkeit entgehen könnten.

Das lebhafte Mienenspiel dieser Menschen spiegelt die Gefühle ihrer Seele wunderbar wider, und die Unvollkommenheiten der Sprache werden durch die mächtige Beredsamkeit ihrer Blicke und Gebärden mehr als aufgewogen. Ich konnte in ihren wechselnden Gesichtszügen alle Leidenschaften deutlich verfolgen, die so unerwartet in ihren Herzen wachgerufen worden waren.

Es bedurfte keines weiteren Nachdenkens, um mich nach dem, was vor sich ging, zu überzeugen, daß ich Marnus Warnung nicht in den Wind schlagen durfte, und so schwer mir auch die Beherrschung meiner Gefühle fiel, redete ich Mehevi in unbefangenem Tone an, um jeden schlechten Eindruck zu verwischen. Aber der zornige, aufgebrachte Häuptling war nicht so leicht zu besänftigen. Er wies meine Annäherungsversuche mit jenem starren Ausdruck zurück, den ich schon beschrieben habe, und bemühte sich, mir durch sein ganzes Verhalten zu zeigen, wie sehr ich sein Mißfallen und seinen Verdruß erregt hatte.

Marnu versuchte am anderen Ende des Hauses anscheinend ein Ablenkungsmanöver zu meinen Gunsten und tat alles mögliche, um die Menge mit seinen Späßen zu unterhalten; aber seinen Anstrengungen war jetzt kein Erfolg mehr beschieden, und da sie vergeblich verliefen, stand er ernst auf, um zu gehen. Niemand drückte darüber sein Bedauern aus, und so nahm er seine Taparolle, ergriff den Speer und trat auf das *pei-pei* hinaus. Zum Abschied winkte er der schweigenden Menge mit der Hand, warf mir einen mitleidigen und zugleich vorwurfsvollen Blick zu und eilte den Pfad hinab, der vom Hause wegführte. Ich sah seiner verschwindenden Gestalt nach, bis sie sich in der Dunkelheit des Haines verlor, und überließ mich dann meinen schwermütigen Gedanken.

19

Betrachtungen nach Marnus Abreise · Knallbüchsenschlacht · Seltsamer Einfall Marheyos · Tapaherstellung

Was ich eben über die Absichten der Wilden erfahren hatte, bedrückte mich sehr.

Marnu war zweifellos ein Mann, der wegen seiner überlegenen Kenntnisse und seines Einblicks in das Geschehen auf der ganzen Insel von den Taipis hochgeschätzt wurde. Sie hatten ihn herzlich willkommen geheißen, und er genoß ihre Achtung. Die Eingeborenen hatten an seinen Lippen gehangen und sich geschmeichelt gefühlt, wenn er sie persönlich anredete. Und trotz alledem genügten die paar Worte, mit denen er meine Freilassung aus der Gefangenschaft erwirken wollte, um alle Harmonie und Eintracht zu stören und sogar seine persönliche Sicherheit zu gefährden, sofern ich dem Glauben schenken durfte, was er mir erzählte.

Wie fest mußte der Entschluß stehen, den die Taipis über mich gefaßt hatten, und wie plötzlich konnten sie sich zu den seltsamsten Leidenschaften hinreißen lassen. Die bloße Andeutung über mein Fortgehen hatte mir, für den Augenblick wenigstens, Mehevi entfremdet, den einflußreichsten Häuptling, der mir früher so viele Beweise seines Wohlwollens gegeben hatte. Auch die übrigen Eingeborenen hatten meinen Wunsch sehr übel aufgenommen, und selbst Kory-Kory schien mich so heftig zu tadeln wie die anderen.

Vergeblich zerbrach ich mir den Kopf, einen Grund für den seltsamen Wunsch dieser Menschen zu finden, mich bei sich zu behalten; mir fiel keiner ein.

Wie dem auch sein mochte, das jüngste Ereignis diente mir zur Warnung; mit diesen störrischen, leidenschaftlichen Gemütern war nicht zu spaßen; es hatte keinen Zweck, sich gegen sie aufzulehnen, und konnte sogar verhängnisvoll werden. Meine einzige Hoffnung bestand darin, bei den Eingeborenen den Glauben zu erwecken, ich hätte mich mit meinem Los als ihr Gefangener ausgesöhnt, und durch ruhiges, heiteres Betragen den Verdacht wieder zu zerstreuen, den ich unglücklicherweise hatte aufkommen lassen. Faßten sie erneut Vertrauen zu mir, würden sie vielleicht bald in ihrer Wachsamkeit etwas nachlassen, und dann konnte ich leichter eine Gelegenheit zur Flucht wahrnehmen. Ich beschloß daher, gute Miene zum bösen Spiel zu machen und mannhaft zu sein, was auch geschehen mochte. Dieses Vorhaben gelang mir über alles Erwarten gut. Als Marnu das Tal besuchte, war ich meiner Berechnung nach etwa zwei Monate dort gewesen. Wenn ich auch noch nicht ganz von meiner merkwürdigen Krankheit geheilt war, die mir immer noch anhing, litt ich doch keine Schmerzen mehr und konnte mir Bewegung verschaffen. Kurz, ich hatte Hoffnung, mit meiner völligen Wiederherstellung zu rechnen. Da ich in diesem Punkt nichts mehr zu befürchten hatte und entschlossen war, der Zukunft unverzagt entgegenzusehen, stürzte ich mich wieder in alle gesellschaftlichen Vergnügungen des Tales und suchte meinen ganzen Kummer und jede Erinnerung an mein früheres Leben mit den wilden Freuden zu betäuben, die es bot.

Als ich bei meinen Wanderungen durchs Tal den Charakter der Bewohner besser kennenlernte, staunte ich immer mehr über die überall herrschende sorglose Heiterkeit. Diese einfachen Wilden, die sich nicht mit schwerwiegenden Problemen beschäftigten, konnten über Dinge, die bei gebildeten Völkern gar nicht aufgefallen wären, in höchstes Entzücken geraten. All ihre Freuden schienen auf den kleinen, unbedeutenden Ereignissen der flüchtigen Stunde zu beruhen; aber diese winzigen Kleinigkeiten wuchsen alles in allem zu einer Summe von Glück an, wie es zivilisiertere Menschen, deren Vergnügen sich aus höheren, aber selteneren Quellen herleiten, kaum je genießen.

Welches Gemeinwesen gebildeter, kluger Sterblicher würde beispielsweise Spaß an Knallbüchsen haben? Die bloße Vermutung, daß so etwas möglich sei, würde schon ihre Entrüstung erregen. Und doch hat die ganze Bevölkerung von Taipi zehn Tage lang kaum etwas anderes getan, als sich mit diesem kindlichen Spiel abzugeben, und sie kreischten dabei förmlich vor Wonne.

Eines Tages tollte ich mit einem kleinen lebhaften Kerl umher – er mochte sechs Jahre alt sein –, der mich mit einem etwa drei Fuß langen Bambusstock jagte und gelegentlich auch bearbeitete. Als ich ihm den Stock entriß, kam mir der glückliche Einfall, aus dem schlanken Rohr eins jener Kindergewehre für den Kleinen herzustellen, mit denen ich manchmal die Jugend hatte spielen sehen. Ich machte also mit meinem Messer zwei parallele, mehrere Zoll lange Schlitze in das Rohr, schnitt den elastischen Streifen zwischen ihnen an dem einen Ende los, bog ihn zurück und schob die Spitze in eine kleine Kerbe, die ich zu diesem Zweck angebracht hatte. Jedes kleine Ding, das man darauf legte, mußte mit beachtlicher Kraft durch das Rohr schießen, wenn man nur den zurückgebogenen Streifen aus der Kerbe springen ließ.

Wäre mir auch nur der leiseste Gedanke gekommen, welche Sensation dieses Geschütz erregen würde, hätte ich mir die Erfindung bestimmt patentieren lassen. Halb verrückt vor Begeisterung jagte der Knabe damit fort, und zwanzig Minuten später war ich von einer lärmenden Menge umringt: Ehrwürdige alte Graubärte – gesetzte Familienväter – tapfere Krieger – Matronen – junge Männer – Mädchen und Kinder, alle hielten Bambusstäbe in der Hand, und jeder bestürmte mich, ihn zuerst an die Reihe zu nehmen.

Drei bis vier Stunden lang war ich damit beschäftigt, Knallbüchsen herzustellen, aber schließlich übergab ich mein Geschäft mitsamt der Kundschaft einem auffällig begabten jungen Burschen, den ich bald in die Kunst und das Geheimnis eingeweiht hatte.

Piff, paff, piff, paff! Das ganze Tal hallte davon wider. Duelle, Scharmützel, regelrechte Schlachten und große Treffen waren jetzt an der Tagesordnung. Ging man einen durch ein Dickicht führenden Pfad entlang, geriet man in einen listig angelegten Hinterhalt und diente einer Gruppe Musketiere als Zielscheibe, deren tätowierte Körper man gerade noch durchs Laub gucken sah. Dann wieder wurde man von der unerschrockenen Garnison eines Hauses angegriffen, die ihre Bambusgewehre durch die Rohrwände auf einen richtete. Ein Stück weiter hin war eine Abteilung Scharfschützen auf ein *pei-pei* gestiegen und nahm einen unter Feuer.

Piff, paff, piff, paff! Grüne Guaven, Samenkörner und Beeren flogen in allen Richtungen herum, und bei diesem gefährlichen Stand der Dinge fürchtete ich schon bald, daß ich wie der Mann mit dem ehernen Stier ein Opfer meiner eigenen Erfindungsgabe werden würde. Aber wie jede andere Aufregung, so legte sich auch diese allmählich, wenn man auch später noch zu allen Tageszeiten bisweilen Knallbüchsen hören konnte.

Es war gegen Ende des Knallbüchsenkrieges, als mir ein seltsamer Einfall Marheyos viel Spaß bereitete.

Ich hatte, als ich das Schiff verließ, ein paar derbe Schuhe getragen, die durch die schlechte Behandlung beim Erklettern der Felsen und Hinabrutschen in die Abgründe völlig unbrauchbar geworden waren – so wenigstens würden die meisten Menschen gedacht haben, und so war es auch tatsächlich, wenn man sie als Schuhe betrachtete. Aber Dinge, die auf die eine Art nichts mehr nützen, kann man auf eine andere vorteilhaft verwenden, vorausgesetzt, man ist genial begabt. Und Marheyo war das, wie er bei der Verwendung, die er für meine arg beschundenen und verbeulten alten Schuhe fand, glänzend bewies.

Jeden auch noch so belanglosen Gegenstand, der mir gehörte, schienen die Eingeborenen als heilig anzusehen, und ich beobachtete, daß man meine Schuhe, als ich schon tagelang im Hause wohnte, immer noch dort liegen ließ, wo ich sie zuerst zufällig hingeworfen hatte. Doch entsann ich mich, daß ich sie nach einer Weile nicht mehr an ihrem gewohnten Platz stehen sah, maß aber der Sache keinerlei Bedeutung bei, da ich annahm, daß Tinor, die wie jede andere ordentliche Hausfrau beim Aufräumen darauf gestoßen war, die unnützen Dinger weggeworfen hätte. Aber ich sollte bald eines Besseren belehrt werden.

Eines Tages fiel mir auf, daß sich der alte Marheyo ungewöhnlich lebhaft um mich kümmerte und er dabei Kory-Kory fast aus seinem Amt verdrängte. Er bot sich an, mit mir auf dem Rücken zum Fluß zu traben, und ohne sich durch meine Ablehnung einschüchtern zu lassen, fuhr er fort, um mich herumzuspringen wie ein alter Haushund. Ich konnte mir beim besten Willen nicht erklären, was in den alten Herrn gefahren sein mochte, bis er einmal allein mit mir war und die Gelegenheit benutzte, um allerlei ungelenke Gebärden zu machen; er wies eifrig nach unten auf meine Füße und dann nach oben auf ein Bündel, das am Hahnebalken hing. Schließlich dämmerte es bei mir, und ich bedeutete ihm, das Paket herunterzulassen. Er tat das im Nu, wickelte ein Stück Tapa auf, und vor meinen erstaunten Augen lagen eben jene Schuhe, die ich schon längst vernichtet wähnte.

Ich verstand augenblicklich seinen Wunsch, schenkte ihm großmütig die inzwischen ganz schimmelig gewordenen Schuhe und wunderte mich nur, wozu in aller Welt er sie benutzen wollte.

Am selben Nachmittag sah ich den ehrwürdigen Krieger, wie er sich gemessenen, majestätischen Schrittes dem Hause näherte, die Ringe in den Ohren, den Speer in der Hand, und diese ungemein dekorativ wirkenden Schuhe hingen ihm an einer Bastschnur um den Hals und baumelten auf seinem breiten Brustkasten hin und her. Bei dem Galaanzug des geschmackvollen Marheyo bildeten diese kalbsledernen Anhänger später den allerauffälligsten Schmuck.

Aber um auf etwas Wichtigeres zu kommen. Wenn auch das ganze Leben der Bewohner des Tales ohne Arbeit zu verlaufen schien, gab es doch einige leichte Beschäftigungen, die, wenn auch eher vergnüglich als mühsam, dennoch zu ihrer Bequemlichkeit und ihrem Wohlleben beitrugen. Darunter war die wichtigste die Herstellung der Tapa, des einheimischen Stoffs, der in verschiedenen Abarten auf dem ganzen polynesischen Archipel vorkommt. Bekanntlich wird dieses nützliche und manchmal elegante Zeug aus der Rinde verschiedener Bäume gewonnen. Aber da man meines Wissens seine Herstellung noch niemals beschrieben hat, will ich mitteilen, was ich darüber weiß.

Um die schöne weiße Tapa zu erhalten, die man allgemein auf den Marquesas-Inseln trägt, muß man zunächst eine entsprechende Menge junger Zweige des Tuchbaumes sammeln. Die äußere grüne Rinde ist wertlos und wird abgezogen; darunter liegt eine dünne, faserige Schicht, die sorgfältig von dem Stock geschält wird, an dem sie fest haftet. Wenn man genug davon hat, werden die verschiedenen Streifen in große Blätter eingeschlagen, die von den Eingeborenen genauso benutzt werden wie bei uns Packpapier. Dann wickelt man einen Faden ein paarmal darum, so daß sie festhalten. Dieses Paket legt man in das Bett eines fließenden Gewässers und stellt einen schweren Stein darauf, damit es nicht fortschwimmt.

Nach zwei oder drei Tagen nimmt man es wieder heraus und setzt es kurze Zeit der Luft aus; dabei wird jedes einzelne Stück aufmerksam geprüft, um festzustellen, ob es durch das Verfahren schon die richtige Beschaffenheit erhalten hat. Das wiederholt man so oft, bis das gewünschte Ergebnis erzielt ist.

Wenn die Faserschicht sich so verändert hat, daß sie weiterverarbeitet werden kann, zeigt sie Spuren der beginnenden Zersetzung; die Fibern sind schlaff und weich geworden und vollkommen geschmeidig. Jetzt werden die einzelnen Streifen Stück für Stück ausgebreitet und übereinandergeschichtet – für gewöhnlich auf dem Stamm einer gestürzten Kokospalme –, und der Haufen, der auf diese Weise entsteht, wird bei jeder neuen Lage leicht mit einem Schlegel geklopft. Der Schlegel wird aus einem harten, schweren, ebenholzartigen Material angefertigt; er ist ungefähr zwölf Zoll lang und zwei breit und endet in einem runden Griff. Er sieht genauso aus wie unsere vierseitigen Streichriemen. Die langgestreckten Flächen des Werkzeuges haben flache parallele Einschnitte, die auf den einzelnen Seiten unterschiedlich tief sind, so daß man sie bei den verschiedenen Stufen des Verfahrens benutzen kann. Diese Kerben rufen die kordähnlichen Streifen hervor, die auf der fertigen Tapa zu sehen sind. Wenn man die Faserschichten eine Weile so klopft, wie ich es beschrieben habe, wird bald eine zusammenhängende Masse daraus, die man ab und zu mit Wasser anfeuchtet und in einer Art Goldschlägerprozeß allmählich so fein aushämmert, wie man sie haben will. Man kann dem Stoff also leicht jede beliebige Stärke geben, damit er sich für die vielen Verwendungsarten eignet.

Nach dem Klopfen breitet man die neue Tapa auf dem Gras zum Bleichen und Trocknen aus, und bald wird sie blendend weiß. Manchmal tränkt man die Masse gleich zu Beginn der Verarbeitung mit einem Pflanzensaft, der ihr eine haltbare Farbe gibt, und so sieht man bisweilen dunkelbraune oder leuchtend gelbe Tapa, aber der einfache Geschmack der Taipis läßt sie die natürliche Färbung bevorzugen.

Die tüchtige Frau Kamehamehas, des berühmten Eroberers und Königs der Sandwichinseln, war stolz auf ihre Geschicklichkeit, mehrfarbige, regelmäßig gemusterte Tapa herzustellen, und inmitten der Neuerungen ihrer Zeit hielt diese altmodische Dame bis in ihre letzten Jahre hinein an ihrer Nationaltracht fest und zog sie dem europäischen Kattunramsch vor. Auf den Marquesas aber ist die Kunst, Tapa mit Mustern zu bedrucken, unbekannt.

Wenn ich das Tal entlangging, unterhielt mich oft das Geräusch des Schlegels, der, wenn er zur Tapamanufaktur verwandt wird, bei jedem Aufschlagen seines harten, schweren Holzes einen hellen, klingenden, musikalischen Ton gibt, der weithin hörbar ist. Sind zufällig mehrere dieser Werkzeuge gleichzeitig und nahe beieinander in Betrieb, klingen sie in einiger Entfernung wirklich harmonisch.

20

Geschichte eines gewöhnlichen Tages im Taipital · Tänze der marquesanischen Mädchen

Nichts kann einförmiger und weniger abwechslungsreich sein als das Leben der Taipis; still folgt ein friedlicher Tag der Sorglosigkeit und des Glücks dem anderen; und die Geschichte eines Tages ist bei diesen schlichten Wilden die Geschichte eines Lebens. Ich will daher möglichst kurz den Verlauf eines Tages im Tal beschreiben.

Um mit dem Morgen anzufangen: Wir standen nicht allzufrüh auf – die Sonne schoß ihre goldenen Strahlen über den Happarberg, ehe ich meinen Tapamantel beiseite warf, meine lange Tunika um die Hüften gürtete und mich mit Fayaway, Kory-Kory und dem Rest des Haushalts aufmachte, um meine Schritte nach dem Fluß zu lenken. Hier fanden wir alle versammelt, die in unserem Teil des Tales wohnten, und hier badeten wir mit ihnen. Die frische Morgenluft und das kühle fließende Wasser ließen Seele und Körper erglühen. Wenn wir eine halbe Stunde im Wasser gewesen waren, bummelten wir nach Hause zurück. Tinor und Marheyo sammelten unterwegs trockenes Reisig zum Feuern; ein paar junge Männer forderten Tribut von den Kokospalmen, unter denen wir hinweggingen, während Kory-Kory mich mit seinen seltsamen Possen belustigte und Fayaway und ich zwar nicht Arm in Arm, aber doch manchmal Hand in Hand dahinschlenderten – der ganzen Welt wohlgesinnt und besonders einander zugetan.

Unser Frühstück war bald zubereitet. Die Insulaner sind etwas enthaltsam bei dieser Mahlzeit und sparen sich ihren Appetit für eine spätere Tageszeit auf. Ich selbst aß mit Hilfe meines Dieners, der mir, wie schon erwähnt, bei solchen Gelegenheiten den Löffel ersetzte, aus einer von Tinors Schüsseln mäßig *poi-poi*, das meiner ausschließlichen Benutzung vorbehalten und mit dem milchigen Fleisch reifer Kokosnüsse gemischt war. Eine Scheibe geröstete Brotfrucht, ein kleiner *amar*-Kuchen oder ein Gericht *koku*, zwei oder drei Bananen oder ein Mammiapfel, eine *annui* oder irgendeine andere schmackhafte und nahrhafte Frucht gaben dem Frühstück täglich Abwechslung. Zum Schluß tranken wir den flüssigen Inhalt von ein oder zwei jungen Kokosnüssen aus.

Während die Bewohner von Marheyos Haus diese einfache Mahlzeit zu sich nahmen, ruhten sie im Stil der müßigen Römer in geselligen Gruppen auf dem Mattendiwan, und die Verdauung wurde durch heitere Gespräche gefördert.

Nach dem Frühstück wurden die Pfeifen angezündet, darunter auch eine besondere für mich, ein Geschenk des edlen Mehevi. Die Insulaner, die nur ein oder zwei Züge auf einmal und in langen Abständen rauchen und die Pfeife ständig von Hand zu Hand reichen, fanden es ganz erstaunlich, daß ich vier oder fünf Pfeifen systematisch hintereinander rauchte. Wenn zwei oder drei Pfeifen geraucht waren, brach die Gesellschaft allmählich auf. Marheyo ging in seine kleine Hütte, an der er ewig herumbaute. Tinor begann, ihre Taparollen nachzusehen, oder ihre fleißigen Hände knüpften Grasmatten. Die Mädchen salbten sich mit duftenden Ölen, kämmten sich das Haar oder sahen sich ihren merkwürdigen Staat an und verglichen ihren Elfenbeinschmuck, der aus Eberhauern oder Walzähnen gearbeitet war. Die jungen Männer und Krieger holten ihre Speere, Paddel, Kanugerätschaften, Schlachtkeulen und Muscheltrompeten hervor, und mit gespitzten Kiesel- und Muschelstücken schnitzten sie allerlei Figuren darauf und schmückten sie mit Quasten aus geflochtenem Bast und Büscheln aus Menschenhaar, besonders die

Muscheltrompeten. Manche warfen sich unmittelbar nach dem Essen noch einmal auf die einladenden Matten und nahmen die Beschäftigung der vergangenen Nacht wieder auf, als hätten sie eine Woche lang kein Auge zugetan. Andere bummelten in die Haine hinaus, um Früchte zu sammeln oder Bastfasern und Blätter, die beide ständig verlangt und hundertfältig verwandt wurden. Vielleicht liefen auch ein paar Mädchen in die Wälder, um Blumen zu pflücken, oder gingen mit kleinen Kalebassen und Kokosnußschalen nach dem Fluß, um sie mit einem glatten Stein im Wasser zu reiben und dadurch zu polieren. Tatsächlich schienen diese einfachen Menschen nie in Verlegenheit zu geraten, wie sie sich die Zeit vertreiben konnten; und es wäre eine leichte Aufgabe, alle ihre Beschäftigungen oder besser Vergnügungen aufzuzählen.

Ich selbst verbrachte meine Vormittage auf mancherlei Art. Gelegentlich bummelte ich von Haus zu Haus und konnte sicher sein, daß man mich überall freundlich willkommen hieß; oder auch von einem Hain zum anderen und von einem schattigen Fleck zum anderen, und Kory-Kory, Fayaway und eine lustige Bande junger Müßiggänger leisteten mir Gesellschaft. Manchmal war ich zu faul, um draußen spazierenzugehen, nahm eine der vielen Einladungen an, die ich ständig bekam, streckte mich auf den Matten eines gastlichen Hauses aus und unterhielt mich glänzend damit, daß ich entweder die Vorgänge um mich herum beobachtete oder selbst daran teilnahm. Wenn ich etwas mitmachte, kannte das Entzücken der Insulaner keine Grenzen, und es gab stets eine große Schar Bewerber um die Ehre, mich in irgendeinem besonderen Handwerk zu unterrichten. Ich konnte bald ganz meisterhaft Tapa machen, eine Grasschlinge so gut wie der beste von ihnen knüpfen, und einmal schnitzte ich mit meinem Messer den Griff eines Wurfspeeres so hervorragend schön, daß ich überzeugt bin, Karnunu, sein Besitzer, bewahrt dieses überraschende Beispiel meines Geschicks bis zum heutigen Tage auf. Wenn es auf die Mittagsstunde zuging, kamen allmählich alle, die das Haus verlassen hatten, wieder zurück; und wenn es wirklich Mittag war, hörte man kaum einen Laut im ganzen Tal: alles lag in tiefem Schlaf. Diese köstliche Ruhe wurde kaum je versäumt außer vom alten Marheyo, der ein so absonderlicher Kauz war, daß er keinerlei feste Grundsätze zu haben schien, sondern handelte, wie es ihm die Stimmung des Augenblicks eingab; er schlief, aß oder hämmerte an seiner kleinen Hütte herum, ohne sich darum zu kümmern, ob die Zeit oder der Ort dafür paßten. Man konnte ihn häufig mittags in der Sonne schlafen oder um Mitternacht im Fluß baden sehen. Einmal beobachtete ich ihn, wie er achtzig Fuß über der Erde in der Krone einer Kokospalme saß und rauchte, und oft stand er bis zu den Hüften im Wasser und rupfte sich einzelne Barthaare heraus, wobei er eine zweischalige Muschel als Pinzette benutzte.

Die Mittagsruhe dauerte für gewöhnlich anderthalb Stunden, sehr oft länger, und wenn die Schläfer von ihren Matten aufgestanden waren, griffen sie wieder zu ihrer Pfeife und bereiteten dann die wichtigste Mahlzeit des Tages zu.

Ich aber, wie jene vornehmen Müßiggänger, die zu Hause frühstücken und in ihrem Klub dinieren, speiste nachmittags, wenn es mir gesundheitlich gut ging, mit den unverheirateten Häuptlingen des *teis*, die sich stets freuten, wenn sie mich sahen, und mir reichlich von all den guten Dingen vorsetzten, die ihre Vorratskammer enthielt. Mehevi tischte unter anderen Delikatessen meistens ein gebratenes Spanferkel auf, und ich habe allen Grund anzunehmen, daß dieser Gang einzig und allein meinetwegen aufgetragen wurde.

Der *tei* war ein höchst vergnüglicher Ort. Es tat meinem Herzen und meinem Leibe wohl, dorthin zu gehen. Sicher vor weiblichen Eindringlingen, brauchten sich die Krieger bei ihrer Ausgelassenheit keinen Zwang anzutun; wie die Herren in Europa, wenn die Tafel aufgehoben ist und die Damen sich zurückgezogen haben, ließen sie ihrer Heiterkeit freien Lauf.

Ich verbrachte einen beträchtlichen Teil des Nachmittags im *tei*. In der Abendkühle war ich meist auf dem kleinen See, wo ich mit Fayaway segelte, oder ich badete im Fluß mit einer Anzahl von Wilden, die um diese Zeit immer dorthin kamen. Wenn sich die Schatten der Nacht herabsenkten, war Marheyos Haushalt wieder unter seinem Dach versammelt. Man zündete die Lichter an. Lange seltsame Gesänge wurden angestimmt, endlose Geschichten erzählt – keiner der Anwesenden war hinterher viel klüger –, und allerlei gesellige Freuden vertrieben die Zeit.

Die jungen Mädchen tanzten oft im Mondenschein vor ihren Häusern. Es gibt viele verschiedene Tänze, doch habe ich nie Männer daran teilnehmen sehen. Sie bestehen alle aus lebhaften, ausgelassenen, mutwilligen Bewegungen, bei denen jedes Glied mitmacht. Die Mädchen von den Marquesas tanzen wirklich mit dem ganzen Körper; nicht nur die Füße tanzen, auch die Arme, Hände, Finger, ja, selbst die

Augen scheinen ihnen im Kopf zu tanzen. Sie schwingen ihre gleitenden Gestalten, biegen den Nacken, werfen die bloßen Arme in die Luft, fliegen, schweben und wirbeln, daß es für einen ruhigen, besonnenen, schüchternen jungen Mann wie mich fast zu viel wurde.

Die jungen Damen tragen nichts weiter als Blumen und ihre kurzen Feströckchen, und wenn sie sich zum Tanz schmücken, sehen sie aus wie eine Schar olivfarbener Sylphiden, die gerade ihre Schwingen entfalten wollen.

Wenn nicht ein besonderes Fest gefeiert wurde, zogen sich die Bewohner von Marheyos Haus abends ziemlich früh auf ihre Matten zurück; aber nicht für die ganze Nacht; denn wenn sie ein Weilchen leicht geschlummert hatten, standen sie wieder auf, brannten die Lichter an und nahmen die dritte und letzte Mahlzeit des Tages ein, bei der nur *poi-poi* gegessen wurde, und wenn sie dann einen narkotischen Zug aus einer Tabakspfeife eingesogen hatten, richteten sie sich auf die große Aufgabe der Nacht, den Schlaf, ein. Bei den Marquesanern kann man ihn fast als die große Aufgabe des Lebens bezeichnen; denn sie verbringen viel Zeit in Morpheus' Armen. Die angeborene Leistungsfähigkeit ihrer Natur zeigt sich nirgends eindrucksvoller als in der Menge Schlaf, die sie vertragen können. Für viele von ihnen ist das Leben wirklich kaum etwas anderes als ein häufig unterbrochener köstlicher Schlummer.

21

Die Quellen von Arva Wai · Bemerkenswerte Denkmäler · Einige Gedanken zur Geschichte der pei-peis im Tal

Fast jedes Land hat seine Quellen, die durch ihre Heilkraft berühmt sind. Das Cheltenham von Taipi ist von tiefster Einsamkeit umhüllt und empfängt nur selten einen Besucher. Es liegt fern jeder Behausung, etwas bergan, in der Nähe des Talschlusses, und man gelangt auf einem von prächtigem Laub beschatteten und von tausend duftenden Pflanzen geschmückten Pfad dorthin.

Die Mineralquellen von Arva Wai* sickern aus den Spalten eines Felsens, rinnen seine moosbewachsene Wand hinab und fallen zuletzt in vielen dicken Tropfen in ein natürliches Steinbecken, das von Gras und veilchenblauen kleinen Blumen eingefaßt wird, die so taufrisch und schön sind, wie sie die ewige Feuchtigkeit, die sie genießen, nur machen kann.

Das Wasser wird von den Insulanern sehr geschätzt; viele halten es für ein bekömmliches, heilkräftiges Getränk; sie holen es in ihren Kalebassen aus dem Gebirge und heben es unter Blätterhaufen in einem schattigen Winkel des Hauses auf. Der alte Marheyo trank das Wasser dieser Quelle sehr gern. Ab und zu schleppte er einen großen runden Ballon von einer Kalebasse ins Gebirge und brachte sie, keuchend vor Anstrengung, mit seinem Lieblingsgetränk gefüllt zurück.

Das Wasser schmeckte wie eine Lösung von einem

* Ich vermute, daß es übersetzt ›Starke Wasser‹ heißt. *Arva* ist der Name einer Wurzel, die zugleich berauschende und medizinische Eigenschaften hat, *Wai* das marquesanische Wort für Wasser.

Dutzend scheußlichen Dingen und war widerlich genug, um dem Besitzer der Quelle ein Vermögen einzubringen, hätte sie in einem zivilisierten Land gelegen.

Da ich kein Chemiker bin, kann ich das Wasser auch nicht wissenschaftlich analysieren. Ich weiß nur soviel, daß Marheyo eines Tages in meiner Gegenwart den letzten Tropfen der riesigen Kalebasse ausgoß und ich auf dem Boden des Gefäßes ein kiesiges Sediment bemerkte, das unserem gewöhnlichen Sand außerordentlich ähnlich sah. Ob es immer in dem Wasser gefunden wird und ihm seinen eigenartigen Geschmack und seine Heilkraft verleiht oder bloß zufällig dort war, konnte ich nicht feststellen.

Eines Tages, als ich auf einem Umweg von der Quelle zurückkam, sah ich eine Landschaft, die mich stark an Stonehenge und die Bauten der Druiden erinnerte.

Am Fuße eines Berges stieg, auf allen Seiten von dichten Wäldern umgeben, eine Folge riesiger Steinterrassen stufenweise den Berg empor. Diese Terrassen können nicht weniger als hundert Schritt lang und zwanzig breit sein. Doch eindrucksvoller als ihre Größe ist der ungeheure Umfang der Blöcke, aus denen sie errichtet sind. Einige Steine sind etwa zehn bis fünfzehn Fuß lang und fünf bis sechs breit. Die Seiten sind ganz glatt, doch wenn auch viereckig und ziemlich regelmäßig, so zeigen sie keine Spur eines Meißels. Sie sind ohne Mörtel zusammengefügt, und hier und da klafft eine Lücke. Die beiden obersten Terrassen sind etwas eigenartig angelegt. Sie haben beide eine viereckige Vertiefung in der Mitte, so daß die übrige Steinfläche einige Fuß hoch darübersteht. In den Spalten zwischen den Steinen wurzeln ungeheure Bäume; ihre großen Äste breiten sich weit aus, verflechten sich und bilden ein Dach, durch das kaum ein Sonnenstrahl dringt. Eine Wildnis von Schlingpflanzen überwuchert die meisten Bäume und klettert von einem zum anderen. In ihrer festen Umarmung liegen manche Steine halb verborgen, während an anderen Stellen dichtes Buschwerk sie völlig verdeckt. Ein wilder Pfad überquert zwei dieser Terrassen, und so tief ist der Schatten, so dicht die Vegetation, daß ein Fremder ihn entlangwandern könnte, ohne die Terrassen zu bemerken.

Alles wies darauf hin, daß diese Bauten sehr alt waren, und Kory-Kory, meine Autorität in allen Fragen wissenschaftlicher Forschungsarbeit, gab mir zu verstehen, sie wären gleichzeitig mit der Erschaffung der Welt entstanden; die großen Götter selbst hätten sie erbaut, und sie würden bis ans Ende der Zeiten bestehen. Daß Kory-Korys Erklärung so prompt kam und er das Werk auf göttlichen Ursprung zurückführte, überzeugte mich sofort, daß weder er noch seine Landsleute etwas davon wußten.

Als ich dieses Denkmal anstaunte, zweifellos das Werk einer ausgestorbenen und vergessenen Rasse, das gestern noch unbekannt in dem grünen Winkel einer Insel am Ende der Welt verborgen lag, überkam mich ein stärkeres Gefühl der Ehrfurcht, als wenn ich sinnend am mächtigen Fuß der Cheopspyramide gestanden hätte. Es gibt keine Inschriften, Bildwerke oder sonstige Anhaltspunkte, nach denen man Vermutungen über seine Geschichte anstellen könnte: nichts als die stummen Steine. Wie viele Generationen dieser majestätischen Bäume, die sie überschatten, sind gewachsen, groß geworden und verfault, seitdem sie errichtet wurden?

Diese Ruinen führen natürlich zu vielen interessanten Überlegungen. Sie beweisen das hohe Alter der Insel, über das sich manche Wissenschaftler in ihren Theorien über die Entstehung der verschiedenen Inselgruppen nicht im klaren sind. Was mich betrifft, so halte ich es für ebenso wahrscheinlich, daß vor dreitausend Jahren Menschen in den Tälern der Marquesas ansässig waren, wie daß Menschen in Ägypten lebten. Der Ursprung der Insel Nukuhiwa kann nicht dem Korallentier zugeschrieben werden; denn so unermüdlich dieses wundervolle Geschöpf ist, würde es doch kaum die Kraft haben, einen Felsen über den anderen mehr als dreitausend Fuß über den Meeresspiegel zu türmen. Daß das Land durch einen unter dem Wasser liegenden Vulkan aufgeworfen wurde, hat soviel für sich wie andere Ansichten. Niemand kann das Gegenteil eidesstattlich bezeugen, und daher will ich auch nichts gegen die Annahme sagen; ja, wenn Geologen behaupten sollten, der ganze amerikanische Kontinent wäre auf dieselbe Weise, durch die gleichzeitige Explosion einer Kette von Ätnas entstanden, die alle vom Nordpol bis zur Höhe von Kap Hoorn unter dem Wasser lägen, wäre ich der letzte, ihnen zu widersprechen.

Ich habe schon erwähnt, daß die Häuser der Insulaner fast stets auf massiven Steingrundlagen erbaut sind, die sie *pei-peis* nennen. Ihre Dimensionen jedoch und auch die dazu verwendeten Steine sind verhältnismäßig klein; aber es gibt andere, größere Bauten ähnlicher Art in fast allen Tälern der Inseln, nämlich die *morais* oder Begräbnisstätten und die Festplätze. Manche davon sind so weitläufig und müssen zu ihrer Errichtung so viel Arbeit und Geschick erfordert haben, daß ich die Vorfahren der jetzigen Bewohner schwerlich für ihre Erbauer halten kann. Wenn sie es wirklich waren, muß die Rasse in ihrem handwerklichen Können traurig heruntergekommen sein. Ich will gar nicht von ihrer gewohnheitsmäßigen Trägheit sprechen – aber welche Mittel besaß dieses einfache Volk, um so ungeheure Lasten fortzubewegen und an ihrem Ort aufzustellen? Und wie konnten sie die Steinblöcke mit ihren primitiven Werkzeugen in die richtige Form meißeln und hämmern?

Alle größeren *pei-peis* – wie das im Hula-Hula-Grund im Taipital – trugen unbestreitbar die Zeichen hohen Alters; und ich möchte annehmen, daß man diese Bauten derselben Menschenrasse zuschreiben kann, von der die noch älteren Denkmäler stammen, die ich eben beschrieben habe.

Nach Kory-Korys Bericht ist Monu, ein großer Häuptling und Krieger und, wie es scheint, Meister der Baukunst in Taipi, der Schöpfer des *pei-peis*, auf dem der Hula-Hula-Grund steht. Es wurde in der unglaublich kurzen Zeit einer Sonne errichtet, und zwar ausdrücklich für den Zweck, dem es auch heutzutage noch dient, und den unsterblichen hölzernen Göttern auf einem großartigen, zehn Tage und Nächte währenden Fest geweiht.

Unter den kleinen *pei-peis*, auf denen die Wohnhäuser der Eingeborenen stehen, ist mir keins begegnet, das so aussah, als sei es erst kürzlich errichtet worden. Überall im Tal gibt es viele massive Steinfundamente, auf denen keine Häuser stehen. Das ist außerordentlich bequem; denn sobald ein unternehmender Insulaner ein paar hundert Schritt weit von seinem Geburtsort auszuwandern gedenkt, hat er nichts weiter zu tun, um sich in dieser neuen Gegend anzusiedeln, als sich eins der vielen herrenlosen *peipeis* auszuwählen und dort ohne weitere Förmlichkeiten sein Bambuszelt aufzuschlagen.

22

Vorbereitungen für ein großes Fest im Tal · Seltsame Vorgänge in den Tabuhainen · Kalebassendenkmal · Galakleid der Taipimädchen · Aufbruch zum Fest

Seitdem meine Lähmung nachgelassen hatte, besuchte ich täglich Mehevi im *tei*. Er empfing mich stets sehr herzlich. Fayaway und der immer gegenwärtige Kory-Kory begleiteten mich regelmäßig auf diesen Ausflügen. Sobald wir in die Nähe des *teis* kamen – das dem ganzen weiblichen Geschlecht durch ein strenges Tabu verboten ist –, zog sich Fayaway in eine benachbarte Hütte zurück, als ob ihr weibliches Zartgefühl sie davon abhielte, ein Haus zu betreten, das man als eine Art Junggesellenklub betrachten konnte.

Tatsächlich konnte man es dafür halten. Zwar wohnten verschiedene angesehene Häuptlinge ständig dort, besonders der edle Mehevi, aber zu bestimmten Zeiten war es der Sammelpunkt aller lustigen, redseligen, älteren Wilden des Tales, die sich dort einfanden, so wie dieselben Leute in zivilisierten Ländern ins Gasthaus gehen. Sie blieben stundenlang dort, schwatzten, rauchten, aßen *poi-poi* oder waren zum Besten ihrer Gesundheit eifrig mit Schlafen beschäftigt.

Dieses Gebäude schien das Hauptquartier des Tales zu sein, wo alle umlaufenden Gerüchte zusammenströmten; und wer das Haus voll sah – die Scharen von Eingeborenen, lauter Männer, die sich in lebhaften Gruppen unterhielten, und das ständige Kommen und Gehen –, hätte es vielleicht für eine Börse der Wilden gehalten, in der das Steigen und Fallen der polynesischen Aktien erörtert wurde.

Mehevi spielte den Hausherrn und verbrachte den größten Teil seiner Zeit dort, und wenn es zu bestimmten Stunden des Tages fast leer war bis auf die wie von Patina überzogenen Hundertjährigen, die zum Inventar des Gebäudes gehörten, konnte man sicher damit rechnen, auf den prächtigen, den Fußboden bedeckenden Matten den Häuptling sein *otium cum dignitate* genießen zu sehen. Sooft ich dort erschien, stand er stets auf, und wie ein Gentleman, der den Gast willkommen heißt, lud er mich ein, Platz zu nehmen, wo es mir gefiel, und rief ›Tammari!‹ (Junge). Daraufhin ließ sich ein kleiner Kerl blicken, verschwand für einen Augenblick wieder und kam mit irgendeinem wohlschmeckenden Gericht zurück, und dann drängte mich der Häuptling zuzulangen. Um die Wahrheit zu sagen: Mehevi verdankte die Ehre meiner wiederholten Besuche seiner ausgezeichneten Tafel – was nicht verwunderlich ist, wenn man bedenkt, daß die Junggesellen auf der ganzen Welt dafür berühmt sind, ausgezeichnete Mahlzeiten vorzusetzen.

Als ich eines Tages in die Nähe des *teis* kam, beobachtete ich, daß umfangreiche Vorbereitungen getroffen wurden, die ganz offensichtlich auf ein bevorstehendes Fest deuteten. Manches erinnerte mich an die Aufregung unter den Küchenjungen eines großen Hotels, in dem ein glänzendes Jubiläumsessen stattfinden soll. Die Eingeborenen rannten hin und her, jeder mit seiner Aufgabe beschäftigt; die einen schleppten ungeheure Bambusstangen nach dem Fluß, um sie mit Wasser zu füllen, andere jagten wütende Schweine, die sie einfangen wollten, durch die Büsche; und sehr viele kneteten große Berge von *poi-poi*, die in riesigen Holzgefäßen aufgehäuft waren.

Als ich diesem lebhaften Treiben eine Weile zugeschaut hatte, hörte ich ein fürchterliches Gequieke aus dem benachbarten Hain. Ich ging ihm nach und entdeckte, daß es von einem großen Schwein herrührte. Eine Anzahl Eingeborener hielt das unglückliche Tier mit Gewalt am Boden, während ein kräftiger, mit einer Keule bewaffneter Bursche sich vergeblich mühte, ihm den Schädel einzuschlagen. Immer wieder verfehlte er sein zappelndes Opfer, aber wenn er auch vor Anstrengung keuchte und stöhnte, ließ er doch nicht davon ab, und als er oft genug zugehauen hatte, um eine ganze Herde Ochsen zu schlachten, streckte er es schließlich mit einem vernichtenden Hieb tot zu seinen Füßen nieder.

Ohne das Tier ausbluten zu lassen, wurde es unverzüglich zu einem Feuer getragen, das man in der Nähe angezündet hatte. Vier Wilde packten das Schwein bei den Beinen und bewegten es rasch über den Flammen hin und her. Sofort verriet der Geruch verbrannter Borsten, worauf das Verfahren abzielte. Als das Sengen erledigt war, wurde das Schwein ein Stück weitergeschleppt und ausgeweidet. Die Innereien legte man als Leckerbissen beiseite und wusch das ganze Tier gründlich mit Wasser. Ein großes, schweres, grünes Tuch aus den langen dicken Blättern einer Palmenart, die kunstreich mit kleinen Bambusnadeln zusammengesteckt waren, wurde jetzt auf der Erde ausgebreitet und das Schwein sorgfältig damit eingewickelt. Dann schaffte man es nach einem Ofen, in dem man schon vorher Feuer angebrannt hatte, so daß es sofort auf die erhitzten Steine am Boden gelegt werden konnte. Nun wurde es mit dicken Blätterschichten zugedeckt und verschwand rasch unter einem darüber aufgeschütteten Erdhügel.

Durch dieses summarische Verfahren verwandeln die Taipis eine störrische, rebellische Sau in ein fügsames, liebenswertes, gebratenes Schwein; ein Stück davon zergeht auf der Zunge wie das sanfte Lächeln auf den Lippen einer Schönheit.

Ich empfehle ihre eigentümliche Methode der Aufmerksamkeit aller Fleischer, Köche und Hausfrauen. Das arme Schwein, dessen Los ich gerade geschildert habe, war nicht das einzige, das an diesem Tage auslitt. Manches schreckliche Grunzen, manch flehentliches Gequieke verkündeten, was im ganzen Tal vor sich ging; und ich glaube wahrhaftig, das Erstgeborene jeden Wurfes starb, ehe sich an diesem verhängnisvollen Tage die Sonne senkte.

Um den *tei* herrschte jetzt reges Leben. Schweine und *poi-poi* brieten in zahlreichen Öfen, die mit ihren kleinen frischen Erdhügeln wie Ameisenhaufen aussahen. Dutzende von Wilden betätigten ihre Steinstößel kräftig, um große Mengen *poi-poi* herzustellen; viele sammelten grüne Brotfrüchte und junge Kokosnüsse in den umliegenden Wäldern, und Scharen von Müßiggängern standen herum und feuerten den Rest zur Arbeit an, indem sie ununterbrochen aus voller Kehle drauflosbrüllten.

Es ist eine Eigentümlichkeit dieser Menschen, daß sie, sobald sie sich mit irgend etwas beschäftigen, immer schrecklich viel Lärm darum machen. Sie strengen sich selten an, aber wenn sie einmal arbeiten, liegt ihnen auch daran, daß eine so verdienstvolle Tätigkeit nicht von den Umstehenden übersehen wird. Wenn sie zum Beispiel einen Stein über eine kurze Strecke tragen müssen, was vielleicht zwei kräftige Männer bewältigen könnten, sammelt sich ein ganzer Schwarm, und nach langem Gerede heben sie ihn schließlich gemeinsam hoch; dabei bemüht sich jeder, mit Hand anzulegen, und dann tragen sie ihn schreiend und keuchend fort, als ob sie eine ungeheure Leistung vollbrächten. Wenn man sie bei einer solchen Gelegenheit sieht, muß man an ein Ameisenvolk denken, das sich um das Bein einer toten Fliege schart und es nach irgendeinem Loch zerrt.

Als ich diesem fröhlichen Leben eine Weile aufmerksam zugeschaut hatte, ging ich in den *tei*, wo Mehevi höchst befriedigt auf das geschäftige Treiben hinausschaute und gelegentlich seine Befehle gab. Der Häuptling schien ausgezeichneter Laune zu sein; er bedeutete mir, daß sich morgen große Dinge in den Hainen und besonders im *tei* zutragen würden, und legte mir ans Herz, unbedingt zu kommen. Es wurde mir aber nicht klar, was für ein Gedenktag gefeiert oder welche hervorragende Persönlichkeit mit dem Fest geehrt werden sollte. Mehevi versuchte zwar, mich in meiner Unwissenheit zu belehren, aber es mißlang ihm genauso gründlich wie damals, als er sich bemüht hatte, mich in die verwirrenden Geheimnisse des Tabus einzuführen.

Als ich den *tei* verließ, bemerkte Kory-Kory, der mich selbstverständlich begleitete, daß meine Neugier noch nicht befriedigt war, und wollte mir alles verständlich machen. Aus diesem Grunde ging er mit mir durch die Tabuhaine und machte mich auf die verschiedensten Gegenstände aufmerksam, die er in einem so unbeschreiblichen Kauderwelsch erläuterte, daß mir das Zuhören fast körperlichen Schmerz bereitete. Dabei führte er mich auch zu einem bemerkenswerten Pyramidenbau, dessen Grundriß etwa drei Schritt im Geviert betrug und der vielleicht zehn Fuß in der Höhe maß. Er war erst kürzlich entstanden und lag so, daß er in die Augen fallen mußte. In der Hauptsache bestand er aus großen leeren Kalebassen und einigen polierten Kokosnußschalen, und er wirkte wie ein Kenotaph aus Totenschädeln. Mein Cicerone bemerkte, wie verwundert ich dieses Denkmal aus den Töpferwaren der Wilden anstarrte, und machte sich sofort an die Aufgabe, es mir zu erklären; aber umsonst, bis zu dieser Stunde habe ich nicht die leiseste Ahnung, warum man es errichtet hat. Da es jedoch eine sehr wichtige Rolle bei den bevorstehenden Lustbarkeiten spielte, taufte ich diese bei mir auf den Namen ›Fest der Kalebassen‹.

Am nächsten Morgen erwachte ich ziemlich spät und fand Marheyos ganze Familie eifrig bei den Festvorbereitungen. Der alte Krieger selbst drehte die zwei grauen Haarlocken, die er sich auf dem Schädel wachsen ließ, in runde Käuze; Ohrringe und Speer lagen auf Hochglanz poliert neben ihm, und die außerordentlich dekorativen Schuhe hingen an einem Rohr, das aus der Seitenwand des Hauses hervorragte. Die jungen Männer waren ebenso beschäftigt, und die schönen jungen Mädchen, Fayaway eingeschlossen, salbten sich mit *aka*, kämmten sich ihr langes Haar und hatten mit ihrer Toilette zu tun.

Nach diesen Vorbereitungen zeigten sich die Mädchen in ihrem ganzen Staat. Das Auffälligste daran war ein Halsband aus wundervollen weißen Blumen; die Stengel waren abgebrochen und die Blüten dicht aneinander auf eine einzige Tapafaser gereiht. Dazu paßte der Schmuck, den sie sich in die Ohren und Stirnkränze gesteckt hatten. Um die Hüften trugen sie ein Röckchen aus fleckenloser weißer Tapa, und manche hatten sich außerdem noch einen Mantel aus dem gleichen Stoff umgehängt, der mit einem kunstvollen Knoten über der linken Schulter befestigt war und in malerischen Falten um ihre Gestalt fiel.

In diesem Schmuck hätte sich die reizende Fayaway meiner Meinung nach neben jeder Schönheit der Welt sehen lassen können.

Die Leute mögen noch soviel über den Geschmack sagen, den unsere vornehmen Damen in ihrer Kleidung zeigen. Ihre Juwelen und Federn, ihre Seidenstoffe und Falbeln können neben der erlesenen Einfachheit, mit der sich die Nymphen des Tales zu diesem Fest schmückten, nicht bestehen. Ich hätte gern für einen Augenblick eine Galerie Krönungsschönheiten aus Westminster/Abbey dieser Schar Inselmädchen gegenübergestellt, ihre Steifheit, Förmlichkeit und Geziertheit mit der ungekünstelten Lebhaftigkeit und der unverhüllten natürlichen Anmut dieser wilden Geschöpfe verglichen. Sie würden wie die Venus de Medici neben einer Modepuppe wirken.

Bald darauf befanden sich nur noch Kory-Kory und ich im Haus, die anderen waren alle nach den Tabuhainen gegangen. Mein Diener brannte vor Ungeduld, aufzubrechen, und war so zappelig über meine Langsamkeit wie einer, der auswärts essen will und mit dem Hute in der Hand am unteren Treppenabsatz auf einen bummeligen Kameraden wartet. Schließlich gab ich seinem Drängen nach, und wir machten uns nach dem *tei* auf. Die Häuser, an denen unser Waldweg vorüberführte, standen völlig verlassen und leer da.

Als wir an den Felsen gelangten, der den unvermittelten Schluß des Pfades bildete und uns das Festtreiben verbarg, sagten mir wildes Geschrei und Stimmengewirr, daß eine große Menschenmenge zusammengekommen war, wenn ich auch nicht wußte, warum. Ehe Kory-Kory die Anhöhe hinanstieg, blieb er, wie ein Stutzer vor der Tür des Ballsaales, einen Augenblick stehen, um eilig seiner Toilette den letzten Schliff zu geben. Bei diesem kurzen Aufenthalt kam mir der Gedanke, daß ich vielleicht auch auf mein Äußeres etwas Sorgfalt verwenden sollte. Da ich jedoch keinen Festanzug besaß, verursachte es mir einiges Kopfzerbrechen, wie ich mich schmücken konnte. Ich wollte jedenfalls Aufsehen erregen und beschloß, alles zu tun was in meiner Macht stand; und weil ich wußte, daß ich den Wilden keine größere Freude machen konnte, als mich ihrem Stil in der Kleidung anzupassen, legte ich den langen Tapamantel ab, den ich für gewöhnlich über den Schultern trug, wenn ich ins Freie ging, und hatte nur noch einen kurzen Rock umgegürtet, der mir von den Hüften bis an die Knie reichte.

Mein Diener, der eine rasche Auffassungsgabe besaß, würdigte dieses Kompliment, das ich dem Kostüm seiner Rasse machte, durchaus und begann eifrig die Falten des einzigen Kleidungsstückes, das ich nun noch trug, zu ordnen. Während er damit beschäftigt war, sah ich eine Gruppe junger Mädchen, die in unserer Nähe im Grase zwischen Bergen von Blumen saßen, aus denen sie Girlanden flochten. Ich bat sie durch Zeichen, mir einige ihrer kunstvollen Arbeiten zu bringen, und im Nu standen mir ein

Dutzend Kränze zur Verfügung. Einen davon legte ich um meinen behelfsmäßigen Hut, den ich mir selbst aus Palmblättern hatte herstellen müssen, und ein paar weitere verwandelte ich in einen herrlichen Gürtel. Als ich damit fertig war, stieg ich langsamen, würdevollen Schritts, wie ein Stutzer im Frack, den Felsen hinan.

23

Das Kalebassenfest

Die ganze Bevölkerung des Tales schien in dem heiligen Hain versammelt zu sein. In der Ferne sah man die lange Vorderfront des *teis*, auf dessen ungeheurer Veranda es nur so wimmelte von Männern. Sie trugen die allerverschiedensten phantastischen Kostüme und unterhielten sich lärmend und mit lebhaften Gebärden. Das ganze Gelände zwischen dem *tei* und dem Ort, wo ich stand, war von anmutig geschmückten weiblichen Gruppen belebt, die tanzten, sprangen und jauchzten. Kaum hatten sie mich entdeckt, jubelten sie mir laut zu, und eine Schar kam mir tanzend entgegen und sang dabei ein wildes Rezitativ. Mein neuer Anzug schien sie zu begeistern, sie umdrängten mich von allen Seiten und geleiteten mich nach dem *tei*. Als wir beinahe dort waren, blieben die heiteren Nymphen stehen, wichen nach beiden Seiten zurück und ließen mich allein zu dem überfüllten Gebäude weitergehen.

Sobald ich das *pei-pei* erstiegen hatte, sah ich, daß die Lustbarkeiten im vollen Gange waren.

Welche verschwenderische Fülle herrschte hier!

Warwick, der seine Lehnsleute mit Rindfleisch und Bier bewirtete, war ein Geizkragen gegen den edlen Mehevi! – Die ganze Veranda des *teis* entlang standen reichgeschnitzte, kanuförmige Gefäße, jedes ungefähr zwanzig Fuß lang; sie waren mit frischgemachten *poi-poi* gefüllt und zum Schutz vor der Sonne mit breiten Bananenblättern zugedeckt. Dazwischen lagen Haufen grüner Brotfrüchte pyramidenartig aufgestapelt, wie die schwere Munition im Hofe eines Arsenals. In die Spalten zwischen den Steinblöcken des *pei-peis* hatte man große Baumäste gesteckt; an ihren Zweigen hingen unzählige in Blätter gewickelte Päckchen, durch das Laub vor der Sonne geschützt. Sie enthielten das Fleisch der vielen geschlachteten Schweine und waren so verpackt und aufgehängt worden, um sie der Menge leichter zugänglich zu machen. Gegen das Geländer der Veranda lehnten viele lange, schwere Bambusstangen, am unteren Ende fest zugestöpselt und oben mit Blätterpfropfen verschlossen. Sie enthielten Wasser aus dem Fluß, jede einzelne vielleicht zwanzig Liter.

Das Festmahl war aufgetragen, und die Gäste brauchten jetzt nur nach Herzenslust zuzulangen. Im Nu hatte die Menge auch die oben erwähnten umgepflanzten Äste der Früchte beraubt, die sie vorher bestimmt noch nie getragen hatten. Aus den umfangreichen *poi-poi*-Behältnissen wurden die Kalebassen immer von neuem gefüllt, und viele kleine Feuer loderten um den *Tei* herum auf, an denen man die Brotfrüchte röstete.

Das Innere des Gebäudes bot ein ungewöhnliches Bild. Auf der ungeheuren Mattenchaiselongue, die zwischen den beiden Parallelreihen von Kokospalmstämmen die ganze Länge des Hauses von mindestens zweihundert Fuß einnahm, lag ein Heer von Häuptlingen und Kriegern, die sich's gut schmecken ließen oder die Sorgen des polynesischen Lebens durch den beruhigenden Tabaksqualm linderten. Sie rauchten aus langen Pfeifen, deren Köpfe aus kleinen Kokosnußschalen mit seltsamen Schnitzereien in merkwürdigen heidnischen Mustern verziert waren. Die Pfeifen gingen unter den bequem daliegenden Rauchern von Mund zu Mund, nach zwei oder drei Zügen gab man sie dem Nachbar weiter; manchmal reichte man sie dabei lässig über den Körper eines Schlummernden hinweg, der sich bei der Tafel so angestrengt hatte, daß er bereits vom Schlaf übermannt worden war.

Der von den Taipis gerauchte Tabak war sehr mild und angenehm im Geschmack, und da ich ihn stets in Blättern sah und die Eingeborenen ziemlich gut damit versorgt zu sein schienen, schloß ich, daß er im Tal wuchs. Kory-Kory bestätigte mir das auch; doch habe ich nicht eine einzige Pflanze auf der Insel wachsen sehen. In Nukuhiwa und, ich glaube, auch in den anderen Tälern ist das Kraut sehr rar, da man es nur in geringen Mengen von Fremden erhält. Rauchen ist daher bei den Menschen dieser Gegenden ein sehr großer Luxus. Woher es kam, daß die Taipis so gut damit versorgt waren, kann ich mir nicht vorstellen. Ich halte sie für zu träge, um Tabak anzubauen; tatsächlich befand sich, soweit sich meine Beobachtung erstreckte, nicht eine einzige Erdkrume unter einer anderen Kultur als der des Regens und des Sonnenscheins. Doch kann die Tabakspflanze – wie das Zuckerrohr – in einem abgelegenen Winkel des Tales wild wachsen.

Es gab viele im *tei*, die sich mit dem Tabak als Reizmittel nicht begnügten und deshalb ihre Zuflucht zur *arva* nahmen, da sie die gewünschte Wirkung rascher herbeiführt.

Arva ist eine auf den Südseeinseln weitverbreitete Wurzel. Aus ihr wird ein Saft gewonnen, der zunächst die Nerven nur leicht anregt, aber bald die Muskeln erschlaffen läßt und durch seine narkotischen Eigenschaften einen herrlichen Schlaf herbeiführt. Im Tal bereitete man das Getränk allgemein auf folgende Art zu: Ein halbes Dutzend junger Knaben setzte sich im Kreis um ein leeres Holzgefäß; neben jedem lag eine bestimmte Menge zerstückelter *arva*-Wurzeln. Ein Kokosnußbecher voll Wasser wurde bei der jugendlichen Gesellschaft herumgegeben. Sie spülten sich damit den Mund aus und machten sich dann an die Arbeit. Diese bestand einfach darin, die *arva* gründlich zu zerkauen und einen Mundvoll nach dem anderen in das dafür vorgesehene Gefäß zu spucken. Wenn man auf diese Weise die gewünschte Menge erhalten hatte, goß man Wasser darüber, rührte mit dem Zeigefinger der rechten Hand um, und nun war das Getränk auch bald gebrauchsfertig. Die *arva* hat heilkräftige Eigenschaften.

Auf den Sandwichinseln wurde sie mit großem Erfolg zur Behandlung der Skrofulose angewandt und um die verheerenden Folgen einer Krankheit zu bekämpfen, für deren furchtbares Auftreten sich die unglücklichen Bewohner bei ihren fremden Wohltätern bedanken können. Aber bei den Taipis, die bisher noch von diesem Leiden verschont sind, trägt die *arva* für gewöhnlich zur Erhöhung der geselligen Freuden bei, und eine Kalebasse dieser Flüssigkeit macht bei ihnen die Runde wie die Flasche bei uns.

Mehevi, der sich über meinen neuen Anzug außerordentlich freute, hieß mich herzlich willkommen. Er hatte eine Schüssel mit köstlichem *koku* für mich aufgehoben, da er wußte, wie gern ich dieses Gericht aß, und auch drei oder vier junge Kokosnüsse, mehrere geröstete Brotfrüchte und ein großartiges Bananenbüschel zu meiner Erfrischung und Stärkung ausgewählt. Dies alles wurde mir sofort vorgesetzt. Kory-Kory aber fand das völlig unzureichend für meine Bedürfnisse und verschaffte mir außerdem eins der in Blätter gewickelten Pakete mit Schweinebraten, der trotz der etwas hastigen Zubereitung überraschend würzig und mild war.

Schweinefleisch gehört bei den Marquesanern nicht zu den Hauptnahrungsmitteln, und daher beschäftigen sie sich auch wenig mit der Schweinezucht. Man läßt die Schweine frei in den Hainen herumlaufen, wo sie sich besonders von den Kokosnüssen nähren, die ständig von den Bäumen fallen. Aber erst nach unendlich mühevoller Arbeit gelingt es dem hungrigen Tier, durch die äußere und innere Schale bis zum Fruchtfleisch vorzudringen. Ich habe oft vergnügt zugeschaut, wenn ein Schwein, das die widerspenstige Nuß lange ohne Erfolg mit den Zähnen bearbeitet hatte, in rasende Wut geriet. Es wühlte dann böse unter der Kokosnuß herum und warf sie mit einem Stoß des Rüssels vor sich auf die Erde. Es verfolgte die Nuß und hatte sie einen Augenblick wieder zwischen den knirschenden Zähnen, im nächsten warf es sie beiseite und hielt gleich darauf inne, als ob es sich darüber wunderte, wie sie so plötzlich hatte verschwinden können. Auf diese Weise wurden die verfolgten Kokosnüsse oft durch das halbe Tal gejagt.

Der zweite Tag des Kalebassenfestes begann mit noch lauterem Lärm als der erste. Unzählige Schaffelle schienen unter den Schlägen einer Trommlerarmee widerzuhallen. Der Krach weckte mich aus dem Schlaf, ich sprang auf und sah, daß alle Hausgenossen beinah fertig zum Aufbruch waren. Da ich gern wissen wollte, was für seltsame Ereignisse diese neuen Töne ankündeten und wie die Instrumente aussahen, die einen so fürchterlichen Radau machten, begleitete ich die Eingeborenen, sobald sie soweit waren, um nach den Tabu-Hainen zu gehen.

Der verhältnismäßig offene Platz, der sich vom *tei* nach dem schon erwähnten Felsen erstreckte, von dem man zum Festplatz aufstieg, und auch das Gebäude selbst waren jetzt vollkommen von den Männern verlassen und das ganze Gelände von Scharen junger Frauen und Mädchen bevölkert, die in sonderbarer Erregung schrien und tanzten.

Mir machte das Auftreten von vier oder fünf alten Frauen großen Spaß, die völlig nackt, die Arme an den Seiten, sich kerzengerade hielten und steif in die Luft sprangen, so wie Stöcke, die man senkrecht unter Wasser gedrückt hat, nach der Oberfläche zurückschnellen. Sie sahen dabei todernst aus und unterbrachen ihre merkwürdigen Sprünge nicht einen einzigen Augenblick. Die Menschenmenge schien sie nicht zu beachten, aber was mich betrifft, so muß ich offen gestehen, daß ich sie unentwegt anstarrte.

Da ich den Sinn dieser eigenartigen Belustigung gern erfahren hätte, fragte ich Kory-Kory; dieser gelehrte Taipi begann sofort, mir die ganze Angelegenheit gründlich zu erläutern. Aber alles, was ich von seinen Ausführungen verstand, war, daß die springenden Gestalten vor mir trauernde Witwen seien, deren Ehemänner vor vielen Monden auf dem Schlachtfeld erschlagen worden wären und die bei jedem Fest ihr Unglück auf diese Weise öffentlich beklagten. Kory-Kory betrachtete das offensichtlich als eine völlig ausreichende Erklärung für eine derart unschickliche Sitte; aber ich muß schon sagen, daß sie meine Anstandsbegriffe nicht befriedigte.

Wir verließen diese trauernden Frauen und kamen in den Hula-Hula-Grund. In dem weiträumigen Geviert schien die ganze Bevölkerung des Tales versammelt zu sein, und der sich bietende Anblick war wirklich ganz ungewöhnlich. Unter den Bambushütten, die sich nach dem viereckigen Platz zu öffneten, ruhten die obersten Häuptlinge und Krieger, während es sich eine bunte Menge unter den ungeheuren Bäumen bequem gemacht hatte, die einen majestätischen Baldachin darüber breiteten. Auf den Terrassen der riesigen Altäre zu beiden Seiten sah man grüne Brotfrüchte in Körben aus Kokosnußblättern, große Tapa-rollen, Büschel reifer Bananen und Mammiäpfel, die goldenen Früchte des *artu*-Baumes und große Holzgefäße mit Schweinebraten, den man phantastisch mit frischgepflückten Blättern dekoriert hatte. Allerlei primitives Kriegsgerät lag in unordentlichen Haufen vor den Reihen häßlicher Götzenbilder aufgetürmt. Längs der unteren Terrassen der beiden Altäre waren in regelmäßigen Abständen Stangen senkrecht in den Boden gerammt, an deren Spitzen Blätterkörbe mit verschiedenen Früchten hingen. Am Fuße der Altäre standen zwei Parallelreihen unförmiger Trommeln; sie waren mindestens fünfzehn Fuß hoch und aus den hohlen Stämmen großer Bäume angefertigt. Als Trommelfell diente Haifischhaut. Kunstvoll geschnitzte Figuren und Muster schmückten den in regelmäßigen Abständen mit buntgeflochtenen Schnüren und Tapabändern umwundenen Trommelkasten. Hinter diesen Instrumenten hatte man leichte Plattformen errichtet, auf denen junge Männer standen, die mächtig mit den flachen Händen das Trommelfell schlugen und jenen ohrenbetäubenden Lärm machten, der mich am Morgen geweckt hatte. Alle paar Minuten sprangen diese Musikanten von ihrer Tribüne in die Menge hinunter, und ihre Plätze wurden sofort von frischen Kräften eingenommen. So ging der Lärm, der die bösen Geister hätte erschrekken können, ununterbrochen weiter. Genau in der Mitte des viereckigen Platzes hatte man hundert oder noch mehr schlanke, frischgehauene Stangen senkrecht in die Erde gerammt, ihre Rinde abgeschält und oben als Schmuck wehende Flaggen aus weißer Tapa angebracht; das ganze war mit einem kleinen Rohrzaun eingefriedet. Welchen Zweck dieser eigenartige Schmuck hatte, konnte ich nicht erfahren.

Eine auffällige Rolle bei der Veranstaltung spielten etwa zwanzig alte Männer. Mit übergeschlagenen Beinen saßen sie auf kleinen Kanzeln, die man um die Stämme der mächtigen Bäume inmitten der Einfriedung errichtet hatte. Diese ehrwürdigen Herren – ich nehme an, es waren die Priester – sangen unaufhörlich eine eintönige Melodie, die in dem Gedröhne der Trommeln fast unterging. In der Rechten hielten sie einen feingeflochtenen Grasfächer mit einem schweren, merkwürdig geschnitzten Griff.

Aber niemand schien den Trommlern oder den alten Priestern die geringste Aufmerksamkeit zu schenken, jeder einzelne aus der Riesenmenge war vollauf damit beschäftigt, zu schwatzen und zu lachen, zu rauchen, *arva* zu trinken und zu essen. Nach der Beachtung, die es fand, oder dem Guten, das es leistete, hätte das ganze barbarische Orchester zum Besten seiner eigenen Mitglieder und der Gesellschaft überhaupt seinen ungeheuren Lärm ebensogut einstellen können.

Vergeblich fragte ich Kory-Kory und die anderen Eingeborenen nach dem Sinn der seltsamen Dinge, die da vor sich gingen; sie gaben ihre Erklärungen in einem so fremdartigen Kauderwelsch und rätselhaften Gebärdenspiel, daß ich es aufgab, etwas davon zu verstehen. Den ganzen Tag über klangen die Trommeln, die Priester sangen, und die Menge schmauste und lärmte bis gegen Sonnenuntergang. Dann verliefen sich die Menschen, und die Tabuhaine lagen wieder im tiefsten Frieden da. Am nächsten Tag wiederholte sich dasselbe Schauspiel bis zum Abend; dann war das merkwürdige Fest zu Ende.

24

Gedanken, die das Kalebassenfest anregte · Ungenauigkeit gewisser Veröffentlichungen über die Inseln · Ein Grund · Vernachlässigung des Heidentums im Tal · Bildnis eines toten Kriegers · Ein merkwürdiger Aberglaube · Der Priester Kolory und der Gott Moa Artua · Erstaunlicher religiöser Brauch · Ein zerstörter Altar · Kory-Kory und das Götzenbild · Eine Schlußfolgerung

Wenn meine Versuche, etwas über den Ursprung des Kalebassenfestes zu erfahren, auch fehlschlugen, so schien es doch völlig klar, daß es hauptsächlich, wenn nicht ausschließlich, religiöser Natur war. Als religiöse Feier stand es aber überhaupt nicht mit jenen schrecklichen Beschreibungen polynesischer Riten im Einklang, die sich in manchen Erzählungen finden, besonders aber unterschied es sich von den Berichten über die christianisierten Inseln, mit denen uns die Missionare beglückt haben. Wenn nicht der geistliche Charakter dieser Personen die Reinheit ihrer Absichten außer Frage stellte, läge zweifellos die Vermutung nahe, daß sie die Sünden des Heidentums übertreiben, um das Verdienst ihrer eigenen selbstlosen Arbeit zu vergrößern.

In einem Werk, das beiläufig auch die ›Washington- oder die nördlichen Marquesas-Inseln‹ behandelt, wird den Eingeborenen wiederholt zur Last gelegt, daß sie häufig Menschenopfer auf den Altären ihrer Götter darbringen. Dasselbe Werk gibt auch einen ziemlich ausführlichen Bericht über ihre Religion – zählt sehr viele abergläubische Vorstellungen auf und macht mit den besonderen Aufgaben der verschiedenen Rangstufen der Priesterhierarchie bekannt. Nach der langen Liste der kannibalischen Primas, Bischöfe, Archidiakone, Domherrn und anderer niederer Geistlicher, die darin enthalten ist, sollte man fast meinen, daß der Priesterstand weit zahlreicher als die übrige Bevölkerung sei und die armen Eingeborenen schlimmer von ihm unterdrückt würden als selbst die Bewohner katholischer Länder. Auch zielen diese Berichte darauf ab, bei dem Leser den Eindruck zu hinterlassen, es würden täglich Menschen geopfert, gesotten und auf den Altären angerichtet und ständig heidnische Greuel aller Art verübt, und diese unwissenden Heiden lebten wegen ihres rohen Aberglaubens im größten Elend. Es muß dazu bemerkt werden, daß all diese Mitteilungen von einem Mann stammen, der nach seinen eigenen Angaben nur auf einer einzigen Insel war, dort nicht länger als zwei Wochen blieb, jede Nacht an Bord seines Schiffes schlief und nur tagsüber kleine Glacéhandschuh-Ausflüge an Land machte, wobei ihn eine Abteilung Bewaffneter begleitete.

Ich kann nur sagen, daß ich auf all meinen Ausflügen im Taipital niemals auch nur eine der angeführten Ungeheuerlichkeiten gesehen habe. Wenn einige davon auf den Marquesas-Inseln vorkommen, hätte ich bestimmt etwas davon erfahren müssen, als ich mich monatelang bei einem wilden Stamm aufhielt, der noch gänzlich in seinem ursprünglichen primitiven Zustand lebte und als der barbarischste der Südsee galt.

Zweifellos ist sehr viel unbeabsichtigter Humbug in manchen Berichten enthalten, die uns Wissenschaftler über die religiösen Bräuche in Polynesien gegeben haben. Diese gelehrten Touristen beziehen für gewöhnlich den größten Teil ihrer Weisheit von alten Südseevagabunden, die sich zur Ruhe gesetzt und bei einem barbarischen Stamm der pazifischen Welt angesiedelt haben. Jack, der schon lange gewöhnt ist, aufzuschneiden und im Mannschaftsquartier des Schiffes ein handfestes Garn zu spinnen, dient regelmäßig als Führer auf der Insel, auf der er sich niedergelassen hat, und da er ein paar Dutzend Wörter der Sprache beherrscht, nimmt man an, er weiß alles über das Volk, das sie spricht. Aus dem natürlichen Wunsch, sich vor Fremden wichtig zu tun, gibt er viel größere Kenntnisse vor, als er tatsächlich besitzt. Als Antwort auf die endlosen Fragen teilt er nicht nur das mit, was er weiß, sondern erheblich mehr, und wenn man noch weitere Auskünfte verlangt, ist er um eine Antwort nicht verlegen. Der Eifer, mit dem seine Anekdoten aufgezeichnet werden, schmeichelt seiner Eitelkeit, und seine Erfindungskraft wächst mit der Leichtgläubigkeit seiner Zuhörer. Er weiß genau, was für Berichte man von ihm haben will, und liefert sie in jeder Menge.

Das ist kein angenommener Fall; ich bin mehreren Personen dieses Typs begegnet und bei zwei oder drei Interviews zugegen gewesen, die sie Fremden gaben.

Wenn nun der Forschungsreisende mit seiner Sammlung von Wundern nach Hause kommt, versucht er vielleicht, einige der seltsamen Menschen, bei denen er gewesen ist, zu beschreiben. Statt sie als ein Volk gesunder Wilder zu schildern, die ein vergnügtes, müßiges, harmloses Leben führen, gibt er einen umständlichen und gelehrten Bericht über gewisse unbegreifliche abergläubische Vorstellungen und Bräuche, von denen er genausowenig weiß wie die Insulaner selbst. Da er kaum Zeit und Gelegenheit hatte, die Sitten kennenzulernen, die er angeblich schildert, reiht er sie aufs Geratewohl im Stegreifstil aneinander; und wenn man das derart entstandene Buch in die Sprache des Volkes übersetzte, dessen Geschichte es zu beschreiben vorgibt, würde es ihm genauso wunderbar und sehr viel unglaubwürdiger vorkommen als dem amerikanischen Publikum.

Ich für meine Person gestehe offen, daß ich kaum in der Lage bin, wißbegierige Fragen über die Theologie des Tales zu befriedigen. Ich bezweifle, ob es die Eingeborenen selber könnten. Sie sind entweder zu faul oder zu vernünftig, um sich über abstrakte Fragen des religiösen Glaubens den Kopf zu zerbrechen. Solange ich bei ihnen war, hielten sie nie Synoden oder Konzile ab, um ihr Bekenntnis dadurch festzulegen, daß sie die Glaubensfragen zur Diskussion stellten. Unbegrenzte Gewissensfreiheit schien zu herrschen. Wem es Spaß machte, der durfte blind an einen häßlichen Gott mit einer großen Schnapsnase und dicken, unförmigen, über der Brust gekreuzten Armen glauben, während andere ein Bild anbeteten, das man kaum einen Götzen nennen kann, weil ihm im Himmel und auf Erden nichts gleich sah. Da die Insulaner stets taktvolle Zurückhaltung hinsichtlich meiner eigenen sonderbaren religiösen Vorstellungen wahrten, hielt ich es für ungehörig, in ihren herumzuschnüffeln.

Wenn daher auch meine Kenntnisse über die Religion der Taipis zwangsläufig beschränkt waren, interessierte mich doch einer ihrer abergläubischen Bräuche, den ich kennenlernte, sehr.

In einem der abgelegensten Winkel des Tales, einen Steinwurf von Fayaways See entfernt – denn so taufte ich den Schauplatz unserer Inselfahrten –, dicht bei einer Gruppe von Palmen, die in regelmäßigen Abständen an den beiden Ufern des Flusses standen und mit ihren grünen Armen winkten, als wollten sie ihn bei seiner Fahrt grüßen, lag das Grabmal eines verstorbenen Kriegerhäuptlings. Wie alle Bauwerke von einiger Bedeutung, war es auf einem kleinen steinernen *pei-pei* errichtet, das ungewöhnlich hoch war und schon von ferne auffiel. Ein leichtes Dach aus gebleichten Palmblättern hing wie ein schwebender Baldachin darüber; denn erst wenn man sehr nahe herankam, sah man, daß es von vier schlanken, etwas übermannshohen Bambussäulen getragen wurde. Das *pei-pei* lag auf einem freien Platz, der nur wenige Schritte lang und breit war, und wurde von vier Kokospalmstämmen eingefriedet, die an den Ekken auf mächtigen Steinblöcken ruhten. Der Ort war heilig. Das Zeichen des unergründlichen Tabus war in Gestalt einer mystischen Rolle weißer Tapa sichtbar, die an einer gedrehten Bastschnur von der Spitze einer dünnen Stange innerhalb der Umzäunung hing.* Die Heiligkeit des Ortes schien nie entweiht worden zu sein. Grabesstille herrschte dort, und die tiefe Einsamkeit war schön und ergreifend. Der sanfte Schatten der hohen Palmen – ich sehe sie heute noch – hing über dem kleinen Tempel, als wollte er die zudringlichen Sonnenstrahlen fernhalten.

Von welcher Seite aus man sich diesem stillen Ort auch näherte, immer erblickte man das Bildnis des toten Kriegers, wie er im Heck eines Kanus saß, das auf einem leichten Gestell ein paar Zoll über dem Boden des *pei-peis* stand. Das Kanu war ungefähr sieben Fuß lang, aus prächtigem, dunklem Holz hübsch geschnitzt und an vielen Stellen mit bunter Tapa besetzt, in die man glänzende Seemuscheln kunstvoll eingearbeitet hatte. Ein Gürtel aus denselben Muscheln lief um das ganze Kanu. Der Körper der Figur wurde völlig von einem schweren Mantel aus brauner Tapa verhüllt, so daß ich nicht weiß, aus welchem Material er war. Nur die Hände und den Kopf ließ der Umhang frei; der letztere war aus Holz schön geschnitzt und trug einen prächtigen Federschmuck. Der milde, sanfte Wind, der in den geschützten Winkel drang, ließ die Federn keinen Augenblick zur Ruhe kommen, sie nickten und wehten unaufhörlich über der Stirn des Häuptlings. Durch die langen, über das Dach herunterhängenden Palmblätter sah

* Weiß scheint die heilige Farbe bei den Marquesanern zu sein.

man den Krieger, wie er sein Paddel in beiden Händen hielt und ruderte, sich dabei vorwärtsbeugte und den Kopf neigte, als ob er es auf seiner Reise eilig hätte. Ein polierter Totenschädel krönte den Bug des Kanus und starrte ihn ewig an. Diese gespenstische Galionsfigur blickte – anders als gewöhnlich – nach rückwärts und schien über die ungeduldige Haltung des Kriegers zu spotten.

Als ich diesen seltsamen Ort zum erstenmal mit Kory-Kory besuchte, erzählte er mir – oder ich verstand ihn wenigstens so –, daß der Häuptling nach den Gefilden der Seligkeit und der Brotfrüchte – dem polynesischen Himmel – ruderte, wo die Brotfruchtbäume jeden Augenblick ihre reifen Kugeln zur Erde fallen ließen und es Kokosnüsse und Bananen in Fülle gäbe. Dort ruhten sie die liebe lange Ewigkeit auf viel schöneren Matten als in Taipi und badeten ihre glühenden Körper in Flüssen aus Kokosnußöl. In jenem glücklichen Land gäbe es unendlich viel Federn und Eberhauer und Pottwalzähne, die viel schöner als der glänzende Schmuck und die bunten Tapas der weißen Männer wären, und das Allerbeste, lieblichere Frauen als die Töchter der Erde im Überfluß. Ein sehr hübscher Ort wäre das, sagte Kory-Kory, aber seiner Meinung nach im Grunde nicht viel hübscher als Taipi. Ob er denn nicht den Krieger begleiten wollte, fragte ich ihn. O nein, er wäre hier sehr glücklich, aber er nähme an, daß er über kurz oder lang in seinem eigenen Kanu dahin fahren werde.

Soweit glaube ich Kory-Kory richtig verstanden zu haben. Aber er brauchte damals einen eigentümlichen Ausdruck, der durch eine ebenso eigentümliche Gebärde betont wurde, und ich hätte viel darum gegeben, hinter deren Sinn zu kommen. Ich möchte annehmen, daß es sich um ein Sprichwort handelte; denn ich habe ihn später dieselben Worte mehrmals und, wie mir schien, in ähnlicher Bedeutung wiederholen hören. Kory-Kory belebte oft seine Rede mit den verschiedensten kurzen, weisen Sätzen und führte sie mit einer Miene an, die deutlich besagte, daß für ihn damit die Angelegenheit, was es auch immer sein mochte, entschieden war.

Konnte er mir auf meine Frage, ob er nach dem geschilderten Himmel voller Brotfrüchte, Kokosnüsse und junger Damen gehen wollte, eine Antwort gegeben haben, die unserem alten Sprichwort gleichkommt: ›Der Spatz in der Hand ist besser als die Taube auf dem Dach‹? Wenn er das sagte, dann war Kory-Kory ein verständiger, kluger Bursche, und ich kann seinen Scharfsinn nur bewundern.

Sooft ich auf meinen Streifzügen durch das Tal zufällig in die Nähe des Grabmals dieses Häuptlings kam, machte ich stets einen Umweg, es zu besuchen. Der Ort übte einen eigentümlichen Zauber auf mich aus; ich weiß kaum warum, aber es war nun einmal so. Wenn ich mich über das Geländer lehnte, auf das merkwürdige Bildnis schaute und dem Spiel des Federkopfschmucks zusah, der von derselben Brise bewegt wurde, die mit leisen Tönen durch die hohen Palmen strich, gab ich mich gern dem phantasievollen Aberglauben der Insulaner hin und glaubte fast, der grimmige Krieger steure himmelwärts. In dieser Stimmung wünschte ich ihm dann beim Weggehen: ›Gute Fahrt und glückliche Reise.‹ Ja, rudere weiter, tapferer Häuptling, nach dem Land der Geister! Dem körperlichen Auge scheinst du nur wenig voranzukommen, aber mit den Augen des Glaubens sehe ich dein Kanu die glänzenden Wogen durchschneiden, die an den verschwommen auftauchenden Gestaden des Paradieses verebben.

Dieser seltsame Aberglaube beweist erneut, daß der Mensch, wie unwissend er auch sein mag, dennoch eine unsterbliche Seele in sich fühlt, die sich nach der unbekannten Zukunft sehnt.

Wenn mir auch die religiösen Theorien der Insel ein Geheimnis waren, so konnten mir die praktischen alltäglichen religiösen Verrichtungen nicht verborgen bleiben. Ich ging häufig an den kleinen Tempeln vorüber, die im Schatten der Tabuhaine ruhten, und sah die Opfergaben: schimmelige Früchte, die auf einem primitiven Altar ausgebreitet waren oder in halbverfallenen Körben um ein unbeholfenes, lustig aussehendes Götzenbild hingen; ich nahm an dem großen Feste teil; ich sah täglich die grinsenden Idole in Reih und Glied im Hula-Hula-Grund stehen und begegnete oft den Männern, die ich für die Priester hielt. Aber die Tempel schienen der Einsamkeit überlassen, das Fest war nichts weiter gewesen als ein fröhliches Beisammensein des Stammes, die Götzenbilder waren genauso harmlos wie jeder andere Holzklotz und die Priester die lustigsten Kerle im Tal.

Es stand wirklich traurig um die religiösen Angelegenheiten der Taipis; all diese Dinge gingen bei den gedankenlosen Einwohnern nicht sehr tief, und in der Feier manch eines seltsamen religiösen Brauchs schienen sie nichts weiter als ein kindliches Vergnügen zu suchen.

Einen eigenartigen Beweis dafür lieferte eine merkwürdige Zeremonie, an der ich Mehevi und mehrere andere angesehene Häuptlinge häufig teilnehmen sah, aber niemals auch nur ein einziges weibliches Wesen.

Unter den Männern, die meiner Meinung nach den geistlichen Stand des Tales bildeten, fiel mir besonders einer häufig auf, den ich für den obersten Priester halten mußte. Kolory, so hieß er, stand auf der Höhe des Lebens, er sah vornehm und ungemein gütig aus. Der Einfluß, den er auf die übrigen ausübte, die bischöfliche Rolle, die er beim Kalebassenfest spielte, sein wohlwollendes, selbstgefälliges Äußeres, die mystischen tätowierten Zeichen auf seiner Brust und vor allem die Mitra, die er häufig trug – in Form eines hochragenden Kopfputzes aus einem Kokospalmzweig, der sich senkrecht über seiner Stirn erhob, während die Blätter an den Schläfen und hinter den Ohren zusammengefaßt waren –, das alles kennzeichnete ihn als Oberprimas von Taipi. Kolory war eine Art Tempelritter, Soldat und Priester; denn er trug oft die Tracht eines marquesanischen Kriegers und hatte stets den langen Speer in der Hand, der aber unten nicht in der üblichen Paddelform endete, sondern in einer Krümmung mit einer kleinen heidnisch aussehenden Figur auslief. Vielleicht war diese Waffe das Symbol für sein Doppelamt. Mit dem einen Ende durchbohrte er im blutigen Kampf die Feinde seines Stammes, mit dem anderen, dem pastoralen Krummstab, hielt er seine geistliche Herde in Ordnung. Aber das ist längst noch nicht alles, was ich über Kolory zu sagen habe. Seine kriegerische Hochwürden trugen oft etwas mit sich herum, was ich für die Hälfte einer zerbrochenen Kriegskeule hielt. Das Ding war in schäbige weiße Tapastücke gewickelt, und den oberen Teil, der einen Menschenkopf darstellen sollte, schmückte ein Streifen scharlachroten Tuches europäischer Herkunft. Es erforderte nicht viel Scharfsinn, um zu erkennen, daß dieser seltsame

Gegenstand als Gott verehrt wurde. Neben den großen kräftigen Gestalten, die an den Altären des Hula-Hula-Grundes Schildwache standen, wirkte er wie ein Zwerg in Lumpen. Aber in der ganzen Welt trügt der Schein. Kleine Männer sind manchmal sehr mächtig, und Lumpen verhüllen manchmal sehr weitgehende Ansprüche. Tatsächlich war dies ulkige kleine Bildnis der ›Favorit‹ unter den Göttern der Insel und herrschte über all die hölzernen Tölpel, die so grimmig und furchtbar aussahen; sein Name war Moa Artua.* Und zu Ehren Moa Artuas und zur Unterhaltung derer, die an ihn glaubten, fand die merkwürdige Zeremonie statt, die ich jetzt beschreiben will.

Mehevi und die Häuptlinge des *teis* sind gerade von ihrem Mittagsschläfchen aufgestanden. Es liegen keine Staatsgeschäfte vor, die zu erledigen wären, und da sie im Laufe des Morgens bereits zwei- oder dreimal gefrühstückt haben, verspüren die großen Herren des Tales vorläufig noch keinen Appetit zum Mittagessen. Womit sollen sie ihre Freizeit verbringen? Sie rauchen, sie schwatzen, und schließlich macht einer von ihnen den übrigen einen Vorschlag, der freudig begrüßt wird. Er stürzt aus dem Haus, springt vom *pei-pei* und verschwindet im Hain. Bald sieht man ihn mit Kolory zurückkommen, der den Gott Moa Artua in den Armen trägt und in der einen Hand einen kleinen Trog hält, der wie ein Kanu ausgehöhlt ist. Der Priester schaukelt beim Gehen seinen Schützling in den Armen, als ob es ein weinerliches kleines Kind wäre, das er in gute Laune bringen

* Das Wort *artua* hat zwar noch mehrere andere Bedeutungen, wird aber in fast allen polynesischen Dialekten als allgemeine Bezeichnung für die Götter verwendet.

will. Kaum hat er den *tei* betreten, setzt er sich auch schon auf die Matten nieder, gelassen wie ein Zauberkünstler, der seine Taschenspielertricks vorführen will. Die Häuptlinge bilden einen Kreis um ihn, und er beginnt mit seiner Zeremonie.

Zuerst umarmt er Moa Artua liebevoll, dann legt er ihn zärtlich an die Brust, und schließlich flüstert er ihm etwas ins Ohr. Die übrige Gesellschaft lauscht eifrig auf die Antwort. Aber das göttliche Kind ist taub oder stumm – oder beides; denn es sagt kein Wort. Endlich spricht Kolory etwas lauter, wird böse, kommt mutig mit der Sprache heraus und brüllt ihn an. Er kam mir vor wie ein jähzorniger Kerl, der vergeblich versucht, einem Tauben ein Geheimnis anzuvertrauen, und plötzlich wütend wird und es so laut herausschreit, daß es jeder hören kann. Aber Moa Artua verhält sich so ruhig wie zuvor, und Kolory, der anscheinend die Geduld verliert, versetzt ihm eine Ohrfeige, reißt ihm die Tapa und das rote Tuch ab, legt ihn nackt in den kleinen Trog und verbirgt ihn unter einer Decke. Alle Anwesenden klatschen laut Beifall und drücken ihre Zustimmung aus, indem sie heftig und nachdrücklich *motarki* rufen. Kolory indessen liegt so viel daran, für sein Verhalten uneingeschränkte Billigung zu finden, daß er jeden einzelnen fragt, ob er, so wie die Dinge stehen, nicht vollkommen richtig gehandelt hätte, als er Moa Artua einsperrte. Die Antwort lautet stets ›Aa, aa‹ (ja, ja) und wird so oft und überzeugend wiederholt, daß es die Bedenken des Allergewissenhaftesten beschwichtigen muß. Nach ein paar Augenblicken holt Kolory seine Puppe wieder hervor, und während er sie sorgsam in die Tapa und das rote Tuch wickelt, hätschelt und schilt er sie abwechselnd. Wenn er die Toilette beendet hat, spricht er noch einmal laut zu ihr. Die ganze Gesellschaft zeigt dabei das größte Interesse. Der Priester hält sich jetzt Moa Artua ans Ohr und verdolmetscht ihnen, was der Gott ihm angeblich im Vertrauen mitteilt. Einige Nachrichten scheinen allen Anwesenden erstaunlich gut zu gefallen; denn der eine klatscht in die Hände, ein anderer brüllt vor Vergnügen, und ein dritter springt wie ein Verrückter herum.

Was in aller Welt Moa Artua bei dieser Gelegenheit Kolory zu sagen hatte, konnte ich nie herausbekommen; aber ich fand, daß der Gott einen beklagenswerten Mangel an Courage zeigte, als er sich durch Strafen dazu bringen ließ, jene Dinge zu offenbaren, die er zuerst für sich behalten wollte. Ob der Priester ehrlich verdolmetschte, was er von der Gottheit zu hören glaubte, oder die ganze Zeit erbärmlich schwindelte, will ich mir nicht anmaßen zu entscheiden. Auf jeden Fall schien alles, was er den Anwesenden von der Gottheit ausrichtete, schmeichelhafter Natur zu sein – ein Beweis für Kolorys Klugheit oder aber für den heuchlerischen Charakter dieses schlecht behandelten Gottes.

Als Moa Artua nichts weiter zu sagen hat, streichelt ihn der Priester wieder, bald aber wird er dabei durch eine Frage unterbrochen, die einer der Krieger dem Gott stellt. Kolory hält ihn noch einmal ans Ohr, lauscht aufmerksam und macht sich erneut zu seinem Sprachrohr. Der Gott muß noch viele Antworten geben, die sehr zur Zufriedenheit der Fragesteller ausfallen, ehe er wieder zärtlich in den Trog gebettet wird und die ganze Gesellschaft gemeinsam ein langes Rezitativ singt, das Kolory anstimmt. Damit ist die Zeremonie beendet, die Häuptlinge erheben sich glänzender Laune, der hochwürdigste Herr Erzbischof schwatzt noch eine Weile, erquickt sich an ein paar Zügen aus der Pfeife, klemmt dann sein Kanu unter den Arm und marschiert damit ab.

Die ganze Handlung ließ an eine Kinderschar denken, die mit Puppen und Puppenhäusern spielt.

Für einen kaum zehn Zoll großen Knirps und bei den geringen Bildungsmöglichkeiten, die er zweifellos gehabt hatte, war Moa Artua bestimmt ein frühreifer kleiner Kerl, wenn er wirklich all das gesagt hat, was man ihm zuschrieb. Aber warum dieser arme Teufel der Götterwelt, der so herumgeknufft, beschwatzt und in die Kiste gesperrt wurde, in höherem Ansehen stand als die erwachsenen würdigen Persönlichkeiten in den Tabuhainen, ist mir schleierhaft. Und doch versicherten mir Mehevi und andere glaubwürdige Häuptlinge – von dem Primas ganz zu schweigen – immer wieder, daß Moa Artua die Schutzgottheit von Taipi sei und mehr geehrt werden müsse als ein ganzes Bataillon der schwerfälligen Götzen im Hula-Hula-Grund. Kory-Kory – der viel Aufmerksamkeit auf das Studium der Theologie verwandt haben mußte, da er die Namen aller Götzenbilder im Tal kannte und mir oft hersagte – hatte ebenfalls eine ziemlich hohe Meinung von dem Charakter und Rang Moa Artuas. Er erklärte mir einmal mit einer unmißverständlichen Gebärde, daß er – Moa Artua –, wenn es ihm beliebte, eine Kokospalme aus seinem – Kory-Korys – Kopf wachsen lassen könne, und daß es für ihn – Moa Artua – die leichteste Sache auf der Welt wäre, die ganze Insel Nukuhiwa in den Mund zu nehmen und mit ihr auf den Grund des Meeres hinabzutauchen.

Doch Spaß beiseite – ich wußte wirklich kaum,

wie ich mir die Religion des Tales erklären sollte. Nichts hat den berühmten Cook bei seinem Verkehr mit den Südseeinsulanern vor so viele Rätsel gestellt wie ihre heiligen Bräuche. Obgleich dieser Fürst der Seefahrer bei seinen Forschungen vielfach Dolmetscher zur Verfügung hatte, gibt er dennoch offen zu, daß es ihm nicht gelang, einen einigermaßen klaren Begriff von den verwickelten Geheimnissen ihres Glaubens zu erhalten. Und ähnlich haben sich auch andere hervorragende Reisende geäußert wie Carteret, Byron, Kotzebue und Vancouver.

Ich selbst wurde zwar, solange ich mich auf der Insel aufhielt, fast täglich Zeuge der einen oder anderen religiösen Zeremonie, aber es war so, als sähe ich ein paar Freimaurer sich heimlich Zeichen machen: Ich sah alles, aber ich verstand nichts.

Im großen ganzen möchte ich annehmen, daß die Südseeinsulaner überhaupt keine feststehenden, klar umrissenen religiösen Vorstellungen haben. Ich bin überzeugt, daß selbst Kolory schwer in Verlegenheit geraten wäre, wenn man von ihm verlangt hätte, die Glaubensartikel herzusagen oder das Credo zu sprechen, wonach er selig zu werden hoffte. Tatsächlich unterwarfen sich die Taipis, soweit das aus ihren Handlungen hervorging, keinen Gesetzen, weder menschlichen noch göttlichen – das dreimal geheimnisvolle Tabu immer ausgenommen. Die ›unabhängigen Wähler‹ des Tales ließen sich weder durch Häuptlinge noch durch Priester, Götzen oder Teufel ins Bockshorn jagen. Und die unglücklichen Idole bekamen öfter tüchtige Knüffe als Gebete. Mich wundert nicht, daß manche von ihnen so grimmig dreinschauten und so kerzengerade dastanden, als ob sie sich fürchteten, nach rechts oder links zu schauen, um ja kein Ärgernis zu erregen. Sie mußten sich entweder ›ziemlich anständig‹ aufführen oder aber die Folgen tragen. Ihre Anbeter waren eine so prächtige Schar wankelmütiger, unehrerbietiger Heiden, daß niemand sagen konnte, wann es ihnen einfiel, einen ihrer Götter umzuwerfen oder in Stücke zu hauen und damit auf seinem eigenen Altar ein Feuer anzuzünden, daran die als Opfer dargebrachten Brotfrüchte zu rösten und sie ihm zum Trotz aufzuessen.

Wie wenig Ansehen diese unglücklichen Gottheiten bei den Eingeborenen genossen, zeigte mir ein Vorfall besonders anschaulich. Als ich einst mit Kory-Kory durch die geheimsten Schlupfwinkel des Waldes ging, bemerkte ich ein seltsames Bildnis, ungefähr sechs Fuß hoch, das ursprünglich aufrecht vor einem niedrigen *pei-pei* mit einem verfallenen Bambustempel gestanden haben mußte, jetzt aber müde und schwach in den Knien geworden war und sich ungezwungen dagegen lehnte. Das Idol war zum Teil durch das Laub eines nahen Baumes verborgen, dessen Zweige über dem Steinhaufen hingen, als wollten sie den schlichten Tempel vor dem Verfall retten, dem er rasch entgegenging. Das Bildnis selbst war nichts weiter als ein grotesk geformter Holzklotz, dem der Schnitzer die Gestalt eines behäbigen nackten Mannes gegeben hatte. Die Arme hielt es über dem Kopf verschränkt, die Kinnladen waren weit aufgerissen und die dicken, unförmigen Beine zu einem Bogen gekrümmt. Es war sehr verwittert. Der Unterteil wurde von einem seidig glänzenden Moos überzogen. Dünne Grashalme entsprossen seinem aufgesperrten Mund und umsäumten Kopf und Arme. Der Gott hatte sich buchstäblich in ein bemoostes Haupt verwandelt. Alle hervorstehenden Teile der Figur waren beschunden und zerschlagen oder aber ganz weggefault. Die Nase hatte sich verabschiedet, und der Kopf sah so aus, als hätte die hölzerne Gottheit aus Verzweiflung über die Vernachlässigung durch die Gläubigen versucht sich den eigenen Schädel an den umstehenden Bäumen einzurennen.

Ich trat näher heran, um mir diesen seltsamen Gegenstand der Götzenanbetung genauer anzusehen, blieb aber ehrerbietig aus Achtung vor den religiösen Vorurteilen meines Dieners etwa zwei oder drei Schritt davor stehen. Sobald jedoch Kory-Kory merkte, daß ich eine meiner wissenschaftlichen Anwandlungen hatte, sprang er zu meinem Erstaunen auf den Götzen zu, stieß ihn von den Steinen weg, gegen die er lehnte, und versuchte ihn auf die Beine zu stellen. Aber das göttliche Wesen konnte sie überhaupt nicht mehr benutzen; und während Kory-Kory sich bemühte, es mit einem Stock zu stützen, den er zwischen das Bildnis und das *pei-pei* stemmte, fiel das Ungeheuer schwer zu Boden und hätte sich unweigerlich den Hals gebrochen, wenn nicht glücklicherweise Kory-Kory seinen Fall aufgehalten hätte, indem er das ganze Gewicht auf seinen eigenen halbzerschmetterten Rücken nahm. Ich habe den ehrlichen Kerl nie zuvor so wütend gesehen. Er sprang wie rasend hoch, nahm den Stock und begann das arme Bild zu verprügeln, und alle paar Augenblicke hielt er inne und redete heftig mit ihm, als ob er es wegen des Unfalls tadelte. Als sich seine Entrüstung ein wenig gelegt hatte, wirbelte er das Götzenbild wenig ehrfurchtsvoll herum, damit ich es von allen Seiten genau besichtigen konnte. Ich hätte mir bestimmt niemals solche Freiheiten mit dem Gott erlaubt und war reichlich entsetzt über Kory-Korys Mangel an Frömmigkeit.

Diese Anekdote spricht für sich selbst. Wenn ein Mann aus der unteren Klasse der Eingeborenen einen ehrwürdigen, hinfälligen Gott der Haine so verächtlich behandeln konnte, läßt sich leicht vorstellen, wie es im allgemeinen bei dem Volk um die Religion bestellt sein mußte. Ich halte die Taipis für eine abtrünnige Generation. Sie sind religiös lässig geworden und haben eine geistige Wiedergeburt nötig. Ein langer Wohlstand auf der Grundlage von Brotfrüchten und Kokosnüssen hat sie ihren höheren Pflichten gegenüber säumig gemacht. Die Krankheit der Holzfäulnis verbreitet sich unter den Idolen, die Früchte auf ihren Altären sind nicht mehr wohlgefällig, selbst die Tempel sollten neu gedeckt werden, die tätowierte Geistlichkeit ist zu oberflächlich und träge, und ihre Herden irren vom Wege ab.

25

Allgemeine Nachrichten, die auf dem Fest gesammelt wurden · Schönheit der Taipis · Ihre Überlegenheit gegenüber den Bewohnern der anderen Inseln · Verschiedenheit der Hautfarbe · Ein pflanzliches Schönheitsmittel · Zeugnisse von Reisenden über die ungewöhnliche Schönheit der Marquesaner · Geringe Spuren der Berührung mit zivilisierten Menschen · Eine unbrauchbare Muskete · Primitive Einfachheit der Regierungsform · Königliche Würde Mehevis

Wenn ich auch auf dem jüngsten Fest über viele interessante Dinge, die meine Wißbegier wachriefen, keine Aufklärung bekommen konnte, so war dieses wichtige Ereignis doch nicht vorübergegangen, ohne mein allgemeines Wissen über die Insulaner wesentlich zu erweitern.

Ich war besonders durch die Körperkraft und Schönheit beeindruckt, die sie dabei zeigten, zumal sie darin den Bewohnern der benachbarten Nukuhiwa-Bucht weit überlegen waren, und durch die auffälligen Unterschiede in der Hautfarbe der einzelnen.

An Schönheit der Gestalt übertrafen sie alles, was ich jemals gesehen hatte. Ich bemerkte nicht einen einzigen Fall angeborener Mißbildung bei der ganzen Menge, die das Fest besuchte. Gelegentlich sah ich bei den Männern die Narben von Wunden, die sie in der Schlacht empfangen hatten, und manchmal, wenn auch sehr selten, hatte jemand einen Finger, einen Arm oder ein Auge aus derselben Ursache verloren. Von diesen Ausnahmen abgesehen schienen alle frei von den Makeln, die bisweilen die Wirkung einer sonst vollkommenen Gestalt zerstören. Aber ihre körperliche Schönheit bestand nicht nur darin, daß sie von Gebrechen frei waren; fast jeder von ihnen hätte einem Bildhauer Modell stehen können.

Wenn ich bedachte, daß diese Insulaner keinen Vorteil aus der Kleidung zogen, sondern in der ganzen nackten Ursprünglichkeit der Natur erschienen, mußte ich sie mit den vornehmen Herren und den Stutzern vergleichen, die so tadellose Figuren auf unseren belebten Straßen zur Schau stellen. Was für ein klägliches Häufchen würden diese zivilisierten Männer darstellen, beraubte man sie der geschickten Kunstwerke ihrer Schneider und ließe sie im Adamskostüm auftreten mit ihren runden Rücken, spindeldürren Beinen und langen Hälsen. Ausgestopfte Waden, eine wattierte Brust und meisterhaft zugeschnittene Hosen würden ihnen dann nichts nützen; der Anblick wäre einfach kläglich.

Nichts im Äußeren der Insulaner beeindruckte mich stärker als ihre weißen Zähne. Der Romanschriftsteller vergleicht die Kauwerkzeuge seiner Heldin immer mit Elfenbein; ich behaupte kühn, daß die Zähne der Taipis viel schöner als Elfenbein waren. Die Kiefer der ältesten Graubärte waren besser besetzt als die der meisten jungen Leute in zivilisierten Ländern; die Zähne der jungen Menschen und der mittleren Alters aber blendeten die Augen tatsächlich. Diese wunderbaren weißen Zähne führt man auf die rein vegetarische Kost dieser Menschen und ihre gesunde, natürliche Lebensweise zurück.

Die Männer sind fast alle hochgewachsen, kaum je unter sechs Fuß groß, das andere Geschlecht aber ist ungewöhnlich klein. Wie früh der menschliche Körper in diesem üppigen tropischen Klima zur Reife gelangt, verdient ebenfalls der Erwähnung. Ein kleines Geschöpf, nicht älter als dreizehn Jahre, das man unter anderen Bedingungen als ein richtiges Kind betrachten könnte, sieht man hier oft mit einem Baby an der Brust, und junge Burschen, die unter einem rauheren Himmelsstrich noch die Schulbank drükken, sind hier schon Väter, die für eine Familie zu sorgen haben.

Als ich ins Taipital kam, überraschte mich der auffällige Unterschied zwischen seinen Bewohnern und denen der benachbarten Bucht von Nukuhiwa, die ich gerade verlassen hatte. Dort hatte der männliche Teil der Bevölkerung äußerlich keinen besonders günstigen Eindruck auf mich gemacht, wenn mir auch die Frauen, mit Ausnahme einiger wirklich trauriger Fälle, ausgezeichnet gefielen. Ich beobachtete, daß schon der geringe Verkehr der Europäer mit den Eingeborenen von Nukuhiwa nicht verfehlt hatte, seine Spuren zu hinterlassen. Einer der furchtbarsten Flüche, unter denen die Menschheit leidet, hatte mit seinen Verheerungen begonnen und verriet sich, wie immer unter den Südseeinsulanern, durch sehr schwere Symptome. Von dieser wie von allen anderen fremden Plagen waren die noch nicht verseuchten Bewohner des Taipitales bis jetzt ganz verschont geblieben. Mögen sie sich noch lange frei davon halten! Es wäre besser für sie, wenn sie auf ewig die glücklichen, unschuldigen Heiden und Barbaren blieben, die sie jetzt sind, als, wie die unglücklichen Bewohner der Sandwichinseln, dem Namen nach Christen zu sein, ohne den echten Geist der Religion zu spüren, und dabei gleichzeitig den schlimmsten Lastern und Übeln des zivilisierten Lebens zum Opfer zu fallen.

Aber ganz abgesehen von solchen Betrachtungen, neige ich zur Ansicht, daß ein grundlegender Unterschied zwischen den beiden Stämmen besteht, wenn sie nicht überhaupt zu verschiedenen Menschenrassen gehören. Wer nur in der Nukuhiwabucht angelegt hat, ohne andere Teile der Insel zu besuchen, würde es kaum für möglich halten, wie verschieden die kleinen Stämme sind, die ein so winziges Stück Erde bewohnen. Aber die seit unvordenklichen Zeiten zwischen ihnen bestehende Erbfeindschaft erklärt das vollauf.

Es ist jedoch nicht so leicht, einen hinreichenden Grund für die unendlich verschiedene Hautfarbe zu geben, die man im Taipital findet. Bei dem Fest hatte ich mehrere junge Mädchen gesehen, deren Haut fast so weiß war wie die der angelsächsischen Damen; in einer leichten Bräunung bestand der ganze Unterschied. Diese verhältnismäßig helle Farbe ist zwar im wesentlichen Natur, zum Teil aber auch das Ergebnis einer kosmetischen Behandlung und des ständigen Aufenthalts im Schatten. Der Saft der *papa*-Wurzel, die man in großen Mengen am Talschluß findet, wird als Schönheitsmittel sehr geschätzt, und viele Frauen rieben sich damit täglich den ganzen Körper ein. Die regelmäßige Anwendung macht die Haut weiß und schön. Diejenigen jungen Mädchen, die zu diesem Mittel greifen, um ihre Reize zu erhöhen, setzen sich nie den Sonnenstrahlen aus. Das bringt indessen nur geringe oder gar keine Unbequemlichkeiten mit sich, da die bewohnten Teile der Insel fast überall von einem weiten Baldachin aus Laub beschattet sind, so daß man von Haus zu Haus gehen kann, ohne viel vom geraden Weg abzuweichen, und doch die Sonne nicht ein einziges Mal ihre Schatten auf die Erde werfen sieht.

Den *papa*-Saft läßt man mehrere Stunden auf die Haut einwirken; da er hellgrün ist, verleiht er ihr für diese Zeit dieselbe Tönung. Man kann sich nichts Merkwürdigeres vorstellen als den Anblick dieser fast nackten jungen Mädchen unmittelbar nach der Anwendung ihres Schönheitsmittels. Sah man eine von ihnen, war man nahe daran zu glauben, sie sei irgendein unreifes Gemüse, und statt sie für immer im Schatten zu lassen, sollte man sie in die Sonne zum Reifen stellen.

Die Insulaner salben sich alle mehr oder weniger häufig. Die Frauen bevorzugen die *akar* oder *papa*, die Männer gebrauchen Kokosnußöl. Mehevi liebte es außerordentlich, seine ganze Epidermis mit diesem Öl geschmeidig zu machen. Manchmal dampfte sein Körper förmlich von dem duftenden Nußöl, als wäre er gerade dem Bottich eines Seifensieders entstiegen oder in dem Faß eines Kerzenziehers untergetaucht worden. Vielleicht verdanken die Eingeborenen der Anwendung dieser Salben sowie dem vielen Baden und ihrer peinlichen Sauberkeit großenteils die wunderbar reine, weiche Haut, die sie fast alle haben.

Der vorherrschende Farbton bei den Frauen des Tales war ein helles Oliv, und für diesen Typ gab Fayaway das schönste Beispiel. Andere waren noch dunkler, nicht wenige goldfarben, und einige hatten einen schwärzlichen Ton.

Ich möchte bemerken, daß vieles, was ich schon erzählt habe, mit dem übereinstimmt, was Mendaña, der Entdecker der Marquesas, in seinem Bericht über die Inseln mitteilt. Er sagt darin von den Eingeborenen, sie seien wunderbar schön anzuschauen und den südeuropäischen Menschen sehr ähnlich. Die erste Insel, die Mendaña sah, war La Madelena. Sie liegt nicht weit von Nukuhiwa, und ihre Bewohner gleichen in jeder Hinsicht denjenigen der anderen Marquesas-Inseln. Figueroa, der Chronist von Mendañas Reise, erzählt, daß an dem Morgen, als Land in Sicht kam und die Spanier sich der Küste näherten, etwa siebzig Kanus vom Ufer abstießen und gleichzeitig viele Eingeborene – Frauen, nehme ich an – schwimmend auf das Schiff zuhielten. Er fährt fort: ›Sie hatten eine fast weiße Hautfarbe, waren gut gebaut und feingliedrig, und auf die Gesichter und übrigen Körperteile waren Bilder von Fischen und mancherlei Muster gezeichnet.‹ Der alte Don fährt dann fort: ›Es kamen auch zwei Jünglinge in ihrem Kanu angepaddelt, die Augen fest auf das Schiff gerichtet; sie hatten sehr schöne Gesichter, die einen vielversprechenden, aufgeschlossenen Ausdruck zeigten, und waren überhaupt so anmutig, daß der Obersteuermann Quiros behauptete, nichts im Leben hätte er so bedauert, als daß er diese schönen Geschöpfe in einem Land zurücklassen müsse wo sie verloren wären.‹* Mehr als zweihundert Jahre sind vergangen, seit dieser Bericht verfaßt wurde, und er scheint mir jetzt beim Lesen so frisch und wahr, als wäre er gestern geschrieben. Die Insulaner sind immer noch dieselben; und ich habe Knaben im Taipital gesehen, von deren schönen Gesichtern mit dem vielversprechenden, aufgeschlossenen Ausdruck sich niemand, der sie nicht selbst gesehen hat, die rechte Vorstellung machen kann. Cook nennt die Marquesaner in seinem Reisebericht die prächtigsten Insulaner der Südsee. Stewart, der Geistliche des US-Schiffes ›Vincennes‹, äußert in seinen ›Südseeszenen‹ an mehr als einer Stelle sein Erstaunen über den großen Liebreiz der Frauen und sagt, daß ihn viele der jungen Mädchen aus Nukuhiwa stark an die gefeierten Schönheiten seines eigenen Landes erinnerten. Fanning, ein namhafter Yankee-Seefahrer, erwähnt ebenfalls, daß die äußere Erscheinung dieser Menschen großen Eindruck auf ihn machte, und Commodore David Porter von der US-Fregatte ›Essex‹ soll sehr verliebt in die

* Diesen Abschnitt, der eine fast wörtliche Übersetzung des Originals darstellt, entdeckte ich in einem kleinen Band, betitelt ›Umschiffung der Erde‹. Das Buch enthält mehrere Auszüge aus Dalrymples ›Historischen Sammlungen‹. Das letztere Werk habe ich selber niemals gesehen, doch soll es eine sehr genaue englische Fassung eines großen Teils der ›Geschichte der Reisen Mendañas‹ enthalten, die der gelehrte Doktor Christoval Suaverde de Figueroa schrieb und 1613 in Madrid veröffentlichte.

schönen Damen gewesen sein. Daß sie alle anderen Polynesierinnen übertreffen, muß jedem Besucher der Hauptinselgruppen der Südsee unbedingt auffallen. Die üppigen Tahitier sind die einzigen, die man überhaupt mit ihnen vergleichen kann, während die dunkelhäutigen Hawaiier und die wollköpfigen Fidschiinsulaner tief unter ihnen stehen. Das charakteristischste Merkmal der Marquesaner, das einem sofort auffällt, ist der europäische Gesichtsschnitt – eine Eigentümlichkeit, die man bei anderen unzivilisierten Völkern selten bemerkt. Viele Gesichter haben ein klassisch schönes Profil, und im Taipital sah ich einige Menschen, die wie Marnu, der Fremdling, in jeder Beziehung Muster an Schönheit waren.

Ein paar Eingeborene, die auf dem Kalebassenfest gewesen waren, hatten mit diesem oder jenem europäischen Kleidungsstück geprunkt, freilich trugen sie es auf ihre eigene Weise. Darunter bemerkte ich auch die beiden Kattunstücke, die der arme Toby und ich an dem Nachmittag, als wir ins Tal kamen, unseren jugendlichen Führern geschenkt hatten. Sie wurden offensichtlich für Galatage aufgehoben, und während des Festes machten sie die Insulaner, die sie trugen, zu sehr vornehmen Persönlichkeiten. Daß nur wenige sich ähnlich schmückten und sie den gewöhnlichsten und alltäglichsten europäischen Dingen so großen Wert beilegten, beweist zur Genüge, wie beschränkt ihr Verkehr mit den an der Insel vor Anker liegenden Schiffen war. Ein paar bunte baumwollene Tücher, die sie sich um den Hals gebunden hatten und über die Schultern fallen ließen, und Streifen gemusterten Kattuns, um die Lenden gewickelt, waren fast das einzige, was ich zu sehen bekam.

Im ganzen Tal gab es überhaupt nur wenige Dinge europäischer Herkunft. Alles, was mir je vor die Augen kam, waren außer den eben erwähnten Sachen die sechs Musketen, die im *tei* aufgehoben wurden, und drei oder vier ähnliche Waffen, die in anderen Häusern hingen, ein paar kleine Segeltuchbeutel, zum Teil mit Kugeln und Pulver gefüllt, und ein halbes Dutzend alte Beile mit so stumpfen, abgenutzten Schneiden, daß sie völlig wertlos waren. Die letzteren schienen auch die Eingeborenen für ziemlich nutzlos zu halten, und manchmal zeigten sie mir eins und warfen es dann mit einer Gebärde des Abscheus weg, um ihrer Verachtung für ein Ding Ausdruck zu geben, das so schnell unbrauchbar wurde.

Aber die Musketen, das Pulver und die Kugeln wurden übertrieben hoch eingeschätzt. Die Musketen waren so alt und kurios, daß sie einen Platz in einer historischen Waffensammlung verdient hätten. Ich erinnere mich besonders an eine, die im *tei* hing und die mir Mehevi einst in die Hände gab, weil er es für selbstverständlich hielt, daß ich sie in Ordnung bringen konnte. Sie war eins jener schwerfälligen, altmodischen englischen Stücke, die unter dem Namen Tower Hill-Musketen bekannt sind, und die vielleicht schon Wallace, Carteret, Cook oder Vancouver mit auf die Insel gebracht hatten. Der Kolben war halbverfault und wurmstichig, das Schloß verrostet und ungefähr so gut für seinen vorgeblichen Zweck geeignet wie eine alte Türangel, die Schraubengewinde am Abzug waren völlig ausgeleiert, und der Lauf saß wackelig im Holz. So sah die Waffe aus, die ich auf Wunsch des Häuptlings wiederherstellen sollte. Da ich aber nicht die Fertigkeiten eines Büchsenmachers hatte und mir auch das nötige Handwerkszeug fehlte, blieb mir nichts weiter übrig, als kleinlaut zu bekennen, daß ich die Aufgabe nicht bewältigen könnte. Bei dieser unerwarteten Mitteilung sah mich Mehevi einen Augenblick lang an, als ob ihm der Verdacht käme, ich sei eine minderwertige Art des weißen Mannes, der zu guter Letzt nicht viel mehr wüßte als ein Taipi. Doch nach einer höchst umständlichen Erklärung gelang es mir, ihm begreiflich zu machen, wie unendlich schwierig die Aufgabe sei. Trotzdem genügten ihm meine Entschuldigungen kaum, und er ging mit der veralteten Muskete etwas übellaunig weg, als wollte er sie nicht länger der Schmach aussetzen, von so ungeschickten Fingern gehandhabt zu werden.

Während des Festes waren mir die einfachen Sitten und das ungezwungene Benehmen der Eingeborenen aufgefallen, und ich hatte überhaupt einige Beobachtungen über ihr gesellschaftliches Verhalten anstellen können. Es gab keine dünkelhafte Anmaßung. Die Häuptlinge unterschieden sich von den übrigen Eingeborenen durch nicht viel mehr als geringfügige Kleinigkeiten im Anzug. Alle verkehrten frei und ohne Zurückhaltung miteinander, obgleich ich bemerkte, daß man die Wünsche eines Häuptlings, selbst wenn sie im freundlichsten Ton geäußert wurden, ebenso rasch befolgte, wie man anderswo nur einem gebieterischen Befehl gehorcht. Wie weit die Macht des Häuptlings über seinen Stamm reichte, wage ich nicht zu behaupten, aber nach allem, was ich während meines Aufenthaltes auf der Insel sah, mußte ich annehmen, daß sie in Angelegenheiten, die das allgemeine Wohl betrafen, sehr beschränkt war. Das verlangte Maß an Ehrerbietung wurde indessen willig und freudig gewährt, und da sich alle Machtbefugnisse vom Vater auf den Sohn vererben, bezweifle ich nicht, daß es hier wie anderswo die hohe Geburt ist, die sich Achtung und Gehorsam verschafft.

Die staatlichen Einrichtungen der Marquesas scheinen auch in dieser Hinsicht denen von Tahiti und Hawaii genau entgegengesetzt zu sein. Dort herrschten der König und die Häuptlinge ursprünglich viel despotischer als irgendein Diktator in einem zivilisierten Land. Näherte sich auf Tahiti ein Angehöriger der unteren Schichten ohne Erlaubnis auch nur dem Schatten des königlichen Hauses oder versäumte er es, die übliche Ehrenbezeigung zu erweisen, wenn ein Bote Nahrungsmittel für den König an ihm vorübertrug, hatte er das Leben verwirkt. Kaahumanu, die riesenhafte alte Königinwitwe von den Sandwichinseln – eine Frau von fast vier Zentnern, die noch auf Maui leben soll –, pflegte bei ihren schrecklichen Wutanfällen Menschen von gewöhnlicher Größe, die sie beleidigt hatten, zu packen und ihnen das Rückgrat über dem Knie zu brechen. So unglaublich das klingt – es ist wahr. Als ich in Lahainaluna war – der Residenz dieser fürchterlichen Isebel –, zeigte man mir einen armen Buckligen, dem seine gütige Herrin vor etwa fünfundzwanzig Jahren das Rückgrat so übel verstaucht hatte.

Die genauen Rangabstufungen unter den Häuptlingen von Taipi konnte ich nicht in allen Fällen feststellen. Vor dem Kalebassenfest hatte ich mir oft den Kopf zerbrochen, welche Stellung Mehevi einnahm. Aber die wichtige Rolle, die er bei dieser Gelegenheit spielte, überzeugte mich, daß kein Bewohner des Tales höher stand als er. Ich hatte zwar stets beobachtet, daß ihm alle, mit denen er verkehrte, eine gewisse Hochachtung erwiesen. Aber meine Ausflüge waren auf einen kleinen Teil des Tales beschränkt geblieben, und nach der See zu gab es noch eine Reihe angesehener Häuptlinge. Einige davon hatten mich einzeln in Marheyos Haus besucht, und vor dem Fest hatte ich sie nie mit Mehevi zusammen gesehen. Daher hielt ich es für möglich, daß sein Rang vielleicht doch nicht so besonders hoch sei.

Bei der Festlichkeit aber waren alle Krieger, die ich vorher einzeln oder in Gruppen zu verschiedenen Zeiten und an verschiedenen Orten gesehen hatte, beieinander gewesen, und Mehevi bewegte sich mit unmißverständlicher sicherer Überlegenheit unter ihnen. Wenn ich in ihm bisher nur den gastfreien Wirt des *teis* und einen der militärischen Führer des Stammes erblickt hatte, so nahm er jetzt in meinen Augen königliche Würden an. Seine auffällige Tracht und die natürliche Hoheit seiner Erscheinung schien ihn aus den anderen herauszuheben. Der riesige Federhelm, den er trug, ließ ihn seine ganze Umgebung überragen, und wenn auch noch ein paar andere ähnlichen Schmuck angelegt hatten, so waren ihre Federn doch bei weitem nicht so lang und prächtig.

Mehevi war wirklich der größte Häuptling – das Oberhaupt des Stammes – der Beherrscher des Tales; und nichts hätte die Einfachheit der Gesellschaftsform dieses Volkes schlagender beweisen können als die Tatsache, daß ich mehrere Wochen im Tal weilte, fast täglich mit Mehevi zusammenkam und dennoch bis zum Fest keine Ahnung von seiner königlichen Stellung hatte. Aber jetzt war mir ein Licht aufgegangen. Der *tei* war der Palast – und Mehevi der König, wenn ich auch zugeben muß, daß beide einfacher, patriarchalischer Natur waren und der zeremonielle Pomp ganz fehlte, der sonst den Purpur umgibt.

Nach dieser Entdeckung gratulierte ich mir natürlich, daß Mehevi mich von Anfang an sozusagen unter seinen königlichen Schutz genommen hatte und mir immer noch die wärmsten Gefühle entgegenbrachte, wenigstens soweit sich das nach dem Schein beurteilen konnte. Ich beschloß, ihm in Zukunft eifrig den Hof zu machen; denn ich hoffte, durch seine Güte vielleicht doch noch die Freiheit wiederzuerlangen.

26

König Mehevi · Anspielung auf Seine Hawaiische Majestät · Marheyos und Mehevis Benehmen in gewissen heiklen Situationen · Seltsame Form der Ehe · Zahl der Bevölkerung · Gleichförmigkeit · Einbalsamieren · Beisetzungsstätten · Leichenbegängnis in Nukuhiwa · Einwohnerzahl von Taipi · Lage der Wohnungen · Glückliches Leben im Tal · Eine Warnung · Gedanken zur Zivilisation der Inseln · Hinweis auf die jetzige Lage der Einwohner Hawaiis · Geschichte von einer Missionarsfrau · Elegante Equipagen auf Oahu · Betrachtungen

König Mehevi! – Ein wohlklingender Titel! – Und warum sollte ich ihn nicht dem vornehmsten Mann im Tal geben? Die republikanischen Missionare von Oahu lassen im Hofbericht, der in Honolulu erscheint, völlig belanglose Handlungen ›Seiner gnädigen Majestät‹ König Kamehamehas III. und ›Ihrer Hoheiten, der Prinzen königlichen Geblüts‹ bekanntmachen.* Und wer ist ›Seine gnädige Majestät‹, und wie ist das ›königliche Geblüt‹ beschaffen? Seine ›gnädige Majestät‹ ist ein dicker, fauler Dummkopf. Er sieht aus wie ein Neger und besitzt genausowenig Charakter wie Macht. Er hat die edlen Züge des Barbaren verloren und den Verlust nicht dadurch wettgemacht, daß er die Tugenden eines zivilisierten Menschen erwarb; und wenn er auch Mitglied des hawaiischen Abstinenzlervereins ist, bleibt er doch ein unverbesserlicher Schnapsbruder.

Das ›königliche Geblüt‹ ist eine sehr trübe, verdorbene Flüssigkeit, die sich hauptsächlich aus rohem Fisch, schlechtem Branntwein und europäischem Zuckerwerk gebildet hat und die verschiedensten eruptiven Säfte enthält, aus denen sich allerlei Pickel und Pusteln auf dem erhabenen Antlitz der Majestät selbst und den engelgleichen Gesichtern der ›Prinzen

* Derartige Berichte wurden manchmal von englischen und amerikanischen Zeitschriften übernommen. Sie erwecken beim Leser den Eindruck, als ob die Formen und Gewohnheiten der zivilisierten Welt den Eingeborenen der Sandwichinseln rasch feine Lebensart beibringen. Doch soll sich niemand von diesen Berichten täuschen lassen. Die Häuptlinge stolzieren mit Goldlitzen in feinem, schwarzem Tuch umher, während die große Masse des gewöhnlichen Volkes fast so primitiv gekleidet ist wie zu Cooks Zeiten. So wie sich die Dinge auf den Inseln entwickeln, entfernen sich die beiden Klassen immer weiter voneinander: Die Lebenshaltung der Häuptlinge wird immer üppiger und verschwenderischer, die des gewöhnlichen Volkes immer ärmer am Allernotwendigsten und erst recht an Annehmlichkeiten. Aber beiden wird schließlich das gleiche Ende bevorstehen: Die einen ruinieren sich rasch durch sinnliche Genüsse, die anderen werden rasch ruiniert durch das Zusammentreffen verschiedener Übel und besonders durch den Mangel an gesunder Nahrung. Die Geldbedürfnisse der despotischen Häuptlinge werden aus den hungernden Sklaven herausgepreßt, und jeder neue Tand, mit dem sie sich anputzen, wird mit den Leiden ihrer Leibeigenen erkauft, so daß der Grad der Kinkerlitzchen-Eleganz, den die Häuptlinge erreicht haben, uns ein Maßstab für die menschenunwürdige Lage ist, in der der größte Teil der Bevölkerung verkommt.

und Prinzessinnen königlichen Geblüts‹ entwickelt haben!

Wenn man daher der grotesken Marionette eines obersten Magistratsbeamten auf den Sandwichinseln den Königstitel zugesteht, warum sollte man ihn dem edlen Wilden Mehevi vorenthalten, der die Bezeichnung tausendmal mehr verdient? Darum – Heil dir, Mehevi, König des Kannibalentales, Gesundheit und ein langes Leben seiner Taipi-Majestät! Möge der Himmel den unnachgiebigen Feind Nukuhiwas und der Franzosen noch lange erhalten, sofern eine feindliche Haltung sein wunderschönes Reich vor dem grausamen Verhängnis der Südseezivilisation bewahren kann!

Ehe ich die ›tanzenden Witwen‹ gesehen hatte, ahnte ich kaum, daß es in Taipi irgendwelche ehelichen Bindungen gab; ich hätte ebensogut an eine rein platonische Liebe zwischen den beiden Geschlechtern geglaubt wie an einen feierlichen Ehebund zwischen Mann und Frau. Freilich waren da der alte Marheyo und Tinor, zwischen denen so eine Art ehelichen Übereinkommens zu bestehen schien. Aber trotzdem hatte ich manchmal einen komischen alten Herrn gesehen, der einen Anzug aus schäbiger Tätowierung trug und so kühn war, sich bei der Dame gewisse Freiheiten zu erlauben, noch dazu in Gegenwart ihres Gemahls, des alten Kriegers, der so gutmütig zusah, als wäre nichts vorgekommen. Dieses Verhalten machte mir mehr Kopfzerbrechen als alles andere, was ich in Taipi erlebte, bis ich durch spätere Entdeckungen hinter den Sachverhalt kam.

Mehevi hielt ich wie die meisten bedeutenden Häuptlinge für einen eingefleischten Junggesellen. Wenn sie Frauen und Kinder hatten, dann sollten sie sich jedenfalls schämen; denn ich weiß genau, daß sie sich nie um ihre häuslichen Angelegenheiten kümmerten. Mehevi schien mir allen Ernstes der Präsident eines Klubs lustiger Vögel zu sein, die im *tei* eine Junggesellenwirtschaft großen Stils führten. Zweifellos hielten sie Kinder für lästigen Anhang, und was sie sich unter häuslichem Glück vorstellten, ging zur Genüge daraus hervor, daß sie keiner übereifrigen Haushälterin erlaubten, die gemütliche Einrichtung ihres wohnlichen Heims auf den Kopf zu stellen. Doch verdächtigte ich ein paar von diesen vergnügten Junggesellen stark, mit den Mädchen des Stammes Liebesverhältnisse zu unterhalten, wenn sie diese auch nicht öffentlich anzuerkennen schienen. Drei- oder viermal überraschte ich Mehevi dabei, als er mit einer der hübschesten kleinen Hexen des Tales in einer Weise herumtollte, wie es sich mit der Würde eines Kriegers und Königs nicht vereinbaren ließ. Sie wohnte mit einer alten Frau und einem jungen Mann in einem Haus in Marheyos Nähe, und wenn sie auch selbst noch fast wie ein Kind aussah, hatte sie doch schon einen prächtigen Jungen, der ungefähr ein Jahr alt war und Mehevi erstaunlich ähnelte. Bestimmt hätte ich ihn für den Vater gehalten, wenn nicht im Gesicht des kleinen Kerls das Dreieck gefehlt hätte – doch bedenke ich's recht, so wird ja die Tätowierung nicht vererbt. Aber Mehevi war nicht der einzige, dem Fräulein Mununi hold war – der junge fünfzehnjährige Bursche, der ständig mit ihr im gleichen Hause wohnte, erfreute sich zweifellos ihrer Gunst. Mitunter sah ich, wie er und der Häuptling ihr gleichzeitig den Hof machten. Ist es möglich, dachte ich, daß der tapfere Krieger einwilligt, auch nur das kleinste Eckchen vom Gegenstand seiner Liebe abzugeben? Auch für dieses Rätsel, wie für andere ähnlicher Art, fand ich später eine befriedigende Lösung.

Kory-Kory, der mich unbedingt auch darüber einigermaßen unterrichten wollte, hatte am zweiten Tag des Kalebassenfestes im Verlauf seiner Erklärungen meine Aufmerksamkeit auf eine Eigentümlichkeit gelenkt, die mir bei vielen Frauen aufgefallen war, besonders bei denen reiferen Alters, die wie ehrbare Hausfrauen aussahen. Ihre rechte Hand und der linke Fuß waren nämlich sorgfältig tätowiert, während der Künstler den übrigen Körper völlig frei gelassen hatte bis auf die winzigen Punkte an den Lippen und die leichte Zeichnung der Schultern, die, wie schon erwähnt, bei Fayaway und anderen jungen Mädchen ihres Alters die einzige Tätowierung darstellten. Diese Verzierungen an Hand und Fuß stellten nach Kory-Kory das Zeichen der Ehe dar, soweit diese höchst löbliche gesellschaftliche Einrichtung dort bekannt ist. Sie erfüllten also denselben Zweck wie der schlichte Goldring, den unsere Ehefrauen tragen.

Als mir Kory-Kory das erklärt hatte, behandelte ich eine Weile alle derart gekennzeichneten Frauen mit ausgesuchter Ehrerbietung und wagte mir auch nicht den kleinsten Flirt mit ihnen. Verheirateten Frauen trat ich nicht zu nahe, damit wollte ich nichts zu tun haben!

Bei tieferem Einblick in die eigenartigen häuslichen Sitten der Taipis verschwanden jedoch meine Bedenken bis zu einem gewissen Grade, und ich überzeugte mich, daß mindestens einige meiner Schlußfolgerungen falsch waren. Unter den Insulanern besteht ein geregeltes System der Polygamie höchst ungewöhnlicher Art: Die Frau hat mehrere

Männer und nicht der Mann mehrere Frauen, und schon diese Tatsache spricht Bände für den sanftmütigen Charakter der männlichen Bevölkerung. Wo sonst könnte eine solche Einrichtung auch nur einen einzigen Tag bestehen? Man stelle sich nur einmal eine Revolution in einem türkischen Serail vor, durch die der Harem in eine Wohnung bärtiger Männer verwandelt worden wäre, oder eine schöne Frau in unserem eigenen Land, die zusehen muß, wie ihre zahlreichen Liebhaber aus Eifersucht über die ungleichmäßige Verteilung ihrer Gunst einander vor ihren Augen umbringen, und die darüber den Verstand verliert!

Der Himmel bewahre uns vor solchen Zuständen! Wir sind wahrscheinlich nicht liebenswürdig und nachsichtig genug, um uns dareinzufügen.

Ich konnte nicht beobachten, welche besondere Zeremonie bei der Eheschließung befolgt wurde, aber ich möchte annehmen, daß sie sehr einfacher Art war. Wenn er ›sich erklärt hatte‹, wie es bei uns heißt, kam es vielleicht gleich zur ehelichen Verbindung. Jedenfalls habe ich mehr als einen Grund zur Annahme, daß ein langer und langweiliger Brautstand im Taipital unbekannt war.

Die männliche Bevölkerung ist erheblich zahlreicher als die weibliche. Das gilt für viele polynesische Inseln, während in den meisten zivilisierten Ländern die Dinge umgekehrt liegen. Ein Mädchen wird in sehr zartem Alter von einem Knaben umworben und gewonnen, der mit ihr im gleichen Hause wohnt. Doch das ist ein bloßes Spiel der Neigungen, und man geht keine förmliche Bindung ein. Wenn sich diese erste Liebe ein bißchen gelegt hat, findet sich ein zweiter Freier reiferen Alters ein und führt die beiden – den Knaben und das Mädchen – heim. Dieser uneigennützige, großherzige Bursche heiratet jetzt das junge Paar, wobei das Mädchen gleichzeitig mit ihrem Liebhaber vermählt wird, und alle drei leben einträchtig wie die Turteltauben zusammen. Ich habe zwar schon von Männern gehört, die in unseren zivilisierten Ländern übereilte Ehen schließen und mit der Frau zugleich deren große Familie heiraten, aber ich hatte keine Ahnung, daß es irgendwo auf der Welt einen Ort gab, wo die Leute gleich noch einen Ersatzehemann mitheiraten. Untreue ist auf beiden Seiten sehr selten. Kein Mann hat mehr als eine Frau und keine Frau reiferen Alters weniger als zwei Männer – manchmal sind es auch drei, aber das kommt nicht oft vor. Wie auch das Eheband beschaffen sein mag, es scheint nicht unlöslich zu sein; denn Trennungen kommen mitunter vor. Wenn sie stattfinden, ist das für niemand ein Unglück, und es gibt vorher keine Zwistigkeiten, aus dem einfachen Grunde, weil eine schlecht behandelte Ehefrau oder ein unter dem Pantoffel stehender Ehemann nicht erst die Scheidungsklage einreichen muß. Da der Trennung nichts im Wege steht, ist das Ehejoch leicht, und eine Taipifrau lebt auf sehr gutem, freundschaftlichem Fuß mit ihren Männern. Im großen ganzen scheint die Ehe, so wie sie die Taipis kennen, eine ausgeprägtere und dauerhaftere Form zu haben, als das gewöhnlich bei barbarischen Völkern der Fall ist. Der verderbliche, zwanglose Verkehr der Geschlechter wird hierdurch vermieden und die Tugend, ohne daß man viel Lärm darum macht, sozusagen unbewußt geübt.

Es ist erwähnenswert, welcher Gegensatz in dieser Hinsicht zwischen den Marquesanern und anderen Südseeinsulanern besteht. Auf Tahiti ist die Ehe ganz unbekannt, und man kann kaum sagen, daß dort Beziehungen zwischen Ehemann und Ehefrau, Vater und Sohn bestehen. Die Arreory-Gesellschaft, eine der eigentümlichsten Vereinigungen, die es jemals auf der Welt gegeben hat, verbreitete allgemeine Zügellosigkeit über die Insel. Durch den wollüstigen Charakter dieser Leute nahm die Krankheit, die De Bougainvilles Schiffe 1768 bei ihnen einschleppten, besonders verheerende Formen an. Sie suchte sie pestartig heim und raffte sie zu Hunderten dahin.

Wenn auch die Ehe bei den Taipis bestand, schien das biblische Gebot, fruchtbar zu sein und sich zu mehren, nicht sonderlich gut befolgt zu werden. Ich habe dort niemals eine jener großen Familien gesehen, die man bei uns zu Hause so oft antrifft, wo sich die Kinder wie eine arithmetische Reihe oder wie die Orgelpfeifen abstufen. Ich kannte kein Haus, in dem mehr als zwei Kinder wohnten, und auch das war nicht eben häufig. Daß die Sorge um die Kinderstube die Frauen nur selten aus ihrer Seelenruhe brachte, schien offensichtlich; und ich habe sie nie im Tal spazierengehen sehen mit einer halben Mandel Kleinen am Schürzenzipfel oder besser am Brotfruchtbaumblatt, das sie gewöhnlich hinten tragen.

Die Bevölkerungszunahme ist bei allen polynesischen Völkern sehr gering; und an manchen Orten, die durch den Verkehr mit Europäern noch nicht verdorben sind, ist der Geburtenüberschuß ganz unerheblich, so daß die Bevölkerung durch mehrere Generationen hindurch fast die gleiche Zahl behält, selbst auf Inseln, die selten oder nie durch Kriege verwüstet werden, und bei Stämmen, unter denen der Kindesmord völlig unbekannt ist. Es scheint dies von der Vorsehung ausdrücklich so bestimmt zu sein, um die Übervölkerung der Inseln zu verhindern, da die Rasse zu träge ist, den Boden zu bestellen, und schon aus diesem Grund durch einen beträchtlichen Zuwachs in trostloses Elend geraten würde. In der ganzen Zeit, die ich im Taipital verbrachte, habe ich nicht mehr als zehn oder zwölf Kinder unter sechs Monaten gesehen und nur von zwei Geburten gehört.

Daß die Ehe auf den Sandwichinseln und auf Tahiti fehlt, ist einer der Gründe für den starken Bevölkerungsrückgang der letzten Zeit. Die bei diesen unglücklichen Völkern eingeschleppten Laster und Krankheiten erhöhen von Jahr zu Jahr die Sterblichkeitsziffer der Inseln, und aus demselben Grunde vermindert sich die ohnehin schon kleine Zahl der Geburten proportional. So wird die völlige Ausrottung der Bewohner Hawaiis und Tahitis auf mehrfache Weise beschleunigt.

Ich habe schon gelegentlich erwähnt, daß ich im Dorf nirgends die üblichen Anzeichen einer Begräbnisstätte sah. Ich schrieb das damals dem Umstand zu, daß ich in einem besonderen Teil des Tales wohnte und keine Erlaubnis hatte, meine Ausflüge weit nach der See auszudehnen. Später kam mir der Gedanke, die Taipis könnten – entweder um die Beweise der Sterblichkeit aus den Augen zu schaffen oder aus Liebe zur ländlichen Natur – einen reizenden Friedhof in einem schattigen Winkel am Fuße der Berge angelegt haben. In Nukuhiwa wurden mir zwei oder drei große viereckige *pei-peis* als Begräbnisplätze gezeigt. Sie waren mit schweren Steinplatten ausgelegt, von regelmäßigen Steinmauern umgeben und lagen im Schatten riesiger Bäume, deren sich verflechtende Zweige sie fast dem Blick verbargen. Wie man mir sagte, wurden die Leichen in rohe Gewölbe unter die Platten gelegt und blieben dort so liegen. Zwar wirkten diese Plätze, wo hohe Bäume ihre dunklen Schatten auf grobe Steinblöcke warfen, seltsam und düster, dennoch hätte ein Fremder bei ihrer Betrachtung nichts entdeckt, wodurch sich gewöhnlich eine Begräbnisstätte verrät.

Während meines Aufenthaltes im Tal tat mir keiner der Bewohner den Gefallen zu sterben und sich begraben zu lassen, um meine Neugier hinsichtlich ihrer Bestattungsbräuche zu befriedigen, so daß ich sie leider nicht kennenlernte. Da ich jedoch mit gutem Grund annehme, daß sich die Sitten der Taipis in diesen Dingen nicht von denen der anderen Stämme der Insel unterscheiden, will ich hier ein Erlebnis erzählen, das ich in Nukuhiwa hatte.

In einem Hause in der Nähe des Meeres war ein junger Mann bei Tagesanbruch gestorben. Ich war an diesem Morgen an Land geschickt worden und sah ein gut Teil der Vorbereitungen, die man für das Leichenbegängnis traf. Der Tote wurde sauber in neue, weiße Tapa gewickelt und in einer offenen Hütte aus Kokospalmzweigen auf einer Bahre aus elastischem, kunstvollem Bambusgeflecht zur Schau gestellt. Die Bahre stand auf dicken Rohren, die man senkrecht in die Erde gerammt hatte, etwa zwei Fuß über dem Boden. Zwei Frauen mit kummervollen Gesichtern wachten neben dem Toten, sangen Klagelieder und bewegten die Luft mit großen Grasfächern, die man mit Pfeifenton geweißt hatte. Im benachbarten Wohnhaus war eine zahlreiche Gesellschaft versammelt und bereitete allerlei Speisen zu. Zwei oder drei Personen, die durch ihren Kopfputz aus schöner Tapa auffielen und sehr viel Schmuck trugen, schienen die Zeremonienmeister zu machen. Gegen Mittag kam das Fest richtig in Gang, und man sagte uns, es würde bis zum übernächsten Tag dauern. Mit Ausnahme derer, die bei der Leiche trauerten, schienen alle willens, den Schmerz über den erlittenen Verlust durch gesellige Freuden zu betäuben. Die Mädchen in ihrem barbarischen Staat tanzten; die alten Männer sangen; die Krieger rauchten und schwatzten; und die Jungen, vor Gesundheit Strotzenden beiderlei Geschlechts schlemmten und schienen sich so gut zu amüsieren wie auf einer Hochzeit.

Die Insulaner verstehen die Kunst des Einbalsamierens und üben sie mit so viel Erfolg aus, daß die Leichname ihrer großen Häuptlinge oft viele Jahre lang in eben den Häusern aufbewahrt werden, wo sie gestorben sind. Ich habe drei davon bei meinem Besuch in der Bucht von Tior gesehen. Der eine war unendlich oft mit Tapa umwickelt; nur das Gesicht hatte man freigelassen; er hing aufrecht an der Seitenwand des Wohnhauses. Die anderen lagen auf Bambusbahren in offenen, erhöhten Tempeln, die ihrem Gedächtnis geweiht waren. Die Köpfe der im Kampf erschlagenen Feinde werden regelmäßig einbalsamiert und als Trophäen im Hause des Siegers aufgehängt. Ich weiß nicht, welches Verfahren man dabei anwendet, nehme aber an, das Räuchern ist das wichtigste dabei. Alle sterblichen Überreste dieser Art, die ich gesehen habe, erinnerten an Schinken, wenn sie eine Zeitlang im Rauchfang gehangen haben.

Aber um von den Toten zu den Lebenden zurückzukehren: Ich hatte allen Grund anzunehmen, daß bei dem jüngsten Fest die ganze Bevölkerung des Tales vereint war, und konnte daher ihre Zahl einigermaßen abschätzen. Ich würde denken, daß Taipi ungefähr zweitausend Einwohner besaß, und keine Zahl hätte der Ausdehnung des Tales besser entsprechen können. Das Tal ist etwa neun Meilen lang und im Durchschnitt vielleicht eine Meile breit. Die Häuser ziehen sich in großen Abständen über das ganze Tal hin, hauptsächlich gegen den Schluß. Es gibt keine Dörfer; die Häuser stehen hier und da im Schatten der Haine oder sind die Flußufer entlang verstreut; ihre goldenen Bambuswände und leuchtend weißen Dächer heben sich schön von dem ewigen Grün ab, in das sie eingebettet sind. Straßen gibt es überhaupt nicht im Tal, nur ein Labyrinth von Fußwegen, die sich endlos durch das Dickicht winden und schlängeln.

Die Strafe des Sündenfalls lastet nicht schwer auf Taipi; denn mit der einen Ausnahme des Feueranzündens habe ich kaum eine Arbeit verrichten sehen, die auf einer einzigen Stirn den Schweiß hätte perlen lassen. Und die Erde umgraben, um sein Brot zu verdienen – das gibt es nicht! Die Natur läßt Brotfrüchte und Bananen wachsen und zur rechten Zeit reifen, und dann streckt der müßige Wilde die Hand aus und stillt seinen Hunger.

Unglückliches Volk! Mich schaudert bei dem Gedanken, welchen Wandel ein paar Jahre in sein paradiesisches Tal bringen werden. Wenn erst die schlimmsten Laster und übelsten Begleiterscheinungen der Zivilisation Frieden und Glück aus dem Tal vertrieben haben, werden wahrscheinlich die großmütigen Franzosen der Welt verkünden, daß die Marquesas-Inseln zum Christentum bekehrt worden sind! Und das wird die katholische Welt zweifellos für ein glorreiches Ereignis halten. Der Himmel sei den ›Inseln der See‹ gnädig! – Die Anteilnahme, die ihnen das Christentum entgegenbringt, hat sich – leider! – in zu vielen Fällen als ihr tödliches Verderben erwiesen.

Wenn diese armen Insulaner um sich schauen, werden manche kaum ahnen, daß ein gut Teil ihres Unglücks seinen Ursprung in gewissen Teegesellschaften hat, bei denen wohlwollende Herren mit weißen Halsbinden um Almosen bitten und alte Damen mit Brillen und junge Damen in dunklen Abendkleidern aus schlichtem Stoff ein paar Groschen zur Schaffung eines Fonds spenden, der für das Seelenheil der Polynesier verwendet werden soll, aber fast stets ihren zeitlichen Untergang herbeigeführt hat.

Zivilisiert die Wilden, aber bringt ihnen die Segnungen und nicht die Übel der Zivilisation! Vernichtet das Heidentum, aber nicht dadurch, daß ihr die Heiden vernichtet! Die angelsächsischen Einwanderer haben das Heidentum im größten Teil des nordamerikanischen Kontinents ausgerottet, aber damit auch den größten Teil der roten Rasse. Die Zivilisation vertreibt allmählich die letzten Überbleibsel des Heidentums von der Erde und gleichzeitig die scheuen Gestalten seiner unglücklichen Anhänger.

Kaum sind auf den Polynesischen Inseln die Götzenbilder umgestürzt, die Tempel zerstört und die Götzenanbeter dem Namen nach zum Christentum bekehrt, erscheinen auch schon Krankheit, Laster und vorzeitiger Tod. Das entvölkerte Land wird dann von den räuberischen Horden aufgeklärter Personen neu besiedelt, die lärmend den Sieg der ›Wahrheit‹ verkünden. Prächtige Villen, schmucke Gärten, gepflegte Rasenflächen, Kirchtürme und Kuppeln entstehen, während der arme Wilde sich bald als Eindringling im Land seiner Väter fühlt, und noch dazu auf dem Grund und Boden der Hütte, in der er geboren wurde. Die wildwachsenden Früchte der Erde, die Gott in seiner Weisheit zum Lebensunterhalt für die trägen Eingeborenen bestimmt hat, eignet sich der Fremde erbarmungslos an, verzehrt sie vor den Augen der hungernden Insulaner oder bringt sie an Bord der vielen Schiffe, die jetzt ihre Küsten anlaufen.

Wenn die armen darbenden Menschen auf diese Weise nicht mehr nach den Gaben der Natur greifen können, sagen ihnen ihre Wohltäter, sie sollten arbeiten und sich ihren Unterhalt im Schweiße ihres Angesichts verdienen! Aber keinem vornehmen Herrn aus reichem Hause kommt die körperliche Arbeit härter an als dem üppigen Inder, wenn er dessen beraubt ist, was der Himmel für ihn wachsen ließ. An ein müßiges Leben gewöhnt, kann und will er sich nicht anstrengen, und Mangel, Krankheit und Laster, alles Übel fremden Ursprungs, beenden bald sein jämmerliches Leben.

Aber was schadet das schon? – Betrachtet das glorreiche Ergebnis! – Die Greuel des Heidentums sind dem lauteren Ritus des christlichen Gottesdienstes gewichen, und der unwissende Wilde ist durch den gebildeten Europäer ersetzt worden! Seht euch nur Honolulu an, die Hauptstadt der Sandwichinseln! – Eine Gemeinde uneigennütziger Kaufleute und freiwillig ins Exil gegangener frommer Herolde des Christentums steht jetzt an dem Ort, der noch vor zwanzig Jahren vom Götzendienst entweiht war. Was für ein Thema für den wortgewandten Redner einer Bibelstunde! Und man hat sich eine solche Gelegenheit, Missionsberedsamkeit zu entfalten, auch nicht entgehen lassen! – Aber wenn uns diese Menschenfreunde so begeisternde Berichte über die eine Seite ihrer Arbeit schicken, warum verbietet es ihnen dann die Bescheidenheit, die andere Seite ihrer guten Taten der Öffentlichkeit bekanntzumachen? – Ehe ich Honolulu selbst besuchte, wußte ich nichts davon, daß der kleine Rest der Eingeborenen zu Zugpferden zivilisiert und zu Lasttieren christianisiert worden war. Es ist wirklich so. Man hat sie buchstäblich wie die Tiere vor die Fahrzeuge ihrer geistlichen Lehrer angeschirrt!

Von einer Menge ähnlicher Vorführungen werde ich eine nie vergessen, die eine robuste, rotbackige und sehr damenhafte Person gab, eine Missionarsfrau, die monatelang jeden Tag ihre Spazierfahrten in einem kleinen Wagen unternahm, den zwei Insulaner zogen, ein grauhaariger alter Mann und ein verschmitzter Junge, die beide bis auf das Feigenblatt so nackt waren wie bei ihrer Geburt. Über ebenen Boden ging dieses Gespann von Zugzweifüßlern in einem watschelnden häßlichen Trab, der Junge blieb immer wie ein schlaues Pferd zurück, der alte Gaul schleppte sich weiter und tat die ganze Arbeit.

Wenn die Dame in dieser eleganten Equipage durch die Straßen der Stadt rattert, schaut sie sich so großartig um wie nur je eine Königin, die mit allem Gepränge zur Krönung fährt. Bald jedoch stört eine steile Anhöhe oder ein sandiger Weg ihre Gemütsruhe. Die kleinen Räder versinken in dem losen Boden, der alte Praktikus zerrt und schwitzt, und der Junge springt umher und tut nichts; der Triumphwagen rückt keinen Zoll von der Stelle. Wird die weichherzige Dame, die Freunde und Heimat zum Besten der Seelen der armen Heiden verlassen hat – wird sie ein bißchen an deren Körper denken und aussteigen und es dem unglücklichen alten Mann etwas leichter machen, bis er die Anhöhe geschafft hat? Die nicht – die denkt nicht im Traume dran. Zwar hat es ihr früher nichts ausgemacht, die Kühe auf der alten Farm in Neuengland auf die Weide zu treiben; aber seitdem haben sich die Zeiten geändert. Sie bleibt also sitzen und brüllt: ›Huki! Huki!‹ (Zieht, zieht). Der alte Herr erschreckt über ihren Ton und plackt sich schlimmer denn je, und der Junge tut so, als strenge er sich an, aber er vergißt nicht, seine Herrin im Auge zu behalten, damit er weiß, wann es an der Zeit ist, sich vorzusehen. Schließlich verliert die gute Dame die Geduld. ›Huki! Huki!‹ Und bums! schlägt der schwere Griff ihres riesigen Fächers auf den bloßen Schädel des alten Wilden, während der Junge seitlich ausweicht, so daß sie ihn nicht treffen kann. ›Huki! Huki!‹ schreit sie wieder, ›huki tata kannaka!‹ – Zieh kräftig, Mann –; aber umsonst, sie muß zu guter Letzt doch noch absteigen und notgedrungen tatsächlich bis zum Gipfel des Hügels laufen.

In der Stadt, wo dieses Musterbild der Demut wohnt, steht eine große, elegante amerikanische Kirche, in der regelmäßig Gottesdienst stattfindet. Zweimal an jedem Sabbat, wenn der Gottesdienst zu Ende geht, sieht man dort am Gitter vor dem Gebäude zwei oder drei Dutzend kleine Wagen halten, und neben jedem stehen zwei schmutzige eingeborene Lakaien in nackter Livree, die darauf warten, daß die Gemeinde herauskommt, um ihre Herrschaften nach Hause zu ziehen.

Damit nach dem, was ich in diesem Kapitel oder auch in einem anderen Teil des Bandes ausgeführt habe, nicht das geringste Mißverständnis entsteht, möchte ich hier bemerken, daß ein Christ unmöglich etwas gegen die Mission an sich einzuwenden haben kann: Sie ist wahrlich eine gerechte und heilige Sache. Aber wenn das große gesteckte Ziel geistig ist, dann sind die Mittel zur Verwirklichung dieses Ziels rein weltlich; und wenn man auch die Absicht hat, viel Gutes zu tun, so können doch die Mittel Böses herbeiführen. Kurz gesagt: Auch wenn der Segen des Himmels noch so sehr über der Missionsarbeit liegt, ist sie doch nur Menschenwerk, und wie überall können auch hier Fehler und Mißstände auftreten. Und haben sich nicht Fehler und Mißstände an die allerheiligsten Orte eingeschlichen, und kann es nicht im Ausland genausogut unwürdige und unfähige Missionare geben wie derartige Geistliche bei uns zu Hause? Können nicht Unwürdige oder Unfähige, die sich auf den fernen Inseln des Meeres ein apostolisches Amt anmaßen, eher der Bloßstellung durch die Welt entgehen, als wenn sie sich im Herzen einer Stadt zeigen müßten? Unbegründetes Vertrauen zu der Heiligkeit ihrer Apostel, die Neigung, sie der Verstellung für unfähig zu halten, und die Unduldsamkeit gegen den geringsten Verdacht an ihrer Rechtschaffenheit in menschlicher und christlicher Hinsicht sind von jeher die Fehler der Kirche gewesen. Und das braucht nicht wunderzunehmen; denn da das Christentum den Angriffen gewissenloser Feinde ausgesetzt ist, neigen wir natürlich dazu, alles, was nach einer Bloßstellung kirchlicher Mißstände aussieht, als den Ausdruck bösen Willens oder irreligiöser Gefühle anzusehen. Doch soll mich auch diese letzte Erwägung nicht davon abhalten, meine Gefühle offen auszusprechen.

Es ist entschieden etwas falsch bei der praktischen Durchführung der Mission auf den Sandwichinseln. Wer aus rein religiösen Beweggründen Spenden zur Unterstützung dieses Unternehmens gibt, sollte sich vergewissern, daß seine Gaben, die durch so viele krumme Kanäle fließen, zuletzt ihren eigentlichen Zweck erfüllen, die Bekehrung der Hawaiier. Ich empfehle das nicht deshalb, weil ich an der Redlichkeit derer zweifle, die die Gelder ausgeben, sondern weil ich weiß, daß sie nicht richtig verwandt werden. Es ist etwas Grundverschiedenes, ob man rührende Berichte über die Entbehrungen der Missionare und begeisternde Schilderungen von Bekehrungen und Taufen unter Palmen liest oder nach den Sandwichinseln geht und die Missionare in malerischen, hübsch eingerichteten Korallenfelsvillen wohnen sieht, während die unglücklichen Eingeborenen ihrer Umgebung in größter Unsittlichkeit leben.

Um gerecht gegen die Missionare zu sein, gebe ich jedoch bereitwillig zu, daß sie für die jetzige trostlose Lage auf den Sandwichinseln durchaus nicht allein verantwortlich sind, wie groß auch das Unglück sein mag, das aus der kollektiven Mißwirtschaft des Missionsgeschäfts und dem Mangel an lebendiger Frömmigkeit mancher seiner Mitglieder entstanden ist. Der demoralisierende Einfluß einer liederlichen fremden Bevölkerung und die häufigen Besuche von Schiffen aller Art haben viel dazu beigetragen, die angedeuteten Übel zu vermehren. Mit einem Wort: Wie überall, wo die Zivilisation zu den sogenannten Wilden gebracht wurde, hat sie auch hier ihre Laster ausgestreut und ihre Segnungen vorenthalten.

Ein so weiser Mann wie Shakespeare hat gesagt, daß der Überbringer schlechter Nachrichten bei seinem Geschäft nur verlieren kann; und so wird es auch mir gehen, nehme ich an, wenn ich den vertrauensseligen Freunden der hawaiischen Mission derartige Dinge mitteile, wie sie an verschiedenen Stellen der Erzählung zu lesen sind. Da aber diese Enthüllungen ihrer Natur nach Aufsehen erregen werden, bin ich überzeugt, daß sie schließlich der Sache des Christentums auf den Sandwichinseln zum Segen gereichen.

Ich habe in diesem Zusammenhang nur noch eins zu sagen – die Dinge, die ich als Tatsachen berichtet habe, werden Tatsachen bleiben, ganz gleich, was Bigotte oder Ungläubige dagegen sagen oder schreiben mögen. Die Betrachtungen indessen, die ich darüber angestellt habe, sind vielleicht nicht frei von Fehlern. Wenn das der Fall ist, verlange ich nur soviel Nachsicht, wie man sie jedem gewähren sollte, dessen Absicht es ist, Gutes zu tun.

27

Der Gesellschaftszustand und der allgemeine Charakter der Taipis

Ich habe schon erwähnt, daß die Herrschaft der Häuptlinge über das Volk des Tales äußerst milde war, und soweit ich beobachten konnte, bin ich fast versucht zu sagen, daß es keine allgemeine Regel oder Richtschnur des Verhaltens gab, durch die das Gemeinwesen in seinen gegenseitigen Beziehungen zueinander regiert wurde, es sei denn, daß man das rätselhafte Tabu dafür hält. Solange ich bei den Taipis lebte, wurde keiner wegen eines Vergehens gegen die Allgemeinheit angeklagt. Allem Anschein nach gab es überhaupt keine Gerichte. Es gab auch keine städtische Polizei, um Herumtreiber und liederliche Personen festzunehmen. Kurz gesagt, es gab keinerlei Vorkehrungen für das Wohlergehen und den Schutz der Gesellschaft, das löbliche Ziel aller zivilisierten Gesetzgebung. Und doch möchte ich behaupten, daß im Tal eine Eintracht und Friedfertigkeit herrschten, wie sie in den erlesensten, gebildetsten und frömmsten Gemeinschaften von Sterblichen der Christenheit nicht ihresgleichen haben. Wie soll man dieses Rätsel lösen? Die Insulaner waren Heiden! Wilde! Ja – Kannibalen! Wie konnten sie ohne Hilfe des Gesetzes in so hohem Maße jene soziale Ordnung entwickeln, die der größte Segen und der höchste Stolz der menschlichen Gesellschaft überhaupt ist?

Man fragt mit Recht: Wie wurden diese Leute regiert? Wie ihre Leidenschaften im alltäglichen Verkehr gezügelt? Sie müssen von Natur ehrlich und nachsichtig gegeneinander gewesen sein, schienen sie doch durch stillschweigendes Übereinkommen von dem Gesetz des gesunden Menschenverstandes regiert zu werden, dessen Gebote fest in jede Brust gepflanzt sind, soviel man auch über die angeborene Gesetzlosigkeit der menschlichen Rasse redet. Die hehren Begriffe Tugend und Ehre stehen in der ganzen Welt fest, wie sehr sie auch durch despotische Gesetzbücher entstellt sein mögen, und wo es sich um diese Begriffe handelt, weiß der Unzivilisierte so gut wie der Gebildete, ob eine Tat recht oder unrecht ist. Diesem allgemein verbreiteten Gefühl für das Gute und Edle muß die Lauterkeit der Marquesaner in ihrem Verkehr miteinander zugeschrieben werden. In den dunkelsten Nächten schliefen sie sicher inmitten all ihrer irdischen Reichtümer in Häusern, deren Türen nie verschlossen wurden. Kein Gedanke an Diebstahl oder Meuchelmord beunruhigte sie. Jeder Insulaner ruhte unter seinem eigenen Palmblattdach oder saß unter seinem eigenen Brotfruchtbaum, und niemand belästigte oder störte ihn. Es gab kein Vorhängeschloß im Tal, überhaupt nichts, was diesen Zweck hätte verrichten können. Dennoch lebten sie nicht in Gütergemeinschaft. Dieser lange, elegant geschnitzte, auf Hochglanz polierte Speer gehört Wormunu; er ist viel hübscher als der, auf den der alte Marheyo so stolz ist; er ist der wertvollste Besitz seines Eigentümers. Und doch habe ich ihn an einer Kokospalme im Hain lehnen sehen, und dort wurde er auch gefunden, als man danach suchte. Jener Pottwalzahn gehört Karluna; er ist mit schönen Schnitzereien reich verziert und das kostbarste Schmuckstück des Fräuleins. Für sie ist er wertvoller als Rubine – und doch hängt das Zahnjuwel an seiner geflochtenen Bastschnur im Hause des Mädchens, das weit hinten im Tal liegt; die Tür steht offen, und alle Bewohner sind nach dem Fluß baden gegangen.*

* Die absolute Ehrlichkeit, die die Bewohner fast aller polynesischen Inseln gegeneinander zeigen, steht in auffälligem Gegensatz zu den diebischen Gewohnheiten, die einige von ihnen im Verkehr mit Europäern an den Tag legen. Es hat fast den Anschein, als ob es nach ihren eigentümlichen Moralbegriffen eine lobenswerte Tat sei, einem Europäer eine Axt oder einen schmiedeeisernen Nagel zu stibitzen. Wenn man sich der Raubzüge ihrer seemännischen Besucher erinnert, kommt man auch zu der Vermutung, daß sie vielleicht das Eigentum der letzteren als eine Beute ansehen, die ihnen billigerweise zur Wiedergutmachung erlittener Verluste zusteht. Diese Betrachtung soll einen scheinbaren Widerspruch im Charakter der Insulaner erklären und die niedrige Meinung über die Eingeborenen, zu der manche Leser von Südseebüchern neigen, einigermaßen korrigieren.

Soviel über die Achtung vor dem ›persönlichen Eigentum‹ in Taipi; wie sicher eine Anlage in ›Grundbesitz‹ ist, darüber kann ich mir kein Urteil erlauben. Ob der Boden gemeinsamer Besitz der Bewohner oder unter eine Anzahl Grundherrn aufgeteilt war, die allen erlaubten, ihn zu betreten, sich darauf anzusiedeln und zu ernten, wenn ihnen der Sinn danach stand, konnte ich nicht feststellen. Jedenfalls gab es keine modrigen Pergamente und Eigentumsurkunden auf der Insel; und ich möchte beinahe annehmen, daß die Bewohner ihre weiten Täler von der Natur selbst als Lehen erhielten, solange Gras wächst und Wasser fließt oder bis es sich ihre französischen Besucher durch ein summarisches Abtretungsverfahren zu ihrem Nutzen und Vorteil aneigneten.

Gestern sah ich Kory-Kory mit einer langen Stange bewaffnet davoneilen, mit der er die Früchte von den obersten Zweigen der Bäume herunterschlug. In seinem Korb aus Kokospalmblättern brachte er sie nach Hause. Heute sehe ich einen Insulaner, der, wie ich weiß, in einem anderen Teil des Tales wohnt, dasselbe tun. An dem abschüssigen Ufer des Flusses stehen ein paar Bananenbäume. Oft plünderten Dutzende junger Leute die großen goldenen Trauben und schleppten sie eine nach der anderen lärmend nach den verschiedenen Gegenden des Tales fort. Kein knausriger alter Griesgram konnte der Besitzer jenes Brotfruchthaines oder dieser herrlichen gelben Bananenbüschel sein.

Aus diesen Ausführungen geht schon hervor, daß man im Taipital einen großen Unterschied zwischen ›persönlichem Eigentum‹ und ›Grundbesitz‹ macht.

Manche Personen sind natürlich reicher als andere. Zum Beispiel biegt sich der Hahnebalken von Marheyos Haus unter der Last der vielen riesigen Tapapakete; auf seinem langen Diwan liegen die Matten in sieben Schichten übereinander. Draußen hat Tinor in ihrer Bambusspeisekammer – oder wie man den Ort sonst nennt – eine stattliche Reihe Kalebassen und hölzerner Schüsseln stehen. Das Nachbarhaus gleich hinter dem Hain, in dem Ruaruga wohnt, ist nicht ganz so gut ausgestattet. Nur drei Bündel von mäßiger Größe schwingen oben, nur zwei Mattenschichten liegen unten, und die Kalebassen und Schüsseln sind nicht so zahlreich und auch nicht so geschmackvoll in der Farbe und den Schnitzereien. Immerhin hat Ruaruga ein Haus – sicher nicht so hübsch, aber genauso geräumig wie das Marheyos –, und ich nehme an, er könnte, ohne sich viel Mühe zu geben, mit seinem Nachbarn wetteifern, wenn er nur wollte. Darin bestanden, kurz gesagt, die Hauptunterschiede, die ich in den Vermögensverhältnissen der Taipis erkennen konnte.

Die Zivilisation hat noch nicht alle Tugenden der Menschheit an sich gerissen; sie hat noch nicht einmal ihren vollen Anteil an ihnen. Unter vielen Barbarenvölkern gedeihen sie üppiger und stärker. Die Gastfreundschaft des wilden Arabers, der Mut des nordamerikanischen Indianers und die treuen Freundschaften unter manchen polynesischen Stämmen übertreffen alles Ähnliche bei den gebildeten Völkern Europas. Wenn Wahrheit und Gerechtigkeit und die besseren Seiten unserer Natur nicht bestehen können, solange sie nicht durch das Gesetzbuch erzwungen werden, wie sollen wir dann den Gesellschaftszustand der Taipis erklären? So lauter und rechtschaffen waren sie in all ihren menschlichen Beziehungen, daß ich, der ich mit völlig falschen Vorstellungen über ihren Charakter ins Tal kam, bald staunend ausrief: ›Sind das die wilden Barbaren, die blutdürstigen Kannibalen, von denen ich so fürchterliche Geschichten gehört habe? Sie verhalten sich freundlicher und menschlicher zueinander als viele, die Essays über Tugend und Güte studieren und jeden Abend das schöne Gebet sprechen, das zuerst von den Lippen des göttlichen lieben Jesus kam.‹ Ich bekenne offen, daß ich nach ein paar Wochen in diesem marquesanischen Tal eine höhere Meinung von der menschlichen Natur besaß als je zuvor. Aber leider habe ich seitdem zur Mannschaft eines Kriegsschiffes gehört, und die zusammengepferchte Schlechtigkeit von fünfhundert Männern hat all meine früheren Ansichten fast über den Haufen geworfen.

Einen hervorragenden Zug im Charakter der Taipis bewunderte ich mehr als alles andere: die Einmütigkeit des Gefühls, die sie bei jeder Gelegenheit zeigten. Bei ihnen schien es kaum Meinungsverschiedenheiten über irgendeinen Gegenstand zu geben. Sie dachten und handelten alle gleich. Ich glaube nicht, daß sie einen Debattierklub einen einzigen Abend lang hätten aufrechterhalten können – es hätte nichts zu diskutieren gegeben, und wenn sie eine Versammlung einberufen hätten, um über die Lage des Stammes zu beraten, wäre die Sitzungsperiode erstaunlich kurz gewesen. Sie zeigten diesen einmütigen Geist in jeder Handlung ihres Lebens, alles wurde einträchtig und kameradschaftlich getan. Ich will ein Beispiel für dieses brüderliche Gefühl geben.

Als ich eines Tages mit Kory-Kory von meinem gewohnten Besuch im *tei* zurückkehrte, kamen wir an einer kleinen Waldlichtung vorbei, und mein Begleiter teilte mir mit, daß dort am Nachmittag ein Bambushaus gebaut werden sollte. Mindestens hundert Eingeborene brachten das Baumaterial heran, einige hatten ein oder zwei Rohre in der Hand, aus denen die Seitenwände gebaut werden sollten, andere schlanke Eibischruten, an denen Palmblätter für das Dach aufgereiht waren. Jeder trug etwas zu dem Werk bei, und durch die vereinten, wenn auch leichten und sogar lässigen Anstrengungen aller war die ganze Arbeit vor Sonnenuntergang beendet. Als die Insulaner an diesem Wohnhaus bauten, erinnerten sie mich an eine Biberkolonie bei der Arbeit. Freilich waren sie nicht ganz so still und ernst wie diese wundervollen Geschöpfe und auch längst nicht so fleißig. Um die Wahrheit zu sagen, sie bummelten gern ein bißchen, aber sie waren heiter und ausgelassen und schafften so vereint zusammen und offenbar aus einem Gefühl der Hilfsbereitschaft heraus, daß das Zuschauen wahre Freude machte.

Nicht eine einzige Frau nahm an der Arbeit teil, und wenn der Grad der Achtung, den die Männer dem ewig bewundernswerten Geschöpf erweisen, tatsächlich einen richtigen Maßstab für den Bildungsgrad eines Volkes darstellt, wie die Philosophen behaupten, dann kann ich die Taipis wohl für das kultivierteste Gemeinwesen erklären, das je von der Sonne beschienen wurde. Die religiösen Beschränkungen des Tabus ausgenommen, ließ man den Frauen volle Freiheit. Nirgends werden die Damen eifriger umworben, nirgends schätzt man die Spenderinnen unserer höchsten Freuden höher, und nirgends kennen sie ihre Macht besser. Anders als bei vielen primitiven Völkern, wo die Frauen alle Arbeit verrichten müssen, während ihre ungalanten Herren und Gebieter auf dem Faulbett liegen, ist das schwache Geschlecht im Taipital von der Arbeit befreit, wenn man das Arbeit nennen kann, was selbst in diesem tropischen Klima nicht einen einzigen Schweißtropfen kostet. Die Versorgung des Haushalts, der wenig Mühe machte, die Tapaherstellung, das Mattenflechten und Polieren der Trinkgefäße waren die einzigen Beschäftigungen, die den Frauen oblagen. Und selbst diese glichen mehr den angenehmen Zerstreuungen, mit denen unsere vornehmen Damen zu Hause ihre Vormittagsstunden müßig verbringen. Doch auch mit diesen so mühelosen und kurzweiligen Beschäftigungen gaben sich die leichtsinnigen jungen Mädchen sehr selten ab. Tatsächlich waren diese eigenwilligen, unbekümmerten Dinger jeder nützlichen Tätigkeit abgeneigt. Wie verwöhnte Schönheiten lustwandelten sie in den Hainen, badeten im Fluß, tanzten, flirteten, trieben allerlei mutwilligen Schabernack und verbrachten ihre Tage in einem einzigen lustigen Reigen sorglosen Glücks.

Solange ich auf der Insel weilte, habe ich niemals einen Streit beobachtet oder etwas, was nur im geringsten einer Auseinandersetzung ähnelte. Die Eingeborenen schienen einen großen Haushalt zu bilden, dessen Mitglieder einander in inniger Zuneigung verbunden sind. Eigentliche Familienliebe habe ich weniger beobachtet, sie schien in der allgemeinen Liebe aufzugehen; wo alle einander wie Brüder und Schwestern behandelten, war es schwer zu sagen, wer tatsächlich blutsverwandt war.

Man glaube nicht, daß ich übertreibe. Ich tue das

nicht. Und man entgegne mir auch nicht, die Feindseligkeit dieses Stammes gegenüber Fremden und ihre Erbfehde mit den Nachbarn hinter den Bergen paßten nicht zu dem Bild. Diese scheinbaren Widersprüche lassen sich leicht erklären. Viele Greuelmärchen und Ereignisse, die sich vor ihren Augen abspielten, haben diese Menschen gelehrt, den Weißen mit Abscheu zu betrachten. Allein Porters grausamer Einfall in ihr Land hat ihnen dazu Grund genug gegeben, und ich habe Verständnis für den Geist, aus dem heraus der Taipikrieger alle Pässe in sein Tal mit dem Speer in der Hand bewacht und, den Rücken gegen seine grüne Heimat gekehrt, am Strande steht, um sich die eindringenden Europäer vom Leibe zu halten.

Über den Ursprung der Feindschaft zwischen diesem Stamm und seinen Nachbarn weiß ich nicht so gut Bescheid. Ich will nicht behaupten, daß ihre Feinde die Angreifer sind, noch versuchen, ihr Verhalten zu beschönigen. Aber wenn unsere bösen Leidenschaften sich nun einmal Luft machen müssen, ist es bestimmt bei weitem besser, sie an Fremden und Ausländern auszulassen, als in dem Gemeinwesen, in dem wir leben. In vielen zivilisierten Staaten herrschen innere Streitigkeiten und Familienzwist gleichzeitig mit den erbittertsten auswärtigen Kriegen. Um wieviel besser sind daher unsere Insulaner, denen man von den drei Sünden nur die eine, kleinste vorwerfen kann?

Der Leser wird bald mit Recht vermuten, daß die Taipis Kannibalen sind, und er wird mir dann vielleicht vorwerfen, daß ich ein Volk bewundere, dem man ein so häßliches Verbrechen zur Last legt. Aber diese einzige Ungeheuerlichkeit in ihrem Charakter ist nicht halb so schrecklich, wie man sie gewöhnlich schildert. Nach den üblichen Schauergeschichten werden die Mannschaften von Schiffen, die an einer solchen barbarischen Küste stranden, von den ungesitteten Bewohnern lebendig als delikate Leckerbissen aufgefressen, und unglückliche Reisende in freundliche, verräterische Buchten gelockt, mit fremdartigen Keulen erschlagen und ohne vorherige Zubereitung serviert. So grauenhaft und unwahrscheinlich sind derartige Berichte, daß viele vernünftige, gut unterrichtete Leute gar nicht an das Vorhandensein von Kannibalen glauben und jeden Reisebericht, der etwas über sie mitteilt, in ihrem Bücherschrank in eine Reihe mit ›Ritter Blaubart‹ und ›Jack, dem Riesentöter‹ stellen. Andere dagegen, die blind an die ungeheuerlichsten Greuelmärchen glauben, sind fest davon überzeugt, daß es auf der Welt Menschen mit einem entarteten Geschmack gibt, denen ein einziger Bissen Menschenfleisch viel lieber ist als eine gute Mahlzeit aus Roastbeef und Plumpudding. Aber die Wahrheit, die eine zentrale Lage bevorzugt, liegt auch hier zwischen den beiden Extremen; denn der Kannibalismus besteht in mäßigem Umfang bei mehreren primitiven Stämmen im Pazifik, aber er beschränkt sich ausschließlich auf die Leichen der erschlagenen Feinde; und so schrecklich und furchtbar die Sitte auch ist, so maßlos man sie verabscheuen und verurteilen muß, behaupte ich dennoch, daß diejenigen, die ihr frönen, in anderen Beziehungen menschlich und tugendhaft sind.

28

Fischfang · Verteilung der Fische · Mitternächtliches Gelage · Kerzen als Zeitmesser · Zwanglose Tischsitten beim Fischessen

Nirgends zeigte sich der gesellige, freundliche Charakter der Taipis eindrucksvoller als bei ihren großen Fischzügen. Viermal während meines Aufenthaltes in dem Tal versammelten sich die jungen Männer um die Vollmondzeit und gingen zusammen auf den Fischfang. Da sie für gewöhnlich achtundvierzig Stunden abwesend waren, folgerte ich, daß sie von der Bucht ein Stück ins offene Meer hinausfuhren. Die Polynesier brauchen selten die Angel, sondern verwenden fast immer große, gutgearbeitete Netze, die sehr kunstvoll aus den gedrehten Fasern einer bestimmten Baumrinde angefertigt sind. Ich habe mir ein paar davon, die auf dem Strand von Nukuhiwa zum Trocknen ausgebreitet waren, genau angesehen. Sie ähneln unseren eigenen Schleppnetzen sehr, und ich möchte annehmen, sie sind beinahe ebenso haltbar.

Alle Südseeinsulaner, besonders aber die Taipis, essen leidenschaftlich gern Fisch. Ich konnte daher nicht verstehen, warum sie ihn so selten in ihren Gewässern fingen; denn nur zu bestimmten Zeiten unternahmen sie Fischzüge, und dieses Ereignis wurde stets mit großer Spannung erwartet.

Solange die jungen Männer fort waren, fieberte die ganze Bevölkerung des Ortes vor Aufregung, und man sprach von nichts weiter als von *pihi, pihi* (Fisch, Fisch). Um die Zeit, da man sie zurückerwartete, trat der Inseltelegraph in Tätigkeit – die über die ganze

Länge des Tales verstreut lebenden Bewohner stiegen auf Felsen und Bäume und jubelten vor Begeisterung bei dem Gedanken an das bevorstehende Festessen. Sobald das Nahen der Boote angekündigt wurde, liefen die Männer alle zum Strand, nur einige blieben in der Nähe des *teis*, um alles für den Empfang der Fische fertigzumachen, die in ungeheuren Blätterbündeln nach den Tabuhainen gebracht wurden. Jedes hing an einer Stange, die zwei Männer auf den Schultern trugen.

Bei einer dieser Gelegenheiten befand ich mich gerade im *tei* und erlebte ein sehr interessantes Schauspiel. Als alle Bündel angekommen waren, wurden sie in einer Reihe unter der Veranda des Gebäudes niedergelegt und geöffnet. Die Fische waren ziemlich klein, ungefähr von der Größe eines Herings, und schillerten in allen erdenklichen Farben. Etwa ein Achtel der ganzen Beute wurde für den *tei* selbst zurückbehalten, der Rest in zahlreiche kleinere Pakete aufgeteilt, die sofort nach allen Richtungen in die entferntesten Winkel des Tales abgesandt wurden. Wenn sie ihren Bestimmungsort erreicht hatten, verteilte man sie gleichmäßig auf die einzelnen Häuser eines jeden besonderen Gebietes. Die Fische standen unter strengem Tabu, bis sie verteilt waren, was anscheinend ganz unparteiisch vor sich ging. Auf diese Weise konnten alle Männer, Frauen und Kinder des Tals zur selben Zeit ihre Lieblingsspeise genießen.

Ich erinnere mich, daß die Fischer einmal um Mitternacht zurückkehrten; aber selbst zu dieser ungelegenen Zeit warteten die Insulaner so ungeduldig wie immer. Man sah die vom *tei* abgesandten Boten nach allen Richtungen durch die tiefen Wälder eilen; stets ging ihnen ein Knabe voran und leuchtete mit einer brennenden Fackel aus getrockneten Kokospalmzweigen, die ab und zu mit auf dem Pfad liegendem Reisig neu aufgefüllt wurde. Das phantastische Licht dieser riesigen Fackeln, die mit überraschender Helligkeit die innersten Winkel des Tals aufleuchten ließen und sich schnell unter dem Blätterbaldachin fortbewegten, das wilde Geschrei der aufgeregten Boten, das ihr Kommen ankündigte und von allen Seiten beantwortet wurde, und der seltsame Anblick ihrer nackten, von dem düsteren Hintergrund sich abhebenden Körper, machten auf mich einen Eindruck, den ich nicht sobald vergessen werde.

Bei eben diesem Fischzug weckte mich Kory-Kory mitten in der Nacht und meldete mir in einer Art Verzückung die Nachricht mit den Worten: »Pihi pemi« (Fisch kommt). Da ich gerade in einem festen, erquickenden Schlaf gelegen hatte, konnte ich mir nicht vorstellen, warum die Mitteilung nicht noch am Morgen zurechtkam. Am liebsten wäre ich wütend geworden und hätte meinem Diener eine Kopfnuß verabreicht; ich besann mich aber eines Besseren, stand ruhig auf, und als ich aus dem Haus trat, fesselten mich die Lichteffekte der wandernden Fackeln ungemein.

Als der alte Marheyo seinen Anteil an der Beute erhielt, traf der Haushalt sofort Vorbereitungen für ein mitternächtliches Gelage. Die Kalebassen wurden bis zum Rand mit *poi-poi* gefüllt, grüne Brotfrüchte geröstet und ein riesiger *amar*-Kuchen mit einem Bambusspan in Scheiben geschnitten und auf einem großen Bananenblatt serviert.

Bei diesem nächtlichen Mahl leuchteten uns junge Mädchen mit den Kerzen ihres Landes, die sie in den

Händen hielten. Diese Lichter sind sehr sinnreich gemacht. Im Tal wächst eine Nußart in großen Mengen, die bei den Taipis *amor* heißt und unserer Roßkastanie sehr ähnelt. Die Schale knackt man auf und holt den Kern ganz heraus. Dann reiht man eine beliebige Zahl Kerne auf die lange elastische Mittelrippe eines Kokospalmblattes. Manche dieser Kerzen haben eine Länge von acht bis zehn Fuß, aber da sie völlig biegsam sind, kann man das eine in der Hand befindliche Ende aufrollen; das andere wird angezündet. Die Nuß brennt mit einer flackernden bläulichen Flamme, und das darin enthaltene Öl ist ungefähr in zehn Minuten verbraucht. Wenn die eine Nuß abbrennt, entzündet sich die nächste, und die Asche wird in eine bereitgehaltene Kokosnußschale abgestoßen. Diese primitive Kerze muß ständig beobachtet und in der Hand gehalten werden. Die damit beschäftigte Person mißt die Zeit nach der Zahl der abgebrannten Nüsse, die sich leicht feststellen läßt, wenn man die in regelmäßigen Abständen über den Faden verteilten Tapastücke zählt.

Ich muß leider eine betrübliche Tatsache melden: Die Bewohner von Taipi verzehrten Fisch ungefähr in derselben Weise, wie ein zivilisiertes Wesen Radieschen ißt – ohne weitere Zubereitungen. Sie verspeisen ihn roh mit Schuppen, Gräten, Kiemen und Eingeweiden. Der Fisch wird beim Schwanz gepackt, der Kopf in den Mund geschoben, und schon verschwindet das Tier mit einer Geschwindigkeit, daß man annehmen sollte, es rutsche ganz durch den Schlund.

Roher Fisch! Werde ich je die Gefühle vergessen, als ich meine Inselschönheit zum erstenmal einen verschlingen sah? O Gott! Fayaway, wie konntest du dir eine so abscheuliche Sitte angewöhnen? Als sich aber der erste Schreck gelegt hatte, schien mir der Brauch nicht mehr so widerlich, und ich gewöhnte mich bald daran! Es soll auch niemand glauben, daß die liebliche Fayaway große, ordinäre Fische verschlang. O nein! Mit ihrer schönen, schmalen Hand nahm sie ein zartes, kleines, goldiges, allerliebstes Fischlein und aß es so anmutig und unbefangen, als wäre es ein Biskuit. Aber leider war es eben doch ein roher Fisch, und ich kann nur sagen, daß sie ihn auf eine damenhaftere Art aß als alle anderen Mädchen des Tales.

›Wenn du in Rom bist, dann benimm dich wie die Römer.‹ Dieses Sprichwort hielt ich für so gut, daß ich darauf bedacht war, mich in Taipi wie die Taipis zu benehmen. So aß ich *poi-poi* auf ihre Art; ich lief in einer auffallend schlichten Tracht umher, schlief auf dem Gemeinschaftslager und richtete mich noch in vielen Dingen nach ihren eigentümlichen Sitten; aber ich ging auf dem Wege der Anpassung nicht weiter, als daß ich bei mehreren Gelegenheiten rohe Fische aß. Da sie besonders zart und ganz klein waren, fand ich das Unternehmen im Grunde gar nicht so übel, und nach ein paar Versuchen gewann ich tatsächlich Geschmack daran: Freilich unterzog ich die Fische einer kleinen Operation mit dem Messer, bevor ich sie mir einverleibte.

29

Naturgeschichte des Tales · Goldene Eidechsen · Zahme Vögel · Moskitos · Fliegen · Hunde · Eine einzelne Katze · Klima · Die Kokospalme · Eigentümliche Art hinaufzuklettern · Ein behender junger Häuptling · Furchtlosigkeit der Kinder · Tu-Tu und die Kokospalme · Die Vögel des Tales

Ich glaube, ich schulde dem Leser einige Mitteilungen über die Naturgeschichte des Tales.

Woher, in Graf Buffons und Baron Cuviers Namen, kamen die Hunde, die ich in Taipi sah? Hunde? Eher große unbehaarte Ratten; alle mit glattem, glänzendem, scheckigem Fell, dickem Rumpf und widerwärtigem Kopf. Woher können sie nur gekommen sein? Ich bin fest überzeugt, daß sie dort nicht zu Hause waren. Sie schienen sich auch selber als Eindringlinge vorzukommen, sahen so aus, als schämten sie sich, und versuchten immer, sich in einem dunklen Winkel zu verkriechen. Ganz offensichtlich fühlten sie sich nicht wohl im Tal und wünschten sich weit weg, zurück in das häßliche Land, aus dem sie gekommen sein mußten.

Räudige Köter! Ich verabscheute sie; und mir wäre nichts lieber gewesen, als wenn ich jeden einzelnen davon hätte umbringen können. Tatsächlich wollte ich Mehevi einmal zu einem Hundekreuzzug überreden, aber der gutmütige König war nicht dafür zu haben. Er hörte mich geduldig an und sagte mir dann im Vertrauen, sie wären ›tabu‹.

Und was das Tier betrifft, das dem Ex-Lord-Mayor Whittingtons Glück brachte, so werde ich nie den Tag vergessen, an dem ich um die Mittagszeit im Hause lag und alle anderen fest schliefen – als ich da zufällig meine Augen aufschlug, erblickte ich eine große, schwarze, geisterhafte Katze, die aufrecht in der Tür saß und mich mit ihren fürchterlichen grünen Glotzaugen anstarrte, wie einer jener schrecklichen Kobolde, die auf Teniers' Bildern die Heiligen quälen! Ich gehöre zu jenen unglücklichen Menschen, für die der Anblick dieser Tiere immer eine unerträgliche Qual ist.

Da ich so von Natur einen Widerwillen gegen Katzen im allgemeinen habe, brachte mich das unerwartete Erscheinen dieser einen ganz aus der Fassung. Als ich mich ein bißchen von dem hypnotischen Blick erholt hatte, fuhr ich auf; die Katze floh; das gab mir Mut, und ich rannte aus dem Haus, um sie zu verfolgen; aber sie war verschwunden. Es war das einzige Mal, daß ich je einer Katze im Tal begegnete, und wie sie dorthin gekommen ist, kann ich mir nicht vorstellen. Möglich, daß sie von einem der Schiffe in Nukuhiwa entfloh. Umsonst versuchte ich, darüber von den Eingeborenen Auskunft zu erlangen; denn keiner von ihnen hatte das Tier gesehen, dessen Erscheinen mir bis zum heutigen Tag ein Rätsel ist.

Unter den wenigen Tieren, die es in Taipi gibt, hat mich keins mehr interessiert als eine schöne, goldfarbene Eidechsenart. Sie maß vielleicht fünf Zoll vom Kopf bis zum Schwanz und war sehr graziös gebaut. Die zierlichen Geschöpfe sonnten sich überall auf den Hausdächern, und zu jeder Tageszeit sah man zahllose glitzernde Körper zwischen den Grashalmen hin- und herhuschen oder die hohen Stämme der Kokospalme auf- und niederrennen. Aber nicht nur die ungewöhnliche Schönheit der kleinen Tiere und ihre Munterkeit erheischten meine Bewunderung. Sie waren völlig zahm und furchtlos. Oft, wenn ich mich in den heißen Stunden des Tages an einem schattigen Ort auf die Erde setzte, wurde ich ganz von ihnen überrannt. Schob ich eine von meinem Arm herunter, sprang sie mir vielleicht ins Haar; wollte ich sie dadurch wegjagen, daß ich sie leicht ins Bein kniff, so wendete sie sich schutzsuchend nach derselben Hand, die sie angegriffen hatte.

Auch die Vögel waren auffallend zahm. Wenn man einen zum Greifen nah auf einem Ast sitzen sah und darauf zuging, flog er nicht sofort weg, sondern wartete ruhig, bis man ihn fast berühren konnte, und dann hob er langsam seine Schwingen, weniger aus Angst, wie es schien, als um den Weg freizugeben. Hätte man mehr Salz im Tal gehabt, wäre das der richtige Ort gewesen, um damit auf den Vogelfang zu gehen.

Ich erinnere mich, daß sich auf einer unbewohnten Galapagosinsel einmal ein Vogel auf meinem ausgestreckten Arm niederließ, während sein Gefährte auf einem Baum in der Nähe zirpte. Über diese Zutraulichkeit war ich nicht erschreckt wie Selkirk bei einer ähnlichen Gelegenheit, ich bebte vor Entzücken wie nie zuvor in meinem Leben, und mit der gleichen Freude sah ich später im Taipital das Vertrauen der Vögel und Eidechsen zu der Freundlichkeit der Menschen.

Unter die zahlreichen Plagen, die manchen Südseeinsulanern als dauernde Last von den Europäern aufgebürdet wurden, gehören auch die ewigen Ruhestörer, die einem die beste Laune verderben können – die Moskitos. Es gibt jetzt auf den Sandwichinseln und zwei oder drei der Gesellschaftsinseln blühende Kolonien dieser Insekten, die zufällig dort eingeführt wurden, aber, wie es aussieht, die einheimische Sandfliege bald ganz verdrängt haben werden. Sie stechen, summen und quälen das ganze Jahr hindurch und reizen die Eingeborenen so unaufhörlich, daß dadurch die wohlwollenden Bemühungen der Missionare außerordentlich beeinträchtigt werden.

Von dieser bösen Heimsuchung sind jedoch die Taipis bis jetzt noch völlig verschont geblieben. Aber leider gibt es dafür bei ihnen eine winzige Fliegenart, die gelegentlich auftritt und, wenn sie auch nicht sticht, trotzdem sehr lästig ist. Die Zutraulichkeit der Vögel und Eidechsen reicht bei weitem nicht an die furchtlose Dreistigkeit dieses Insekts heran. Es setzt sich auf eine Augenwimper und schläft dort ein, wenn man es nicht verscheucht, oder es bahnt sich einen Weg durch dein Haar oder in dein Nasenloch, bis du dir fast einbildest, es hätte beschlossen, dein Gehirn zu erforschen. Einmal war ich so unvorsichtig zu gähnen, als ein Schwarm um mich herumlungerte. Ich habe diese Tat nicht wiederholt. Ein halbes Dutzend stürzte sich in den offenen Raum und begann, an seiner Decke herumzulaufen; es war ein schreckliches Gefühl. Ich schloß unwillkürlich den Mund, und die armen, von Finsternis umfangenen Geschöpfe müssen in ihrer Verwirrung über meinen Gaumen gestolpert und in den Schlund gestürzt sein. Obwohl ich später meinen Mund aus lauter Barmherzigkeit mindestens fünf Minuten lang offen hielt, um den Herumstreichern den Ausgang freizulassen, hat nicht einer von ihnen die Gelegenheit genutzt.

Es gibt keinerlei wilde Tiere auf den Inseln, wenn man nicht zu der Meinung kommt, daß die Eingeborenen selbst welche sind. Die Berge und das Innere bieten dem Auge nichts als schweigende Einsamkeit, die kein Raubtiergebrüll unterbricht und auch nur wenige Spuren kleinster Tiere beleben. Es gibt weder giftige Reptilien noch Schlangen in den Tälern.

Auf einer Gesellschaft marquesanischer Eingeborener liefert das Wetter keinen Gesprächsstoff. Es ändert sich kaum. Freilich bringt die Regenzeit häufige Schauer, aber sie dauern nicht lange und sind erfrischend. Wenn ein Insulaner einen Ausflug machen will und morgens von seinem Lager aufsteht, guckt er nicht besorgt nach draußen, wie der Himmel aussieht, und er stellt auch nicht fest, woher der Wind weht. Er kann sich stets darauf verlassen, daß es ein ›schöner Tag‹ wird, und ein paar wohltuende Schauer sind ihm willkommen. Es gibt niemals ›ungewöhnliches Wetter‹ auf der Insel, wie es sich seit unvordenklichen Zeiten in Amerika immer wieder zuträgt und trotzdem noch mit Ausrufen der Verwunderung von den älteren Leuten besprochen wird. Es gibt auch keinen plötzlichen Wetterumschwung, wie er uns mitunter überrascht. Im Taipital läßt nie plötzlicher Frost eine Schale Eiskrem weniger wünschenswert erscheinen, und man braucht kein Picknick wegen eines unerwarteten Schneesturms abzusagen; denn dort folgt ein Tag dem andern in einem ewigen sonnigen Sommerreigen, und das ganze Jahr ist ein langer tropischer Juni, der gerade in den Juli übergeht.

Dieses freundliche Klima läßt die Kokosnüsse so prächtig gedeihen. Die unschätzbare Frucht, die auf dem reichen Boden der Marquesas zu höchster Vollendung gelangt und hoch oben auf einer herrlichen, mehr als hundert Fuß hohen Säule wächst, scheint zunächst für den schlichten Eingeborenen fast unerreichbar. Tatsächlich stellt der schlanke, glatte, hochstrebende Stamm, der keinen einzigen Ast oder Vorsprung als Hilfe beim Klettern bietet, ein Hindernis dar, wie es nur die überraschende Behendigkeit und Erfindungsgabe der Insulaner zu überwinden vermag. Man könnte annehmen, daß ihre Trägheit sie geduldig auf die Zeit warten ließe, wenn sich die reifen Nüsse langsam von den Stielen lösen und zur Erde fallen. Das wäre auch bestimmt der Fall, wenn sie nicht gerade die junge Frucht besonders schätzten. Sie ist in eine weiche, grüne Schale eingeschlossen, die an ihren Seiten das im Entstehen begriffene Fleisch in einem gallertartigen Häutchen hängen hat und einen Becher des köstlichen Nektars enthält. Die Taipis haben mindestens zwanzig verschiedene Bezeichnungen, um ebensoviele aufeinanderfolgende Stadien im Wachstum der Nuß zu bezeichnen. Viele von ihnen mögen die Frucht überhaupt nur in einem bestimmten Reifezustand, und so unglaublich das klingen mag, sie schienen ihn bis auf die Stunde genau bestimmen zu können. Andere sind noch größere Feinschmecker; sie sammeln einen Haufen Nüsse jeden Alters, zapfen sie kunstgerecht an und probieren ein Schlückchen von der einen und dann von der anderen, so mäkelig wie ein wählerischer Weintrinker, der, das Glas in der Hand, unter seinen verstaubten Korbflaschen verschiedene Jahrgänge kostet.

Manche junge Männer mit gelenkigeren Gestalten und vielleicht auch mutigeren Seelen als ihre Kameraden liefen den Stamm der Kokospalme auf eine Weise hinauf, die mir ans Wunderbare zu grenzen schien; und wenn ich ihnen dabei zuschaute, überkam mich dieselbe merkwürdige Verwunderung, die ein Kind empfindet, wenn es eine Fliege mit den Füßen zuoberst die Decke entlangkriechen sieht.

Ich will zu beschreiben versuchen, wie Narni, ein edler junger Häuptling, dieses Kunststück manchmal zu meinem besonderen Vergnügen ausführte; doch muß ich auch das vorangehende Schauspiel schildern. Wenn ich ihm den Wunsch äußerte, er solle mir die junge Frucht eines besonderen Baumes herunterholen, nahm er plötzlich eine ganz erstaunte Haltung an und heuchelte Überraschung, daß ich von ihm etwas so Törichtes erbat. In dieser Stellung verharrt er einen Augenblick, dann aber mildert sich sein seltsamer Gesichtsausdruck, und er spielt komisch den Bereitwilligen. Bekümmert schaut er zu der büschelförmigen Baumkrone hinauf, stellt sich auf die Zehenspitzen, reckt den Hals und hebt die Arme, als wolle er versuchen, die Frucht vom Boden aus zu erreichen. Wie ein Kind, dem ein Unternehmen mißlungen ist, sinkt er jetzt enttäuscht zur Erde und schlägt sich die Brust in gut gespielter Verzweiflung. Dann springt er plötzlich auf, wirft den Kopf zurück und hebt beide Hände wie ein Schuljunge, der einen herabfallenden Ball auffangen will. Wenn er ein paar Augenblicke so dagestanden hat, als ob er erwarte, daß ihm ein guter Geist in dem Baumwipfel die Früchte herunterwerfen würde, kehrt er sich in einem neuen Verzweiflungsanfall wild um und jagt dreißig oder vierzig Schritt weit weg. Hier bleibt er eine Weile stehen und betrachtet die Palme, ein Bild des Jammers; aber in der nächsten Minute scheint ihm die Eingebung blitzartig zu kommen, er läuft nach dem Baum, schlingt beide Arme um den Stamm, den einen etwas höher als den anderen, stemmt die Fußsohlen dicht nebeneinander gegen den Baum, streckt die Beine, bis sie fast waagerecht liegen und sein Körper einen Bogen bildet, dann steigt er – eine Hand über der anderen und Fuß auf Fuß – mit stetiger Geschwindigkeit empor, und fast ehe man sich's versieht, ist er in dem geschützten, schaukelnden

Nest der Nüsse angekommen und wirft die Früchte jauchzend auf die Erde herunter.

Diese Art, einen Baum hinaufzulaufen, ist nur möglich, wo der Stamm beträchtlich von der Senkrechten abweicht. Das ist aber fast immer der Fall; manche völlig gerade gewachsenen Baumstämme neigen sich in einem Winkel von dreißig Grad.

Weniger gewandte Männer und viele Kinder des Tales haben eine andere Methode des Kletterns. Sie nehmen ein breites, haltbares Stück Rinde und befestigen beide Enden an ihren Knöcheln, so daß die derart gefesselten Füße, wenn man sie spreizt, nur einen Zwischenraum von etwa zwölf Zoll lassen. Diese Vorrichtung erleichtert das Steigen sehr. Das Band, das gegen den Baum gepreßt wird und ihn eng umschließt, ist eine ziemlich feste Stütze. Nun umschlingen die Arme den Stamm, die Füße, die dem Körper Halt geben, werden jedesmal fast ein Yard emporgezogen, und gleich darauf greifen die Hände entsprechend höher. Ich habe kleine Kinder, kaum fünf Jahre alt, auf diese Art furchtlos den schlanken Stamm einer jungen Kokospalme hinaufklettern sehen, und wenn sie vielleicht fünfzig Fuß über dem Boden hingen, klatschten ihnen ihre Eltern unten Beifall und ermutigten sie, noch höher zu steigen.

Als ich zum erstenmal eine solche Vorführung sah, fragte ich mich, was wohl in Amerika und England die ängstlichen Mütter zu einer ähnlichen Mutprobe ihrer Kinder sagen würden? Die Spartaner hätten sie vielleicht gutgeheißen, aber die meisten modernen Frauen wären bei dem Anblick wohl hysterisch geworden.

Am Wipfel der Kokospalme strahlen die vielen Zweige von einem gemeinsamen Mittelpunkt nach allen Seiten aus und bilden eine Art grünen, schaukelnden Korb, zwischen dessen Blättern man gerade noch die Nüsse erkennt, die in dichten Büscheln zusammenstehen und auf den hohen Bäumen vom Boden aus nicht größer als Weintrauben aussehen. Ich erinnere mich an einen wagehalsigen kleinen Burschen – Tu-Tu hieß der Lausbube –, der sich in einem malerischen Wedel ein luftiges Puppenhaus gebaut hatte. Er verbrachte ganze Stunden dort, raschelte in den Zweigen und jauchzte vor Entzücken, sooft die kräftigen, von den Bergen herkommenden Windstöße die hohe biegsame Säule, auf der er thronte, hin- und herschwangen. Wenn ich Tu-Tus wohlklingende Stimme hörte, die in der großen Höhe seltsam klang, mußte ich immer an Dibdins Verse denken:

's sitzt ein klein' Englein im Masttopp hoch oben,
wacht übers Leben der armen Matrosen.

Vögel – leuchtende, wunderschöne Vögel – fliegen durchs Taipital. Man sieht sie hoch oben auf den unbeweglichen Ästen der majestätischen Brotfruchtbäume sitzen oder sanft auf den biegsamen Zweigen des Omus schwingen, über die Palmdächer der Bambushütten streichen, wie geflügelte Geister durch die schattigen Haine ziehen und manchmal in glänzendem Flug von den Bergen in den Schoß des Tales herabschießen. Ihr Gefieder ist purpurn und himmelblau, karmesin und weiß, schwarz und golden, der Schnabel rot wie Blut, schwarz wie Ebenholz oder weiß wie Elfenbein, und ihre Augen strahlen und funkeln. In leuchtenden Scharen segeln sie durch die Luft; aber leider sind sie alle stumm, es gibt nicht einen einzigen Singvogel im Tal!

Ich weiß nicht, woher es kam, aber der Anblick dieser Vögel, die doch sonst Freude bringen, bedrückte mich immer und stimmte mich schwermütig. Wenn ich spazierenging und sie schwebten in ihrer stummen Schönheit um mich herum oder sahen mit ihren ruhigen, neugierigen Augen aus dem Laub auf mich herab, bildete ich mir fast ein, sie wüßten, daß sie auf einen Fremdling schauten, und bemitleideten sein Geschick.

30

Ein Professor der schönen Künste · Wie er mich verfolgte · Vom Tätowieren und Tabu · Zwei Anekdoten zur Erläuterung des Tabus · Einige Gedanken über den Taipidialekt

Als ich auf einem meiner Spaziergänge mit Kory-Kory am Rande eines dichten Gebüschs vorbeikam, erregte ein merkwürdiges Geräusch meine Aufmerksamkeit. Ich drang in das Dickicht ein und sah zum erstenmal, wie die Insulaner das Tätowieren ausführen.

Ein Mann lag flach auf dem Rücken, und trotz seiner beherrschten Miene litt er sichtlich qualvolle Schmerzen. Sein Peiniger beugte sich über ihn und arbeitete wie ein Steinmetz mit Hammer und Meißel. In der einen Hand hielt er einen kurzen, dünnen Stab, der einen Haifischzahn als Spitze hatte, und auf das obere Ende dieses Stabes klopfte er mit einem kleinen Holzhammer. Dadurch wurde die Haut punktiert und gleichzeitig mit einem Farbstoff, in den das Instrument getaucht war, getränkt. Eine Kokosnußschale mit dieser Flüssigkeit stand am Boden. Man gewinnt die Farbe, indem man einen bestimmten Pflanzensaft mit der Asche der *amor* oder Kerzennuß mischt, die dafür stets aufgehoben wird. Neben dem Wilden lagen auf einem schmutzigen Tapalappen viele merkwürdige Werkzeuge aus Knochen und Holz, die ganz gefährlich aussahen und bei den verschiedenen Techniken seiner Kunst benutzt wurden. Manche endeten in einer einzigen feinen Spitze und wurden wie sehr harte Bleistifte verwendet, um der Zeichnung die letzte Vollendung zu geben oder, wie das hier der Fall war, um die empfindlicheren Teile des Körpers zu bearbeiten. Andere hatten eine Reihe Spitzen, die Sägezähnen glichen. Man nahm sie für die gröbere Arbeit, besonders zum Einritzen gerader Linien. Mitunter bildeten die Spitzen kleine Muster; hielt man sie gegen den Körper, so genügte ein einziger Hammerschlag, um einen unverwischbaren Aufdruck zu hinterlassen. Ich bemerkte auch ein paar Geräte, deren Griffe seltsam gebogen waren, als wollte man sie in den äußeren Gehörgang einführen und damit vielleicht das Trommelfell tätowieren. Alles in allem mußte ich bei dem Anblick dieser Instrumente an die greulichen Dinger mit Perlmuttergriffen denken, die man in ihren samtgefütterten Etuis beim Zahnarzt sieht.

Der Künstler war nicht mit einer Originalskizze beschäftigt. Er arbeitete an einem ehrwürdigen Wilden, dessen Tätowierung durch das Alter etwas verblichen war und ein bißchen ausgebessert werden mußte, restaurierte also nur die Werke der alten Meister der Taipischule, so wie sie auf die menschliche Leinwand gezeichnet waren. Er arbeitete gerade an den Augenlidern seines Opfers, die den gleichen Querstreifen als Verzierung hatten, der auch über Kory-Korys Gesicht lief. Trotz allen Anstrengungen des armen alten Mannes zuckten und verzerrten sich seine Gesichtsmuskeln und verrieten, wie außerordentlich empfindlich diese Fensterläden der Seele sind, die er sich neu bemalen ließ. Aber der Künstler, gefühllos wie ein Feldscher, setzte seine Arbeit unentwegt fort, sang ein wildes Lied dazu und klopfte so lustig drauflos wie ein Specht.

Er war so in sein Werk vertieft, daß er unser Kommen nicht bemerkte. Erst als ich ihn eine Weile ungestört bei seiner Tätigkeit beobachtet hatte, machte ich ihn auf uns aufmerksam. Sowie er mich sah, packte er mich beim Arm, halb verrückt vor Freude, weil er annahm, ich suchte ihn in seiner beruflichen Eigenschaft auf, und wollte mit Feuereifer sogleich an die Arbeit gehen. Als ich ihm jedoch klarmachte, daß er mich völlig mißverstanden hätte, war er unendlich bekümmert und enttäuscht. Doch erholte er sich wieder und schien entschlossen, meinen Versicherungen keinen Glauben zu schenken; er nahm sein Werkzeug und fuchtelte mir damit beängstigend nahe vor dem Gesicht herum, wobei er eine pantomimische Vorführung seiner Kunst gab und immerzu in Ausrufe der Bewunderung über die Schönheit des Entwurfs ausbrach.

Bei dem bloßen Gedanken, ich könnte für das ganze Leben entstellt werden, wenn der Kerl seine Absichten an mir ausführte, packte mich das Grauen, und ich versuchte, von ihm loszukommen. Kory-Kory, der dabeistand, ließ mich im Stich und bestürmte mich ebenfalls, auf diese unerhörte Forderung einzugehen.

Als ich mich so beharrlich weigerte, geriet der erregte Künstler fast von Sinnen; der Schmerz überwältigte ihn, daß er eine so edle Gelegenheit, sich in seinem Beruf auszuzeichnen, nicht wahrnehmen konnte.

Der Gedanke, seine Tätowierungen meiner weißen Haut einzuprägen, erregte die ganze Leidenschaft des Malers; immer wieder starrte er mein Gesicht an, und mit jedem neuen Blick schien sich sein Ehrgeiz zu steigern. Da ich nicht wußte, ob er bis zum Äußersten gehen würde, und fürchtete, er könnte mir meine Galionsfigur ruinieren, versuchte ich ihn abzulenken. Voller Verzweiflung hielt ich ihm meinen Arm hin und bedeutete ihm, mit der Arbeit zu beginnen. Aber er wies den Kompromiß entrüstet zurück und setzte seinen Angriff auf mein Gesicht fort; mit etwas Geringerem wollte er sich nicht zufriedengeben. Als sein Zeigefinger über meine Züge fuhr, um die Umrißlinien jener parallelen Bänder zu bestimmen, die mein Gesicht einfassen sollten, ging es mir durch Mark und Bein. Halb toll vor Entsetzen und Entrüstung gelang es mir schließlich, mich von den drei Wilden loszureißen, und ich floh nach dem Haus des alten Marheyo, von dem Künstler verfolgt, der seine Leidenschaft nicht bezähmen konnte. Das Werkzeug in der Hand, rannte er hinter mir her. Zuletzt aber legte sich Kory-Kory ins Mittel und brachte ihn von der Fährte ab.

Dieser Vorfall zeigte mir, daß eine neue Gefahr drohte, und ich gelangte zu der Überzeugung, man würde mich in einer unglücklichen Stunde so entstellen, daß ich niemals mehr *die Stirn* haben konnte, zu meinen Landsleuten zurückzukehren, selbst wenn sich eine Möglichkeit dazu bot.

Meine Befürchtungen steigerten sich noch, als König Mehevi und mehrere kleine Häuptlinge begehrten, ich solle mich tätowieren lassen. Der Wunsch des Königs wurde mir etwa drei Tage nach meiner zufälligen Begegnung mit Karky, dem Künstler, mitgeteilt! O Gott! Wie ich diesen Karky verfluchte! Zweifellos hatte er ein Komplott gegen mich und mein Gesicht geschmiedet und würde nicht eher ruhen, bis er sein teuflisches Vorhaben ausgeführt hatte. Ich bin ihm später mehrmals an verschiedenen Stellen des Tales in den Weg gelaufen, und sobald er meiner ansichtig wurde, rannte er unweigerlich mit seinem Hammer und Meißel auf mich zu und fuchtelte mir damit im Gesicht herum, als könne er es gar nicht erwarten, anzufangen. Wie hätte er mich wohl zugerichtet?

Als mir der König zum erstenmal seinen Wunsch bekundete, äußerte ich meinen ungeheuren Abscheu vor der Sache und geriet in solche Erregung, daß er mich verwundert anstarrte. Es überstieg offenbar Sr. Majestät Fassungsvermögen, daß ein vernünftiger, besonnener Mensch den geringsten Einwand gegen eine solche Verschönerung erheben könnte.

Kurz darauf wiederholte er seine Bitte, und da ich sie wiederum ablehnte, zeigte er sich über meinen Starrsinn etwas ungnädig. Als er mit seiner Forderung zum drittenmal kam, war mir klar, daß etwas geschehen müsse, oder mein Gesicht war für immer verdorben; ich nahm daher meinen ganzen Mut zusammen und erklärte mich bereit, mir beide Arme vom Handgelenk bis zur Schulter tätowieren zu lassen. Seine Majestät waren über diesen Vorschlag außerordentlich erfreut, und ich gratulierte mir schon, auf diese Weise zu einem Kompromiß gekommen zu sein, als er mir sagte, daß die Operation natürlich zuerst an meinem Gesicht vorgenommen werden müsse. Ich war fast verzweifelt. Nichts außer der Schändung meines ›göttlichen Antlitzes‹, wie die Dichter es nennen, schien also dem unerbittlichen

Mehevi und seinen Häuptlingen zu genügen, oder besser dem verfluchten Karky; denn der steckte hinter der ganzen Sache.

Der einzige mir verbleibende Trost war, daß ich mir das Muster selbst wählen durfte. Ich konnte mir ganz nach Belieben über mein Gesicht zwei horizontale Streifen spannen lassen, wie sie mein Diener trug, oder genau so viel schiefe, oder wenn ich es als echter Höfling vorzog, mich nach der königlichen Mode zu richten, stand es mir offen, eine Art Freimaurerabzeichen in Form eines mystischen Dreiecks auf meinem Gesicht zu tragen. Doch wollte ich von alledem nichts wissen, obwohl mir der König eindringlich versicherte, man werde mir keinerlei Vorschriften über das Muster machen. Endlich, als er sah, daß ich niemals einwilligen würde, hörte er mit der Belästigung auf.

Die anderen Wilden dagegen nicht! Kaum ein Tag verging, an dem sie mich nicht mit ihren Bitten behelligten, bis mir zu guter Letzt das Leben zur Qual wurde; die Freuden, die ich früher begeistert genossen hatte, verloren ihren Reiz, und mein alter Wunsch nach Flucht aus dem Tal erwachte mit neuer Stärke.

Eine Sache, die ich bald darauf erfuhr, verstärkte noch meine Befürchtungen. Das ganze System der Tätowierung hing mit ihrer Religion zusammen, und es war daher klar, daß sie beschlossen hatten, mich zu bekehren.

Bei der Verschönerung der Häuptlinge schien es notwendig zu sein, einen äußerst sorgfältigen Entwurf anzufertigen. Manche nicht so hochgestellte Eingeborene sahen dagegen aus, als hätte sie ein Dekorationsmaler wahllos mit seinem Pinsel bekleckst. Mir fällt da ein Bursche ein, der sich sehr viel auf einen großen viereckigen Fleck hoch oben auf dem Rücken einbildete; ich mußte dabei immer an einen Menschen denken, dem man ein Zugpflaster aus spanischen Fliegen zwischen die Schultern geklebt hat. Ein anderer, den ich häufig traf, hatte sich die Augenhöhlen mit zwei Quadraten tätowieren lassen, und da seine Sehorgane auffällige Leuchtkraft besaßen, strahlten sie daraus hervor wie ein paar Diamanten aus einer Ebenholzfassung.

Wenn ich auch davon überzeugt war, daß hinter dem Tätowieren ein religiöser Sinn lag, habe ich doch nie erfahren können, in welchem Zusammenhang es mit dem abergläubischen Götzendienst des Stammes stand. Wie das noch wichtigere Tabu-System ist es mir immer unerklärlich geblieben.

Die religiösen Bräuche auf den meisten polynesischen Inseln ähneln sich sehr, ja gleichen sich fast; und überall gibt es das geheimnisvolle Tabu, wenn auch seine Anwendung mehr oder weniger beschränkt ist. So seltsam kompliziert sind die Regeln dieses einzigartigen Systems, daß ich mehrmals Personen begegnet bin, die jahrelang auf den pazifischen Inseln gelebt und sich beachtliche Sprachkenntnisse erworben hatten und trotzdem keine befriedigende Auskunft geben konnten, wie es gehandhabt wurde. Während meines Aufenthaltes im Taipital bekam ich zu jeder Stunde den Einfluß dieser allesbeherrschenden Macht zu spüren, ohne auch nur das geringste davon zu verstehen. Er war überaus weitreichend und überall fühlbar, machte sich bei den wichtigsten und unbedeutendsten Lebensvorgängen geltend. Kurz gesagt, der Wilde beobachtet fortwährend die Regeln des Tabus, und jede seiner Handlungen wird von ihm geleitet und bestimmt.

Zu Beginn meines Aufenthaltes im Tal wurde ich mindestens fünfzigmal in den vierundzwanzig Stunden des Tages mit dem Zauberwort ›tabu‹ begrüßt, das mir in den Ohren gellte, wenn ich mich, ohne es zu wissen, einer groblichen Verletzung seiner Bestimmungen schuldig machte. Am Tage nach unserer Ankunft gab ich zufällig Toby etwas Tabak über den Kopf eines Eingeborenen, der zwischen uns saß. Er fuhr in die Höhe, als hätte ihn eine Schlange gebissen, und die ganze Gesellschaft, die ebenso bestürzt war, schrie gleichzeitig: »Tabu!« Ich habe mir nie wieder einen ähnlichen Verstoß gegen die Gesetze der guten Erziehung und die Vorschriften des Tabus zuschulden kommen lassen. Aber es war nicht immer so leicht zu erkennen, wodurch ich dem Geist dieser Einrichtung zuwider gehandelt hatte. Ich wurde oft zur Ordnung gerufen, wenn ich den Ausdruck gebrauchen darf, obwohl ich beim besten Willen nicht erraten konnte, weshalb ich eigentlich Anstoß erregt hatte.

Eines Tages bummelte ich in einer einsamen Gegend des Tales herum, und da ich die Musik des Tapaschlegels in der Nähe hörte, bog ich in einen Pfad ein, der mich in wenigen Minuten nach einem Hause führte, wo etwa ein halbes Dutzend Mädchen mit der Herstellung von Tapa beschäftigt waren. Diese Tätigkeit hatte ich häufig beobachtet und die Borke in den verschiedenen Zubereitungsstadien in der Hand gehabt. Diesmal waren die Mädchen eifrig bei der Sache, und als sie aufgeschaut und ein paar Augenblicke vergnügt mit mir gesprochen hatten, fuhren sie mit ihrer Arbeit fort. Ich sah ihnen eine Weile schweigend zu, dann nahm ich in Gedanken eine Handvoll des umherliegenden Materials und zerpflückte es. Plötzlich erschreckte mich ein Schrei, als wäre ein ganzes Pensionat junger Damen hysterisch geworden. Als ich auffuhr, weil ich glaubte, ein Dutzend Happarkrieger wollten den Raub der Sabinerinnen wiederholen, sah ich mich von der ganzen Mädchenschar umringt. Sie hatten ihre Arbeit fallen lassen; mit weit aufgerissenen Augen und wogendem Busen standen sie da und wiesen mit den Fingern entsetzt auf mich.

Ich dachte, ein giftiges Reptil sei in der Rinde in meiner Hand verborgen, und begann, sie vorsichtig auseinanderzunehmen und zu untersuchen. Da kreischten die entgeisterten Mädchen noch viel lauter. Ihre wilden Schreie und verängstigten Bewegungen jagten mir tatsächlich Furcht ein, ich warf die Tapa hin und wollte aus dem Hause laufen, als der Lärm plötzlich verstummte. Eine von ihnen packte mich beim Arm, zeigte auf die zerrissenen Fasern, die ich gerade weggeworfen hatte, und brüllte mir das verhängnisvolle Wort ›tabu‹ in die Ohren!

Wie ich später erfuhr, war der Stoff von besonderer Art und sollte als Kopfputz der Frauen getragen werden. Während der Herstellung wurde er durch ein strenges Tabu geschützt, das dem männlichen Geschlecht verbot, ihn auch nur zu berühren.

Wenn ich in den Wäldern spazierenging, sah ich häufig Brotfruchtbäume und Kokospalmen, um deren Stämme Blätterkränze in eigenartiger Form gewunden waren. Das war das Zeichen des Tabus. Die Bäume, ihre Früchte und selbst der Schatten, den sie auf die Erde warfen, wurden durch das Anbringen dieser Kränze geweiht. Ebenso war eine Pfeife, die mir der König geschenkt hatte, dadurch in den Augen der Eingeborenen tabu geworden, und ich habe nie einen überreden können, daraus zu rauchen. Der Pfeifenkopf, um den ein Band aus geflochtenen Gräsern geschlungen war, erinnerte an jene Türkenhäupter, die man manchmal an den Griffen unserer Peitschenstiele sieht.

Ein ähnliches Zeichen flocht einst König Mehevi eigenhändig um mein Handgelenk, und sobald er damit fertig war, sprach er »tabu«. Das geschah kurz nach Tobys Verschwinden; und hätten mich die Eingeborenen nicht vom ersten Augenblick an, als ich das Tal betrat, so freundlich behandelt, wäre ich sicher auf den Einfall gekommen, ihr späteres Verhalten sei darauf zurückzuführen, daß ich diese heilige Investitur empfangen hatte.

Es gehört zu den charakteristischsten Eigentümlichkeiten des Tabus, daß seine Vorschriften so willkürlich sind; sie alle aufzuzählen, ist unmöglich. Schwarze Schweine – kleine Kinder bis zu einem gewissen Alter – schwangere Frauen – junge Männer, deren Gesicht gerade tätowiert wird – bestimmte Teile des Tales während eines Regenschauers – sie sind alle durch das Tabu geschützt.

Bei meinem schon früher erwähnten Besuch in der Bucht von Tior erlebte ich ein anschauliches Beispiel seiner Macht. Damals war unser würdiger Kapitän mit uns an Land gegangen, ein unersättlicher Jäger. Als wir uns auf der Fahrt nach den Fanggründen auf der Höhe von Kap Hoorn befanden, saß er dauernd im Heck und ließ den Steward in einem fort drei oder vier alte Vogelflinten laden, mit denen er Albatrosse, Kaptauben, Seekrähen, Sturmvögel und andere Meeresvögel herunterholte, die kreischend unserem Kielwasser folgten. Die Matrosen waren starr vor Entsetzen über diesen Frevel, und alle schrieben unsere vierzigtägige Irrfahrt um dieses scheußliche Vorgebirge dem gottlosen Gemetzel unter den unschuldigen Vögeln zu.

In Tior nahm er ebensowenig Rücksicht auf die religiösen Vorurteile der Insulaner wie früher auf den Aberglauben der Matrosen. Er hatte gehört, es gäbe viel Geflügel im Tal – die Nachkommen einiger Hähne und Hennen, die zufällig von einem englischen Schiff dort zurückgelassen worden waren und fast wie Wildvögel herumflogen, da sie unter strengem Tabu standen; und er beschloß, alle Schranken zu durchbrechen und sie zur Strecke zu bringen. Er versah sich also mit einer Flinte, die schrecklich anzusehen war, und kündigte seine Landung am Strande dadurch an, daß er einen prächtigen Hahn abknallte, der auf dem Ast eines nahen Baumes sein eigenes Totenlied gekräht hatte. »Tabu!« schrien die entsetzten Wilden. »Zum Teufel mit eurem Tabu«, erwiderte der nautische Sportsmann, »damit dürft ihr einem Seemann nicht kommen!« Und paff! ging die Büchse wieder los, und das nächste Opfer fiel herunter. Die Eingeborenen packte das Grausen bei dieser ungeheuerlichen Tat, und sie flohen in den Wald hinein.

Den ganzen Nachmittag lang hallten die Felswände des Tales von den Schüssen wider, und das herrliche Gefieder manch eines schönen Vogels wurde von der verhängnisvollen Kugel zerrissen. Wäre damals nicht der französische Admiral mit einer starken Mannschaft in der Schlucht gewesen, so hätten die Eingeborenen, so klein und entmutigt der Stamm auch war, zweifellos kurzen Prozeß mit dem Mann gemacht, der ihre heiligsten Gesetze so verletzte. Wie die Dinge lagen, gelang es ihnen immerhin, ihn nicht wenig zu ärgern.

Durstig von seiner anstrengenden Jagd, lenkte der Kapitän seine Schritte nach dem Fluß; aber die Wilden, die ihm in einiger Entfernung gefolgt waren und seine Absicht merkten, liefen auf ihn zu und drängten ihn vom Ufer ab – seine Lippen hätten das Wasser befleckt. Zu guter Letzt war er so müde, daß er in ein Haus gehen und sich eine Weile auf den Matten ausruhen wollte; aber die Bewohner versammelten sich lärmend vor der Tür und verweigerten ihm den Einlaß. Er versuchte es abwechselnd mit Bitten und Drohungen, aber vergebens; die Eingeborenen ließen sich weder einschüchtern noch besänftigen, und am Ende blieb ihm nichts weiter übrig, als seine Bootsmannschaft zusammenzurufen und ›von dem abscheulichsten Land, auf das er je seinen Fuß gesetzt hatte‹, wegzurudern.

Ein Glück für ihn und auch für uns, daß wir bei der Abfahrt nicht mit einem Steinhagel aus den Händen der gereizten Tiors beehrt wurden. Auf diese Weise waren erst vor wenigen Wochen auf der Nachbarinsel Ropo der Kapitän und drei Mann Besatzung der K. für ein ganz ähnliches Vergehen getötet worden.

Ich bin mir nicht einmal halbwegs sicher, welche Macht das Tabu auferlegt. Wenn ich bedenke, wie gering die gesellschaftlichen Unterschiede bei den Insulanern waren – wie beschränkt und unerheblich die Vorrechte des Königs und der Häuptlinge – und wie locker und unbestimmt die Befugnisse der Priester, von denen man die meisten kaum aus der Menge ihrer Landsleute herausgefunden hätte, weiß ich wirklich nicht, wo ich die Macht suchen soll, die diese allgewaltige Einrichtung leitet. Über die eine Sache wird das Tabu verhängt und morgen wieder aufgehoben; der anderen haftet es für immer an. Manchmal betreffen seine Beschränkungen nur eine einzige Person – manchmal eine besondere Familie – manchmal einen ganzen Stamm; und es gibt einige wenige Fälle, wo sie nicht nur für die verschiedenen Stämme einer Insel gelten, sondern für alle Bewohner einer Inselgruppe. Als Beispiel hierfür kann ich das Gesetz anführen, das jedem weiblichen Wesen untersagt, ein Kanu zu besteigen; denn das Verbot gilt auf allen nördlichen Marquesasinseln.

Das Wort selbst – tabu – wird in mehr als einem Sinne gebraucht. Manchmal sagt es der Vater oder die Mutter zum Kind, wenn sie ihm kraft ihrer elterlichen Gewalt etwas Bestimmtes untersagen. Alles, was den üblichen Sitten der Insulaner zuwiderläuft, heißt, auch wenn es nicht ausdrücklich verboten ist: ›tabu‹.

Die Taipisprache läßt sich sehr schwer erlernen; sie ist den anderen polynesischen Dialekten verwandt, die alle einen gemeinsamen Ursprung haben. Die Verdopplung von Worten wie *lumi-lumi, poi-poi, mui-mui* ist eine ihrer charakteristischsten Eigentümlichkeiten. Eine andere, lästigere besteht darin, daß ein Wort einen mehrfachen Sinn hat; diese verschiedenen Bedeutungen hängen alle irgendwie zusammen, wodurch die Sache nur noch verworrener wird. So muß ein flinkes, lebhaftes kleines Wort – wie die Magd in einer armen Familie – allerlei Dienste verrichten; z. B. drückt die gleiche Silbenverbindung die Begriffe Schlaf, Ruhe, liegen, sitzen, lehnen und alle anderen ihnen analogen aus, was wirklich gemeint ist, wird hauptsächlich durch verschiedene Gebärden und den sprechenden Gesichtsausdruck gezeigt.

Ein weiteres Merkmal dieser Dialekte ist ihre außerordentliche Kompliziertheit. In der Missionsschule von Lahainaluna auf Maui – einer der Sandwichinseln – sah ich auf einer Tabelle ein hawaiisches Verb durch alle Formen und Zeiten durchkonjugiert. Es bedeckte die ganze Wand eines stattlichen Raumes, und ich frage mich, ob nicht Sir William Jones selber beim Lernen den Mut verloren hätte.

31

Merkwürdige Sitten der Insulaner · Ihr Gesang und ihre Stimmen · Begeisterung des Königs über das erste Lied · Neue Würde des Autors · Musikinstrumente im Tal · Wilde als Zuschauer bei einem Boxkampf · Ein schwimmender Säugling · Schöne Locken der Mädchen · Haaröl

Ich bin leider schon sehr weitschweifig gewesen und muß den Leser noch um weitere Nachsicht bitten, da ich verschiedene Beobachtungen aneinanderreihen will, die bisher noch nicht mitgeteilt wurden, aber entweder merkwürdig an sich oder bezeichnend für die Taipis sind.

Im Haushalt des alten Marheyos herrschte eine merkwürdige Gepflogenheit, über die ich mich oft wunderte. Jeden Abend vor dem Schlafengehen versammelten sich die Hausbewohner auf den Matten, setzten sich mit untergeschlagenen Beinen hin, wie das bei den Insulanern üblich ist, und begannen einen leisen, traurigen, eintönigen Gesang. Instrumentalmusik begleitete dabei ihre Stimmen: Zwei kleine halbmorsche Stöcke, von denen jeder Anwesende ein Paar in den Händen hielt, wurden langsam gegeneinander geschlagen. Damit beschäftigten sie sich ein, zwei Stunden, und manchmal länger. Ich lag in der Finsternis, die das andere Ende des Hauses einhüllte, und mußte sie ansehen, obwohl das Bild nur unangenehme Betrachtungen weckte. Die flackernden Lichtstrahlen der *amor*-Nuß ließen gerade noch die Umrisse der Wilden erkennen, ohne die sie umgebende Dunkelheit zu zerreißen.

Bisweilen, wenn ich eingenickt war und plötzlich mitten in diesen trübsinnigen Gesängen aufwachte, fiel mein Blick auf diesen Trupp von Wilden bei ihrer merkwürdigen Beschäftigung, auf die nackten, tätowierten Körper und rasierten Köpfe, die einen Kreis bildeten, und ich glaubte fast, daß ich auf eine Schar böser Geister blickte, die eine fürchterliche Verwünschung murmelte.

Was der Sinn oder Zweck dieser Sitte war, ob sie bloß der Zerstreuung diente oder eine religiöse Übung darstellte, eine Art Familienandacht, konnte ich nicht ausfindig machen.

Die Laute, die bei dem Gesang von den Eingeborenen erzeugt wurden, klangen äußerst merkwürdig, und wäre ich nicht selbst dabeigewesen, hätte ich nicht geglaubt, daß so seltsame Geräusche von Menschen herrührten.

Man sagt gewöhnlich, die Wilden hätten eine Kehllautsprache. Das trifft jedoch nicht immer zu, besonders nicht für die Bewohner des polynesischen Archipels. Die labiale Melodie, in der sich die Taipimädchen im allgemeinen unterhalten, wobei sie die Endsilben jedes Satzes musikalisch dehnen und manche Wörter mit einem flüssigen, vogelartigen Ton zirpen, klingt ungewöhnlich angenehm.

Die Männer jedoch sprechen nicht ganz so melodisch, und besonders wenn sie über etwas in Erregung gerieten, bekamen sie eine Art Wortkrampf, bei dem ihnen allerlei rauhe Laute mit einer Kraft und Geschwindigkeit aus dem Mund sprudelten, die einfach verblüffend waren.

Obwohl diese Wilden sehr gern singen, scheinen sie keine Ahnung von dem zu haben, was man bei anderen Völkern unter Gesang versteht.

Ich werde nie vergessen, wie ich das erstemal in Gegenwart des edlen Mehevi einen Vers schmetterte. Er war aus dem ›Bayrischen Besenbinder‹. Se. Majestät, der König von Taipi, und der ganze Hof starrten mich voller Verwunderung an, als hätte ich ein übernatürliches Talent gezeigt, das ihnen vom Himmel versagt war. Der König war begeistert über den Vers, aber der Refrain versetzte ihn geradezu in Verzükkung. Auf seine Bitten sang ich ihn einmal nach dem anderen, und er strengte sich vergeblich an, um die Melodie und den Text zu lernen, was unendlich komisch wirkte. Der königliche Wilde schien der Meinung zu sein, das Unternehmen müsse ihm glücken, wenn er sein Gesicht und besonders die Nase verzog, aber auf diese Weise ging es nicht; am Ende gab er es auf und tröstete sich damit, daß er sich das Lied wohl fünfzigmal vorsingen ließ.

Bevor Mehevi diese Entdeckung machte, hatte ich keine Ahnung, daß ich der Nachtigall glich, aber jetzt wurde ich zum Hofsänger befördert, und in dieser Eigenschaft nahm man später meine Dienste sehr oft in Anspruch.

Außer den Holzstöcken und Trommeln gibt es keine Musikinstrumente weiter bei den Taipis bis auf eins, das man vielleicht am besten als eine Nasenflöte bezeichnet. Es ist etwas länger als eine gewöhnliche Querpfeife und wird aus einem schönen scharlachroten Rohr gemacht. Es hat vier oder fünf Grifflöcher und dicht an dem einen Ende eine größere Öffnung. Diese hält man unter das linke Nasenloch, das rechte wird durch eine eigenartige Muskelbewegung in der Nasengegend geschlossen und der Atem in das Rohr gepreßt, wodurch ein zarter lieblicher Ton entsteht, den man dadurch abwandelt, daß man die Finger willkürlich über die Grifflöcher gleiten läßt. Die Frauen spielen sehr gern auf dieser Flöte, und Fayaway zeichnete sich besonders dabei aus. So plump ein solches Instrument auch scheinen mag, in ihren zarten kleinen Händen sah es ganz reizend aus. Eine junge Dame, die sich mit ein paar Yards blauem Band eine Gitarre um den Hals hängt und sie malträtiert, ist nicht halb so anziehend.

Mein Gesang war nicht das einzige, was ich zur Unterhaltung König Mehevis und seiner gutmütigen Untertanen beitrug. Nichts gab ihnen mehr Spaß, als wenn ich pantomimisch einen Boxkampf vorführte. Da keiner der Eingeborenen soviel Courage hatte, um sich mir wie ein Mann zu stellen und zu erlauben, zu meiner eigenen Befriedigung und der des Königs auf ihn loszupochen, mußte ich mit einem Scheingegner kämpfen, den ich stets durch meinen überlegenen Mut zusammenschlug. Manchmal, wenn dieser jämmerlich zugerichtete Schatten eilig auf eine Gruppe Wilder zurückfloh, verfolgte ich ihn und teilte nach rechts und links Schläge aus. Dann zerstoben sie nach allen Richtungen, woran Mehevi, die Häuptlinge und sie selbst ihre Freude hatten.

Die edle Kunst der Selbstverteidigung schien bei ihnen als eine besondere Gabe des weißen Mannes betrachtet zu werden, und ich bezweifle kaum, daß ihrer Meinung nach die europäischen Armeen mit nichts weiter als tapferen Herzen und knochigen Fäusten ausgerüstet sind, mit denen sie einander kolonnenweise auf Kommando verprügeln.

Als ich eines Tages mit Kory-Kory nach dem Fluß baden ging, beobachtete ich eine Frau, die mitten in der Strömung auf einem Felsen saß und gespannt den Sprüngen eines Lebewesens zusah, das dicht bei ihr im Wasser spielte und von mir zunächst für eine ungewöhnlich große Froschart gehalten wurde. Das seltsame Bild erregte meine Neugier, und ich watete nach der Stelle, wo sie saß. Ich traute kaum meinen Augen, als ich ein ganz kleines Kind sah, das erst vor wenigen Tagen geboren sein konnte und im Wasser herumpaddelte, als wäre es auf seinem Grund ausgebrütet worden und gerade an die Oberfläche gekommen. Mitunter hielt die entzückte Mutter ihm die Hände entgegen, wenn das kleine Ding einen schwachen Schrei ausstieß, seine kleinen Gliedmaßen streckte und nach dem Felsen zustrebte, und im nächsten Augenblick drückte sie es an ihren Busen. Das wiederholte sie immer wieder, und das Baby blieb jedesmal ungefähr eine Minute lang im Fluß. Ein paarmal verzog es das Gesicht, wenn es einen Mundvoll Wasser geschluckt hatte, und gurgelte und sprudelte, als wäre es am Ersticken. Dann hob es die Mutter hoch und brachte es auf eine Weise, die ich hier kaum beschreiben kann, dazu, die Flüssigkeit wieder auszuspucken. Ein paar Wochen lang beobachtete ich diese Frau, wie sie ihr Kind regelmäßig in der Morgen- und Abendkühle nach dem Fluß zum Baden brachte. Kein Wunder, daß die Südseeinsulaner eine amphibische Rasse sind, wenn man sie schon ins Wasser läßt, sobald sie das Licht der Welt erblickt haben. Ich bin überzeugt, daß Schwimmen für den Menschen genauso natürlich ist wie für eine Ente. Und doch sterben viele gesunde und kräftige Leute in zivilisierten Ländern wie junge Katzen, die man ersäuft, weil sich ein ganz geringfügiger Unfall ereignet.

Die langen, üppigen, glänzenden Locken der jungen Taipidamen erregten oft meine Bewunderung. Reiches, schönes Haar ist der Stolz und die Freude jedes Frauenherzens. Ob es nun gegen den ausdrücklichen Willen der Vorsehung auf den Kopf hochgesteckt und wie ein Tau auf dem Schiffsdeck aufgerollt wird, ob man es hinter den Ohren rafft und wie die Falbeln einer kleinen Gardine herunterhängen läßt oder ob es in natürlichen Locken über die Schultern fällt, immer ist es der Stolz der Besitzerin und der Glanzpunkt der Toilette.

Die Taipimädchen verwenden viel Zeit auf die Pflege ihrer schönen, reichen Locken. Wenn sie gebadet haben, und sie tun das oft fünf- oder sechsmal am Tage, trocknen sie ihr Haar sorgfältig; waren sie in der See, waschen sie es stets hinterher mit Süßwasser und reiben es mit einem stark duftenden Öl aus dem Fleisch der Kokosnuß ein. Dieses Öl wird auf folgende, einfache Weise in großen Mengen gewonnen: Ein großes Holzgefäß mit durchlöchertem Boden wird mit dem zerstoßenen Fruchtfleisch gefüllt und den Sonnenstrahlen ausgesetzt. Die ölige Substanz, die dabei ausgeschieden wird, tropft in eine daruntergestellte schüsselförmige Kalebasse. Ist genug zusammengekommen, wird das Öl gereinigt und in die kleinen kugeligen Schalen der Nuß des Mu-Baumes gegossen, die man vorher ausgehöhlt hat. Diese Nüsse verschließt man hermetisch mit einem harzigen Gummi, und der Duft ihrer grünen Schale gibt dem Öl einen angenehmen Geruch. Nach ein paar Wochen wird die äußere Schale der Nuß ganz trokken und hart und nimmt eine schöne blaßrote Färbung an, und wenn man sie jetzt öffnet, ist sie etwa zu zwei Drittel mit einer hellgelben Salbe gefüllt, die den lieblichsten Duft ausströmt. Diese niedliche, wohlriechende kleine Kugel würde selbst auf dem Toilettentisch einer Königin nicht fehl am Platze sein. Für die Pflege des Haares ist das Präparat zweifellos sehr wertvoll: Es verleiht ihm einen herrlichen Glanz und eine seidenartige Feinheit.

32

Böse Ahnungen · Fürchterliche Entdeckung · Einige Bemerkungen über den Kannibalismus · Zweite Schlacht mit den Happars · Geheimnisvolles Fest · Spätere Enthüllungen

Seit meiner zufälligen Begegnung mit Karky, dem Künstler, führte ich ein ganz jämmerliches Leben. Es verging kein Tag, an dem mich nicht ein paar Eingeborene mit ihren Bitten behelligten, ich solle mich doch der widerwärtigen Tätowierung unterziehen. Ihre Zudringlichkeit machte mich ganz wild; denn ich wußte, wie leicht sie, soweit es mich betraf, in dieser und jeder anderen Sache, die sie sich in den Kopf setzten, ihren Willen erreichen konnten. Trotzdem zeigten sich die Insulaner freundlich wie immer. Fayaway war genauso liebenswürdig, Kory-Kory so ergeben und Mehevi, der König, so gnädig und herablassend wie früher. Aber ich hielt mich nach meiner Schätzung bereits drei Monate im Tal auf; ich hatte mich an die engen Grenzen gewöhnt, die meinen Wanderungen gesteckt waren, und begann, meine Gefangenschaft bitter zu spüren. Es gab niemand, mit dem ich mich richtig unterhalten, niemand, dem ich meine Gedanken mitteilen konnte, und niemand, der mein Leid mitempfand. Wohl tausendmal dachte ich, wieviel leichter ich mein Los getragen hätte, wäre Toby noch bei mir gewesen. Aber ich war allein, und der Gedanke war mir schrecklich. Doch tat ich alles, um gefaßt und ruhig zu erscheinen; denn ich wußte wohl, daß ich meine Pläne nur vereiteln würde, wenn ich Unruhe oder den leisesten Wunsch nach Flucht zeigte.

Als ich mich in dieser unglücklichen Gemütsverfassung befand, machte sich die schmerzhafte Krankheit, die mich so lange geplagt hatte und dann fast ganz verschwunden war, wieder bemerkbar, und zwar heftiger denn je. Ich fühlte mich kaum noch Manns genug, dieses neue Unglück zu ertragen; bewies mir doch der Rückfall, daß ohne wirksame Medikamente keine Hoffnung auf Genesung bestand; und wenn ich bedachte, daß hinter den Bergen, die mich einschlossen, die ärztliche Hilfe zu haben war, die ich brauchte, und daß sie mir, obgleich so nahe, dennoch unerreichbar blieb, wurde mir ganz elend zumute.

In dieser jammervollen Lage vergrößerte alles, was auf den wilden Charakter der Menschen deutete, denen ich ausgeliefert war, die schreckliche Angst, die mich verzehrte. Ein Ereignis, das sich um diese Zeit abspielte, beeindruckte mich tief.

Ich erwähnte schon, daß an dem Dachbalken von Marheyos Haus eine Anzahl in Tapa gewickelte Bündel hingen. Viele davon hatte ich oft in den Händen der Eingeborenen gesehen, und ihr Inhalt war in meiner Gegenwart geprüft worden. Aber fast über der Stelle, an der ich lag, hingen drei Bündel, die wegen ihrer seltsamen Form oft meine Neugier erregt hatten. Mehrmals hatte ich Kory-Kory gebeten, mir ihren Inhalt zu zeigen, aber mein Diener, der sonst fast stets meinen Wünschen entgegengekommen war, weigerte sich immer, mir diesen zu erfüllen.

Eines Tages, als ich unerwartet vom *tei* zurückkehrte, schien mein Kommen die Bewohner in die größte Bestürzung zu versetzen. Sie hockten zusammen auf den Matten, und an den Schnüren, die vom Dach zum Fußboden führten, merkte ich sofort, daß man aus irgendeinem Grund die geheimnisvollen Bündel durchsah. Die offenkundige Unruhe der Wilden ließ böse Vorahnungen in mir aufsteigen und das unwiderstehliche Verlangen, ihr so eifersüchtig gehütetes Geheimnis zu ergründen. Trotz Marheyos und Kory-Korys Anstrengungen, mich zurückzuhalten, brach ich in den Kreis ein und sah gerade noch drei Menschenschädel, die von den anderen eilig in die Hüllen gewickelt wurden, aus denen man sie herausgenommen hatte.

Einen davon sah ich deutlich. Er war vollkommen erhalten, und nach dem kurzen Blick, den ich darauf werfen konnte, schien man ihn einem Räucherverfahren ausgesetzt zu haben, wodurch er ein trockenes, hartes, mumienhaftes Aussehen bekommen hatte. Die zwei langen Skalplocken waren auf dem Kopf zu demselben Knoten zusammengedreht, die dieser Mensch zu seinen Lebzeiten getragen hatte. Die eingefallenen Wangen wirkten noch geisterhafter durch die Reihen glänzender, zwischen den Lippen hervortretender Zähne, und die Augenhöhlen, in die man ovale Perlmutterstücke mit einem schwarzen Punkt in der Mitte eingesetzt hatte, machten den Anblick vollends grauenhaft.

Zwei waren Köpfe von Insulanern, der dritte aber war zu meinem Entsetzen der eines weißen Mannes. Obgleich man ihn rasch meinen Augen entzog, genügte doch der eine Blick, mich zu überzeugen, daß ich mich nicht getäuscht haben konnte.

Großer Gott! Welch furchtbare Gedanken drängten sich mir auf! Mit diesem Rätsel hatte ich vielleicht gleichzeitig ein anderes gelöst und das Schicksal meines verschwundenen Kameraden in dem entsetzlichen Anblick erfahren, der mir gerade geworden war. Ich hätte am liebsten die Tücher weggerissen und die schrecklichen, mich peinigenden Zweifel geklärt. Aber ehe ich mich von meiner Bestürzung erholt hatte, waren die verhängnisvollen Bündel nach oben gehißt worden und schaukelten schon wieder über meinem Kopf. Die Eingeborenen umdrängten mich lärmend und wollten mir einreden, daß ich die Köpfe von drei Happarkriegern gesehen hätte, die in der Schlacht gefallen wären. Diese offenkundige Lüge steigerte meine Unruhe, und erst als ich mir überlegte, daß ich die Bündel schon vor Tobys Verschwinden hatte von oben herabschwingen sehen, gewann ich meine Fassung zurück.

Wenn damit aber auch diese schreckliche Befürchtung verscheucht war, so hatte ich doch genug entdeckt, um in meiner Gemütsverfassung auf die bittersten Gedanken zu kommen. Es war klar, daß ich die sterblichen Überreste eines Unglücklichen gesehen hatte, der bei einem der gefährlichen Handelsabenteuer, die ich schon beschrieben habe, von den Wilden am Strand niedergemacht worden sein mußte.

Übrigens war es nicht nur die Ermordung eines Fremden, die mich schwermütig stimmte. Ich schauderte bei dem Gedanken, was mit dem entseelten Körper geschehen sein mochte. War mir dasselbe grauenhafte Schicksal bestimmt? Sollte ich wie er umkommen, wie er vielleicht verzehrt und mein Kopf einbalsamiert werden als furchtbares Memento an das Ereignis? Meine Phantasie tobte sich in solchen gräßlichen Vorstellungen aus, und ich war überzeugt, daß mir das Schlimmste bevorstand. Doch verheimlichte ich meine bösen Ahnungen genauso sorgfältig vor den Insulanern wie das ganze Ausmaß des Entdeckten.

Ich hatte zwar den häufigen Versicherungen der Taipis, daß sie nie Menschenfleisch äßen, keinen Glauben geschenkt. Da ich aber so lange im Tal gewesen war, ohne auf eine Spur dieses Brauchs zu stoßen, schöpfte ich allmählich Hoffnung, er werde nur sehr selten geübt und mir bliebe das Entsetzen erspart, während meines Aufenthaltes Zeuge dieses Ereignisses zu sein. Aber leider wurden diese Hoffnungen bald zerstört.

Es ist eigenartig, daß sich in allen Mitteilungen über Kannibalenstämme selten ein Augenzeugenbericht über diesen widerwärtigen Kult findet. Die gräßliche Schlußfolgerung hat man fast immer aus europäischen Schilderungen zweiter Hand gezogen oder aus dem Eingeständnis der Wilden selbst, nachdem sie bis zu einem gewissen Grade zivilisiert worden sind. Die Polynesier wissen wohl, wie sehr die Europäer diese Sitte verabscheuen, daher leugnen sie stets ihr Vorhandensein und bemühen sich mit der dem Wilden eigentümlichen Verschlagenheit, jede Spur davon zu verwischen.

Man hat oft darauf hingewiesen, mit welch ungeheurem Widerstreben die Sandwichinsulaner selbst heute noch über das traurige Schicksal Cooks sprechen. Und es ist ihnen so gut gelungen, dieses Ereignis mit Geheimnissen zu umgeben, daß es trotz allem, was darüber gesagt und gesprochen worden ist, bis zu dieser Stunde immer noch zweifelhaft bleibt, ob sie an der Leiche des Ermordeten die Rache nahmen, die sie manchmal an ihren Feinden übten.

In Karakikova, dem Schauplatz der Tragödie, sagt ein Streifen Schiffskupfer, das an einen in die Erde gerammten Pfosten genagelt ist, dem Reisenden, daß hier die ›sterblichen Überreste‹ des großen Weltumseglers ruhen. Doch neige ich zu der Ansicht, daß man nicht nur dem Toten ein christliches Begräbnis verweigerte, sondern auch das später nach Vancouver gebrachte Herz gar nicht Kapitän Cooks Herz war, wie die Hawaiier unerschütterlich behaupteten, und die ganze Angelegenheit einen Betrug darstellte, mit dem man die leichtgläubigen Engländer hinters Licht führen wollte.

Ein paar Jahre danach lebte auf Maui – einer der Sandwichinseln – ein alter Häuptling, der sich aus der krankhaften Sucht, berühmt zu werden, bei den dort ansässigen Fremden als lebendiges Grab von Kapitän Cooks großer Zehe ausgab! Er behauptete, bei einem auf den Tod des Briten folgenden kannibalischen Gelage sei dieser besondere Körperteil auf ihn gefallen. Seine entrüsteten Landsleute klagten ihn tatsächlich vor einem Eingeborenengericht an und legten ihm etwa das zur Last, was wir Schädigung des guten Rufes nennen; aber der alte Bursche blieb bei seiner Behauptung, und da kein Gegenbeweis erbracht werden konnte, verloren die Kläger den Prozeß, und das kannibalische Ansehen des Beklagten war wiederhergestellt. Damit war sein Glück gemacht; denn er gab allen neugierigen Reisenden, die den Mann sehen wollten, der die große Zehe des berühmten Weltumseglers verzehrt hatte, sehr einträgliche Audienzen.

Ungefähr eine Woche, nachdem ich den Inhalt der geheimnisvollen Bündel gesehen hatte, war ich zufällig im *tei*, als wieder Kriegsalarm gegeben wurde und die Eingeborenen zu den Waffen eilten und hinausstürzten, um einen erneuten Einfall der Happars abzuwehren. Dasselbe Schauspiel wiederholte sich, nur daß ich diesmal während der Dauer des Scharmützels mindestens fünfzehn Musketenschüsse vom Gebirge her hörte. Ein oder zwei Stunden später verkündeten laute, durch das Tal klingende Triumphlieder die Heimkehr der Sieger. Ich lehnte mit Kory-Kory gegen das Geländer des *pei-peis* und erwartete sie, als die lärmende Menge mit wildem Geschrei aus den nahen Wäldern strömte. In ihrer Mitte marschierten, in einem Abstand von acht bis zehn Fuß hintereinander, vier Männer, die Stangen auf den Schultern trugen. Daran waren mit Bastriemen drei lange schmale Bündel befestigt, die sorgfältig in viele Schichten frisch gepflückter, mit Bambusspänen zusammengehaltener Palmblätter gewickelt waren. Hier und da konnte man auf diesen grünen Leichentüchern Blutflecke sehen, und auch die nackten Gestalten der Krieger, die diese fürchterliche Last trugen, waren blutbefleckt. Auf dem geschorenen Kopf des Vordersten klaffte eine tiefe Wunde, an der das geronnene Blut in trockenen Klümpchen hing. Dieser Wilde brach fast zusammen unter der Last, die er trug. Die helle Tätowierung seines Körpers war mit Blut und Staub bedeckt; die entzündeten Augen rollten in den Höhlen, und sein ganzes Äußere verriet große Schmerzen und Anstrengungen; und dennoch schritt er weiter, durch eine mächtige innere Kraft gestützt, während ihn die Menge durch wilde Zurufe anfeuerte. Die anderen drei Männer hatten ein paar geringfügige Wunden an den Armen und auf der Brust, die sie etwas prahlerisch zur Schau trugen.

Diese vier Männer, die sich bei der letzten Begegnung am meisten hervorgetan hatten, beanspruchten die Ehre, die Leichen ihrer erschlagenen Feinde zum *tei* zu tragen. Das schloß ich aus meinen eigenen Beobachtungen und aus den Erklärungen Kory-Korys, soweit ich sie verstand.

König Mehevi schritt an der Seite der Helden. Er trug in der einen Hand eine Muskete, an deren Lauf ein kleiner Segeltuchbeutel mit Pulver hing, und in der anderen einen kurzen Wurfspeer, den er mit wildem Frohlocken betrachtete. Diesen Wurfspeer hatte er einem berühmten Anführer der Happars abgerungen, der schändlich geflohen und von seinen Feinden bis über den Gipfel des Berges verfolgt worden war.

In der Nähe des *teis* wankte der Krieger mit dem verwundeten Kopf, es war Narmoni, taumelte noch zwei oder drei Schritte weiter und sank hilflos zu Boden, aber erst, als ihm ein anderer das Ende der Stange von der Schulter genommen und auf seine eigene gelegt hatte.

Die erregten Insulaner, die den König und die Leichen der Feinde umgaben, näherten sich dem Ort, an dem ich stand; sie schwangen dabei ihre primitiven Waffen, von denen viele verbogen und zerbrochen waren, und stießen unaufhörlich Triumphschreie aus. Als die Menge gegenüber dem *tei* Aufstellung nahm, beobachtete ich ihr Verhalten höchst aufmerksam; aber kaum hatten sie haltgemacht, als mich mein Diener, der einen Augenblick weggegangen war, am Arm packte und mir vorschlug, nach Marheyos Haus zurückzukehren. Das lehnte ich ab; doch zu meiner Überraschung wiederholte Kory-Kory seine Bitte, und zwar ungewöhnlich heftig. Ich weigerte mich immer noch mitzugehen und wich vor seinem ungestümen Drängen ein paar Schritte zurück. Da fühlte ich plötzlich eine schwere Hand auf meiner Schulter, und als ich mich umblickte, sah ich die mächtige Gestalt Mo-Mos, des einäugigen Häuptlings, der gerade aus der Menge unten kam und von hinten den *pei-pei*, auf dem wir standen, erstiegen hatte. Seine Wange war von einer Speerspitze durchbohrt worden, und die Wunde gab seinem häßlich tätowierten und schon durch den Verlust des Auges entstellten Gesicht einen noch schrecklicheren Ausdruck. Ohne ein Wort zu sagen, zeigte der Krieger wild in die Richtung von Marheyos Haus, während mir Kory-Kory gleichzeitig den Rücken hinhielt und mich zum Aufsteigen aufforderte.

Ich lehnte das Angebot ab, zeigte aber meine Bereitwilligkeit, den *tei* zu verlassen, ging langsam die Veranda entlang und wunderte mich, was wohl der Grund für diese ungewöhnliche Behandlung sein konnte. Nach kurzer Überlegung kam ich zu dem Schluß, daß die Wilden im Begriff standen, einen ihrer häßlichen Kulte zu feiern, der mit ihren eigenartigen Sitten zusammenhing, und mich keinesfalls dabei haben wollten. Ich stieg vom *pei-pei* hinab und verließ den Ort, von Kory-Kory begleitet, der diesmal nicht soviel Mitleid mit meiner Lähmung zeigte wie sonst, sondern nur einen Gedanken hatte: mich schleunigst fortzubringen. Als ich durch die lärmende Menge ging, die jetzt den *tei* dicht umdrängte, sah ich mit ängstlicher Neugier nach den drei Bündeln, die man gerade auf den Boden legte; doch obwohl ich nicht an ihrem Inhalt zweifelte, war es unmöglich, unter den dicken Hüllen die Form eines menschlichen Körpers zu erkennen.

Am nächsten Morgen verkündeten mir kurz nach Sonnenaufgang dieselben donnernden Geräusche, die mich am zweiten Tag des Kalebassenfestes aus dem Schlaf geweckt hatten, daß die Wilden sehr bald ein zweites und, wie ich glaubte, schauerliches Fest begehen würden.

Alle Hausbewohner außer Marheyo, seinem Sohn und Tinor zogen ihre Festgewänder an und gingen in Richtung der Tabuhaine fort.

Obwohl ich nicht annahm, daß Kory-Kory einwilligen würde, wollte ich doch feststellen, ob mein Argwohn berechtigt war, und schlug deshalb vor, wie gewöhnlich am Morgen einen Spaziergang nach dem *tei* zu machen. Er lehnte es glatt ab; als ich meine Bitte wiederholte, zeigte er sich entschlossen, mein Vorhaben zu vereiteln, und versuchte mich abzulenken, indem er mir seine Begleitung nach dem Fluß antrug. Wir gingen also baden. Als wir nach Hause zurückkehrten, überraschte es mich, daß alle Bewohner wieder da waren und sich wie gewöhnlich auf den Matten herumrekelten, wenn auch noch die Trommeln vom Wald her dröhnten.

Den Rest des Tages verbrachte ich mit Kory-Kory und Fayaway. Wir wanderten durch die Gegend des Tales, die dem *tei* entgegengesetzt lag, und wenn ich auch nur nach dem Gebäude schaute, das dem Blick durch die Bäume verborgen und zudem mehr als eine Meile entfernt war, rief mein Diener: »Tabu, tabu!«

In den verschiedenen Häusern, wo wir haltmachten, fand ich viele Bewohner müßig auf den Matten liegen oder bei einer leichten Beschäftigung, als ob nichts Ungewöhnliches vor sich ginge; aber ich bemerkte nirgends einen einzigen Häuptling oder Krieger. Als ich verschiedene Leute fragte, warum sie nicht beim ›Hula-Hula‹ – dem Fest – waren, beantworteten sie alle meine Frage so, daß daraus hervorging, es sei nicht für sie bestimmt, sondern für Mehevi, Narmoni, Mo-Mo, Kolor, Womonu, Kalo – und in ihrem Bestreben, mir die Sache verständlich zu machen, zählten sie die Namen sämtlicher bedeutenden Häuptlinge auf.

Kurz, alles bestärkte meinen Verdacht über die Art des dort gefeierten Festes und machte ihn fast zur Gewißheit. In Nukuhiwa hatte man mir häufig gesagt, daß niemals der ganze Stamm bei diesen Kannibalengelagen anwesend sei, sondern nur die Häuptlinge und Priester, und alles, was ich jetzt beobachtete, paßte zu diesem Bericht.

Die Trommeln klangen ohne Unterbrechung den ganzen Tag über, und bei dem ständigen Dröhnen ergriff mich ein unbeschreibliches Grausen. Am folgenden Tage hörte ich nichts mehr von dem Lärm, der die Orgie begleitet hatte, und daraus schloß ich, das unmenschliche Fest sei beendet; da ich jedoch eine krankhafte Neugier empfand, ob der *tei* irgendwelche Spuren von dem, was sich dort abgespielt hatte, zeigen werde, schlug ich Kory-Kory vor, dahin zu gehen. Als Antwort wies er mit dem Finger nach der Sonne, die gerade aufgegangen war, und dann nach dem Zenit, was besagte, daß wir unseren Besuch bis zum Mittag verschieben müßten. Um diese Zeit machten wir uns also nach den Tabuhainen auf, und sobald wir hineinkamen, blickte ich mich ängstlich nach Spuren des jüngsten Ereignisses um, aber alles sah aus wie gewöhnlich. Im *tei* trafen wir Mehevi und ein paar Häuptlinge, die auf den Matten lagen und uns so freundlich wie immer aufnahmen. Sie spielten in keiner Weise auf das Fest an, und aus naheliegenden Gründen hütete ich mich, es selbst zu erwähnen.

Ich blieb nur kurze Zeit dort, dann verabschiedete ich mich. Als ich über die Veranda schritt, um vom *pei-pei* hinabzusteigen, bemerkte ich ein seltsam geschnitztes Holzgefäß von beträchtlichem Umfang, das in seiner Form einem kleinen Kanu ähnelte und mit einem Holzdeckel verschlossen war. Es wurde von einem niedrigen Bambuszaun umgeben, der kaum einen Fuß über den Boden reichte. Da das Gefäß erst seit meinem letzten Besuch hier aufgestellt worden war, schloß ich sofort, es müsse in Verbindung mit dem jüngsten Fest stehen, und von einer unbezähmbaren Neugier getrieben, hob ich im Vorbeigehen das Ende des Deckels; im selben Augenblick riefen die Häuptlinge, die meine Absicht bemerkt hatten, laut: »Tabu, tabu!« Aber ein Blick hatte genügt! In dem Gefäß lagen die Teile eines menschlichen Skeletts wirr durcheinander, die Knochen waren frisch und feucht, und hier und da hingen noch Fleischteilchen daran.

Kory-Kory, der ein Stück vor mir hergegangen war, wendete sich bei dem Ausruf der Häuptlinge um und sah gerade noch mein entsetztes Gesicht. Er eilte auf mich zu, zeigte dabei auf das Kanu und rief rasch: »Puarki! Puarki!« (Schwein, Schwein). Ich heuchelte, die Lüge zu glauben, und wiederholte die Worte mehrmals, als ob ich mich damit zufriedengäbe. Die anderen Wilden, die sich entweder durch mein Betragen täuschen ließen oder keine Lust hatten, ihren Unwillen über eine Sache zu zeigen, die sich nicht mehr ändern ließ, nahmen keine Notiz weiter von dem Vorfall, und ich verließ sofort den *tei*.

Die ganze Nacht lag ich wach und grübelte über meine schreckliche Lage. Die letzte gräßliche Enthüllung war gemacht, und wie es um mich stand, kam mir in seiner ganzen Tragweite wie nie zuvor zum Bewußtsein.

Wo, dachte ich niedergeschlagen, ist auch nur die geringste Möglichkeit zu entkommen? Der einzige Mensch, der mir hätte helfen können, war der Fremdling Marnu; aber würde er jemals ins Tal zurückkehren? Und wenn er das tat, würde man mir erlauben, mich mit ihm zu unterhalten? Meine Lage kam mir völlig hoffnungslos vor, und mir schien nichts weiter übrigzubleiben, als tatenlos darauf zu warten, was das Schicksal für mich bestimmt hatte. Immer wieder versuchte ich, mir das rätselhafte Benehmen der Eingeborenen zu erklären. Weshalb nur hielten sie mich gefangen? Was konnten sie damit bezwecken, wenn sie mich so freundlich behandelten? Verbarg sich dahinter nicht eine tückische Absicht? Und selbst wenn sie nichts anderes wollten, als mich gefangenhalten, wie sollte ich meine Tage in diesem engen Tal verbringen, von jedem Verkehr mit zivilisierten Menschen abgeschnitten und für immer von den Freunden und der Heimat getrennt?

Nur eine Hoffnung bestand noch. Die Franzosen konnten ihren Besuch in der Bucht nicht mehr lange aufschieben, und wenn eine Besatzung ins Tal kam, konnten ihr die Wilden meine Existenz nicht lange verbergen. Aber durfte ich annehmen, daß man mich bis zu diesem Ereignis, das sich durch hunderterlei Zufälle verzögern konnte, verschonte?

33

Der Fremde kommt wieder ins Tal · Merkwürdige Unterhaltung mit ihm · Fluchtversuch · Mißerfolg · Trostlose Lage · Marheyos Mitgefühl

»Marnu, Marnu pemi!« Diese willkommene Botschaft hörte ich etwa zehn Tage nach den im vergangenen Kapitel erzählten Ereignissen. Wie schon einmal verkündete man die Ankunft des Fremdlings, und die Nachricht wirkte auf mich wie ein Zauberwort. Wieder würde es mir möglich sein, mich mit ihm in meiner eigenen Sprache zu unterhalten, und ich beschloß, ohne Rücksicht auf die Gefahren mit ihm einen Plan zu entwerfen, und sei er noch so verzweifelt, um mich aus einer Lage zu befreien, die mir unerträglich geworden war.

Als Marnu näher kam, erinnerte ich mich voller böser Vorahnungen des unglücklichen Ausgangs unserer ersten Begegnung, und als er das Haus betrat, beobachtete ich gespannt und besorgt, wie er von den Eingeborenen aufgenommen wurde. Zu meiner Freude begrüßte man ihn sehr herzlich, er sprach mich freundlich an, setzte sich neben mich und begann ein Gespräch mit den Eingeborenen, die ihn umgaben. Es zeigte sich jedoch bald, daß er diesmal keine wichtige Nachricht mitzuteilen hatte. Ich fragte ihn, woher er käme. Er antwortete, aus Puiarka, seinem Heimattal, und dahin wolle er noch am gleichen Tage zurückkehren.

Mir kam sofort der Gedanke: Könnte ich das Tal unter seinem Schutz erreichen, wäre es vielleicht ein leichtes, von dort zu Wasser nach Nukuhiwa zu gelangen. Ich war Feuer und Flamme für den Plan, eröffnete ihn sofort in kurzen Worten dem Fremden und fragte ihn, wie er sich am besten verwirklichen ließe. Mir sank das Herz, als er in seinem gebrochenen Englisch antwortete, daß er nicht durchzuführen sei. »Kanaken lassen Euch nicht gehen nirgends«, sagte er. »Ihr tabu. Warum wollen Ihr nicht bleiben? Viel moi-moi (Schlaf) – viel kiki (Essen) – viel whiheni (junge Mädchen) – Oh, sehr guter Ort, Taipi! Wenn Euch diese Bucht nicht gefallen, warum Ihr kommen? Ihr nichts hören von Taipi. – Alle weißen Männer fürchten Taipi, so keine weißen Männer kommen.«

Diese Worte bekümmerten mich unsagbar; und als ich ihm noch einmal die Umstände erzählte, unter denen ich in das Tal gekommen war, und sein Mitleid dadurch zu erregen suchte, daß ich von meiner Krankheit sprach, hörte er ungeduldig zu, schnitt mir das Wort ab und rief leidenschaftlich: »Ich nicht mehr hören Euch reden; nach und nach Kanaken werden wild, töten Euch und mich auch. Sie nicht wollen, wir zusammen sprechen überhaupt? Ah! Nach und nach Ihr gesund werden – Kanaken töten Euch, essen Euch, hängen Euren Kopf dort oben auf wie Happarkopf. – Jetzt Ihr hören – aber nicht mehr sprechen. Nach und nach ich gehen – Ihr sehen, wohin ich gehen. – Ah! Dann Nacht, Kanaken alle moi-moi (schlafen) – Ihr weglaufen, Ihr Puiarka kommen – Ah! Dann ich und Ihr in meinem Kanu nach Nukuhiwa fahren – und Ihr nicht weglaufen vom Schiff nie mehr.« Nach diesen Worten, denen er durch unbeschreiblich heftige Gebärden Nachdruck verlieh, sprang Marnu auf, ging von mir weg und begann sogleich ein Gespräch mit ein paar Häuptlingen, die gerade in das Haus gekommen waren.

Es wäre vergeblich gewesen, hätte ich versucht, das von Marnu so gebieterisch abgebrochene Gespräch wieder aufzunehmen; denn er war offenbar nicht gewillt, seine eigene Sicherheit dadurch zu gefährden, daß er einen unbesonnenen Schritt zu meiner Rettung unternahm. Aber sein Plan schien mir durchführbar, und ich beschloß, ihn so rasch wie möglich zu verwirklichen.

Als er zum Gehen aufbrach, begleitete ich ihn daher mit den Eingeborenen aus dem Haus, um mir den Pfad genau einzuprägen, den er einschlug. Ehe er von dem *pei-pei* sprang, drückte er mir die Hand, sah mich ernst an und sagte: »Ihr tun, was ich Euch sagen – Ah! Dann Ihr tun gut – Ihr nicht tun so – ah! Dann Ihr sterben!« Im nächsten Augenblick winkte er den Insulanern zum Abschied mit dem Speer, schlug den Weg nach einem Engpaß in den Bergen ein, die Happar gegenüberlagen, und war bald nicht mehr zu sehen.

Eine Möglichkeit zur Flucht war mir jetzt gezeigt worden, aber wie sollte ich sie nützen? Ich war stets von Wilden umgeben, ich konnte nicht von einem Haus zum anderen gehen, ohne daß mich einige Leute begleiteten, und selbst wenn wir schliefen, schien die leiseste Bewegung von mir die Aufmerksamkeit derer zu erregen, mit denen ich das Mattenlager teilte. Trotz diesen Hindernissen beschloß ich, sofort den Versuch zu machen. Wenn er auch nur die geringste Aussicht auf Erfolg haben sollte, brauchte ich mindestens zwei Stunden Vorsprung, ehe die Insulaner meine Abwesenheit entdeckten; denn jeder Alarm wurde so rasch durchs Tal weitergegeben, und die Bewohner kannten natürlich jeden Winkel in den Wäldern so genau, daß ich, lahm und geschwächt, wie ich war, und ohne über den Weg richtig Bescheid zu wissen, nur hoffen durfte, meine Flucht zu bewerkstelligen, wenn ich diesen Vorteil hatte. Mein Vorhaben konnte mir nur nachts glücken, und auch dann war die größte Vorsicht erforderlich.

Der Eingang zu Marheyos Wohnung führte durch eine enge niedrige Öffnung in der Flechtwerkfront. Diese wurde aus einem mir unerklärlichen Grund stets geschlossen, wenn sich der Haushalt zur Ruhe begab. Man zog dann eine schwere Schiebetür aus einem Dutzend oder noch mehr Brettern davor, die geschickt durch Bastschnüre verbunden waren. Wenn einer der Hausbewohner hinausgehen wollte, weckte der Lärm, den das Fortrücken dieser primitiven Tür verursachte, alle anderen auf, und ich hatte mehr als einmal beobachtet, daß die Insulaner fast ebenso reizbar wie zivilisierte Menschen bei solchen Störungen waren.

Die Schwierigkeit, die mir dadurch in den Weg gerückt war, wollte ich auf folgende Weise beseitigen: Ich hatte vor, mutig im Laufe der Nacht aufzustehen, die Tür zu verschieben und unter dem Vorwand hinauszugehen, daß ich nur einmal aus der Kalebasse trinken wollte, die immer vor dem Hause in der Ecke des *pei-peis* stand. Wenn ich wieder hereinkam, wollte ich die Tür absichtlich offenlassen und meinen Plan darauf gründen, daß die trägen Wilden meine Nachlässigkeit übersehen würden. Dann wollte ich mich auf die Matten legen und geduldig warten, bis alle wieder schliefen, mich leise fortstehlen und sofort den Weg nach Puiarka einschlagen.

Noch am selben Tage, an dem Marnu dagewesen war, versuchte ich, diesen Plan auszuführen. Gegen Mitternacht stand ich auf und verschob die Tür. Die Eingeborenen fuhren hoch, so wie ich es erwartet hatte, und einige fragten: »Arware pu awa, Tommo?« (Wohin gehst du, Tommo?) – »Wai« (Wasser), antwortete ich kurz und ergriff die Kalebasse. Als sie meine Antwort hörten, sanken sie wieder auf ihr Lager zurück, und in ein oder zwei Minuten ging ich zu meiner Matte und wartete erregt auf das Ergebnis des Experiments. Die Eingeborenen wälzten sich unruhig herum und schienen dann einer nach dem anderen wieder einzuschlafen; ich freute mich schon über die Stille und wollte gerade wieder aufstehen, als ich ein leichtes Rascheln hörte. Eine dunkle Gestalt schob sich zwischen mich und den Ausgang, schloß die Tür und legte sich wieder hin. Das war ein harter Schlag für mich; aber da es vielleicht bei den Insulanern Verdacht erregt hätte, wenn ich in derselben Nacht noch einen Versuch unternahm, mußte ich meinen Plan, wenn auch ungern, auf die nächste verschieben. Mehrmals habe ich später dasselbe Manöver wiederholt, stets mit dem gleichen Mißerfolg. Da ich unter dem Vorwand das Haus verließ, ich wolle meinen Durst stillen, setzte Kory-Kory, entweder weil er mir mißtraute oder um mir gefällig zu sein, regelmäßig jeden Abend eine Kalebasse Wasser neben mich hin.

Selbst unter diesen ungünstigen Umständen machte ich den Versuch immer wieder; aber sobald ich aufstand, erhob sich auch mein Diener, als wolle er mich stets unter den Augen haben. Deshalb mußte ich mein Vorhaben einstweilen aufgeben, doch tröstete ich mich, so gut es ging, mit dem Gedanken, daß mir dennoch auf diese Weise meine Flucht einmal glücken würde.

Kurz nach Marnus Besuch verschlimmerte sich mein Befinden so sehr, daß mir das Laufen die größten Schwierigkeiten machte, und wie früher mußte mich Kory-Kory jeden Tag zum Fluß tragen.

Ich lag in der heißen Tageszeit stundenlang auf meiner Matte, und während fast meine ganze Umgebung sorglos schlummerte, fand ich keine Ruhe und brütete düster über mein Schicksal. Es schien mir sinnlos, sich ihm noch zu widersetzen, und wenn ich an die geliebten Freunde dachte, die viele tausend Meilen weit weg von der barbarischen Insel lebten, auf der man mich gefangenhielt, wenn ich überlegte, daß sie nie etwas über mein schreckliches Schicksal erfahren und auf meine Rückkehr noch hoffen würden, wenn sich mein entseelter Körper schon lange mit dem Staub des Tales vermischt hatte – dann konnte ich ein qualvolles Schaudern nicht unterdrükken.

Wie lebhaft steht mir noch jeder kleinste Zug des Bildes vor den Augen, das ich während dieser langen Leidenszeit sah! Auf meine Bitten wurden meine Matten genau gegenüber der Tür ausgebreitet, vor der Marheyo in einiger Entfernung seine Hütte aus Zweigen baute.

Wenn meine liebe Fayaway und Kory-Kory, die neben mir lagen, mich auf kurze Zeit ungestörter Ruhe überließen, beobachtete ich mit seltsamem Interesse die kleinsten Bewegungen des alten Sonderlings. In der Stille des tropischen Mittags fuhr er ganz allein mit seiner beschaulichen Arbeit fort, saß im Schatten und flocht seine Kokospalmblätter zusammen oder rollte auf dem Knie die gedrehten Bastfasern zu Strikken, mit denen er die Bedachung seines winzigen Hauses zusammenband. Häufig hielt er in seiner Beschäftigung inne, und wenn er meinem traurigen Blick begegnete, hob er die Hand mit einer Gebärde tiefen Mitgefühls, und dann kam er langsam auf den Zehenspitzen zu mir herein, um nicht die schlafenden Eingeborenen zu stören, nahm mir den Fächer aus der Hand, setzte sich vor mich nieder, bewegte ihn leicht hin und her und schaute mir ernst ins Gesicht.

Nicht weit von dem *pei-pei* standen drei herrliche Brotfruchtbäume, die ein Dreieck vor dem Hauseingang bildeten. Noch jetzt sehe ich ihre schlanken Stämme mit den hübschen Unebenheiten der Rinde, auf denen meine Augen Tag für Tag bei meinen einsamen Betrachtungen ruhten. Es ist seltsam, wie leblose Dinge uns ans Herz wachsen, besonders in leidvollen Stunden. Auch heute noch, mitten im hastigen Getriebe der stolzen, geschäftigen Stadt, in der ich wohne, tritt mir das Bild dieser drei Bäume so lebhaft vor die Augen, als ständen sie wirklich hier, und ich fühle immer noch die beruhigende stille Freude wie damals, wenn ich stundenlang ihre höchsten Zweige beobachtete, die sich anmutig im Winde wiegten.

34

Die Flucht

Fast drei Wochen waren seit Marnus zweitem Besuch vergangen, und ich muß über vier Monate im Tal gewesen sein, als plötzlich eines Mittags Mo-Mo, der einäugige Häuptling, in der Tür erschien, der ich gerade gegenüberlag, sich mir zuneigte und leise sagte: »Toby pemi ena« (Toby ist gekommen). Großer Gott! Welch Sturm der Gefühle ergriff mich bei dieser unerwarteten Nachricht! Ich spürte den Schmerz nicht mehr, der mich vorher gepeinigt hatte, sprang auf und rief wild Kory-Kory, der neben mir ruhte. Die aufgeschreckten Insulaner fuhren auf den Matten hoch; rasch wurde ihnen die Nachricht mitgeteilt, und im nächsten Augenblick war ich auf Kory-Korys Rücken unterwegs nach dem *tei*, von den erregten Wilden umgeben.

Alles, was ich von den Einzelheiten verstand, die Mo-Mo seinen Zuhörern unterwegs wiederholte, war, daß mein lange verlorener Gefährte in einem Boot angekommen sei, das gerade in der Bucht eingelaufen wäre. Meine einzige Sorge war jetzt, sofort nach der See getragen zu werden, damit nicht ein unvorhergesehener Zwischenfall unser Zusammentreffen vereitelte; aber das gaben die Eingeborenen nicht zu und setzten ihren Weg nach dem Hause des Königs fort. Als wir näher kamen, erschienen Mehevi und mehrere Häuptlinge auf der Veranda und riefen uns laut zu sich.

Sobald wir dort anlangten, versuchte ich ihnen klarzumachen, daß ich jetzt zum Strande hinuntergehen müsse, um Toby zu sehen. Dem widersprach der

König und winkte Kory-Kory, mich ins Haus zu bringen. Es war vergeblich, mich dagegen aufzulehnen; und gleich darauf befand ich mich im *tei*, von einer lärmenden Menge umringt, die die letzte Nachricht erörterte. Tobys Name kam immer wieder vor – in Verbindung mit Ausrufen größter Verwunderung. Sie schienen noch an seiner Ankunft zu zweifeln, und bei jedem neuen Bericht, der vom Strand gebracht wurde, gerieten sie in große Aufregung.

Ich wurde ganz wild, als man mich in diesem Zustand der Ungewißheit ließ, und beschwor Mehevi leidenschaftlich, mich gehen zu lassen. Ob nun mein Gefährte gekommen war oder nicht – ich ahnte doch, daß sich mein eigenes Schicksal entscheiden würde. Immer wieder trug ich Mehevi meine Bitte vor. Er betrachtete mich festen, ernsten Blickes, gab aber doch schließlich meinem Drängen nach und erfüllte, wenn auch ungern, meinen Wunsch.

Von etwa fünfzig Eingeborenen begleitet, setzte ich rasch meinen Weg fort; alle paar Minuten wechselte ich von einem Rücken auf den anderen hinüber, und die ganze Zeit trieb ich meine Träger mit inständigen Bitten zur Eile an. Bei diesem schnellen Marsch war mir auch nicht der leiseste Zweifel an der Richtigkeit der Nachricht gekommen. Ich stand völlig im Bann des einen überwältigenden Gedankens, daß sich jetzt eine Möglichkeit zur Befreiung bot, wenn ich den eifersüchtigen Widerstand der Wilden überwinden konnte.

Da es mir während meines ganzen Aufenthaltes verboten gewesen war, nach der See zu gehen, hatte ich damit immer den Gedanken an die Flucht verbunden. Auch Toby – wenn er mich wirklich je freiwillig verlassen hatte – mußte seine Flucht auf dem

Seewege bewerkstelligt haben; und jetzt, da ich mich selbst dem Meere näherte, lebte die Hoffnung mit ungeahnter Stärke in mir auf. Es war klar, daß ein Boot in die Bucht eingelaufen war, und warum sollte ich an der Wahrheit des Berichtes zweifeln, daß es meinen Kameraden gebracht hatte. Sooft wir daher einen Hügel erklommen hatten, hielt ich eifrig Ausschau, weil ich ihn zu sehen hoffte.

Inmitten einer erregten Menge, die nach ihren heftigen Gebärden und ihrem wilden Lärm von ebenso leidenschaftlichen Gefühlen wie ich beherrscht zu sein schien, wurde ich jetzt in einem raschen Trab vorwärtsgetragen. Häufig mußte ich mich bücken, um nicht gegen Zweige zu stoßen, die über dem Weg hingen, und ich beschwor unaufhörlich meine Träger, ihr ohnehin schnelles Tempo noch zu beschleunigen.

Auf diese Weise waren wir ungefähr vier oder fünf Meilen weit gekommen, als wir auf eine Schar von etwa zwanzig Insulanern stießen, die mit meinen Begleitern ein lebhaftes Gespräch begannen. Ungeduldig über den durch die Unterbrechung verursachten Aufschub bat ich den Mann, der mich trug, flehentlich, er solle ohne seine bummeligen Gefährten weiterlaufen. Da kam Kory-Kory zu mir und teilte mir in drei verhängnisvollen Worten mit, die Nachricht hätte sich als falsch erwiesen, Toby wäre nicht gekommen: »Toby owli pemi.« Der Himmel allein weiß, wie ich in meinem körperlichen und seelischen Zustand die Qual ertrug, die jene Nachricht mir verursachte. Nicht daß die Mitteilung völlig unerwartet kam, aber ich hatte gehofft, daß die Tatsache nicht eher bekannt würde, als bis ich den Strand erreicht hätte. Wie die Dinge lagen, sah ich sofort voraus, was die Wilden tun würden. Sie hatten meinen Bitten nur soweit nachgegeben, damit ich meinen Kameraden, der so lange ausgeblieben war, freudig willkommen heißen könnte; aber jetzt, da sie wußten, daß er nicht hier war, würden sie mich sofort zur Umkehr zwingen.

Meine Befürchtungen zeigten sich als nur zu richtig. Trotz meines Widerstands trugen sie mich in ein nahegelegenes Haus und ließen mich auf den Matten liegen. Mehrere von jenen, die mich vom *tei* begleitet hatten, trennten sich bald darauf von den anderen und gingen nach der See. Die Zurückbleibenden – darunter Marheyo, Mo-Mo, Kory-Kory und Tinor – versammelten sich um das Haus und schienen auf ihre Rückkehr zu warten.

Ich schloß daraus, daß sich Fremde, vielleicht Landsleute von mir, aus irgendeinem Grunde in der Bucht befanden. Bei dem Gedanken, sie so nahe zu wissen, geriet ich ganz außer mir, und trotz meiner Schmerzen und den Versicherungen der Insulaner, daß keine Boote am Strand seien, sprang ich auf und versuchte, zur Tür zu gelangen. Sofort versperrten mir einige Männer den Ausgang und befahlen mir, mich wieder hinzulegen. Die wilden Blicke der gereizten Barbaren mahnten mich, daß ich nichts durch Gewalt erreichen konnte, sondern nur durch Bitten hoffen durfte, zum Ziel zu kommen.

Aus dieser Überlegung wandte ich mich an Mo-Mo, den einzigen der anwesenden Häuptlinge, den ich häufig gesehen hatte, verbarg vorsichtig meinen wirklichen Plan und versuchte ihm klarzumachen, daß ich immer noch glaubte, Toby wäre am Strand. Ich bat ihn inständig, mir zu erlauben, weiterzugehen und ihn zu begrüßen. Auf all seine wiederholten Beteuerungen, daß mein Gefährte nicht gesehen worden sei, stellte ich mich taub und drang mit so beredten Gebärden in ihn, daß der einäugige Häuptling ihnen offenbar nicht mehr widerstehen konnte. Es kam mir so vor, als hielte er mich für ein eigensinniges Kind und hätte nicht das Herz, meinen Wünschen mit Gewalt zu begegnen, so daß ihm nichts weiter übrigblieb, als mir den Willen zu lassen. Er sprach ein paar Worte mit den Eingeborenen, die sofort die Tür freigaben und gleich darauf aus dem Haus gingen.

Draußen sah ich mich eifrig nach Kory-Kory um, aber dieser bisher so treue Diener ließ sich nicht blikken. Da ich keinen Augenblick warten wollte, wo jede Minute so kostbar sein konnte, winkte ich einen kräftigen Burschen heran, der mich auf den Rücken nehmen sollte. Zu meiner Überraschung lehnte er das zornig ab. Ich wandte mich an einen zweiten, aber mit dem gleichen Ergebnis. Auch mein dritter Versuch war umsonst, und ich merkte jetzt, warum mir Mo-Mo meine Bitte gewährt hatte und die anderen Eingeborenen sich so seltsam benahmen. Offenbar hatte mir der Häuptling nur deshalb erlaubt, meinen Weg nach der See fortzusetzen, weil er annahm, daß ich allein doch nicht hinkommen könnte.

Daraus erkannte ich, daß sie fest entschlossen waren, mich weiter gefangenzuhalten. In meiner Verzweiflung spürte ich die Schmerzen kaum noch, ergriff einen gegen das Dach gelehnten Speer, stützte mich darauf und machte mich wieder auf den Weg, der am Haus vorbei nach dem Strande führte. Zu meiner Überraschung ließ man mich allein weitergehen. Alle Eingeborenen blieben vor dem Hause stehen, und eine eifrige Auseinandersetzung begann, die mit jedem Augenblick lauter und heftiger wurde;

zu meiner unaussprechlichen Freude bemerkte ich, daß sie in Meinungsverschiedenheiten geraten waren und sich, kurz gesagt, zwei Parteien gebildet hatten. Ihre Unentschlossenheit konnte mir vielleicht die Flucht erleichtern.

Ehe ich jedoch hundert Schritt gegangen war, umdrängten mich die Wilden wieder, die sich noch mitten in ihrer hitzigen Auseinandersetzung befanden, und es sah so aus, als müßte es jeden Augenblick zur Schlägerei kommen. In diesem Tumult kam der alte Marheyo zu mir, und ich werde niemals seinen gütigen Gesichtsausdruck vergessen. Er legte mir den Arm auf die Schulter und sprach die einzigen zwei englischen Wörter, die ich ihn gelehrt hatte, sehr nachdrücklich: ›Heimat‹ und ›Mutter‹. Ich verstand sofort, was er wollte, und dankte ihm innig. Fayaway und Kory-Kory standen neben ihm und weinten bitterlich, und erst als der alte Mann zweimal den Befehl wiederholt hatte, brachte es sein Sohn fertig, ihm zu gehorchen und mich auf den Rücken zu nehmen. Der einäugige Häuptling widersprach zwar, doch wurde er überstimmt, und wie es schien, von einigen seiner eigenen Anhänger.

Wir gingen weiter, und ich werde nie meine freudige Erregung vergessen, als ich zum erstenmal wieder das Dröhnen der Brandung hörte, die sich an der Küste brach. Bald darauf sah ich zwischen den Bäumen die glitzernden Wogen selbst. Oh, herrlicher Anblick des Ozeans! Oh, wundervolle Töne! Mit welchem Entzücken begrüßte ich euch als vertraute Freunde! Jetzt war auch das Geschrei der Menge am Strand vernehmbar, und ich glaubte fast, aus dem Stimmengewirr die Sprache meiner eigenen Landsleute herauszuhören.

Als wir das offene Gelände zwischen Wald und Meer erreichten, sah ich als erstes ein englisches Walboot. Es lag mit dem Bug zur See, nur ein paar Faden von der Küste entfernt und war mit fünf Insulanern in kurzen Kattununiformen bemannt. Nach meinem ersten Eindruck glaubte ich, sie wollten gerade wieder aus der Bucht hinausrudern und ich sei nach all meinen Anstrengungen zu spät gekommen. Das Herz krampfte sich mir zusammen. Aber ein zweiter Blick überzeugte mich, daß sie das Boot nur aus der Brandung hielten. Im nächsten Moment hörte ich, wie eine Stimme aus der Menge meinen Namen rief.

Ich sah nach der Richtung des Rufes und entdeckte zu meiner unbeschreiblichen Freude die große Gestalt Karakois, eines Kanaken von Oahu, der oft an Bord der ›Dolly‹ gewesen war, als sie in Nukuhiwa lag. Er trug wie immer das grüne Jagdjackett mit den vergoldeten Knöpfen, das ihm ein Offizier der ›Reine Blanche‹, des französischen Admiralsschiffes, geschenkt hatte. Der Kanake hatte mir oft erzählt, seine Person wäre in allen Tälern der Insel tabu. Daß ich ihn hier und in diesem Augenblick sah, versetzte mich in einen Freudentaumel.

Karakoi stand am Rand des Wassers mit einem großen Ballen Kattun über dem Arm; in der einen Hand hielt er zwei oder drei Beutel Pulver, in der anderen eine Muskete. Er schien sie mehreren Häuptlingen anzubieten, aber sie lehnten das Geschenk ärgerlich ab und wünschten ihn offenbar weit weg; denn mit heftigen Gebärden wiesen sie ihn auf das Boot und befahlen ihm abzufahren.

Der Kanake aber behauptete noch immer seinen Platz, und ich erkannte sofort, daß er versuchte, mir die Freiheit zu erkaufen. Das gab mir Mut, und ich rief laut, er solle zu mir kommen; aber er antwortete in gebrochenem Englisch, daß die Insulaner gedroht hätten, ihn mit ihren Speeren zu durchbohren, wenn er sich mir auch nur um Fußbreite näherte. Ich schritt immer noch weiter, von einem dichten Haufen Eingeborener umdrängt. Manche hielten mich mit den Händen fest, und mehr als ein Wurfspeer war drohend auf mich gerichtet. Trotzdem spürte ich deutlich, daß auch viele von den mir weniger freundlich Gesinnten unentschlossen und unruhig aussahen.

Ich war immer noch etwa dreißig Schritt von Karakoi entfernt, als mir die Eingeborenen den Weg versperrten. Ich mußte mich hinsetzen, und einige hielten mich noch beim Arm gepackt. Der Lärm und Tumult wuchsen an, und ich bemerkte auch einige Priester am Strand, die offensichtlich alle in Mo-Mo und die übrigen Häuptlinge drangen, mich nicht fortzulassen, und das widerwärtige Wort ›Ru-ni! Ru-ni!‹, das ich schon tausendmal an dem Tage gehört hatte, wurde jetzt von allen Seiten geschrien. Trotzdem setzte sich der Kanake noch für mich ein, verhandelte mutig mit den Wilden und versuchte, sie zu lokken, indem er den Stoff entfaltete, das Pulver hinhielt und den Hahn der Muskete schnappen ließ. Aber alles, was er sagte und tat, steigerte nur die Unruhe der Menge, die ihn anscheinend ins Meer drängen wollte.

Wenn ich bedachte, welchen übergroßen Wert diese Menschen den Dingen beimaßen, die ihnen für mich geboten wurden und die sie so entrüstet zurückwiesen, erkannte ich erneut ihre beharrliche Entschlossenheit, mich als Gefangenen zu behalten, und voller Verzweiflung und unbekümmert um die Folgen nahm ich alle Kraft zusammen, schüttelte die Männer ab, die mich hielten, sprang hoch und rannte auf Karakoi zu.

Dieses tollkühne Wagnis hätte bald mein Schicksal entschieden; denn aus Angst, ich könne ihnen entwischen, erhoben jetzt mehrere Insulaner gleichzeitig ein Geschrei und drängten auf Karakoi ein, bedrohten ihn mit wütenden Gebärden und trieben ihn tatsächlich ins Meer. Bestürzt über ihre Heftigkeit, versuchte der arme Kerl, der fast bis zum Gürtel in der Brandung stand, sie zu beschwichtigen; aber schließlich fürchtete er doch, sie könnten ihm Gewalt antun, und winkte seinen Kameraden, heranzupullen und ihn ins Boot zu nehmen.

In diesem qualvollen Augenblick, als ich schon dachte, es gäbe keine Hoffnung mehr, entstand ein neuer Streit zwischen den beiden Parteien, die mich zum Strand begleitet hatten; es kam zu einer Schlägerei, und das Blut floß. In der Aufregung des Kampfes waren alle von mir weggegangen außer Marheyo, Kory-Kory und der armen lieben Fayaway, die sich an mich hing und zornig schluchzte. Ich sah, daß jetzt oder nie der Augenblick zur Flucht war. Ich faltete die Hände, blickte Marheyo flehentlich an und ging nach dem fast verlassenen Meeresufer. Die Tränen standen dem alten Mann in den Augen, aber weder er noch Kory-Kory versuchten, mich zu halten, und ich war bald bei dem Kanaken, der meine Schritte ängstlich beobachtete. Die Ruderer pullten so nahe an die Brandung heran, wie sie es wagen konnten, ich schloß Fayaway, die stumm vor Kummer war, noch einmal in die Arme, und im nächsten Augenblick stand ich wohlbehalten im Boot neben Karakoi, der sofort loszurudern befahl. Marheyo, Kory-Kory und viele der Frauen folgten mir ins Wasser, und ich wollte ihnen als einziges Zeichen meiner Dankbarkeit, das ich ihnen erweisen konnte, unbedingt die Gegenstände geben, die man als mein Lösegeld mitgebracht hatte. Ich reichte Kory-Kory die Muskete mit einer raschen Gebärde, die eine Schenkungsurkunde ersetzte, warf dem alten Marheyo die Kattunrolle zu und wies dabei auf die arme Fayaway, die vom Wasser weggegangen war und trostlos am Strand saß, und schleuderte die Pulverbeutel den jungen Damen zu, die am nächsten standen und sie alle sehr gern nahmen. Diese Verteilung dauerte keine zehn Sekunden, und ehe ich ganz damit fertig war, hatte das Boot auch schon volle Fahrt. Der Kanake zeterte die ganze Zeit über laut wegen dieser Vergeudung wertvoller Dinge.

Natürlich hatten einige Eingeborene meine Flucht bemerkt, doch sie unterbrachen ihren Streit nicht. Erst als das Boot über fünfzig Schritt vom Strande entfernt war, stürzten sich Mo-Mo und sechs oder sieben andere Krieger in die See und warfen ihre Speere nach uns. Manche davon flogen dichter an uns vorbei, als uns lieb war, aber keiner traf, und die Männer ruderten prächtig drauflos. Wenn uns aber auch bald die Speere nichts mehr anhaben konnten, kamen wir doch nur sehr langsam vorwärts; der Wind blies stark auf die Küste zu, und die Flut war gegen uns; und ich sah Karakoi, der das Boot steuerte, mitunter besorgte Blicke nach einer vorspringenden Landzunge werfen, an der wir vorbei mußten.

Nach unserer Abfahrt verharrten die Wilden, die sich in mehrere Gruppen gespalten hatten, ein paar Minuten völlig bewegungslos und schweigend. Plötzlich verrieten die Gebärden des rasenden Häuptlings, daß er seinen Entschluß gefaßt hatte. Er brüllte seinen Gefährten etwas zu und zeigte mit seinem Tomahawk nach der Landzunge; dann lief er mit höchster Geschwindigkeit in dieser Richtung, und etwa dreißig Eingeborene, darunter mehrere Priester, rannten hinter ihm her, und alle schrien so laut sie konnten: »Ru-ni! Ru-ni!« Sie wollten offenbar von der Landspitze aus losschwimmen und uns den Weg abschneiden. Der Wind frischte jede Minute mehr auf und pfiff uns gerade ins Gesicht, und die See kam in wütenden kurzen Stoßwellen, gegen die man so schwer rudern kann. Trotzdem schienen die Aussichten günstig für uns zu sein; aber als wir uns der Spitze auf ungefähr hundert Schritt genähert hatten, stürzten sich die tüchtigen Wilden schon ins Wasser, und wir alle fürchteten, daß wir binnen fünf Minuten über ein Dutzend der rasenden Kerle um uns haben würden. Wenn es so kam, war unser Schicksal besiegelt; denn diese Wilden unterscheiden sich von den schwächlichen Schwimmern zivilisierter Länder und sind im Wasser eher noch schrecklichere Gegner als auf dem Lande. Es war eine Kraftprobe; unsere Eingeborenen ruderten, daß sich die Riemen bogen, und die Schwimmerschar schoß trotz des hohen Seegangs mit furchtbarer Geschwindigkeit durchs Wasser.

Als wir die Landspitze erreichten, lagen die Wilden quer vor unserem Kurs im Wasser. Unsere Ruderer zogen die Messer und nahmen sie zwischen die Zähne, und ich ergriff den Bootshaken. Wir wußten wohl: Gelang es ihnen, uns abzuschneiden, würden sie ein Manöver ausführen, das schon mancher Bootsmannschaft in diesen Gewässern zum Verhängnis geworden war. Sie würden die Riemen packen, sich ans Schandeck klammern und das Boot zum Kentern bringen, und dann waren wir ihnen auf Gnade und Ungnade ausgeliefert.

Nach ein paar atemlosen Augenblicken erkannte ich Mo-Mo. Der athletische Insulaner schoß, sein Tomahawk zwischen den Zähnen, durchs Wasser, daß es schäumte. Er war uns am nächsten; noch eine Sekunde, und er würde einen unserer Riemen fassen. Selbst in diesem Augenblick schauderte mir vor dem, was ich tun wollte. Aber es war keine Zeit für Mitleid oder Gewissensbedenken; ich zielte gut und setzte meine ganze Kraft ein, als ich mit dem Bootshaken nach ihm stieß. Ich traf ihn gerade unter der Kehle und zwang ihn unter Wasser. Es blieb mir keine Zeit zum Wiederholen des Schlages, aber ich sah ihn im Kielwasser des Bootes noch einmal auftauchen und werde nie seinen wilden Gesichtsausdruck vergessen.

Nur noch ein Insulaner erreichte das Boot. Er packte das Dollbord, aber die Messer unserer Ruderer zerfleischten ihm die Handgelenke so schlimm, daß er seinen Halt bald wieder aufgeben mußte, und in der nächsten Minute hatten wir sie alle hinter uns gelassen und waren in Sicherheit. Die ungeheure Erregung, die mich bis jetzt aufrecht erhalten hatte, war vorüber, und ich fiel Karakoi ohnmächtig in die Arme.

Ich will noch kurz erzählen, auf welche Weise sich meine unerwartete Befreiung vollzog. Der Kapitän eines australischen Schiffes, dem es in diesen Gewässern an Leuten mangelte, war nach Nukuhiwa gefahren, um seine Schiffsmannschaft zu ergänzen; aber er konnte keinen einzigen Mann bekommen, und das Schiff wollte schon wieder den Anker lichten, als Karakoi an Bord kam und dem enttäuschten Engländer mitteilte, daß in der benachbarten Bucht von Taipi ein amerikanischer Matrose von den Wilden gefangengehalten würde, und er erbot sich, wenn man ihm entsprechende Tauschwaren gäbe, seine Befreiung zu bewerkstelligen. Der Kanake hatte diese Nachricht von Marnu erfahren, dem ich also letzten Endes meine Rettung danke. Sein Vorschlag wurde angenommen, und Karakoi holte sich fünf Eingeborene von Nukuhiwa, die tabu waren, und kam mit ihnen wieder an Bord des Schiffes. Es segelte in ein paar Stunden nach dieser Gegend der Insel und braßte gerade am Eingang der Taipibucht das Großmarssegel back. Das Walboot mit der tabuierten Mannschaft ruderte in die Bucht hinein, während das Schiff draußen auf seine Rückkehr wartete.

Die Ereignisse, die nun folgten, sind schon ausführlich geschildert worden, und mir bleibt nur noch wenig zu sagen. Als wir zur ›Julia‹ kamen, wurde ich an Bord gebracht, und mein seltsames Äußere und merkwürdiges Abenteuer erregten großes Interesse. Man hätte mich nicht aufmerksamer und menschlicher behandeln können, aber mein Gesundheitszustand war so schlecht, daß drei Monate vergingen, ehe ich wieder genas.

Das Geheimnis, das über dem Schicksal meines Freundes und Gefährten Toby liegt, ist nie aufgeklärt worden. Ich weiß heute noch nicht, ob es ihm gelang, das Tal zu verlassen, oder ob ihn die Insulaner umbrachten.

Nachbemerkung

Der Verfasser dieses Buches kam genau an dem Tag auf Tahiti an, als die schändlichen Pläne der Franzosen vollendet wurden. Während der Abwesenheit der Königin überredeten sie die unteren Häuptlinge, einen hinterlistigen Vertrag zu unterzeichnen, durch den sie praktisch abgesetzt war. Man bediente sich bei dieser Gelegenheit Drohungen und Schmeicheleien gleichermaßen, und die Zweiunddreißigpfünder, die aus den Luken der Fregatte hervorschauten, waren die Hauptargumente, derer man sich bediente, um die Bedenken der gewissenhafteren Inselbewohner zu zerstreuen.

Und doch erregte diese, im Stile von Piraten erfolgte Inbesitznahme von Tahiti mit all dem darauf folgenden Leid und Elend, zumindest in Amerika, nicht halb soviel Aufsehen, wie das Vorgehen der Engländer auf den Sandwichinseln. Kein Unternehmen ist je so ungeheuerlich falsch dargestellt worden wie die Ereignisse, die sich nach der Ankunft Lord George Paulets in Oahu zugetragen haben. Während eines viermonatigen Aufenthalts in Honolulu, der Hauptstadt der Inselgruppe, genoß der Autor das Vertrauen eines Engländers, der von Seiner Lordschaft viel beschäftigt wurde. Und groß war die Verwunderung des Autors, als er bei seiner Ankunft in

Boston, im Herbst 1844, die verdrehten Berichte und Erfindungen las, die in den USA einen so gewaltigen Sturm der Entrüstung gegen die Engländer hervorgerufen hatten. Er erachtet es deshalb als einen reinen Akt der Gerechtigkeit gegenüber einem tapferen Offizier, wenn er kurz auf die wichtigsten Umstände in Verbindung mit dem fraglichen Ereignis eingeht.

Es wäre müßig, all die Schmähungen zu wiederholen, mit denen vor dem Frühjahr 1843 die britischen Bewohner, insbesondere Kapitän Charlton, der Generalkonsul Ihrer Britischen Majestät, von den Behörden der Eingeborenen der Sandwichinseln überhäuft wurden. Hoch in der Gunst des schwachsinnigen Königs stand zu jener Zeit ein gewisser Dr. Judd, ein scheinheiliger Apotheker und Abenteurer, der, wie andere gleichgesinnte und einflußreiche Gestalten, von einem eingefleischten Haß auf England beseelt war. Der Einfluß einer Clique von ungebildeten und ränkeschmiedenden Methodistenältesten bei den Beratungen eines halbzivilisierten Königs, der mit absoluter Gewalt über eine zwischen Barbarei und Zivilisation schwebende Nation herrschte, die sich wegen der Besonderheiten ihrer Beziehungen zu anderen Staaten ungewöhnlichen Schwierigkeiten ausgesetzt sah, war nicht gerade dafür geeignet, der Regierungspolitik einen gesunden Geist zu verleihen.

Auf Grund übler Mißstände bei der Behandlung von Angelegenheiten wurden die Dinge schließlich auf die Spitze getrieben, so daß seitens des britischen Konsuls keine weiteren Beleidigungen und Verletzungen mehr ertragen werden konnten. Kapitän Charlton, dem man in kränkender Weise verboten hatte, die Inseln zu verlassen, zog sich insgeheim zurück und beriet sich, nachdem er in Valparaiso eingetroffen war, mit Konteradmiral Thomas, dem verantwortlichen Kommandierenden der englischen Kräfte im Pazifik. Als Folge dieser Unterredung wurde Lord George Paulet von dem Admiral mit der Fregatte ›Carysfort‹ abgesandt, um die vorgebrachten Mißstände zu untersuchen und zu beseitigen. An seinem Bestimmungsort angekommen, schickte dieser seinen Oberleutnant an Land, mit einem Brief für den König, der mit größter Freundlichkeit abgefaßt war, und worin er um die Ehre einer Audienz nachsuchte. Man verwehrte dem Überbringer den Zutritt zu Seiner Majestät, und Paulet wurde kühl an Doktor Judd verwiesen und davon in Kenntnis gesetzt, daß der Apotheker mit unbeschränkter Vollmacht für Verhandlungen mit ihm ausgestattet sei. Seine Lordschaft wies dieses unverschämte Ansinnen zurück und wandte sich abermals mit einem Brief an den König, in dem er sein ursprüngliches Verlangen erneuerte. Doch wurde ihm eine weitere Abfuhr zuteil. Zurecht entrüstet über diese Behandlung, verfaßte er eine dritte Botschaft. Darin zählte er die zu beseitigenden Mißstände auf und verlangte unter Androhung sofortiger Kriegshandlungen, seinem Ersuchen nachzukommen.

Die Regierung war nun verpflichtet, zu handeln, und die jämmerlichen Berater des Königs entschieden sich für einen hinterhältigen politischen Schachzug, um das Mitgefühl der Christenheit zu gewinnen und ihre Empörung hervorzurufen. Seine Majestät wurde veranlaßt, dem britischen Kapitän zu verstehen zu geben, daß er, als verantwortungsvoller Herrscher seines geliebten Volkes, nicht den willkürlichen Forderungen Seiner Lordschaft nachkommen könne; und daß er, um die Schrecken des Krieges abzuwenden, ihm anbiete, die ›vorläufige Abtretung‹ der Inseln zu akzeptieren, vorbehaltlich der Ergebnisse der in London anstehenden Verhandlungen. Paulet, ein leutseliger und redlicher Seemann, nahm den König beim Wort; und nach einigen vorbereitenden Maßnahmen trat er in dem gleichen bestimmten und segensreichen Geist, der das Regime auf seiner Fregatte auszeichnete und der ihn zum Idol seiner Besatzung hatte werden lassen, die Amtsgeschäfte auf Hawaii an. Bald war er bei allen Schichten der Inselbewohner beliebt. Aber der König und die Häuptlinge, deren feudale Herrschaft über das gemeine Volk ihre emsigen missionarischen Berater zu verewigen suchten, betrachteten alle seine Handlungen mit höchst aufmerksamem Argwohn. Von seiner wachsenden Beliebtheit mit Neid erfüllt, und außerstande, etwas dagegen zu unternehmen, bemühten sie sich, im Ausland seinen Ruf zu untergraben, indem sie lauthals gegen sein Tun protestierten und in orientalischem Stil die *ganze Welt* als Zeugen aufriefen und zum Mitgefühl für das ihnen angetane *beispiellose Unrecht.*

Ungeachtet ihres grundlosen Geschreis, nahm Lord George Paulet sich selbst der Aufgabe an, die Differenzen zwischen den ausländischen Bewohnern zu schlichten, ihren Beschwerden nachzugehen, ihre Handelsinteressen zu fördern und, soweit es in seinen Kräften stand, die Lage der entwürdigten Eingeborenen zu verbessern. Die Ungerechtigkeiten, die er ans Licht brachte und umgehend beseitigte, sind zu zahlreich, als daß sie hier wiedergegeben werden könnten. Ein Beispiel soll jedoch angeführt werden, das eine gewisse Vorstellung von der erbärmlichen und schlechten Regierung geben wird, der diese bedauernswerten Insulaner unterworfen sind.

Es ist wohlbekannt, daß die Gesetze auf den Sandwichinseln willkürlichsten Veränderungen unterworfen sind, die, alldieweil sie jegliche Vorstellungen von Recht und Unrecht in den Köpfen der Eingeborenen durcheinander bringen, die verderblichsten Folgen nach sich ziehen. In keinem Falle tritt dieses Übel so offenkundig zutage, wie bei den ständigen Veränderungen der Anordnungen, welche die Unzucht betreffen. Einmal werden die harmlosesten Freiheiten zwischen den Geschlechtern mit einer Geldbuße oder Haft bestraft, ein andermal hat die Aufhebung der Gesetze die unverhüllteste und unverhohlene Zügellosigkeit zur Folge.

So geschah es, daß in der Zeit nach Paulets Eintreffen die streng puritanischen Gesetze für mindestens drei Wochen ununterbrochen verschärft wurden. Im Ergebnis dessen war das Fort in Honolulu von einer großen Zahl junger Mädchen bevölkert, die eingesperrt waren, um Buße dafür zu tun, daß sie vom Pfad der Tugend abgegangen waren. Obwohl zunächst nicht gewillt, sich in Verordnungen einzumischen, die ausschließlich die Eingeborenen betrafen, fühlte sich Paulet auf Grund des Überhandnehmens bestimmter Berichte schließlich veranlaßt, eine strenge Untersuchung der inneren Verwaltung General Kekuanoas vorzunehmen, des Gouverneurs der Insel Oahu, einer der Eckpfeiler der Hawaiischen Kirche und Kommandant des Forts. Paulet stellte bald fest, daß zahlreiche der jungen Mädchen, die tagsüber mit Arbeit für den König beschäftigt waren, nächtens über die Brustwehr des Forts – die an einer Seite direkt bis über die See ragt – geschmuggelt und heimlich an Bord der Schiffe gebracht wurden, die mit dem General einen Kontrakt über ihre Lieferung vereinbart hatten. Vor Tagesanbruch kehrten sie zurück in ihre Quartiere. Ihr eigenes Verschweigen dieser geheimen Ausflüge wurde mit einem kleinen Teil jenes Sündenlohnes erkauft, der in den Händen Kekuanoas landete.

Die Wirksamkeit, mit der die Gesetze über die Unzucht in jener Zeit angewendet wurden, erlaubten es dem General in großem Maße, das verabscheuungswürdige Geschäft, dem er nachging, zu monopolisieren, wodurch ständig beträchtliche Summen in seine Kassen – manche sagen, auch in die der Regierung – flossen. Es ist wirklich eine beklagenswerte Tatsache, daß die Haupteinnahmen der Regierung von Hawaii aus den Strafen, oder besser, aus den Lizenzen für das Laster kommen, dessen Gedeihen mit dem der Regierung einhergeht. Würde das Volk tugendhaft, so würden die Behörden arm; doch gibt es gegenwärtig kaum Anzeichen dafür, daß man derartiges befürchten muß.

Etwa fünf Monate nach der Abtretung legte die Fregatte ›Dublin‹ unter der Flagge des Konteradmirals Thomas im Hafen von Honolulu an. Die Aufregung, die ihr plötzliches Auftauchen an Land erzeugte, war riesig. Drei Tage nach ihrem Eintreffen holte ein englischer Matrose das rote Kreuz ein, das von den Höhen des Forts geweht hatte, und wurden an der gleichen Stange wieder die Farben Hawaiis zur Schau gestellt. Im selben Augenblick öffneten die langen Zweiundvierzigpfünder auf dem Punchbowl Hill ihre eisernen Schlünde zu einer triumphalen Erwiderung des Donners der fünf Kriegsschiffe im Hafen, und König Kamehameha III., umgeben von einer glänzenden Schar britischer und amerikanischer Offiziere, entrollte die königliche Standarte vor Tausenden seiner versammelten Untertanen, die, angelockt von der imposanten militärischen Vorstellung der Ausländer, zusammengeströmt waren, Zeuge zu sein der formalen Rückgabe der Inseln an ihre alten Herrscher.

Indem der Admiral die Maßnahmen seiner Untergebenen sanktioniert und danach die Behörden zur Annahme der Bedingungen gebracht hatte, hatte er die Notwendigkeit beseitigt, noch länger unter der vorläufigen Abtretung zu regieren.

Das Ereignis wurde vom König und den obersten Häuptlingen als Anlaß für ein ausschweifendes Freudenfest genommen. Leicht erzeugten sie bei den niederen Rängen einen Ausbruch der Begeisterung, als sie für eine Zeit die gewohnte Strenge der Gesetze aufhoben. Plakate mit königlichen Proklamationen in Englisch und Hawaiisch wurden in den Straßen von Honolulu und in den größeren Dörfern auf den Inseln angebracht. Darin verkündete Seine Majestät seinen geliebten Untertanen die Wiedererrichtung seines Thrones und rief sie auf, dies mit der Übertretung aller moralischen, rechtlichen und religiösen Beschränkungen an den folgenden zehn Tagen zu begehen, für welche Zeit alle Gesetze des Landes feierlich für außer Kraft gesetzt erklärt wurden.

Wer während dieser zehn denkwürdigen Tage in Honolulu war, wird er sie je vergessen! Das Spektakel allgemeiner Wollust, das damals am hellichten Tage veranstaltet wurde, spottet jeder Beschreibung. Die Eingeborenen der umliegenden Inseln strömten zu Hunderten nach Honolulu, und die Besatzungen zweier Fregatten, die wie so viele Teufel rechtzeitig losgelassen wurden, um den heidnischen Aufruhr überschäumen zu lassen, setzten dem Ganzen die Krone auf. Es war eine Art polynesischer Saturnalien. Dinge, zu abscheulich, als daß sie genannt werden sollen, geschahen mittags auf offener Straße, und einige Insulaner, die man dabei ertappte, wie sie die Ausländer bestahlen, wurden, nachdem sie die betroffene Partei zum Fort gebracht hatte, sofort damit bestraft, daß sie wieder gehen und das gestohlene Gut behalten konnten – mit einem sardonischen Grinsen setzte Kekuanoa die weißen Männer davon in Kenntnis, daß die Gesetze *hannapa* (aufgehoben) waren.

Die Geschichte dieser zehn Tage offenbart den Charakter der Bewohner der Sandwichinseln in seinem wahren Lichte und liefert einen beredten Kommentar über die Früchte der Missionsarbeit. Befreit von den Beschränkungen strenger Strafgesetze, hatten sich die Eingeborenen freiwillig bis zum letzten Mann in jede Art von Schlechtigkeit und Exzeß gestürzt und mit ihrer völligen Mißachtung jeglichen Anstands unmißverständlich gezeigt, daß sie, trotz der Erziehung zu einer scheinbaren Unterwerfung unter die neue Ordnung, in Wirklichkeit genauso verdorben und lasterhaft waren wie eh und je.

Dergestalt waren die Ereignisse, die in Amerika so einen allgemeinen Sturm der Entrüstung gegen den energischen und hochherzigen Paulet hervorriefen. Er ist nicht der erste, der in unerschrockener Erfüllung seiner Pflichten das sinnlose Geschrei jener wachgerufen hat, deren engstirniger Argwohn sie blind macht, geeignete Maßnahmen zu erkennen, die außergewöhnlich zwingende Umstände haben notwendig werden lassen.

Es muß kaum noch gesagt werden, daß das britische Kabinett niemals beabsichtigt hatte, von den Inseln Besitz zu ergreifen. Auch ist es eine hinreichende Rechtfertigung des Vorgehens von Lord George Paulet, daß er nicht nur die uneingeschränkte Zustimmung seiner Regierung erhielt, sondern daß bis zum heutigen Tage der Großteil des hawaiischen Volkes Segen für sein Haupt erfleht und voll Dankbarkeit zurückblickt auf jene Zeit, da seine großzügige und väterliche Herrschaft Eintracht und Frohsinn unter ihnen verbreitete.

Die Geschichte Tobys
Eine Fortsetzung von ›Taipi‹
vom Verfasser des Werkes

Vorbemerkung zur Fortsetzung

Der Verfasser blieb nach seiner Flucht aus dem Tal, die das letzte Kapitel schilderte, noch über zwei Jahre in der Südsee. Einige Zeit nach seiner Heimkehr wurde die vorstehende Erzählung veröffentlicht. Niemand ahnte damals, daß sich auf diese Weise der längst verlorengegebene Toby wiederfinden würde. Aber so geschah es.

Die Geschichte seiner Flucht bildet die natürliche Fortsetzung dieses Abenteuers und wird deshalb dem Band beigegeben. Toby selbst hat sie dem Verfasser vor kaum zehn Tagen erzählt.

New York, im Juli 1846

Fortsetzung

Die Geschichte Tobys

An dem Morgen, an dem mich mein Kamerad verließ, wie ich das in der Geschichte erzählt habe, wurde er von einer großen Schar Eingeborener begleitet. Manche von ihnen trugen Früchte und Schweine, um damit Tauschhandel zu treiben; denn die Nachricht hatte sich verbreitet, es seien Boote in die Bucht eingelaufen.

Als sie durch die besiedelten Teile des Tales gingen, schlossen sich ihnen von allen Seiten neue Trupps an, die mit lebhaftem Geschrei auf Weg und Steg herbeigerannt kamen. So erregt war die ganze Gesellschaft, daß Toby, wie sehr es ihn auch nach dem Strande zog, kaum mit ihnen Schritt halten konnte. Das Tal hallte von ihren Rufen wider, als sie im schnellen Trab vorwärtseilten. Die vordersten blieben ab und zu stehen und schwangen die Waffen, um die anderen anzuspornen.

Bald kamen sie an eine Stelle, wo der Pfad eine Schleife des größten Flusses im Tal überquerte. Da erschallte ein merkwürdiger Ton aus dem Hain am anderen Ufer, und die Insulaner machten halt. Es war Mo-Mo, der einäugige Häuptling, der vorausgegangen war; er schlug mit seinem schweren Speer gegen den hohlen Ast eines Baumes.

Das war ein Alarmsignal; denn jetzt war nichts weiter zu hören als ›Happar! Happar!‹ Die Krieger schwangen ihre Speere, die Weiber und Kinder schrien durcheinander und lasen Steine im Flußbett auf. Gleich darauf kamen Mo-Mo und zwei oder drei andere Häuptlinge aus dem Wäldchen gerannt, und der Lärm wurde noch zehnmal so groß.

Jetzt geht's los, dachte Toby, und da er unbewaffnet war, bat er einen der jungen Männer, der bei Marheyo wohnte, ihm seinen Speer zu leihen. Aber er bekam ihn nicht, und der Bursche erklärte ihm schelmisch, die Waffe wäre zwar gut für ihn – den Taipi –, aber ein weißer Mann könne viel besser mit den Fäusten kämpfen.

Die übrigen schienen genauso guter Laune zu sein wie dieser junge Witzbold; denn bei all ihrem kriegerischen Gebaren und Schlachtgeschrei tollten und lachten sie herum, als ob es ein Heidenspaß wäre, darauf zu warten, daß ein paar Dutzend Happar-Wurfspeere aus dem Hinterhalt im Dickicht angeflogen kämen.

Während mein Kamerad sich vergeblich bemühte, herauszubekommen, was das alles zu bedeuten hatte, trennte sich ein gut Teil der Eingeborenen von den übrigen und lief nach der einen Seite in den Wald hinein; die anderen verhielten sich ganz still, als ob sie das Ergebnis abwarten wollten. Doch bald winkte ihnen Mo-Mo, sich heranzuschleichen, und das taten sie auch. Kaum ein Blatt raschelte. So krochen sie zehn oder fünfzehn Minuten weiter und hielten ab und zu an, um zu lauschen.

Toby gefiel dieses Umherschleichen ganz und gar nicht. Wenn es schon einen Kampf geben sollte, wollte er ihn gleich beginnen. Aber alles zu seiner Zeit – denn gerade als sie im tiefsten Dickicht herumlungerten, erklang von allen Seiten ein fürchterliches Geheul, und ganze Salven von Wurfspeeren und Steinen flogen über den Weg. Kein Feind war zu sehen, und was noch merkwürdiger war, nicht ein einziger Mann fiel, obwohl die Kieselsteine wie Hagelkörner durch die Blätter prasselten.

Eine kurze Pause trat ein, und dann stürzten sich die Taipis mit wildem Geschrei in die feindlichen Schlupfwinkel, den Speer in der Hand, und Toby blieb nicht zurück. Es hätte nicht viel gefehlt, daß man ihm mit den Steinen den Schädel zertrümmert hätte; auch hegte er noch von früher her Groll gegen die Happars; so war er einer der ersten, der sich auf sie losstürzte. Als er sich einen Weg durch das Unterholz bahnte und dabei versuchte, einem jungen Häuptling den Speer zu entreißen, verstummten plötzlich alle Schlachtrufe, und im Wald war es totenstill. Im nächsten Augenblick kam die ganze Gesellschaft, die so heimlich verschwunden war, hinter jedem Busch und Baum hervor, und alle brachen in ein langes, lustiges Gelächter aus.

Es war alles nur ein Scheingefecht gewesen, und Toby, vor Aufregung ganz außer Atem, ärgerte sich mächtig, daß man ihn so zum Narren gehalten hatte.

Später stellte sich heraus, daß man das ganze Theater allein seinetwegen aufgeführt hatte, wenn sich auch schwer sagen läßt, was damit eigentlich bezweckt wurde. Mein Kamerad geriet über dieses kindische Spiel in um so größere Wut, als es so viel Zeit erfordert hatte, wo doch jede Minute kostbar sein konnte. Vielleicht war es mit aus diesem Grunde veranstaltet worden, so argwöhnte Toby, als man sich wieder auf den Weg machte und die Eingeborenen es längst nicht mehr so eilig hatten wie früher. Schließlich waren sie wieder ein Stück gegangen, und Toby dachte dabei die ganze Zeit über, sie würden nie bis zur See kommen, als zwei Männer auf sie zurannten, und nun gab es einen richtigen Aufenthalt und dann eine laute Auseinandersetzung, in der Tobys Name oft vorkam. Er wollte nun erst recht wissen, was am Strande eigentlich vor sich ging, aber vergeblich versuchte er weiterzukommen; die Eingeborenen hielten ihn zurück.

Bald war die Unterhaltung zu Ende, und viele liefen den Pfad nach der See weiter, die anderen scharten sich um Toby und baten ihn zu *moi*, das heißt, sich hinzusetzen und auszuruhen. Als besondere Lockung wurden mehrere Kalebassen mitgebrachter Speisen auf die Erde gesetzt und geöffnet und die Pfeifen angezündet. Toby zügelte seine Ungeduld eine Weile, dann aber sprang er auf und stürmte davon. Er wurde jedoch bald überholt und eingekreist, doch ließ man ihn jetzt nach der See hinuntergehen, ohne ihn weiter aufzuhalten.

Als sie aus dem Wald herauskamen, lag zwischen ihnen und dem Wasser eine lichte grüne Fläche, fast im Schatten des Happarberges. Dort war ein Pfad erkennbar, der sich in den Windungen einer Schlucht verlor.

Von einem Boot sah man jedoch nichts, nur viele lärmende Männer und Frauen und irgend jemand in ihrer Mitte, der eifrig auf sie einredete. Als mein Kamerad näherkam, trat diese Person auf ihn zu, und dabei stellte sich heraus, daß Toby ihn kannte. Es war ein grauhaariger alter Matrose, dem Toby und ich häufig in Nukuhiwa begegnet waren, wo er im Haushalt Mowannas ein sorgloses, unbekümmertes Leben führte. Er hieß Jimmy und war der Günstling des Königs, in dessen Rat er allerhand zu sagen hatte. Er trug einen Manilahut und eine Art Morgenrock aus Tapa, den er so lose und nachlässig umgehängt hatte, daß man einen Liedervers sehen konnte, der auf seine Brust tätowiert war, sowie allerhand geistreiche

Stiche einheimischer Künstler an anderen Stellen seines Körpers. In der Hand hielt er eine Angelrute, und eine verrußte alte Pfeife hing ihm um den Hals.

Dieser alte Herumstreicher hatte sich zur Ruhe gesetzt und wohnte seit einiger Zeit in Nukuhiwa. Er sprach den Inseldialekt und wurde deshalb von den Franzosen häufig als Dolmetscher verwandt. Auch war er ein notorischer alter Schwätzer, der ständig in einem Kanu zu den Schiffen in der Bucht kam und die Mannschaften mit erlesenen kleinen Skandalgeschichten vom Hof unterhielt, wie zum Beispiel von dem anstößigen Liebesverhältnis Seiner Majestät zu einer Happardame, die öffentlich bei den Festlichkeiten als Tänzerin auftrat. Auch sonst wußte er ganz unglaubliche Dinge über die Marquesaner im allgemeinen zu erzählen. Ich erinnere mich besonders, wie er der Besatzung der ›Dolly‹ ein Lügenmärchen über zwei Wunderwesen auftischte, die damals auf der Insel sein sollten. Das eine alte Ungeheuer war ein Einsiedler, der im Geruch der Heiligkeit stand und als Zauberer einen fabelhaften Ruf genoß. Er lebte weit weg in einer Höhle im Gebirge, weil er vor der Welt ein Paar große Hörner verbergen mußte, die ihm aus den Schläfen wuchsen. Trotz seiner Frömmigkeit war dieser scheußliche alte Kerl der Schrekken der ganzen Insel; denn es hieß, er käme in jeder dunklen Nacht aus seinem Versteck und ginge auf Menschenjagd. Auch war irgendein namenloser Paul Pry einmal den Berg heruntergekommen und hatte dabei in seine Höhle geguckt: Er fand sie voller Knochen. Kurzum, er war ein unerhörtes Scheusal.

Das andere Naturwunder, von dem uns Jimmy erzählte, war der jüngere Sohn eines Häuptlings, der, kaum zehn Jahre alt, Priester geworden war, da seine abergläubischen Landsleute ihn als besonders geeignet für diesen Stand ansahen, weil er auf dem Kopf einen Kamm wie ein Hahn hatte. Aber das war noch nicht alles, es kommt noch besser: Der Junge nämlich brüstete sich mit diesem merkwürdigen Kamm, und da er auch eine Stimme wie ein Hahn hatte, krähte er oft triumphierend über seine absonderliche Kopfzier.

Doch um auf Toby zurückzukommen: Sowie er den alten Herumtreiber am Strande sah, rannte er auf ihn zu, und die Eingeborenen liefen hinter ihm her und schlossen einen Kreis um die beiden.

Als Jimmy ihn am Strande begrüßt hatte, sagte er ihm auch gleich, daß er ganz genau darüber Bescheid wisse, wie wir vom Schiff ausgerissen wären und bei den Taipis lebten. Tatsächlich hätte ihn Mowanna gedrängt, er solle in das Tal hinübergehen, seine Freunde dort besuchen und uns mitbringen; denn sein königlicher Gebieter hätte ungemein gern mit ihm die Belohnung geteilt, die auf unser Einbringen ausgesetzt worden war. Er hätte jedoch, so versicherte er Toby, diese Zumutung entrüstet von sich gewiesen.

Das alles überraschte meinen Kameraden nicht wenig; denn keiner von uns beiden hatte auch nur die leiseste Ahnung gehabt, daß ein Weißer den Taipis jemals einen freundschaftlichen Besuch machen könnte. Jimmy aber erzählte ihm, es wäre doch so, wenn er auch selten in die Bucht und fast immer nur bis zum Strand käme. Einer der Priester des Tales, der in irgendeiner Verbindung zu einem tätowierten alten Theologen in Nukuhiwa stehen sollte, wäre sein Freund, und durch ihn sei er tabu.

Jimmy erzählte weiter, daß man ihn manchmal in die Bucht schicke, um Früchte für die in Nukuhiwa liegenden Schiffe einzuhandeln. In diesem Auftrag sei er auch jetzt hier, so sagte er wenigstens, und er sei gerade über Happar aus den Bergen gekommen. Bis zum nächsten Mittag sollten die Früchte am Strand aufgestapelt für die Boote bereitliegen, die er dann in die Bucht bringen wollte.

Nun fragte Jimmy meinen Gefährten, ob er die Insel verlassen wolle; wenn dem so wäre, läge drüben im Hafen ein Schiff, dem es an Leuten fehle. Es würde ihn gern noch am selben Tage an Bord nehmen.

»Nein«, sagte Toby, »ich kann die Insel nicht verlassen, wenn mein Kamerad nicht mit mir kommt. Er mußte im Tal zurückbleiben, weil sie ihn nicht fortließen. Gehen wir also jetzt und holen ihn.«

»Und wie soll er mit uns über das Gebirge kommen«, antwortete Jimmy, »selbst wenn wir ihn bis an den Strand schaffen? Er mag lieber bis morgen dort bleiben, und ich bringe ihn dann mit den Booten nach Nukuhiwa.«

»Das ist ausgeschlossen«, sagte Toby, »kommt gleich jetzt mit, wir wollen ihn auf jeden Fall hierher holen«, und er wollte dem Einfall des Augenblicks sogleich die Tat folgen lassen und ins Tal zurückeilen. Doch kaum hatte er den Rücken gekehrt, als sich ein Dutzend Hände auf ihn legten, und er merkte, daß er keinen Schritt weitergehen durfte.

Er wehrte sich vergebens dagegen; sie wollten nichts davon hören, daß er vom Strande wegging. Dieser unerwartete Widerstand bekümmerte ihn sehr, und er beschwor den Matrosen, allein zu gehen und mich zu holen. Aber Jimmy erwiderte ihm, die

Taipis würden ihm das in ihrer jetzigen Stimmung nicht erlauben, wenn er auch keine Angst hätte, daß ihm etwas geschehen könne.

Toby ahnte damals noch nicht, was er später mit gutem Grund vermutete: daß eben dieser Jimmy ein herzloser Schurke war, der die Eingeborenen gerade hinterlistig aufgewiegelt hatte, ihn festzuhalten, als er mich holen wollte. Der alte Matrose muß auch ganz gut gewußt haben, daß die Eingeborenen uns niemals beide zugleich hätten gehen lassen, und gerade deshalb wollte er Toby allein mitnehmen, warum, sagte er später unverblümt. Von alledem wußte mein Kamerad aber damals noch nichts.

Er rang noch mit den Insulanern, als Jimmy wieder zu ihm trat und ihn warnte, sie zu reizen; denn dadurch mache er es nur schlimmer für uns beide; wenn sie erst einmal in Wut gerieten, wüßte man nie, was alles geschehen könne. Schließlich sagte er Toby, er solle sich auf ein zerbrochenes Kanu neben einem Steinhaufen setzen, auf dem ein verfallener kleiner Altar stand. Vier senkrechte Paddel trugen ihn, und vorn wurde er durch ein Netz geschützt. Die Fischer trafen sich dort, wenn sie vom Meere heimkamen, und legten ihre Opfergaben vor einem Götzenbild nieder, das drinnen auf einem glatten schwarzen Stein errichtet war. Diese Stelle wäre tabu, meinte Jimmy, und niemand würde Toby belästigen oder ihm zunahekommen, solange er in seinem Schatten bliebe. Der alte Matrose ging dann weg und begann sehr angelegentlich mit Mo-Mo und ein paar anderen Häuptlingen zu sprechen. Die übrigen bildeten einen Kreis um den Tabu-Ort, sahen Toby gespannt an und redeten unaufhörlich miteinander.

Trotz allem, was Jimmy ihm gerade erzählt hatte,

kam jetzt eine alte Frau zu meinem Kameraden hin und setzte sich neben ihn auf das Kanu.

»Taipi mortarki?« sagte sie. »Mortarki nui«, antwortete Toby.

Dann fragte sie ihn, ob er nach Nukuhiwa ginge. Er nickte. Mit einem Klagelaut und Augen, in denen die Tränen aufstiegen, erhob sie sich und verließ ihn.

Diese Alte, so erzählte ihm der Matrose später, sei die Frau eines betagten Königs in einem kleinen Tal im Innern der Insel, das durch einen tiefen Paß mit dem Land der Taipis in Verbindung stehe. Die Bewohner der beiden Täler seien blutsverwandt und hätten denselben Namen. Die alte Frau sei tags zuvor ins Taipital gegangen und mache mit drei Häuptlingen, ihren Söhnen, einen Besuch bei ihren Verwandten.

Als die Frau des alten Königs von Toby wegging, kam Jimmy wieder zu ihm und sagte, er habe gerade die ganze Sache mit den Eingeborenen besprochen und ihm stände nur ein Weg offen. Sie wollten ihm nicht erlauben, ins Tal zurückzukehren, und es würde für ihn und mich bestimmt Schwierigkeiten geben, wenn er noch viel länger am Strande bliebe. »So«, sagte er, »ist es das beste, wir gehen beide heute zu Lande nach Nukuhiwa, und morgen bringe ich Tommo, wie sie ihn nennen, zu Wasser herüber; sie haben mir versprochen, ihn frühmorgens zum Strande zu tragen, so daß wir keine Zeit verlieren.«

»Nein, nein«, sagte Toby verzweifelt, »ich lasse ihn nicht so im Stich, wir müssen zusammen fliehen.«

»Dann bleibt keine Hoffnung mehr«, rief der Matrose; »denn wenn ich dich hier am Strande lasse, bringen sie dich in das Tal zurück, sobald ich weg bin, und dann sieht keiner von euch beiden jemals das Meer wieder.« Und mit vielen Eiden bekräftigte er, daß er mich bestimmt schon am nächsten Morgen nach Nukuhiwa schaffen werde, wenn Toby nur heute mit ihm dahin ginge.

»Aber woher weißt du, daß sie ihn morgen zur Küste bringen, wenn sie es heute nicht tun wollen?« fragte Toby. Der Matrose hatte jedoch so viele Gründe, die alle eng mit den geheimnisvollen Sitten der Insulaner zusammenhingen, daß er daraus nicht klug wurde. Ihr Verhalten war ihm ohnehin schon völlig unerklärlich, besonders, daß sie ihn nicht ins Tal zurücklassen wollten, und zu alledem kam noch die bittere Überlegung, daß der alte Matrose ihn vielleicht nur betröge. Und dann mußte er wieder an mich denken, wie ich allein und gar nicht gesund bei den Eingeborenen zurückgeblieben war. Wenn er mit Jimmy ginge, durfte er wenigstens hoffen, mir Hilfe zu bringen. Aber konnten mich nicht die Wilden, die so merkwürdig gehandelt hatten, vor seiner Rückkehr schleunigst irgendwohin verschleppen? Und selbst wenn er bliebe, ließen sie ihn vielleicht nicht wieder in das Tal zu mir zurückkehren.

Mein armer Kamerad war ganz ratlos; er wußte nicht, was er tun sollte, und seine Beherztheit nützte ihm jetzt wenig. Da war er nun ganz auf sich angewiesen, saß auf dem zerbrochenen Kanu, und die Eingeborenen standen in einiger Entfernung beieinander und starrten ihn unentwegt an.

»Es wird spät«, sagte Jimmy, der hinter den übrigen stand. »Nukuhiwa ist weit weg, und ich kann das Happartal nicht nachts durchwandern. Du siehst, wie die Dinge liegen. Kommst du mit, wird alles gut; bleibst du hier, dann entkommt keiner von euch, verlaß dich drauf.«

»Es bleibt nichts weiter übrig«, sagte Toby schließlich schweren Herzens; »ich muß dir trauen«; und er trat aus dem Schatten des kleinen Altars heraus und warf einen langen Blick auf das Tal.

»Halt dich jetzt dicht an meiner Seite«, sagte der Matrose; »wir wollen rasch gehen.« Da näherten sich Tinor und Fayaway. Die gutherzige Frau umfing Tobys Knie und zerfloß in Tränen; Fayaway, die kaum weniger bewegt war, sprach ein paar englische Worte, die sie gelernt hatte, und hielt drei Finger vor ihm hoch – in so vielen Tagen würde er zurückkommen.

Schließlich zog Jimmy meinen Gefährten aus der Menge; dann rief er einen jungen Taipi heran, der mit einem Ferkel im Arm dastand, und alle drei brachen nach dem Gebirge auf.

»Ich habe ihnen erzählt, daß du wiederkommst«, sagte der alte Kerl und lachte, als sie den Aufstieg begannen, »aber sie können lange warten.« Toby wandte sich um und sah die Eingeborenen alle in Bewegung – die Mädchen winkten mit ihren Tapatüchern Lebewohl und die Männer mit den Speeren. Als die letzte Gestalt im Walde verschwand, den einen Arm erhoben und drei Finger gespreizt, klopfte ihm das Herz.

Da die Eingeborenen ihm zuletzt doch erlaubten, zu gehen, ist es gut möglich, daß wenigstens einige wirklich mit seiner baldigen Rückkehr rechneten. Wahrscheinlich glaubten sie, er ginge nur weg, um mir die Medikamente zu holen, die ich brauchte, und das hatte er ihnen ja auch auf dem Weg durch das Tal gesagt. So mußte es ihnen auch Jimmy erzählt haben. Und wie damals, als sich mein Kamerad meinetwegen auf die gefährliche Reise nach Nukuhiwa begab, hielten sie uns für zwei unzertrennliche Freunde und glaubten, ich sei während Tobys Abwesenheit ein sicheres Unterpfand für seine Rückkehr. Doch sind das nur meine Vermutungen; denn ihr ganzes seltsames Verhalten ist mir noch immer ein Rätsel.

»Du siehst, was für ein Tabu-Mann ich bin«, sagte der Matrose, als sie eine Zeitlang schweigend dem ins Gebirge führenden Pfad gefolgt waren. »Mo-Mo hat mir dieses Schwein hier geschenkt, und der Mann, der es trägt, wird mit uns mitten durch Happar bis hinunter nach Nukuhiwa gehen. Solange er bei mir bleibt, ist er sicher, und dasselbe gilt auch für dich und morgen für Tommo. Also Kopf hoch, und verlaß dich auf mich, morgen früh siehst du ihn wieder.«

Die Besteigung des Berges war ziemlich einfach, da er sich nahe der See erhob, wo die Gebirgsketten verhältnismäßig niedrig sind. Auch der Weg war gut, so daß sie nach kurzer Zeit alle drei auf dem Gipfel standen – die beiden Täler zu ihren Füßen. Die weißen Wasserfälle, die das grüne obere Ende des Taipitales bezeichneten, erblickte Toby zuerst; die Lage von Marheyos Haus ließ sich danach leicht feststellen.

Als Jimmy sie den Kammweg entlangführte, bemerkte Toby, daß sich das Tal der Happars längst nicht so weit ins Land zog wie das der Taipis. Dies erklärte unseren Irrtum und warum wir damals in das Tal der Taipis geraten waren.

Bald konnte man einen Pfad erkennen, der von den Bergen hinabführte, und auf ihm gelangte die Gesellschaft ziemlich tief ins Happargebiet hinein.

»Wir Tabu-Männer«, sagte Jimmy, als sie rasch weiterschritten, »haben Frauen in allen Buchten, und ich werde dir die beiden zeigen, die ich hier habe.«

Als wir daher an das Haus kamen, wo sie wohnten – es lag dicht am Fuße des Berges in einem schattigen Waldwinkel –, ging er hinein und wurde sehr wütend, weil er es leer fand: Die Damen waren ausgegangen. Doch kamen sie bald zurück, und, um die Wahrheit zu sagen, sie begrüßten Jimmy sehr herzlich und auch Toby, über den sie sehr viel wissen wollten. Als sich die Nachricht von ihrer Ankunft verbreitete und die Happars zusammenkamen, zeigte sich jedoch, daß man das Erscheinen eines weißen Fremdlings bei ihnen längst nicht so sehr als ein wunderbares Ereignis betrachtete wie in dem Nachbartal.

Der alte Matrose ließ sich gleich von den Frauen etwas zu essen fertigmachen, da er vor Einbruch der Dunkelheit in Nukuhiwa sein mußte. Sie setzten ihm Fisch, Brotfrüchte und Bananen vor, und die drei aßen auf den Matten in großer Gesellschaft.

Die Happars richteten viele Fragen über Toby an Jimmy, und Toby selbst betrachtete sie sehr genau; denn er hätte gern den Kerl herausgefunden, der ihm die Wunde zugefügt hatte, die ihm noch immer zu schaffen machte. Aber dieser feurige Herr, der seinen Speer so rasch zur Hand hatte, war offenbar taktvoll genug, sich nicht blicken zu lassen. Bestimmt wäre sein Anblick kein besonderer Anreiz gewesen, länger im Tal zu bleiben: Ein paar Müßiggänger in Happar hatten Toby höflich aufgefordert, einige Tage bei ihnen zu verbringen – ein Fest stehe bevor. Doch er lehnte ab.

Die ganze Zeit heftete sich der junge Taipi an Jimmy wie sein Schatten, und wenn er auch ein so lebhafter Kerl wie nur einer in seinem Stamm war, zeigte er sich jetzt sanft wie ein Lamm und tat den

Mund nur auf, um zu essen. Zwar sahen ihn manche Happars merkwürdig an, andere aber waren höflicher und hätten ihn gern nach draußen geführt und ihm das Tal gezeigt. Doch der Taipi ließ sich nicht beschwatzen. Wieviele Schritte er sich von Jimmy entfernen durfte, bis das Tabu wirkungslos wurde, ist schwer zu sagen, aber wahrscheinlich wußte er es selbst haargenau.

Gegen das Versprechen eines roten Baumwolltuches und noch einer Sache, über die er schwieg, hatte der arme Kerl eine ziemlich heikle Reise unternommen; denn soweit Toby das feststellen konnte, hatte sich so etwas bisher noch nie zugetragen.

Der Inselpunsch – *arva* – wurde am Ende der Mahlzeit hereingebracht und in einer flachen Kalebasse herumgereicht.

Jetzt, da mein Kamerad in dem Happarhause saß, fühlte er größeren Kummer denn je, seitdem er mich verlassen hatte; so kläglich war ihm zumute, daß er ins Tal zurückkehren wollte und Jimmy bat, ihn bis zu den Bergen zurückzubringen. Aber der Matrose wollte nichts davon wissen, und um Toby zu zerstreuen, drängte er ihn, von dem *arva* zu trinken. Da er seine einschläfernde Wirkung kannte, lehnte er ab; aber Jimmy sagte, er würde dem Getränk etwas beimischen lassen, dann wäre es ganz harmlos und gäbe ihm Mut für den Rest der Reise. So ließ er sich schließlich überreden zu trinken, und die Wirkung war genauso, wie es der Matrose vorausgesagt hatte; seine Lebensgeister wurden rasch wieder wach, und all seine schwermütigen Gedanken verflogen.

Der alte Herumtreiber zeigte jetzt allmählich seinen wahren Charakter, obwohl Toby immer noch nichts argwöhnte. »Wenn ich dich auf ein Schiff bringe«, sagte er, »wirst du doch bestimmt einem armen Kerl etwas für deine Rettung geben.« Kurzum, bevor sie das Haus verließen, hatte er Toby das Versprechen abgenommen, ihm fünf spanische Dollar zu geben, wenn es ihm gelänge, von dem Schiff einen Teil seiner Heuer als Vorschuß zu erhalten; und Toby verpflichtete sich außerdem, ihn darüber hinaus zu belohnen, sobald er meine Befreiung bewerkstelligt hätte.

Bald darauf brachen sie wieder auf, von vielen Eingeborenen begleitet. Sie gingen das Tal hinauf, und fast am Ende schlugen sie einen steilen Pfad ein, der nach Nukuhiwa führte. Hier machten die Happars halt und beobachteten sie, wie sie den Berg hinaufstiegen, und mehrere Kerle, die wie Räuber aussahen, schwangen ihre Speere und warfen dem armen Taipi drohende Blicke zu, dem Herz und Füße leichter zu werden schienen, als er auf sie hinuntersehen konnte.

Als sie die Höhe wieder erklommen hatten, führte der Weg eine Weile über mehrere Kämme, die mit riesigen Farnkräutern bedeckt waren. Zuletzt kamen sie in eine bewaldete Gegend und überholten eine Anzahl wohlbewaffneter Eingeborener aus Nukuhiwa, die lange gebündelte Stäbe trugen. Jimmy schien sie alle gut zu kennen, blieb eine Weile stehen und unterhielt sich mit ihnen über die *wis-wis*, wie die Leute von Nukuhiwa die Monsieurs nennen.

Die Männer mit den Stäben waren König Mowannas Untertanen, und auf seinen Befehl hin hatten sie diese für seine Verbündeten, die Franzosen, in den Schluchten gesammelt.

Toby und seine Gefährten hielten sich nicht bei diesen Leuten auf, die auf ihrem beschwerlichen

Marsch mit den Lasten zurückblieben, sondern gingen rasch weiter, da die Sonne schon tief im Westen stand. Sie gelangten auf der einen Seite der Bucht in die Täler von Nukuhiwa, dort, wo das Gebirge zur See abfällt. Die Kriegsschiffe lagen noch im Hafen, und als Toby auf sie hinabschaute, schienen ihm die seltsamen, sich eben zugetragenen Begebenheiten wie ein Traum.

Rasch stiegen sie hinunter zum Strand, und noch ehe es ganz dunkel war, erreichten sie Jimmys Haus. Hier wurde er wieder willkommen geheißen, diesmal von seinen Nukuhiwa-Frauen, und als sie ein paar Erfrischungen zu sich genommen hatten, wie Kokosmilch und *poi-poi*, setzten sie sich in ein Kanu – der Taipi kam natürlich mit – und paddelten zu einem Walfänger, der in der Nähe der Küste vor Anker lag. Das war das Schiff, das Leute brauchte. Unser eigenes war vor einiger Zeit abgesegelt. Der Kapitän tat hocherfreut, als er Toby sah, meinte aber, er sähe so erschöpft aus, daß er wohl kaum diensttauglich wäre. Doch erklärte er sich einverstanden, ihn anzuheuern und auch seinen Kameraden, sobald dieser käme.

Toby bat ihn inständig, ein bewaffnetes Boot nach Taipi zu schicken, um mich zu retten – trotz allen Versprechungen Jimmys. Aber der Kapitän wollte nichts davon wissen und sagte ihm, er solle nur Geduld haben; denn der Matrose werde schon Wort halten. Als er die fünf Silberdollar für Jimmy verlangte, wollte der Kapitän sie ihm nicht geben. Aber Toby bestand darauf; denn es kam ihm allmählich so vor, als ob Jimmy nur aus Gewinnsucht handele und sich treulos erweisen würde, wenn man ihn nicht gut bezahlte. Daher gab er ihm nicht nur das Geld, sondern versicherte ihm auch einmal über das andere, daß er eine noch größere Summe bekäme, sobald er mich an Bord brächte.

Am nächsten Tag fuhren Jimmy und der Taipi noch vor Sonnenaufgang mit zwei Booten des Schiffes los, die mit Tabu-Eingeborenen bemannt waren. Toby wollte natürlich unbedingt mitfahren, aber der Matrose sagte ihm, wenn er das täte, würde er alles verderben; so mußte er schweren Herzens bleiben.

Gegen Abend hielt er Ausschau und entdeckte die Boote, als sie um die Landzunge herumkamen und in die Bucht einfuhren. Er strengte seine Augen an und bildete sich ein, mich zu sehen; aber ich war nicht dabei. Fast von Sinnen stieg er den Mast hinab, packte Jimmy, sowie er an Deck kam, und brüllte mit einer Stimme, die diesen erschreckte: »Wo ist Tommo?« Der alte Bursche stotterte etwas, hatte sich aber bald wieder in der Gewalt und tat, was er konnte, um Toby zu beruhigen. Er versicherte ihm, daß es unmöglich gewesen sei, mich an diesem Morgen an den Strand hinunter zu bekommen, führte viele einleuchtende Gründe an und fügte hinzu, er werde zeitig am nächsten Morgen noch einmal in einem französischen Boot in die Bucht fahren, und wenn er mich nicht am Strande finden sollte – wo er mich diesmal bestimmt erwartete –, dann werde er geradewegs das Tal hinaufmarschieren und mich holen, und wenn es noch so gefährlich wäre. Doch weigerte er sich wieder, Toby mitzunehmen.

In seiner Lage konnte Toby sich jetzt nur auf Jimmy verlassen, und daher tröstete er sich, so gut es ging, mit dem, was ihm der alte Matrose gesagt hatte.

Doch beobachtete er am nächsten Morgen mit Genugtuung, wie das französische Boot mit Jimmy losfuhr. Heute abend sehe ich ihn wieder, dachte Toby; aber mancher lange Tag verging, ehe er Tommo wiedersah. Kaum war das Boot außer Sicht, als der Kapitän nach vorn kam und den Anker zu lichten befahl; er stach in See.

Alles Toben meines Kameraden war umsonst – man kümmerte sich nicht darum; und als er wieder zu sich kam, waren die Segel gesetzt, und das Schiff entfernte sich rasch vom Land.

... »Oh!« sagte er zu mir, als wir uns trafen, »wie viele Nächte lag ich schlaflos. Oft fuhr ich in meiner Hängematte hoch, weil ich geträumt hatte, du ständest vor mir und machtest mir Vorwürfe, daß ich dich allein auf der Insel gelassen hatte.«

Es bleibt nur noch wenig zu erzählen. Toby verließ das Schiff in Neuseeland. Nach einigen weiteren Abenteuern kam er, knapp zwei Jahre nach seiner Abfahrt von den Marquesas, in der Heimat an. Er hielt mich immer für tot – und ich hatte allen Grund anzunehmen, daß auch er nicht mehr lebte; doch stand uns ein merkwürdiges Wiedersehen bevor, bei dem es Toby leichter ums Herz wurde.

Nachwort

›Das Publikum ist närrisch vor Begeisterung.‹ – ›Seit dem frohen Augenblick, da wir zum erstenmal ‚Robinson Crusoe' lasen und daran glaubten, sind wir keinem so bezaubernden Buch wieder begegnet wie dieser Erzählung Herman Melvilles.‹ So schreiben zeitgenössische Kritiker über ›Taipi‹ (1846), das Erstlingswerk eines unbekannten amerikanischen Seemanns, und ›Blackwood's Magazine‹ nennt den sechsundzwanzigjährigen Verfasser ›den Phönix der modernen Reisenden, der aus der vereinten Asche Kapitän Cooks und Robinson Crusoes erstanden zu sein scheint‹.

Herman Melville ist eine so überragende Erscheinung, weil in ihm eine geniale dichterische Begabung, wissenschaftlich-philosophischer Erkenntnisdrang und jugendliche Abenteuerlust eine einzigartige Verbindung eingingen. Das Erlebnis seines Aufenthaltes bei einem Eingeborenenstamm der Marquesas, abgeschnitten von jeder Beziehung zu weißen Menschen, löste seine schöpferischen Kräfte. In ›Taipi‹ betritt er literarisches Neuland. Es ist das erste Südseebuch von hohem künstlerischen Rang und stellt das exotische Schrifttum vor Aufgaben, die heute noch so aktuell sind wie zu seiner Zeit. Melvilles großartiges Gemälde der vorchristlichen Kultur ist kein Wunschtraum vom natürlichen Leben, wie ihm Rousseau und seine romantische Schule Gestalt gegeben hatten, sondern ein realistisches Kunstwerk, dem eigene Anschauung die frischen Farben und gründliches Studium die Tiefenwirkung verleihen. So hoch ist der Wirklichkeitsgehalt dieser Gesellschaftsschilderung, daß gleichzeitig mit der ersten amerikanischen Ausgabe als Abenteuerbuch eine englische völkerkundliche in einem wissenschaftlichen Verlag erschien – nachdem der Verfasser versichert hatte, es handele sich um wahre Erlebnisse. Mit kaum einer anderen amerikanischen Erzählung haben sich Wissenschaftler der verschiedensten Fachgebiete so ernsthaft beschäftigt. Von den ethnographischen, anthropologischen und archäologischen Teilnehmern der Forschungsexpedition nach den Marquesas (1920/21) sind seine Schilderungen bis in alle Einzelheiten an Ort und Stelle überprüft worden, und durch umfassende historische und literarhistorische Studien hat man den Charakter des Buches zu bestimmen gesucht. Die Arbeiten über ›Taipi‹ – in den Werken von Anderson, Arvin und Matthiesen – lesen sich daher spannend wie die Erzählung, der sie gelten.

Die zeitgenössische Diskussion, die sofort nach dem Erscheinen von ›Taipi‹ einsetzte, war von der Fragestellung ausgegangen: Ist ›Taipi‹ ein Roman? Oder gehört es in eine Bibliothek jener Reiseberichte, die sich unter dem Eindruck von Cooks Seefahrten begeistert um die Entschleierung unbekannter Welten bemühen?

Daß ›Taipi‹ ein Kunstwerk ist und sich in seiner Form grundlegend von dem Bericht eines Forschungsreisenden unterscheidet, liegt für den Literaturkenner so offen zutage wie für den Wissenschaftler. Daraus folgert aber noch lange nicht, daß es eine bloße Münchhausiade ist, wie besonders die Kreise behaupteten, die ein Interesse daran hatten, Melvilles Schilderungen ins Reich der Fabel zu verweisen, sie so phantastisch nannten wie die Aufschneidereien des berühmten Barons und in ihrem Bemühen, die Glaubwürdigkeit des Buches zu erschüttern, so weit gingen, den Charakter des Verfassers zu verunglimpfen, wie beispielsweise der Geistliche Hitchcock im ›Polynesian‹, dem offiziellen Organ der Hawaiischen Regierung.

›Taipi‹ ist ebensowenig eine bloße Fabel, wie es ein streng wissenschaftliches Werk ist, und die Frage, ob es Dichtung *oder* Wahrheit sei, ist schief. Wie jedes realistische Kunstwerk ist es seinem Wesen nach beides, und bei dem Problem, das so viele Forscher interessiert hat, geht es vielmehr darum, wie treu es als Selbstbiographie die eigenen Erlebnisse, und mehr noch, wie treffend es als Gesellschaftsschilderung die wirklichen Zustände wiedergegeben hat; denn so fesselnd Melville seine Erlebnisse auch erzählt, sie bilden doch nur den Rahmen und die Untermalung für sein großes Kulturbild.

Herman Melville, geboren am 1. August 1819 in New York, war einundzwanzig Jahre alt, als er auf dem Walfänger ›Acushnet‹ anmusterte, der ›Dolly‹ unserer Erzählung und der ›Pequod‹ seines größten Romans ›Moby Dick‹. Am 3. Januar 1841 segelte das Schiff von Massachusetts nach der Südsee ab. Melville diente als einfacher Matrose, doch stammte er wie sein Freund Toby aus anderen Kreisen als die übrige Mannschaft. Sein Vater war ein weitgereister, ursprünglich wohlhabender Importkaufmann, der aber bei seinem frühen Tode die Frau mit acht Kindern verarmt zurückließ. Der dreizehnjährige Herman konnte noch zwei Jahre die Schule besuchen, dann mußte er selbst sein Brot verdienen. Er arbeitete als Angestellter einer New Yorker Bank und im Geschäft seines Bruders, als Gehilfe auf der Farm eines Onkels in Pittsfield und als Lehrer, ehe er 1837 zum erstenmal zur See ging.

Ein großer Reisender oder ein großer Redner zu werden, das waren die Träume seiner Kindheit. Sein Onkel, John de Wolf, war der Freund und Reisegefährte von Langsdorff, dem Naturwissenschaftler der ersten russischen Weltumseglungsexpedition, die im Mai 1804 auch zehn Tage in der Bucht von Nukuhiwa verbrachte, und Melville hat Langsdorffs fesselnde Schilderungen der Marquesas wahrscheinlich schon früher kennengelernt und als Quelle benutzt. Zwei Vettern kamen im Dienste der amerikanischen Kriegsmarine nach der Südsee, der eine, der Sohn des Pittsfielder Onkels, auf der Korvette ›Vincennes‹, die 1829 zwei Wochen in der Bucht von Nukuhiwa lag. Stewarts Bericht darüber zählt nach Melville zusammen mit Porters ›Tagebuch der US-Fregatte ‚Essex'‹ zu den bedeutendsten Werken über die Insel.

Wenn daher der bloße Name der Marquesas dem jungen Matrosen der ›Dolly‹ seltsame Dinge vorgaukelt – ›nackte Huris, Kannibalengelage, Kokospalmenhaine, Korallenriffe, tätowierte Häuptlinge ...‹, dann sind diese Bilder wahrscheinlich durch Erzählungen seiner Verwandten heraufbeschworen worden. Vielleicht waren sie mitbestimmend, als er sich auf der ›Acushnet‹ nach der Südsee einschiffte, vielleicht auch, als er mit Richard Tobias Greene im Sommer 1842 – am 9. Juli, nach den protokollarischen

Aussagen des Kapitäns – auf den Marquesas desertierte. Etwa vier Wochen später verließ er die Insel auf der ›Lucy Ann‹, der ›Julia‹ von ›Taipi‹, und am 23. September 1842 wurde er im Hafen von Papeete mit neun anderen Leuten wegen Meuterei von der ›Lucy Ann‹ als Gefangener nach der ›Reine Blanche‹ gebracht, so vermerkt das Logbuch dieser in ›Taipi‹ mehrfach erwähnten französischen Fregatte.

Für die Erlebnisse auf der Insel ist Toby der einzige Zeuge, und er beglaubigt auch ›die völlige Richtigkeit der Darstellung, solange er mit Melville zusammen war‹. Trotzdem erinnert gerade die Schilderung ihrer gemeinsamen Abenteuer und Strapazen während der fünf Tage und Nächte in dem zerklüfteten Bergland an den Stil des romantischen Schauerromans, und wie der Beginn, so ist auch der Ausgang des Abenteuers offenbar mit größerer dichterischer Freiheit gestaltet worden als der Aufenthalt in dem paradiesischen Tal.

Von der ›Reine Blanche‹ kam Melville ins Gefängnis auf Tahiti, wo er sechs Wochen in sehr vergnüglicher Haft verbrachte. Als Omu, das heißt als Wanderer, vagabundierte er noch neun Monate in der Südsee, auf deren Erlebnisse er in ›Taipi‹ oft anspielt, ehe er im August 1843 als Matrose des US-Kriegsschiffes ›United States‹ die Hawaii-Inseln verließ. Am 6. Oktober warfen sie Anker in der Bucht von Nukuhiwa, wo die Franzosen vierhundert Sträflinge angesiedelt hatten. Am nächsten Morgen fand der denkwürdige Besuch Mowannas und seiner schönen Königin statt, mit dem Melville sein erstes Kapitel im Rabelais Stile schließt, und hier können wir dem Anekdotenerzähler in die Karten schauen: Melville läßt die junge Königin die Meisterzeichnungen unter ihrem Gewand enthüllen, die sie zwar nicht bei dieser offiziellen, wohl aber bei anderen Gelegenheiten stolz gezeigt hatte, und er wendet die Geschichte so, daß sich das Gelächter hauptsächlich gegen die französischen Kulturbringer richtet. Einen Tag nach diesem Staatsbesuch verläßt die ›United States‹ die Marquesas und bald darauf auch die Südsee, sie hält sich noch längere Zeit in südamerikanischen Gewässern und Häfen auf, ehe sie am 4. Oktober 1844 in Boston eintrifft. Melvilles Abenteuer sind zu Ende.

Sein weiteres Leben ist arm an äußeren Ereignissen. Mit ›Taipi‹ (1846) wird er berühmt. Ein Jahr später erscheint ›Omu‹, das sein Südseevagabundenleben schildert, und 1850 ›Weißjacke oder die Welt auf einem Kriegsschiff‹. Die drei Werke stehen in einem so engen inneren Zusammenhang, daß man sie als Trilogie bezeichnet hat. Nach dem glänzenden Erfolg seines ersten Buches hatte Melville geglaubt, von seiner Arbeit als Schriftsteller leben zu können, sah sich aber bald darin getäuscht, zumal er jetzt für eine Familie sorgen mußte – er hatte sich 1847 mit Elizabeth Shaw verheiratet, der Tochter von Lemuel Shaw, dem ›Taipi‹ gewidmet ist. 1850 zieht Melville mit Frau und Kind nach Pittsfield, wo er als Nachbar Nathaniel Hawthornes ein kleines Gut bewirtschaftet, die Kühe melkt, Heu macht und den Roman ›Moby Dick‹ (1851) schreibt, den unsere Zeit für seine großartigste Leistung hält. Seine späteren Werke werden von den Zeitgenossen nicht beachtet. 1866 nimmt er das Amt eines Zollinspektors in New York an, das er neunzehn Jahre verwaltet. Als er 1891 stirbt, ist er ein Vergessener. Selbst ›Taipi‹ und ›Omu‹, die beide seit ihrem ersten Erscheinen bis zu Melvilles Wiederentdeckung 1922 über dreißigmal aufgelegt wurden, erlebten in den achtziger Jahren keinen Neudruck. Heute zählt Melville zu den Bahnbrechern der amerikanischen Renaissance, die den Weg zu einer neuen Kultur wies.

Das Lebensbild Melvilles zeigt, wie breit die selbstbiographische Grundlage von ›Taipi‹ ist und wie weit jene englischen Kritiker danebenschossen, die meinten, es könne nicht von einem einfachen Seemann geschrieben sein. Ein Walfänger war seine Universität, und als er ›Taipi‹ schrieb, hatte er seine Erzählergabe kaum anders als unter seinen Schiffskameraden geübt, wo er ein Garn spann, um eine langweilige Nachtwache schneller vergehen zu lassen. Sein Ideal war nicht die Studierstube, sondern das Abenteuer des Lebens. Er wollte Welt und Menschen unmittelbar kennenlernen und sich auf der Grundlage reicher Erlebnisse und Erfahrungen seine eigenen Gedanken darüber machen. Wie Whitman und Thoreau, die nacheinander so viele Handwerke betrieben, als sie Finger an der Hand hatten, tischlerten und Kranke pflegten, Bleistifte herstellten und den Acker bebauten, wollte auch Melville die Kluft zwischen Praktischem und Geistigem überbrücken.

Das Matrosenleben, das er sich erwählte, das Leben auf einem Walfänger zumal, war sicher nicht das Lustigste, sondern ›stellte vielleicht den tiefsten Stand dar, auf den freie amerikanische Arbeit jemals gesunken ist‹, so wenigstens sagt E. P. Hohman, ein Kenner des Walfangs, und die Schilderungen an Bord der ›Dolly‹ sind eher zu maßvoll als übertrieben; denn sie sind übersonnt von den zwanzig herrlichen, faulen Tagen, an denen leichte Passatwinde das Schiff den Inseln zutrieben. Die Behandlung an Bord der ›Dolly‹ war tyrannisch, die Kranken wurden in unmenschlicher Weise vernachlässigt, die Lebensmittel in kümmerlichen Rationen zugeteilt, so faßt Melville seine Klagen in ›Taipi‹ zusammen. In ›Omu‹ schildert er das kerkerartige, feuchte und schmutzige Mannschaftslogis, das sie mit Myriaden von Schaben und Regimentern von Ratten teilten. Und ›Weißjacke‹ untersucht die Lebensbedingungen auf einem Kriegsschiff mit wissenschaftlicher Genauigkeit.

Der Seemannsberuf war die letzte Zuflucht gescheiterter Existenzen. ›Die See und der Galgen verweigern nichts‹, sagte das Sprichwort, und nach Melville setzte sich auch die Mannschaft der ›Dolly‹ mit wenigen Ausnahmen aus geduckten, feigen Kerlen zusammen, unter sich entzweit und nur darin einig, daß sie widerstandslos die grenzenlose Tyrannei des Kapitäns ertrugen; es wäre heller Wahnsinn gewesen, wenn zwei oder drei ohne den Beistand der anderen versucht hätten, sich dagegen aufzulehnen. So entschließt er sich, von dem Schiff zu desertieren. Auf der ›Julia‹, wo die Mannschaft rebelliert, gehört er zu den Meuterern, vielleicht war er sogar ihr Wortführer, wie er es in ›Omu‹ darstellt. Und in ›Weißjacke‹ vertritt er als Schriftsteller die Sache der Matrosen. Ihre Verkommenheit entschuldigt für ihn nicht den Unterdrücker, sondern belastet ihn nur noch mehr, da sie in erster Linie die Wirkung und nicht die Ursache und Rechtfertigung der Unterdrückung ist.

Auf einer Liste mit den Namen des Kapitäns und der 26 Mann Besatzung der ›Acushnet‹ hat Melville eingetragen, was aus seinen Schiffskameraden geworden ist. Es sind nach vierjähriger Fahrt zurückgekommen: der Kapitän und 10 Mann Besatzung. Desertiert: 10 Mann, ein elfter ist entweder ebenfalls auf den Marquesas entlaufen oder von den Insulanern getötet worden. Halbtot an Land gebracht: 4 Mann, 2 davon mit ›schimpflicher Krankheit‹, von denen einer starb. Über das Schicksal eines Mannes ist nichts bekannt. Nach dieser Liste muß Melville gewichtige Gründe zur Flucht von der ›Dolly‹ gehabt haben.

Doch das Matrosendasein ist in ›Taipi‹ nur Folie, von der sich das Leben in dem Glücklichen Tal um so heller abhebt. Als er es zum erstenmal sieht, hätte ihn ein Blick in das Paradies nicht mehr entzücken können.

In diesem Garten Eden wohnen Menschen, deren Schönheit alles übertrifft, was Melville jemals gesehen hat. Nach ihm hätte fast jeder einem Bildhauer Modell stehen können. Die Männer schildert er als hochgewachsen, kaum je unter sechs Fuß groß, die Frauen als ungewöhnlich klein. Er bewundert ihre anmutigen Gestalten, die klassisch schönen Profile und merkwürdig blauen Augen. Wie die Griechen hatten sie eine hohe Körperkultur, die für den in puritanischen Vorurteilen befangenen Melville eine Offenbarung und Erziehung ist. Sie salben sich die makellose, weiche Haut und das Haar, und alle, schon die kleinen Kinder, sind körperlich gewandt und tüchtig. Aus dem beschwingenden Gefühl einer gesunden physischen Existenz entsprang nach Melville das Glück des Tales.

Viele Kritiker haben geglaubt, daß dieses Bild des Edlen Wilden weniger nach der Natur als nach Rousseau gezeichnet ist, auf den Melville selbst in diesem Zusammenhang hinweist. Und doch finden sich zu jedem Zug – auch zu dem klassischen Profil und den blauen Augen, die man am meisten bezweifelt hat – in anderen Südseeschilderungen Parallelen, und zu den vielen Bewunderern der marquesanischen Schönheit aus alter und neuer Zeit gehören neben Romantikern auch Seefahrer wie Mendaña und Cook.

Melville findet die Edlen Wilden nicht nur vollendet schön, sie sind auch so lauter und rechtschaffen und freundlich in ihren Beziehungen untereinander, daß er nach ein paar Wochen in ihrem Tal eine höhere Meinung von der menschlichen Natur hat als je zuvor. ›Sie nehmen einen hohen Rang unter den Menschen ein, ob wir sie nun moralisch oder physisch betrachten‹, sagte auch Porter. ›Sie sind tapfer, großmütig, ehrlich und wohlwollend, scharfsinnig, erfinderisch und intelligent, und ihre Schönheit und die regelmäßigen Proportionen ihres Körpers entsprechen der Vollkommenheit ihrer Seelen.‹

Nichts aber bewundert Melville mehr als die Einträchtigkeit der Taipis, die sich im geselligen Verkehr und auch bei der Arbeit zeigte: Die Häuptlinge unterscheiden sich von den übrigen Eingeborenen durch nicht viel mehr als geringfügige Kleinigkeiten im Anzug; und wenn er auch Mehevi König und den *tei* seinen Palast nennt, so sind sie doch beide einfacher patriarchalischer Natur, und der zeremonielle Pomp, der sonst den Purpur umgibt, fehlt ganz. Die Herrschaft der Häuptlinge ist äußerst mild, und abgesehen von dem ihm rätselhaften Tabu kann Melville kein Gesetz und keinerlei Vorkehrungen für das Wohlergehen und den Schutz der Gesellschaft entdecken. Um so mehr wundert er sich, daß im Tal eine beispiellose Friedfertigkeit herrscht und die Taipis jene soziale Ordnung entwickelt haben, die der größte Segen und der höchste Stolz der menschlichen Gemeinschaft überhaupt sind. Jeder ruhte unter seinem eigenen Palmblattdach oder Brotfruchtbaum, und niemand belästigte ihn, obwohl sie nicht in Gütergemeinschaft lebten und manche Leute daher reicher als andere waren, mehr Matten, Tapabündel und Kalebassen hatten. Not und Armut aber waren unbekannt; denn jeder konnte die Früchte der Bäume ernten, jeder erhielt den gleichen Anteil an der Beute der gemeinsamen Fischzüge, und jeder besaß sein Haus, das von allen in gemeinsamer Arbeit erbaut wurde.

So romantisch diese Berichte von einer fast idealen gesellschaftlichen und wirtschaftlichen Ordnung klingen, sie entsprechen offenbar den Tatsachen. Nicht nur frühe Schilderungen der Marquesas bestätigen das, auch nach E. S. Handy, dem Völkerkundler der Expedition von 1920/21, waren die Häuptlinge demokratische Führer im ursprünglichen Sinne des Wortes, und der ganze Stamm bildete eine große Familie, innerhalb derer Stehlen sehr selten und Töten noch seltener war.

Wie die große Stammesfamilie, so lebte auch die kleine, die häusliche Gemeinschaft, sehr glücklich. Anders als bei vielen Naturvölkern nahm die Frau eine hohe Stellung ein. Ihr oblag nur die leichte Hausarbeit, bei der sie überdies von den Männern unterstützt wurde, ferner die Herstellung der Tapa, das Mattenflechten und Polieren der Trinkgefäße – all diese Arbeiten hat Melville anschaulich und, wie moderne Wissenschaftler festgestellt haben, treffend geschildert. Der Mann sorgte für die Nahrung, brachte die Früchte ein oder ging auf Fischfang. Es gab bedeutend mehr Männer als Frauen, und die Polyandrie, bei der jede Frau zwei Männer hatte, war die herrschende Eheform. Die Jugend ging von der Reife bis zur Heirat ihrem Vergnügen nach, und man erwartete das sogar von ihr; daß sie dabei wichtige gesellschaftliche Aufgaben hatte – sie stellte zum Beispiel die Sänger und Tänzer für die Feste –, übersah Melville.

Ein Fest – wahrscheinlich das der Brotfruchternte im August – rückte er in den Mittelpunkt seiner Erzählung, weil er hier den Stamm beieinander sah und die wichtigsten Beobachtungen sammeln konnte. Der Festplatz, der Hula-Hula-Grund, ist der großartigste Bau des an architektonischen Denkmälern reichen Tales. Er liegt auf einer riesigen Steinplattform (*peipei*), während sich bei der zweiten geweihten Stätte, die Melville sah, einem Begräbnisplatz, mehrere *peipeis* terrassenförmig am Berghang übereinander erheben. Stärker noch als von der Größe der Steinflächen ist Melville von dem ungeheuren Umfang der Blöcke beeindruckt; sie wiegen bis zu zehn Tonnen und sind auch nach anderen Zeugnissen so sauber behauen und geschickt und genau zusammengefügt, wie es der hervorragendste europäische Steinmetz nicht besser machen könnte. Melville schreibt diese Bauten einer ausgestorbenen Menschenrasse zu; denn es scheint ihm undenkbar, daß die Marquesaner seiner Zeit oder deren Vorfahren mit ihren primitiven Hilfsmitteln diese riesigen Steine transportiert, aufgestellt und in die richtige Form gemeißelt hätten. Porter, der die Insulaner bei der Arbeit sah, ist überzeugt, daß sie und ihre Väter diese erstaunliche Gemeinschaftsleistung vollbrachten, und er bewundert ihren künstlerischen Geschmack, ihre Erfindungsgabe und Ausdauer, gibt es doch sehr viele solcher Steinbauten auf den Marquesas; für das Taipital sind allein 32 Begräbnisstätten und 14 Festplätze verzeichnet worden. Auch Linton, der Archäologe der Expedition von 1920/21, hält sie für die Arbeit von Polynesiern, die sich nicht wesentlich von den Eingeborenen unterschieden, die er kannte. – Wenn aber auch Melvilles Vermutung über die Entstehung dieser Baudenkmäler nicht den heutigen Ansichten entspricht, so gilt doch seine anschauliche und ausführliche Schilderung von ihnen für ausgezeichnet, wie denn überhaupt seine scharfe Beobachtungsgabe und treffende Darstellung der marquesanischen Kultur von den Ethnographen allgemein anerkannt wird. J. G. Frazer, R. W. Williamson und L. Rollin zitieren ihn als Autorität, und die ausgedehnten Untersuchungen der Marquesas-Expedition, die es erlauben, jede Einzelheit von ›Taipi‹ zu kontrollieren, haben ergeben, daß nach Abzug einiger Rousseauscher Übersteigerungen und leicht erkennbarer romanhafter Züge ein Tatsachenkern übrigbleibt, aus dem der Leser ein umfassendes und zutreffendes Bild der alten polynesischen Kultur gewinnen kann, die auf den Marquesas vielleicht ihre schönste Blüte erreichte.

Nur auf einem Gebiet erlaubt sich Melville größere Freiheiten, bei der Darstellung der Religion und der damit zusammenhängenden Sitten und Einrichtungen. Er gesteht offen, daß er die Theologie der Taipis nicht versteht, wenn er auch täglich Zeuge ihrer religiösen Verrichtungen wurde. Viele seiner Beobachtungen sind wissenschaftlich wertvoll, anderes aber ist offensichtlich erzählt, um humoristische oder schauerliche Wirkungen zu erzielen, um die Spannung aufrechtzuerhalten oder ein Stimmungsbild zu geben.

Es wirkt humoristisch, wenn er die Ideen und selbst die Sprache der christlichen Kirche auf die heidnische Religion anwendet, und man hat gelegentlich den Eindruck, daß er unter durchsichtigem

Deckmantel über seine eigene Kirche spottet. Melville, der sich in dieser Zeit von den starren, engen Vorstellungen des Kalvinismus befreite, in dem er aufgewachsen war, schildert mit sichtlichem Vergnügen die ›prächtige Schar unehrerbietiger Heiden‹, die sich weder durch Priester, Götzen oder Teufel ins Bockshorn jagen läßt. Er beschreibt die ulkigen, fidelen Götzenbilder, die so harmlos sind wie jeder andere Holzklotz und auch nicht mehr respektiert werden. So bekommt ein hinfälliger Gott, der müde und schwach in den Knien gegen einen Tempel lehnt, eine Tracht Prügel, weil er sich schlecht aufgeführt hat – eine Szene, die von Ethnographen für ebenso unglaubwürdig gehalten wird wie das Spiel mit dem kleinen Moa Artua, dem armen Teufel von einem Gott, der geknufft, beschwatzt und in die Kiste gesperrt wird, obwohl die Eingeborenen von ihm sagen, er könne die ganze Insel Nukuhiwa in den Mund nehmen und mit ihr auf den Grund des Meeres tauchen, so daß er schon ein allmächtiger Holzklotz sein muß.

Ebenso widerspruchsvoll ist auch das, was Melville über die unbegrenzte Gewissensfreiheit der Taipis berichtet. Nach ihm durften sie an einen Gott mit einer Schnapsnase glauben oder irgendein anderes Bild anbeten, und auch hinsichtlich seiner eigenen ›sonderbaren religiösen Vorstellungen‹ übten sie taktvolle Zurückhaltung. Später aber, als man ihn drängt, sich tätowieren zu lassen, sagt er, das System der Tätowierung hinge mit ihrer Religion zusammen und sie hätten ihn bekehren wollen. – Nun ist mehrfach überliefert, daß den Marquesanern wirklich viel daran lag, Weiße, die zu ihnen kamen, zu tätowieren. So erzählt John Coulter, ein Schiffsarzt, der 1833 einige Wochen auf der südmarquesanischen Insel La Dominica lebte, die Eingeborenen hätten sich über allerlei Mißgeschicke beklagt, die ihnen zugestoßen seien, weil er sich nicht tätowieren ließ, und als er sich immer noch weigerte, wären sie mürrisch geworden und hätten sogar sein Leben bedroht, so daß er schließlich nachgab und sich nur ausbedang, man solle Gesicht und Hände verschonen, und das wurde ihm auch gewährt. Die Geschichte spricht für Melvilles Vermutung, daß ein Zusammenhang zwischen dem Tätowieren und ihrem Glauben oder Aberglauben bestand.

Auch das Tabu, durch das eine Sache dem allgemeinen Gebrauch entzogen wurde, hatte zwar nicht in allen, aber doch in vielen Fällen religiösen Charakter. Der Häuptling konnte eine Sache aus sozialen Gründen für tabu erklären, etwa die Beute des Fischzugs, bis jeder seinen Teil daran hatte, oder Melvilles Pfeife, womit sie sein persönliches Eigentum und unter Schutz gestellt wurde. Die Tabus aber von allgemeinerer und längerer Gültigkeit gingen meist von den Priestern aus und hingen mit dem Glauben zusammen, etwa mit der Vorstellung von der Heiligkeit des Kopfes. Melville erzählt amüsant, welche Aufregung entstand, als er am zweiten Tag seines Aufenthalts dagegen verstieß, indem er etwas Tabak über den Kopf eines Eingeborenen hinwegreichte. Das Tabu, das dem ganzen weiblichen Geschlecht verbot, ein Kanu zu betreten, beruhte auf dem bei den meisten Völkern vorhandenen Blutaberglauben und der Vorstellung von der Unreinheit der Frau. Es war so streng, daß es bis in die Gegenwart nachwirkt, wo alle anderen Tabus längst abgeschafft und vergessen sind. Zweifellos ist es eine dichterische Freiheit, wenn

Fayaway von diesem Tabu befreit wird; doch möchte deshalb wohl kein Leser die herrlichen Szenen auf dem See missen, die Melville aus seiner schöpferischen Phantasie gestaltete, und Fayaway als hübscher, schlanker Mast mit dem Tapamantel als Segel ist ein so wirkungsvolles Motiv, daß es immer wieder dargestellt worden ist, von Malern wie John La Farge und von den zahlreichen Südseefilmen, für deren Heldinnen das liebliche Taipimädchen Modell gestanden hat.

Auch das stimmungsvolle Bild von dem Grabmal des Häuptlings, der in seinem Kanu in den Himmel rudert, ist von einem Romantiker gezeichnet. Der Naturalist hätte sicherlich nicht den ›unerträglichen Gestank der zahlreichen Opfer‹ zu erwähnen vergessen, die Porter um solche Kanugräber fand, weil Krieger, deren Leichen der Feind mitnahm, die ›Glücklichen Inseln‹ nie erreichten, wenn sie nicht die nötige Zahl erschlagener Feinde mitbekamen, um sie als Bootsmannschaft hinzurudern.

Um Opfer für religiöse Zeremonien zu erhalten, vor allem für die Totenfeiern verstorbener Häuptlinge und Priester, begann man Kriege mit Nachbarstämmen, tötete einige Feinde und bemächtigte sich ihrer Leichen. Wahrscheinlich war das auch die Ursache des zweiten Happarkrieges, der damit endete, daß man die erschlagenen Gegner im Triumph nach dem *tei* trug. Die frischen feuchten Knochen eines menschlichen Skeletts, an dem hier und da noch Fleischteilchen hingen, sah der entsetzte Melville am Tage nach dem Kannibalenfest, bei dem er nicht zugegen war.

Das Kannibalentum der Taipis liefert das Spannungsmoment und Leitmotiv des Buches. Die Furcht vor ihm wird bis zu einem dramatischen Höhepunkt gesteigert, burlesk aufgelöst und eine Zeitlang komisch behandelt: ›Eine menschlichere, gebildetere und liebenswürdigere Gesellschaft dieser Feinschmecker gibt es vielleicht in der ganzen Südsee nicht.‹ Aber auch ernsthaft verteidigt Melville seine These, daß zwar der Kannibalismus verabscheuungswürdig ist, die Kannibalen aber in anderer Beziehung durchaus menschlich und tugendhaft handeln, und erinnert an nicht weniger barbarische Sitten, die noch im neunzehnten Jahrhundert bei zivilisierten Völkern bestanden. Als er dann im Verlauf der Erzählung das Lob des Edlen Wilden singt, tritt die Furcht vor der Menschenfresserei immer mehr zurück, und erst gegen Ende des Buches gibt er den einzigen Makel im Bild des Edlen Wilden zu.

Melville ist einer der wenigen Augenzeugen des Kannibalentums auf den Marquesas, und auch er kam eigentlich post festum. Der zweite zuverlässige Zeuge für diese Inselgruppe ist der schon erwähnte Schiffsarzt Coulter. Er sah ein Kannibalenfest mit eigenen Augen und beschreibt ausführlich die Art, wie man die erschlagenen Feinde kochte, aber erspart dem Leser die Beschreibung der Menschenfresserei selbst. Die heutige Wissenschaft nimmt an, daß, wie bei den meisten Polynesiern, auch bei den Marquesanern der Kannibalismus als eine religiöse Zeremonie bestand, sich aber auf die Leichen der Feinde und vielleicht ihrer eigenen bedeutenden Persönlichkeiten beschränkte – um Rache zu nehmen oder die Tugenden der Verstorbenen zu erwerben. Möglicherweise war es in historischer Zeit überhaupt nur noch ein ›ritualer Kannibalismus‹.

Melville wollte nach seinen eigenen Worten keine

›Theologie‹ der Taipis geben, sondern lediglich ihre religiösen Sitten und täglichen religiösen Übungen schildern. Und ebensowenig wollte er sich mit der christlichen Lehre auseinandersetzen. Ähnlich dem nächsten großen Südsee-Erzähler, Stevenson, der gleich ihm aus einer kalvinistischen Umwelt stammte, behielt er, auch nachdem er sich verstandesmäßig von den engen Begriffen seiner Kirche gelöst hatte, eine gefühlsmäßige Bindung an den Glauben seiner Väter. Seine Kritik galt allein der Praxis des Christentums und vor allem der Praxis der christlichen Mission. Diese allerdings schildert er in den dunkelsten Farben.

›Kaum sind auf den polynesischen Inseln die Götzenbilder umgestürzt, die Tempel zerstört und die Götzenanbeter dem Namen nach zum Christentum bekehrt, erscheinen auch schon Krankheit, Laster und vorzeitiger Tod. Das entvölkerte Land wird dann von den räuberischen Horden aufgeklärter Personen neu besiedelt, die lärmend den Sieg der Wahrheit verkünden ... Man hat die Eingeborenen buchstäblich zu Zugpferden zivilisiert und zu Lasttieren christianisiert.‹ Und als Beweis dafür erzählt er die Geschichte von der Missionarsfrau, die zum Besten der Seelen der armen Heiden ihre Heimat verlassen hat, aber so wenig an deren Körper denkt, daß sie ihre täglichen Spazierfahrten in einem Wagen macht, vor dem ein alter Eingeborener und ein Junge ins Geschirr gespannt sind, und er berichtet von den Kutschen, die jeden Sonntag mit ihren Lakaien in der Livree der Nacktheit vor der amerikanischen Kirche stehen und auf das Ende des Gottesdienstes warten, um die christlichen Herrschaften nach Hause zu ziehen.

›Vernichtet das Heidentum‹, sagte Melville, ›aber nicht dadurch, daß ihr die Heiden vernichtet! Bringt ihnen die Segnungen und nicht die Übel der Zivilisation!‹

Die Begriffe Zivilisierung und Christianisierung werden dabei von Melville oft fast gleichbedeutend verwandt. Doch macht er die Missionare nicht allein für die trostlose Lage mancher Südseeinseln verantwortlich: sein Angriff richtet sich gegen die weißen Kulturbringer überhaupt, von denen nur die Engländer glimpflich wegkommen. Er spottet über die tapferen Franzosen, die ihre schweren Geschütze gegen eine Handvoll Bambushütten und ein Häuflein nackter Heiden richten und, obwohl sie sich brüsten, die humanste und kultivierteste Nation zu sein, unter schreiendem Bruch der Menschenrechte sich der Marquesas bemächtigten. Beiden, den kolonialen Eroberern und den Missionaren, wirft er besonders vor, eine tyrannische einheimische Monarchie zu stützen, deren Lebenshaltung immer üppiger wird, während das Volk in immer größere Armut versinkt. ›Indem wir bei ihnen Bedürfnisse erzeugen, machen wir uns nötig‹, schrieb Dupetit-Thouars an den französischen Marineminister, als er berichtet, wie er Mowanna und seine Königin aufgeputzt hat. Die Händler, die den europäischen Tand und Ramsch brachten, sind nach Melville besonders grausam, ihr Kurs von Insel zu Insel lasse sich oft durch eine ununterbrochene Spur kaltblütiger Räubereien, Entführungen und Morde verfolgen.

Erst die Greueltaten der Weißen, sagt er, haben die Insulaner zu Wilden gemacht; denn diese Bezeichnung sei unrichtig – obwohl er sie selbst anwendet –, niemand, der sie wirklich verdiene, sei von den Weißen jemals entdeckt worden, und nur ihrem eigenen Beispiel hätten sie den blutrünstigen Charakter mancher Insulaner zuzuschreiben. Und wenn er die Laster und Greuel betrachtet, die der vergifteten Atmosphäre unserer fieberhaften Zivilisation entspringen, möchte er annehmen, daß einige Marquesaner sehr nützliche Arbeit als Missionare in den Vereinigten Staaten verrichten könnten. Seine glücklichen Taipis jedenfalls haben von den weißen Kulturbringern nichts zu erwarten, wie die kranken, hungernden und sterbenden Eingeborenen der einst blühenden, dicht bevölkerten Hawaii-Inseln bezeugen können.

Schon Montaigne, den Melville hochschätzte, hatte, gestützt auf Berichte von Reisenden, gesagt, daß wir kein Recht hätten, Naturvölker im Vergleich zu uns Barbaren zu nennen, da wir sie selbst an Barbarei überträfen. Und die Kulturvergleiche zwischen dem Edlen Wilden und dem zivilisierten Menschen bei Rousseau und seinen Jüngern waren nicht zugunsten des letzteren ausgefallen. Ein Jahrzehnt nach ›Taipi‹ und ›Omu‹ schloß die ›Westminster Review‹ einen Aufsatz über ›Christliche Missionen: ihr Prinzip und ihre Praxis‹ auf Grund von vierzehn Büchern über Polynesien mit der Frage: ›Warum haben wir immer noch eine äußere Mission, wenn das die Ergebnisse sind?‹

Trotzdem genügten die Angriffe einiger weniger Freunde der Missionare, um die zweite Auflage von ›Taipi‹ zu verstümmeln: Der Bericht über die Mission in Honolulu und die Anekdote über die Missionarsfrau fielen der Reinigung ebenso zum Opfer wie die ›unsittlichen‹ Geschichten von den Meerjungfrauen an Bord der ›Dolly‹ und der marquesanischen Königin an Bord der ›United States‹.

Eine Schlußfolgerung zog Melville aus seinen Erlebnissen nicht. Obwohl er in ›Taipi‹ ein irdisches Paradies kennenlernte, das die zivilisierte Menschheit verloren hat, erhob er nicht mit Rousseau die Forderung: ›Zurück zur Natur‹. Er wußte, daß es kein Zurück für uns gibt. Sein Weg führte ihn in die ursprüngliche Gesellschaft, aber ein Verharren gab es für ihn nicht, und auch sein Vagabundenleben war nur von kurzer Dauer; denn all seine Wanderungen waren nicht ziellos, sondern vorwärts gerichtet.

Melville wußte auch, daß die letzten Polynesier ihr Paradies bald verlieren würden: ›Die Palme wird wachsen, die Koralle sich verbreiten, aber der Mensch wird vergehen.‹ Dieses alte vorchristliche Volkslied aus Tahiti wird für ihn in ›Omu‹ das Lied von der sterbenden Rasse. Und für sein Glückliches Tal ist die Ahnung Wirklichkeit geworden. In dem Buche ›Weiße Schatten in der Südsee‹ (1919) schildert Frederick O'Brien das Taipi des zwanzigsten Jahrhunderts: Die schreckliche Einsamkeit – die Todesstimmung – und das kümmerliche Dutzend Eingeborener, das bei den verlassenen *pei-peis* sitzt und von der Vergangenheit träumt. Die Trauer ist der Grundton fast aller Erzählungen aus der Südsee geworden, seitdem Herman Melville, der erste geniale Schriftsteller des Westens, der sie mit eigenen Augen kennenlernte, ihn anschlug. Vereinzelte Anklänge davon finden sich schon in der älteren Reiseliteratur – z. B. bei Porter –, die Melville ausgezeichnet kannte, hat er sie doch nicht nur stofflich benutzt, sondern sich auch ihrer verschiedenen Techniken bedient.

Er zitiert wörtlich den ›herrlichen schillernden‹ Bericht des Chronisten Mendañas (1595). Von den großen Weltumseglern und Entdeckern des achtzehnten

Jahrhunderts erwähnt er in ›Taipi‹ Kapitän Cook; Bougainville, den ersten französischen Weltumsegler; Cartaret, den Entdecker Pitcairns; Byron, Wallis und Vancouver. Und es gibt Stellen in dem Buch, die an deren klaren, sachlichen Stil erinnern. Dort, wo Melville das Alltagsleben der Taipis beschreibt, ihre Häuser und Einrichtungsgegenstände, die Zubereitung der Mahlzeiten, die Tapaherstellung oder das Feueranzünden auf Taipiart, wo er sich ganz auf seine Augen verläßt und die Frische des Eindrucks greifbar anschaulich wiedergibt, verrät er dieselbe Freude, Tatsachen kennenzulernen und weiterzugeben, wie in den alten Reiseschilderungen. Und gerade diese scheinbar nüchternen, schlichten Tatsachen geben dem Buch viel von seiner sprühenden Lebendigkeit und seiner Robinsonatmosphäre.

Melville kannte auch die literarische Kunstform der Reisebeschreibung, die sich im neunzehnten Jahrhundert entwickelte. Sie verzichtete auf sachliche Unpersönlichkeit, erzählte spannend oder im leichten Plauderton, entwarf Bilder von malerischer Einprägsamkeit, nahm an allem Anteil und wollte Anteilnahme erwecken. ›Taipi‹ ist das erste Südseebuch in diesem Stil.

Daß die pazifische Welt die breite Masse seiner Landsleute interessierte, wußte Melville aus den amerikanischen Volksbüchern, deren Held oft ein Kapitän aus Salem oder ein Walfischfänger aus Nantucket war, der seltsame Abenteuer mit schönen Insulanerinnen oder auch mit Meerjungfrauen auf dem Grunde des Stillen Ozeans hatte; denn diese Volksbücher wechselten ständig aus dem Reich der Tatsachen in das der Fabel über und umgekehrt.

Auch Melville bewegt sich zwischen zwei Reichen,

zwischen dem der Wirklichkeit und der Phantasie, die in seinem realistischen Roman eine Synthese eingehen. Er kann nicht nur Tatsachen so klar schildern wie die Reisebücher des achtzehnten Jahrhunderts, er erzählt auch so atemberaubend spannend, daß sich der Beginn seiner Abenteuer wie eine Schauergeschichte in der Art Ann Radcliffes liest. Alle erdenklichen Hindernisse stellen sich den beiden Flüchtlingen in den Weg: Sie geraten in ein Rohrdickicht, erklimmen steile Höhen, hängen an verräterischen Wurzeln über schwindelerregenden Abgründen, durchwandern eine unheimlich stille Wüstenei, leiden unter nagendem Hunger und brennendem Durst und zittern vor Frost in dunklen, naßkalten Schluchten. Auch in der Stimmungskunst erinnert diese ›romantische‹, ›wilde‹, ›seltsame‹, ›unheimliche‹, ›fürchterliche‹, ›düstere‹ Landschaft an den Schauerroman. Da lodern in den tropischen Nächten aus der Tiefe der Haine plötzlich Flammen auf, vor denen dunkle Gestalten wie Dämonen tanzen und springen, oder Boten eilen im phantastischen Licht riesiger Fackeln nach den entfernten Winkeln des Tales.

Auch die Tiere sind manchmal so unwirklich wie bei Poe gezeichnet: die große, schwarze, geisterhafte Katze mit ihren fürchterlichen Glotzaugen, deren Anblick Melville eine unerträgliche Pein ist; die abscheulichen, rattenartigen Hunde, die sich am liebsten verkriechen und bestimmt in das häßliche Land zurücksehnen, aus dem sie gekommen sind; und die Vögel mit ihrem purpurnen, himmelblauen und goldenen Gefieder, die in leuchtenden Scharen wie geflügelte Geister durch die schattigen Haine ziehen, aber leider alle stumm sind, so daß auch ihr Anblick schwermütig stimmt.

Neben den bedrückenden, wilden, dunklen Bildern stehen jedoch ebenso viele heitere, friedliche, lichte: das stille Meer mit den im Sonnenschein funkelnden Wellen, über das sich der Himmel im zartesten Blau dehnt; das paradiesische Tal mit seiner üppigen Vegetation, das im tiefsten Frieden ruht. Und die romantischen, grausigen oder abenteuerlichen Schilderungen werden durch komische abgelöst und manchmal sogar in Komik aufgelöst, eine Technik, die damals ebenso beliebt war wie die Parodierung des heroischen Stils, die Melville bei der Schilderung des ersten Happarkrieges glänzend gelingt.

Sein Humor ist unendlich abwechslungsreich. Er kann vorzüglich Anekdoten erzählen, derb-kräftige, die ihm den Namen eines amerikanischen Rabelais' eintrugen, und bitter-ironische wie die Geschichte der Missionarsfrau in ihrer Rikscha. Seine Taipis aber schildert er meist mit einem lächelnden liebevollen Humor in der Art von Dickens; er läßt sich zwar die Komik, hier besonders der äußeren Erscheinung, nicht entgehen, stellt aber dabei die menschlichen Werte so warm dar, daß darüber die schnurrigen Eigentümlichkeiten als nebensächlich erscheinen. Auch wenn Melville seine Porträts in der Form bestimmter, aus der europäischen Literatur bekannter Charaktertypen gibt, der geschäftigen Hausfrau oder des treuen Dieners, bringt er uns die fremden Menschen näher und belustigt zugleich. Überhaupt kontrastiert er gern Einzelheiten der westlichen und polynesischen Kultur, um humoristische Wirkungen zu erzielen, und das Gelächter richtet sich dabei zumindest ebensooft gegen die Vertreter der ersten und ihn selbst wie gegen die Insulaner.

Auch sein Stil liest sich amüsant durch die fortgesetzte Übertragung von Ausdrücken aus der einen Welt auf die andere, aus der Gesellschaft seines Landes auf den Eingeborenenstamm, aus der christlichen Kirche auf die heidnische Religion. Er verwendet gern großartige Worte für einfache Dinge, nicht nur um der Komik willen; denn sein Stil ist von der Beredsamkeit beeinflußt und geformt, die in Amerika stets in hohem Ansehen stand. Bei aller den einzelnen Situationen angepaßten Vielseitigkeit wirkt er als Ganzes üppig, reich und episch breit, anders als Stevensons knappe, sparsame Sprache, die den Meister der Kurzgeschichte verrät.

Auf dem Gebiet der Kurzgeschichte liegen die besten Leistungen der späteren Südseeliteratur. Sie hat mit Melville die Freude am Abenteuer gemein. Sie ist seiner spannenden, stimmungsgesättigten Erzählkunst bis in die Einzelheiten, bis zu den Lichteffekten tropischer Nächte verwandt, die besonders Stevenson meisterhaft zu schildern vermag. Sie übt scharfe Kritik an der westlichen Zivilisation und an den weißen Kulturbringern. Aber nirgends gibt sie ein so umfassendes und lebendiges Bild der vorchristlichen polynesischen Kultur, wie es in ›Taipi‹ gelungen ist. Der Vergleich mit Stevensons Bericht seiner mehrjährigen Südseefahrt ›In the South Seas‹ zeigt die Einmaligkeit und Bedeutung von Melvilles Leistung. Auch Stevensons Buch gibt wertvolle völkerkundliche Beobachtungen, aber es ist weder ein geschlossenes Kunstwerk geworden, noch sind die Details mit der gleichen Frische und Anschaulichkeit gezeichnet, so daß es selbst Stevenson-Enthusiasten enttäuschte. ›Taipi‹, der erste Südseeroman, ist auch der einzige geblieben, in dem das ursprüngliche Leben in dem verlorenen Paradies so fesselnd und zugleich wahr geschildert wird, daß sich ein breites Publikum nicht nur dafür interessiert, sondern begeistert hat. Wieviel Melville uns darin zu sagen hat und welchen hohen Rang sein künstlerisches Gesamtwerk einnimmt, hat erst die jüngste Zeit voll gewürdigt.

Ilse Hecht

Anmerkungen

11 *Batate*: tropische Süßkartoffel.
Yamswurzel: auch Yams, in Tropen und Subtropen angebaute Pflanze mit stärkereichem Wurzelstock.
Topps: die Spitzen der Masten oder der darauf aufgesetzten Rundhölzer.
Stagen: starke Seile zum Halten der Masten in Schiffslängsrichtung.

12 *Schanzkleid*: rings um das Oberdeck verlaufende feste Wand.

13 *Klüsen*: verstärkte Öffnungen in der Bordwand zur Führung von Leinen, Tauen und Ketten.
Spake: als Hebebaum benutztes Kant- oder Rundholz.

14 *Huris*: für den Mohammedaner die Paradiesjungfrauen.

15 *Mendaña*: Der spanische Seefahrer Alvaro de Mendaña de Neira (1541–1595) entdeckte 1595 die Marquesas-Inseln. Auf der Suche nach dem legendären Südland hatte er schon 1568 die von ihm als Salomoninseln benannte Inselgruppe entdeckt, die er für das Ophir König Salomos hielt.

16 *Cook*, James (1728–1779): Der berühmte englische Entdekker kam 1774, während seiner zweiten Weltumseglung, nach Fatu Huku, einem unbewohnten Eiland der Marquesas.
Porters ›Tagebuch …‹: Der amerikanische Seeoffizier David Porter (1780–1843) bekämpfte während des britisch-amerikanischen Krieges 1812–1814 wirksam den Walfang Großbritanniens im Pazifik. 1813 lief er auch Nukuhiwa

an, die größte der Marquesas-Inseln. 1814 wurde die von ihm kommandierte ›Essex‹ vor Valparaiso von britischen Schiffen schwer beschädigt und mußte sich ergeben. Porters bekanntester Bericht über seine Erlebnisse findet sich in dem ›Journal of a Cruise Made to the Pacific Ocean in the Years 1812, 1813 and 1814‹ (1815).

Ellis, William (1794–1872): englischer Missionar; ging 1815 nach Südafrika und dann in den Südpazifik. Nach der Rückkehr nach England veröffentlichte er ›Missionary Narrative of a Tour Through Hawaii‹ (1827) und die ›Polynesian Researches‹ (1829). Bekannt wurde er auch durch seine spätere Missionsarbeit auf Madagaskar.

18 *Rahen*: drehbare, waagerecht vor dem Mast angebrachte Rundhölzer, an denen die Rahsegel befestigt sind.

chapeau bras: frz., Armhut; zusammenklappbarer Zylinderhut.

19 *Trajansäulen*: Anspielung auf die im Jahre 113 zu Ehren des Kaisers Trajan (53–117) in Rom errichtete Trajansäule. Dieses Siegesdenkmal ist 33 Meter hoch und mit einem 200 Meter langen, spiralförmig verlaufenden Reliefband versehen.

21 *vierkant zu brassen*: die Rahen quer zum Schiff stellen.

Pinne: Hebelarm zum Bedienen des Steuerruders.

Vorpiek: vorderster Raum im untersten Teil des Schiffes.

Back: vorderer, meist erhöhter Teil des Vorschiffs.

22 *Albacore*: eine Thunfischart.

Kriegsschiffhabicht: der Fregattvogel, ein tropischer Schwimmvogel, der sich auch durch ausdauernde Schwebflüge auszeichnet.

23 *Ohrhölzern*: die ersten Planken neben dem Vordersteven, dem vorderen Teil des Schiffsrumpfs.

Ingraham, Joseph (1762–1800): amerikanischer Seefahrer; entdeckte 1791 mehrere pazifische Inseln, darunter die nordwestliche Gruppe der Marquesas, die er Washingtoninseln nannte.

26 *Dupetit-Thouars*, Abel Aubert (1793–1864): französischer Admiral; unternahm 1837–1839 eine Weltumseglung und

wurde 1841 mit der Besetzung der Marquesas-Inseln für Frankreich beauftragt. Die danach folgende Eroberung Tahitis war zunächst, 1842, ohne Erfolg. Erst 1847 wurde das französische Protektorat errichtet.

Wanten: Tauwerk, das den Masten seitlichen Halt gibt.

29 *Tapagürtel*: Tapa ist ein Baststoff, der aus der Rinde von Brotfrucht- oder Maulbeerbäumen gewonnen wird. Melville beschreibt seine Herstellung im 19. Kapitel.

Rüsteisen, Püttings: starke Beschläge, die zur Befestigung der Wanten am Schiffsrumpf dienen.

30 *Bugspriet*: über den Bug schräg aufwärtsragendes Kant- oder Rundholz, das fest mit dem Schiff verbunden ist.

35 *chapeau*: frz., Hut; Kopfbedeckung.

36 *Pomaré*: Dynastie in Tahiti, die von 1743–1880 die Herrscher der Insel stellte; Königin Pomaré IV. regierte 1827–1877. Unterstützt von dem englischen Missionar George Pritchard, wurden 1836 die französischen katholischen Missionare vertrieben und eine Besetzung Tahitis durch Frankreich von 1842 bis 1847 hinausgeschoben.

Pritchard, George (1796–1883): protestantischer englischer Missionar und Konsul auf Tahiti seit 1824; versuchte seinen Einfluß auf Königin Pomaré IV. auszunutzen, um die Besetzung Tahitis durch Frankreich zu verhindern. Deshalb wurde er 1843 verhaftet, konnte aber fliehen und sich nach London absetzen.

39 *Marryats*, Frederick Marryat (1792–1848): englischer Seeoffizier und Verfasser humorvoller und spannender Seeromane wie ›Peter Simple‹ (1834) oder ›Mr. Midshipman Easy‹ (1836).

40 *Sechsbarrelfässer*: Das amerikanische Barrel entspricht (außer bei Erdöl und Benzin) rund 119 Litern.

Pints: Ein amerikanisches Pint entspricht rund 0,47 Litern.

42 *Sandwichinseln*: 1778 von James Cook, ihrem europäischen Entdecker, verliehener Name für die später nach ihrer größten Insel, Hawaii, bezeichnete Inselgruppe.

81 *›Kinder im Walde‹*: Anspielung auf eine Ende des 16. Jh. entstandene englische Ballade, in der zwei Kinder vor dem Vormund, der nach ihrem Leben trachtet, in den Wald fliehen, wo sie umkommen.

der Heilige Patrick: Apostel und Schutzpatron Irlands; eine Legende besagt, daß er alle Schlangen von Irland ins Meer getrieben habe.

88 *Äpfel Sodoms*: Anspielung auf das im Alten Testament (1. Mose 19,24) beschriebene Schicksal der Städte Sodom und Gomorrha; in einer fruchtbaren Ebene südlich des Toten Meeres gelegen, wurden sie um 1900 v. u. Z. durch ein Erdbeben zerstört.

95 *Belzoni*, Giovanni Battista (1778–1823): aus Venedig stammender Ingenieur und Abenteurer, der durch Funde in ägyptischen Tempeln und Grabstätten Aufsehen erregte.

108 *Ambrosia*: grch., Unsterblichkeit; in der griechischen Sage die Unsterblichkeit verleihende Götterspeise.

126 *Hippokrates* (um 460–370 v. u. Z.): griechischer Arzt, der als Begründer der wissenschaftlichen Medizin gilt.

132 *›Lebendige Natur‹*: ›A History of the Earth and Animated Nature‹ (1774); naturgeschichtliches Werk des englischen Schriftstellers Oliver Goldsmith (1730–1774).

138 *Erdbeerkrone*: Ein Erdbeerblätter darstellendes Ornament zierte die Kronen der höheren englischen Adelsränge.

142 *der alte Mann am Meer*: Bezug auf eine Episode während der fünften Reise Sindbads des Seefahrers aus den ›Geschichten aus Tausendundeiner Nacht‹. Der als alter gebrechlicher Mann erscheinende Teufel zwingt Sindbad, ihn beständig auf seinem Rücken zu tragen.

167 *die hebräischen Kundschafter*: Anspielung auf das Alte Testament (4. Mose 13); Mose hatte Kundschafter ins Land Kanaan geschickt, von denen zwei mit einer riesigen Weintraube zurückkehrten, die sie an einem Stock trugen.

174 *Vestalinnen*: römische Priesterinnen, die das das Heil des

römischen Staates symbolisierende ewige Feuer hüten mußten.

197 *Berserkern*: Berserker sind in den altnordischen Sagen besonders wilde, in ihrer Wut unbezwingbare Krieger.

199 *Suleimans*: Hier liegt ein Irrtum Melvilles vor. Byzanz, das heutige Istanbul, von 330–1453 Konstantinopel, wurde 1453 von den Osmanen unter Sultan Mohammed II. eingenommen. Von den Sultanen, die Suleiman hießen und später lebten, ist die Stadt nicht belagert worden.

200 *Fabius*: Der römische Konsul und Diktator Quintus Fabius Maximus (um 280–203 v. u. Z.) führte im zweiten Punischen Krieg gegen das zunächst siegreiche karthagische Heer unter Hannibal einen hinhaltenden Kleinkrieg, der ihm den Beinamen ›Cunctator‹, der Zauderer, einbrachte, aber die Grundlage für die späteren Siege darstellte.

208 *Apollo*(n): Der junge, wohlgestaltete griechische Gott des Lichtes, der Heilkunst, der Künste u. a. gilt als klassisches Schönheitsideal des Mannes.

224 *der Mann mit dem ehernen Stier*: Phalaris (1. Hälfte 6. Jh. v. u. Z.), Tyrann von Akragas, soll seine Feinde in einem bronzenen Stier, unter dem ein Feuer entfacht wurde, getötet haben. Das erste Opfer soll der Schöpfer des Stiers gewesen sein.

228 *Frau Kamehamehas*: Kamehameha I. (um 1737–1819), ein Häuptling von Hawaii, eroberte und vereinigte 1795–1810 die gesamten Hawaii-Inseln und ernannte sich zum König. Seine Lieblingsfrau, Kaahumanu (um 1772–1832), herrschte von 1823 bis zu ihrem Tod. Sie sprach sich für die Aufhebung traditioneller Tabus für die amerikanischen Missionare aus und empfing 1825 die Taufe.

234 *Morpheus'*: der griechische Gott des Traumes.

Cheltenham: seit einem Besuch durch den König George III., im Jahre 1788, ein beliebter Ausflugs- und Kurort mit Mineralquellen in der südenglischen Grafschaft Cloucester.

236 *Stonehenge*: bronzezeitliche Kultanlage im Süden Englands, größtes prähistorisches Steindenkmal Europas; es besteht aus bis über sieben Meter hohen zum Teil aufrechtstehenden Steinen, die in mehreren konzentrischen Kreisen angeordnet und von Erdwällen und Gräben mit einem Durchmesser bis zu 110 Metern umgeben sind. Die früher weitverbreitete und auch bei Melville auftauchende Meinung, daß diese Anlage von Druiden, Angehörigen der keltischen Priesterschaft, errichtet wurde, wird heute allgemein verworfen.

241 *otium cum dignitate*: lat., Ruhe in Würde.

245 *Kenotaph*: leere Grabstätte zum Gedenken an einen anderenorts Begrabenen.

Cicerone: mit Bezug auf den berühmten römischen Staatsmann und Redner Cicero, scherzhafte Bezeichnung für einen redseligen Fremdenführer.

246 *Westminster Abbey*: seit Wilhelm dem Eroberer (König 1066–1087) die Krönungskirche der englischen Könige in London.

Venus de Medici: antike Statue, die nach ihrer Wiederentdeckung lange Zeit in der Villa Medici in Rom aufbewahrt wurde.

249 *Warwick*: vermutlich eine Anspielung auf Richard Neville, Earl of Warwick (1428–1471); einem reichen und einflußreichen Hause entstammend, spielte dieser bis zu seinem Tode eine wichtige Rolle in den Rosenkriegen, weshalb er ›der Königsmacher‹ genannt wurde.

270 *Carteret*, Philip (gest. 1796): englischer Seefahrer; er schloß sich 1766 seinem Landsmann Samuel Wallis (1728–1795) auf dessen Reise in die südliche Hemisphäre an. Bei Kap Hoorn wurde sein Schiff von der Expedition getrennt, und er kreuzte zwei Jahre in der Südsee, wobei er die Pitcairn- und andere Inseln entdeckte.

Byron, John (1723–1786): Seeoffizier, Großvater des englischen Romantikers Lord Byron (1788–1824); er unternahm mehrere Weltumseglungen und hielt sich dabei zu Forschungszwecken lange Zeit im Südpazifik auf. James Cook benannte ihm zu Ehren 1770 den östlichsten Punkt des australischen Hauptlandes mit Cape Byron. Den Bericht über einen Schiffbruch vor Südamerika benutzte sein Enkel für seinen ›Don Juan‹.

Kotzebue, Otto von (1788–1846): russischer Forschungsreisender, Sohn des Dramatikers August von Kotzebue (1761–1819); er nahm an der ersten russischen Weltumseglung (1803–1806) unter Krusenstern (1770–1846) teil und leitete 1815–1818 und 1823–1826 weitere Weltreisen. Dabei wurden u.a. mehrere Inseln im Pazifik entdeckt.

Vancouver, George (1757–1798): englischer Forschungsreisender; er nahm an Cooks zweiter und dritter Weltreise teil und kartographierte 1791–1794 die nordamerikanische Pazifikküste, worüber er in ›A Voyage of Discovery to the North Pacific Ocean‹ (1798) berichtete.

278 *Figueroa*: vermutlich der spanische Schriftsteller Cristobal Suarez de Figueroa (1571–1644).

279 *Dalrymples*: Der schottische Geograph und erste Hydrograph der britischen Admiralität, Alexander Dalrymple (1737–1808), veröffentlichte u. a. ›Historical Collection of the Several Voyages and Discoveries in the South Pacific Ocean‹ (1770/71).

Fanning, Edmund (1769–1841): amerikanischer Seefahrer; entdeckte 1798 die Fanning-Inseln und machte sich um die Förderung des Südseehandels verdient. Von ihm erschien ein Band ›Voyages Around the World‹ (1833).

283 *Kaahumanu*: vgl. Anm. zu S. 228.

Isebel: Frau des israelitischen Königs Ahab, die berüchtigt wurde für ihre abgöttische Verehrung des Baal-Kultes und die Verfolgung von Angehörigen anderer religiöser Gruppen.

285 *Kamehamehas III.*: Kamehameha III. (1814–1854), König von Hawaii seit 1824, de facto ab 1832.

292 *De Bougainvilles*: Der französische Seefahrer Louis Antoine de Bougainville (1729–1811) leitete 1766–1769 die erste französische Weltumseglung, bei der besonders im

Südpazifik viele Inseln erforscht wurden. 1768 hielt er sich auf Tahiti auf. Seine Erlebnisse sind in ›Voyage autour du monde‹ (1771) beschrieben.

302 *der Überbringer schlechter Nachrichten*: Anspielung auf Shakespeares ›Heinrich IV.‹, Zweiter Teil, I,1 ›Allein der Bringer unwillkommner Zeitung hat ein nachteilig Amt ...‹.

318 *Buffons*: Der französische Naturforscher Georges-Louis Leclerc, Comte de Buffon (1707–1788) schrieb 36 Bände einer Naturgeschichte ›Histoire naturelle générale et particulière‹, die nach seinem Tod von anderen Gelehrten fortgeführt wurde und die sich vor allem mit der Tierwelt beschäftigt.

Cuvier: Georges Baron de Cuvier (1769–1832), französischer Naturforscher, der die vergleichende Anatomie und die Paläontologie begründete.

Whittingtons Glück: Richard Whittington (um 1358–1423) war dreimal Lord Mayor, d. h. Bürgermeister, von London. Einer Legende nach begab er sich als armer Knabe nach London. Auf einer Seereise des Dienstherrn, bei dem er als Küchenjunge arbeitete, nahm er eine trächtige Katze mit. In einem fernen Land, das unter einer Mäuseplage zu leiden hatte, wurde er für die Dienste der Katzen reich belohnt und konnte nun sein Glück machen.

Teniers': Der flämische Maler David Teniers d. J. (1610–1690), bekannt für seine Bauernszenen, malte auch religiöse Themen und Spuk- und Hexenszenen mit kostümierten Katzen und Affen.

320 *Selkirk*, Alexander (1676–1721): schottischer Seemann, der allein ab 1704 vier Jahre auf einer zur Juan-Fernandez-Gruppe gehörenden Insel zubrachte; seine Erlebnisse dienten Daniel Defoe als Anregung für den ›Robinson Crusoe‹ (1719).

325 *Spartaner*: Die Bewohner des altgriechischen Sparta waren bekannt für eine harte, strenge Erziehung und Lebensweise.

326 *Dibdins*: Der englische Dichter, Komponist und Schauspieler Charles Dibdin (1745–1814) schuf viele populäre Seemannslieder.

333 *spanischen Fliegen*: besonders in Südeuropa vorkommende Käferart.

335 *Raub der Sabinerinnen*: Einer römischen Sage nach sollen sich die Römer bei einem Fest die Frauen der eingeladenen Sabiner geraubt haben, da in dem neugegründeten Rom zumeist Männer lebten.

340 *Sir William Jones* (1746–1794): britischer Orientalist und Anwalt, der sich, oft im Selbststudium, 28 Sprachen aneignete.

372 *Faden*: nautisches Längenmaß; ein Faden entspricht 1,83 Meter.

377 *Dollbord*: oberer Bootsrand.

378 *braßte ... back*: die Rahen so stellen, daß der Wind von vorn auf die Segel trifft.

384 *rote Kreuz*: Gemeint ist das rote St. Georgskreuz, ein Wahrzeichen Englands, das die britische Flagge ziert.

386 *Saturnalien*: eins der größten Volksfeste im alten Rom, bei dem u. a. den Sklaven für einen Tag die Freiheit gegeben wurde.

394 *Paul Pry*: unbeherrschter, aufdringlicher Titelheld einer Farce des englischen Dramatikers John Poole (1792 bis 1879).

Inhalt

Vorwort 7

1 Das Meer · Sehnsucht nach dem Land · Ein seemüdes Schiff · Ziel der Reisenden · Die Marquesas-Inseln · Abenteuer einer Missionarsfrau unter den Wilden · Charakteristische Anekdote über die Königin von Nukuhiwa . 11

2 Fahrt von den Fanggründen nach den Marquesas · Träge Zeiten an Bord · Südseelandschaft · Land ahoi! · Das französische Geschwader in der Bucht von Nukuhiwa · Ein seltsamer Lotse · Kanugeleit · Eine Kokosnuß-Flottille · Schwimmende Besucher · Die ›Dolly‹ wird von ihnen geentert · Lage der Dinge, die sich daraus ergab 20

3 Einige Mitteilungen über die neuesten Operationen der Franzosen auf den Marquesas · Vorsichtiges Verhalten des Admirals · Die Ankunft der Fremden erregt Aufsehen · Das erste Pferd auf der Insel · Betrachtungen · Jämmerliche Vorwände der Franzosen · Abschweifung über Tahiti · Besitzergreifung der Insel durch den Admiral · Mutiges Benehmen einer englischen Dame 32

4 Stand der Dinge an Bord des Schiffes · Inhalt der Speisekammer · Dauer der Südseereisen · Bericht über einen fliegenden Walfänger · Entschluß, das Schiff zu verlassen · Die Bucht von Nukuhiwa · Die Taipis · Einfall in ihr Tal durch Porter · Betrachtungen · Die Tiorschlucht · Zusammenkunft zwischen dem alten König und dem Admiral 37

5 Gedanken vor dem Fluchtversuch · Toby, ein Schiffskamerad, will das Abenteuer mitmachen · Letzte Nacht an Bord des Schiffes . . 53

6 Ein Beispiel nautischer Beredsamkeit · Kritik der Matrosen · Die Steuerbordwache bekommt einen freien Tag · Flucht in die Berge 59

7 Jenseits des Berges · Enttäuschung · Inventar der vom Schiff mitgebrachten Gegenstände · Einteilung des Brotvorrats · Blick auf das Innere der Insel · Eine Entdeckung · Die Schlucht mit den Wasserfällen · Eine schlaflose Nacht · Weitere Entdeckungen · Meine Krankheit · Marquesanische Landschaft . . 69

8 Die wichtige Frage: Taipi oder Happar? · Ein fehlgeschlagenes Unternehmen · Meine Leiden · Entmutigende Lage · Nacht in der Schlucht · Frühstück · Tobys glücklicher Einfall · Wanderung nach dem Tal 83

9 Gefährliche Wanderung durch die Schlucht · Abstieg ins Tal 94

10 Der Talschluß · Behutsames Vorgehen · Ein Pfad · Früchte · Die ersten beiden Eingeborenen · Ihr merkwürdiges Betragen · Annäherung an den bewohnten Teil des Tales · Unsere aufsehenerregende Ankunft · Empfang im Hause eines Eingeborenen 106

11 Mitternächtliche Gedanken · Morgenbesuch · Ein Krieger in seiner Tracht · Ein wilder Äskulap · Ausübung der Heilkunst · Leibdiener · Beschreibung eines Wohnhauses im Tal · Porträts seiner Bewohner 121

12 Kory-Korys Diensteifer · Seine Ergebenheit · Ein Bad im Fluß · Mangelnde Bildung der Taipi-Mädchen · Spaziergang mit Mehevi · Eine Landstraße in Taipi · Die heiligen Wälder · Der Hula-Hula-Grund · Der Tei · Vom Alter gebeugte Barbaren · Mehevis Gastfreundschaft · Mitternächtliche Befürchtungen · Abenteuer im Dunkeln · Hervorragende Ehrung der Besucher · Seltsame Prozession und Rückkehr nach Marheyos Haus . . . 139

13 Versuch, aus Nukuhiwa Hilfe zu bekommen · Tobys gefährliches Abenteuer am Happargebirge · Kory-Korys Beredsamkeit 152

14 Ein großes Ereignis im Tal · Der Inseltelegraph · Toby stößt etwas zu · Fayaway zeigt ihr gutes Herz · Schwermütige Betrachtungen · Rätselhaftes Benehmen der Insulaner · Kory-Korys Ergebenheit · Ein ländliches Lager · Luxus · Kory-Kory zündet Feuer à la Taipi an 162

15 Freundlichkeit Marheyos und der übrigen Insulaner · Ausführliche Beschreibung des Brotfruchtbaumes · Verschiedene Arten, die Frucht zuzubereiten 175

16 Traurige Lage · Vorfall im Tei · Anekdote über Marheyo · Der Kopf eines Kriegers wird rasiert 181

17 Gesundheit und Stimmung bessern sich · Glückseligkeit der Taipis · Ihre Freuden im Vergleich mit denen kultivierterer Gemeinwesen · Sündhaftigkeit bei zivilisierten und unzivilisierten Völkern · Ein Bergscharmützel mit Happarkriegern 189

18 Schwimmen in Gesellschaft der Mädchen des Tales · Ein Kanu · Wirkungen des Tabus · Vergnügungsfahrt auf dem See · Fayaways glänzender Einfall · Schneiderei · Ein Fremdling kommt ins Tal · Sein rätselhaftes Benehmen · Redekunst bei den Eingeborenen · Die Unterhaltung · Ihre Folgen · Abreise des Fremden 201

19 Betrachtungen nach Marnus Abreise · Knallbüchsenschlacht · Seltsamer Einfall Marheyos · Tapaherstellung 220

20 Geschichte eines gewöhnlichen Tages im Taipital · Tänze der marquesanischen Mädchen 228

21 Die Quellen von Arva Wai · Bemerkenswerte Denkmäler · Einige Gedanken zur Geschichte der *pei-peis* im Tal 235

22 Vorbereitungen für ein großes Fest im Tal · Seltsame Vorgänge in den Tabuhainen · Kalebassendenkmal · Galakleid der Taipimädchen · Aufbruch zum Fest 240

23 Das Kalebassenfest 248

24 Gedanken, die das Kalebassenfest anregte · Ungenauigkeit gewisser Veröffentlichungen über die Inseln · Ein Grund · Vernachlässigung des Heidentums im Tal · Bildnis eines toten Kriegers · Ein merkwürdiger Aberglaube · Der Priester Kolory und der Gott Moa Artua · Erstaunlicher religiöser Brauch · Ein zerstörter Altar · Kory-Kory und das Götzenbild · Eine Schlußfolgerung 256

25 Allgemeine Nachrichten, die auf dem Fest gesammelt wurden · Schönheit der Taipis · Ihre Überlegenheit gegenüber den Bewohnern der anderen Inseln · Verschiedenheit der Hautfarbe · Ein pflanzliches Schönheitsmittel · Zeugnisse von Reisenden über die ungewöhnliche Schönheit der Marquesaner · Geringe Spuren der Berührung mit zivilisierten Menschen · Eine unbrauchbare Muskete · Primitive Einfachheit der Regierungsform · Königliche Würde Mehevis 273

26 König Mehevi · Anspielung auf Seine Hawaiische Majestät · Marheyos und Mehevis Benehmen in gewissen heiklen Situationen · Seltsame Form der Ehe · Zahl der Bevölkerung · Gleichförmigkeit · Einbalsamieren · Beisetzungsstätten · Leichenbegängnis in Nukuhiwa · Einwohnerzahl von Taipi · Lage der Wohnungen · Glückliches Leben im Tal · Eine Warnung · Gedanken zur Zivilisation der Inseln · Hinweis auf die jetzige Lage der Einwohner Hawaiis · Geschichte von einer Missionarsfrau · Elegante Equipagen auf Oahu · Betrachtungen 285

27 Der Gesellschaftszustand und der allgemeine Charakter der Taipis 303

28 Fischfang · Verteilung der Fische · Mitternächtliches Gelage · Kerzen als Zeitmesser · Zwanglose Tischsitten beim Fischessen . . 313

29 Naturgeschichte des Tales · Goldene Eidechsen · Zahme Vögel · Moskitos · Fliegen · Hunde · Eine einzelne Katze · Klima · Die Kokospalme · Eigentümliche Art hinaufzuklettern · Ein behender junger Häuptling · Furchtlosigkeit der Kinder · Tu-Tu und die Kokospalme · Die Vögel des Tales 318

30 Ein Professor der schönen Künste · Wie er mich verfolgte · Vom Tätowieren und Tabu · Zwei Anekdoten zur Erläuterung des Tabus · Einige Gedanken über den Taipidialekt 327

31 Merkwürdige Sitten der Insulaner · Ihr Gesang und ihre Stimmen · Begeisterung des Königs über das erste Lied · Neue Würde des Autors · Musikinstrumente im Tal · Wilde als Zuschauer bei einem Boxkampf · Ein schwimmender Säugling · Schöne Locken der Mädchen · Haaröl 340

32 Böse Ahnungen · Fürchterliche Entdeckung · Einige Bemerkungen über den Kannibalismus · Zweite Schlacht mit den Happars · Geheimnisvolles Fest · Spätere Enthüllungen 346

33 Der Fremde kommt wieder ins Tal · Merkwürdige Unterhaltung mit ihm · Fluchtversuch · Mißerfolg · Trostlose Lage · Marheyos Mitgefühl 359

34 Die Flucht 366

Nachbemerkung 379

Vorbemerkung zur Fortsetzung 389

Fortsetzung: Die Geschichte Tobys 390

Nachwort. Von Dr. Ilse Hecht 409

Anmerkungen 435